魅丽文化

告白 MY LOVE

南城待月归

公子衍／著／

江苏凤凰文艺出版社
JIANGSU PHOENIX LITERATURE AND ART PUBLISHING

图书在版编目（CIP）数据

南城待月归 / 公子衍著 . -- 南京 : 江苏凤凰文艺出版社，2021.12
ISBN 978-7-5594-6353-1

Ⅰ . ①南… Ⅱ . ①公… Ⅲ . ①长篇小说 - 中国 - 当代
Ⅳ . ① I247.5

中国版本图书馆 CIP 数据核字 (2021) 第 215690 号

南城待月归

公子衍 著

出版统筹 曾英姿
责任编辑 张　倩
特约编辑 雷凤伶
装帧设计 阿　和
出版发行 江苏凤凰文艺出版社
南京市中央路 165 号，邮编：210009
网　　址 http://www.jswenyi.com
印　　刷 长沙金鹰印务有限公司
开　　本 880mm × 1230mm　1/32
印　　张 10.5
字　　数 323 千字
版　　次 2021 年 12 月第 1 版
印　　次 2021 年 12 月第 1 次印刷
书　　号 ISBN 978-7-5594-6353-1
定　　价 45.00 元

目录

目录 二

第一章
为了遇见你，我用尽了所有运气

逃还是不逃？

沈于归闭着眼睛躺在床上，感受着压在自己身上的重量，心里反复萦绕着这五个字。

她真的很想逃，可是当她伸出手试图推开那个男人时，突然想到妈妈在她出门前反复叮嘱的话。她的指尖颤了颤，终究还是缩了回来。

良久，一切重归平静。

沈于归的呼吸终于顺畅了许多，她气息不稳地躺了好一会儿才缓过劲来。她略微动了动，一只精瘦有力的胳膊忽然搂紧了她的腰。

沈于归被吓了一跳，缓缓地睁开眼睛，入眼是一张男人沉睡的脸，精致夺目，仿佛上帝精心雕刻的艺术品。

他就是费南城，传说中 S 市最大的商业大亨，一手创立了属于他自己的商业版图，关联着整个 S 市的很多经济产业。这样的男人是很多女人趋之若鹜的对象。

沈于归并没有在这个男人的美色中沉沦太久，她再次试着动了动，腰却被男人箍得更紧了，像是生怕她跑了一样。沈于归怕吵到他，只能望着头顶那盏奢华的水晶吊灯发呆。

好像也没什么好难过的，她本来就是为了嫁给他才来的。现在他们生米煮成了熟饭，他应该会跟自己订婚吧？

不过传闻费南城不近女色，怎么今天第一次见她就失控了？是因为喝了酒的关系？沈于归想着想着，困意来袭，不知不觉睡了过去。

清晨，一缕阳光从窗帘的缝隙中溜了进来。费南城睁开眼睛，宿醉让他有些头疼。

他揉了揉鬓角，忽然想到了什么，猛地扭头，看到了一个女孩。一头乌黑的发丝散落下来，遮挡了她的半张小脸，他却依然能看出她的清秀的面容。

费南城眯起眼睛，低声呢喃道："小乌？"

但下一刻，他的视线就落在了女孩的右脸上，那里有一道青色胎记，从眉毛一直蔓延到眼睛下方。费南城蓦地清醒过来，一股阴寒之气弥漫了整个房间。

不是她！他就知道昨晚的一切不过是一场梦。

沈于归睡得正熟，忽然被人用力扯了一把胳膊。被惊醒后，她不悦地睁开眼睛，还没看清楚眼前的场景，就听到一道冰冷的声音劈头盖脸地砸过来："你就是奶奶说的那个女人？"

沈于归皱了皱眉，抬眼望去，就看到费南城冷着一张俊美的脸，目光冷冽地望着她。

见她不说话，他更加不耐烦，道："别以为讨好了我奶奶，跟我共度了一夜，就可以奢望任何名分！"话音落下，他像是再也不愿看到她一般直接翻身下床，进入浴室，洗完澡便更衣离开了。

"砰"！随着房门关上，沈于归才反应过来他刚才那句话是什么意思。他如果不负责的话，她岂不是白来这里了？

沈于归急忙翻身下床，然而在脚沾地的一刹那，她腿一软，险些栽倒在地上，还好她及时扶住了床边。身体的不适让她稍顿了一会儿，这才穿上衣服追了出去。

她打开房门冲到楼梯口，就看到费南城正往外走。他的侧脸轮廓分明，明明俊美得过分，此刻他却绷着一张脸，周身散发着凌厉的气息，让人一眼就看出他在发怒。

眼看他已经走到门口，就要离开，管家只能硬着头皮说道："先生。"

费南城脚步一顿，回过头来，眼神犀利又凉薄。

管家咳嗽了一声，说："老夫人今天早上打来电话，说……说为了让你们培养感情，以后沈小姐会在每个月的初一和十五来这边陪您过一晚。"

管家每说一个字，就能感觉到男人的视线冷一分，等到将话说完，管家的额头上已经有了冷汗。他咽了一下口水，继续说："老夫人身体不好，医生说一定要顺着她，否则……"

后面的话即便管家没说，费南城也听懂了。他脸上的不耐烦更加明显，一双眼睛阴鸷得可怕。管家和用人们吓得大气都不敢喘，房间里落针可闻，像是暴风雨来临前的宁静。

半晌，费南城冷嗤一声，抬头往楼上一瞥。女孩站在那儿，因为离得远，他看不清楚她的表情，但那姿态像极了……某个念头刚出，费南城立马冷了脸。

费南城这冷冷的眼神，看得还没来得及下楼的沈于归心惊胆战，如果眼神可以杀人的话，她觉得自己刚才已经被千刀万剐了！然后她就听到他一字一句、咬牙切齿地说道："那么其余时间，别让她出现在我面前！"

那充满厌恶的声音让沈于归直接愣住了，他既然这么厌恶她，为什么昨晚还要碰她？

外面传来车辆发动的声音，家里的用人们这才松了口气，聚在一起小声地讨论。

"费先生刚才好可怕。"

"废话，先生眼光那么高，这么多年几乎没有女人能入他的眼，结果老夫人偏偏给他安排了一个丑女人。你说沈小姐是走了什么运，怎么就独得老夫人喜欢？"

"这谁知道呢……"

听着楼下用人们的话语，沈于归下意识地抬手摸向自己的右脸。

说出来这群人可能不信，昨晚她是第一次见到费南城，他们口中那个"偏偏宠爱她"的老夫人，她更是从来没有见过！她之所以同意来这里，是因为依靠费家是她唯一的机会。

她自己也不明白，对费南城格外宠爱的老夫人为什么会选上自己这么一个"丑八怪"。

身后突然传来一阵手机铃声，是她的手机在响。她折回卧室拿起手机，看到是妈妈于曼瑜发来的信息：于归，你没有暴露吧？

看见这句话，沈于归下意识地侧头看向旁边的镜子，经过一个晚上的时间，她脸上那片青色胎记的颜色已经淡了几分。

手机又震动了一下，她收到了第二条信息：你要时刻记着，现在你是你姐姐沈从心。如果被人发现，我们母女三个就完了！

沈于归看完信息，绷紧了下巴。她跟姐姐是双胞胎，但姐姐自娘胎里出来就带着一块胎记，看着很丑。

就在费老夫人选中沈从心来陪费南城的时候，沈从心却离家出走了！于曼瑜没办法，只能将从小生活在国外的沈于归紧急召回，让她假扮沈从心，渡过这个危机。

沈于归先给自己的胎记补了“妆”，这才下楼。管家已经备好了车送她回家。

回家的路上，原本稳稳行驶着的车子突然停下，沈于归立刻产生了一种不好的预感，然后她就看到管家一脸歉意地望向自己。

管家道：“沈小姐，车子抛锚了！”

沈于归抽了抽嘴角，一副见怪不怪的样子。她的声音有点低，带着清冽的味道：“没事，这里距离我家不远，我走回去吧！”

她下了车，看着川流不息的街道哭笑不得，她从小运气就特别不好，坐车抛锚是常事，没想到费家这台限量款的劳斯莱斯竟然也会这样。

不知道走了多久，她终于到了家门口。沈宅位于一处别墅区，三层高的小楼跟费家庄园根本就没办法比。

站在门口，沈于归擦了擦额头上的汗，松了口气。她正要进门，一辆帕萨特轿车停在了她的旁边。

车窗落下，一道诧异的男声传了过来：“从心，你怎么自己走回来了？”

沈于归扭头去看，发现车子里坐着一个中年男人。男人瞪大了那双与她有三分相似的眼睛，错愕地看着她。

旋即，他像是误会了什么，沉声道：“你不会是惹怒了费先生，被他赶回来了吧？”

沈于归勾起嘴角冷笑了一下，这就是她那卖女求荣的好父亲——沈天浩！

沈天浩旁边坐着一个化了浓妆的中年女人，女人的眼睛黑少白多，满脸的刻薄相，她开口道："从心长成这样，而且又笨又木讷，人家费先生没看上她也是正常的。"

沈于归的眼神更冷了几分。这个女人是她父亲的青梅竹马，名叫白竹，这么多年来一直被她父亲养在外面，生了一男一女，那个男孩甚至比她们姐妹还要大两岁！

沈于归知道妈妈和姐姐在国内的日子不好过，却怎么也没想到沈天浩和白竹这些年来越发肆无忌惮，竟然这么明目张胆了！

"吱"的一声，大门打开。妈妈于曼瑜许是听到了外面的声音，冲了出来。她体形偏瘦，脸色蜡黄，眼底带着浓重的黑眼圈，像是一整晚没有睡。

她抓住沈于归的手，脸上布满关心，眼圈一下子就红了，哭着说："于……女儿，委屈你了！"

沈于归刚想说点安慰的话，白竹的声音就插了过来，道："既然她没有讨好到费先生，那我们来讨论一下离婚的事吧。"

离婚？于曼瑜被吓得抖了抖，颤抖着声音问道："什么离婚？"

沈天浩和白竹已经下了车，居高临下地看着她们。

白竹有些幸灾乐祸地瞥了沈天浩一眼，见他还不开口，她眼珠一转，叹了口气，说："看这情况，费先生应该没有碰从心吧？可惜了，家里好不容易有个认识费先生的机会。"

她这句话成功戳到了沈天浩的痛处，这些年他一直想要巴结上费家，可惜费家那种顶级豪门根本就看不起他这种中层企业家。

他气急败坏地朝着沈于归怒吼道："家里把你养这么大有什么用？长得丑不说，天天在外面丢人也就算了，这么好的机会你都把握不住，你们母女两个再加上国外那个小浑蛋，就是三个废物！给我滚，我要离婚，让你们三个净身出户！"

沈于归低着头，头发挡住了她的半张脸，听到这话，她脸上浮起一抹冷笑，净身出户？可真是够狠！

被沈于归扶着的于曼瑜都快要晕倒了，她不可置信地看着沈天浩，说："你怎么能这么对我？公司是我爸爸的！"

沈天浩本来是个穷小子，当年入赘于家，于老爷子去世后，沈天浩就乘机掌管了整个于氏。

沈天浩听到这话，脸色一变。

白竹立马开口说："姐，你误会了，天浩这么做也是为公司好，你知道这些年想要攀附费先生却没成功的女人会有什么下场吗？让你们离婚就是为了保全公司！你也不想看到你爸的公司就这么毁于一旦吧？"

白竹说完便戳了一下沈天浩。沈天浩拿出一份文件递给于曼瑜，威胁道："于氏的股份现在全在我手里，你最好乖乖地在离婚协议书上签字，否则别怪我不客气！"

于曼瑜还想说什么，却被白竹打断："姐，你别怪我们无情，我们也是为了公司好，要怪就怪从心得罪了费先生。"

"谁说我得罪了费先生？"沈于归早就想说话了，但她跟姐姐说话的语气不同，她想了很久平时跟姐姐视频通话时姐姐的样子，这才尽量柔和地说出这句话。

白竹一愣，觉得沈于归这话的语气有点奇怪。她扭头看向沈于归，女孩乖乖巧巧地站在那儿，因为脸上的胎记，女孩习惯性自卑地低着头，一副唯唯诺诺的样子。

她觉得自己多想了，立马询问道："从心，你这话是什么意思？"

沈于归依旧低着头，声音更加轻柔："费先生很喜欢我的。"

她这一句话让三个人都愣住了。

白竹再也装不下去，声音一下子尖锐起来，说："这怎么可能？费先生能喜欢你什么？"

"可能……"沈于归的声音依旧很轻柔，她歪了歪头，模样极其认真地回答，"他就是喜欢我'丑'？"

沈于归脸上是一副人畜无害的懦弱表情，眼角余光却欣赏着白竹和沈天浩由青变白的脸色。

就在这时，她身后忽然传来一阵笑声。沈于归身体一僵，回头就看到费管家不知道什么时候站在了她的身后，看样子他们刚才的对话管家全听到了。

沈于归很无语。

原来费家的车子莫名其妙地熄了火，怎么也找不到原因，可就在沈于归下车后不久，车子又莫名其妙地启动了，费管家就让司机追上沈小姐，这一追就追到了沈家。

费管家看向沈于归，却见她已经低下了头，眼观鼻鼻观心，似乎刚才那话根本不是她说的。

一时间没人说话，费管家只能咳嗽了一声，开口道："沈小姐。"

沈于归抬眸看向他。

"今晚同一时间，我来接您。"

沈于归挑眉，来接她干什么？

费管家道："今天是十五。"

沈于归的睫毛微微颤了颤，之前听到只需要初一和十五去费家的时候她还松了口气，觉得一个月两天还能忍受。但今天是十五？想一想昨晚……她感觉腿还有点软。

她很清楚，就跟昨晚一样，她不仅不可以拒绝，还要想办法让费南城赶紧跟她订婚。

沈天浩亲自送费管家离开，全程谄媚讨好的模样看得沈于归倒尽了胃口。

等车子离开，沈天浩回头笑呵呵地夸赞她，说："不愧是我的好女儿！"

白竹在旁边气得攥紧了拳头，眼露凶光。她突然想到了什么，急忙挽住沈天浩的胳膊，说："从心，费先生怎么没提订婚的事啊？"

沈于归眯起眼睛，这个白竹直接就抓到了重点，果然不是个简单的人。

见她不说话，白竹又叹了口气，道："男人都有劣根性，玩腻了就跑的男人多了去了，费先生应该不是这样的人吧？不然你可就吃亏了。"

白竹明里是在关心她，其实是在提醒沈天浩：情人和未婚妻，这二者的差距可大了！

沈天浩的眼神果然变了，打量着沈于归。

沈于归低着头说："费先生说订婚的事涉及很多方面，等等再说。"

沈天浩的眼色深了几分，他本来是不急的，等订了婚，沈家要什么资源没有？可现在看来，费先生可能是因为一时新鲜看上了沈于归，但不一定会订婚，毕竟堂堂费家怎么会娶这么一个丑八怪回家，不嫌丢人？

沈天浩眯起眼睛上前一步，拿出一份文件递给沈于归，说："这是咱们公司的新项目，打算跟费氏合作，我刚跟费管家提了一句。你今晚去见费先生的时候，哄着他在合同上签个字。”先把利益拿到手才是最重要的。

沈天浩拍了拍沈于归的肩膀，继续道：“你是我沈天浩的女儿，咱们家过好了，爸爸不会亏待你的。”

沈于归心里冷笑，刚才他还要她们净身出户，这会儿就像什么都没发生一样说出这种话。

如果是单纯善良的姐姐，可能就信了他的话，但她沈于归不是个软柿子！沈天浩想要卖女儿，也得看看她同不同意。

等沈天浩带着白竹离开后，于曼瑜立马紧张地问她：“于归，费先生真的同意订婚了吗？”

沈于归攥紧了拳头，眼神坚定，说：“我会让他同意的。”

只有成为费南城的未婚妻，她才能夺回属于她们母女的一切！

当晚，沈于归再次来到费家。

主卧里一片静谧，头顶的水晶吊灯将整个房间照得宛如白昼，沈于归坐在床上凝眉思考，昨晚的一些细节渐渐地浮出脑海。

她记得他在亲吻她的时候捂住了她右脸上的胎记，所以他早上那么讨厌她，是因为她脸上的胎记？

想到这儿，她立马站起来走进卫生间，对着镜子用粉底液将胎记遮掩了一下，直到看不出胎记以后，她这才回到了卧室。

其实姐姐和她长得一样，五官本身并不丑，只是姐姐太自卑，不爱化妆，还经常低着头，让人没有进一步了解的欲望。不过现在她把这个胎记遮住了，费南城应该会喜欢吧？

沈于归一直等到了晚上十一点，就在她以为费南城不会回来的时候，楼下传来了动静。她立马站起来，打开房门走了出去。

伴随着费南城的进入，一股低气压在别墅中弥漫开来。男人那双黑眸深邃得让人看不出情绪，鼻梁高挺，薄唇紧抿，宛如一个统治世界的王，气场强大，让人不由自主地为他折服。

即便是从小看着他长大的费管家，依旧不得不感叹先生真是太好看了。他迎上去，道：“先生，您回来了。”

费南城略微点头，淡淡地“嗯”了一声，面无表情地绕过他就要上楼。

管家急忙开口道：“先生，那个……沈小姐已经在房间了。”

费南城脚步一顿，目光阴沉地看过来。

虽然他没说话，管家却看懂了他的意思：如果不给他一个合理的解释，后果会很严重！

管家立马说道：“今天是十五。”

费南城听到这话，脸色不仅没有好转，反而更加阴沉，仿佛楼上等着他的人不是女人，而是敌人。

管家为沈小姐捏了把汗，想到今天在沈家门口看到的事情，他忍不住说道：“先生，沈小姐虽然长得丑了一点，话也少，其实挺有趣的，而且既然老夫人这么喜欢她，肯定是有原因的。”

“李叔，你话太多了。”费南城低沉的声音传来。

管家顿时止住了话语，他原本还想说些什么，忽然听到了楼上的开门声。

管家扭头看去，顿时觉得眼前一亮！只见沈于归站在楼梯口，穿了一条白色裙子，头发随意地扎在脑后，露出了饱满的额头，巴掌大的小脸，五官精致到夺目！尤其是她的皮肤白皙，站在那儿似乎比灯光还要亮。

管家都看惊了，扭头看向费南城，却见费先生的视线定格在她身上，像是被磁铁吸附了一般挪不开眼神。

管家兴奋地说道：“先生，我就说老夫人的眼光不错吧，你看沈小姐没了胎记多好看啊。”

费南城根本就没听到管家的话，他像着了魔一般，一步一步地朝着女孩走去。

沈于归紧张地站在楼上，看着费南城即便是在走向她的过程中也舍不得眨一下眼睛的样子，忽然感到有点迷茫。这男人的眼神太痴迷、太眷恋，让她感觉他应该是在看她，却又像是透过她看向了另外一个人。

此刻他这么一步一步走来，竟让她的心微微一抽，有尖锐的疼痛感。

她发誓这辈子都要忘掉的一些人和事，似乎就要冲破束缚，冒出头来。她一定是疯了，不然怎么会在这个时刻突然想到当年的那个人？

当年……沈于归眼前一暗，这才发现男人已经跨越层层台阶，来到了她的面前。

她急忙垂下眼帘，压住心头的悸动，努力让自己笑得温柔，然后她又甜又软地说道：“费先生，您回来啦！”

他这么看着她，应该是喜欢她这个样子的吧？可等了一会儿也不见男人有什么回应，她疑惑地抬起头来，就见费南城还在看着她。

费南城觉得自己应该是又醉了，不然怎么会又看到她？就像是那个少女跨越了六个年头的时光，变成了如今亭亭玉立的样子，退去稚气，多了几分成熟的韵味。那是他的女孩。

他的眼神从她的脸上一寸一寸地看过去，生怕少看了一眼，他慢慢地伸出手，想要触碰那张让他快要想疯的脸庞。

可就在他看向她的右脸时，蓦地发现她的妆容下隐约透露出来的青紫色！他猛地惊醒过来，他的小乌没有胎记！

在费南城伸出手的时候，沈于归的身体就僵住了。她一动也不敢动，盯着男人骨节分明的手指，不知道为什么，她竟然觉得此刻他的手很温柔。

就在那只手即将轻轻落在她脸颊上的时候，它停了下来，旋即紧紧地捏住了她的下巴！

沈于归吃痛，被迫抬起头与他那双阴鸷的黑眸对视。他周身的气势也变了，刚才还是柔情蜜意，不过眨眼间就阴云密布。他的眼神里隐隐带着暴戾，像是恨不得要掐死她一样。

沈于归吓得腿都软了！下一刻，她就听到他那仿佛从地狱传过来的阴冷的声音：“你不配这样打扮，以后不准化妆！”

说完，他就直接将她推开，转身大步进了书房。

沈于归被推得后退了好几步，她下意识地摸着自己疼痛的下巴，错愕地看着书房紧闭的大门，根本就不明白自己到底是哪里惹怒了他。这人也太喜怒无常了吧？沈于归深吸了一口气，回头发现管家正一脸惊愕地看着她。

沈于归攥紧了拳头，她特意化了妆美美地出来，却被人这么嫌弃，便觉得脸面上有点挂不住。于是她露出温柔的笑容，认真地对管家说道：“你看我白天没说错吧？费先生他就是喜欢我丑。”

管家一时语塞。

“我先去卸妆了。”沈于归对管家点了点头，挺胸抬头优雅地进了卧室。

卫生间里，沈于归捧着水泼在脸上。她抬起头看向镜子里的自己，白皙的肌肤上，那块用特殊颜料画的青色胎记很显眼。

沈于归叹了口气，到现在她的心还在“怦怦”狂跳。刚才费南城的样子简直太可怕了，即便她胆子大，此刻都有点想溜走，生怕自己再留在这里，到时候怎么死的都不知道。都说女追男隔层纱，怎么轮到她就这么难？

在这安静的夜里，沈从心的手机忽然响了一下——她离家出走的时候将所有东西都留了下来，似乎要跟家里划清界限，这倒是给沈于归提供了方便。

沈于归拿起属于姐姐的手机，发现是沈天浩发过来的消息：从心，我不管你今晚用什么办法，一定要让费先生签字！

沈于归的眸中闪过一抹厉光，她下午已经看过那份合同了，新项目很敷衍，所有的文字其实都在表达一个意思：我女儿值多少钱？就差明晃晃地跟费南城伸手要钱了！

沈于归打定主意不会开这个口，她将手机放在旁边，躺上了床。书房她还是不要去了，免得又碰触到费南城的什么禁忌，可如果她不过去，怎么讨好他呢？

书房里，费南城坐在沙发上，定定地看着面前的茶几，内心烦躁得厉害。他是真的很生气，但他说不上来是在气别人还是气自己——昨晚他喝多了，竟然将那个女人当成了她。如果不是顾忌到奶奶的身体，他早就将那个女人赶走了！

正思考着，房门被叩响了，费南城立马抬头，不耐烦地喊道：“进。”

管家小心翼翼地推门走进来，说：“先生，我今天送沈小姐回去时碰到了她的父亲，沈先生说有个项目想要跟费氏合作，沈小姐已经带来了合同。”接人时，他亲眼看到沈小姐将合同放进了包里。

费南城听到这话冷笑了一下，合作？还真是迫不及待地来要钱了，果然是贪慕虚荣的小人！不过那个女人费尽心机地讨好奶奶，不就是为了这个？怪不得刚才她打扮成那样！

费南城淡淡地回道：“知道了。”

等管家出去，费南城靠在了沙发上。那女人为了签合同，肯定会来找他，他就在这里等着，看她怎么开口，到时候……他眸光一沉，眼里闪过一抹狠厉。

等得不耐烦了，他干脆打开了电脑，开始处理公司的事情。费氏集团旗下的产业多方面发展，即便公司能人很多，他每天要处理的文件依旧多不胜数。

不知不觉中，他忙到了凌晨两点，沈于归竟然没来。费南城揉了揉发酸的肩膀，那女人在搞什么鬼？他眯了眯眼睛，修长的手指在电脑上按了几下，调出了卧室的监控录像。

房间里还亮着灯，可各处都没有人，找了许久，费南城才看到床上的被子鼓起了一块，他将屏幕上的画面放大，看到那个女人竟然睡了！

费南城的脸色一下黑了，这算什么，欲擒故纵？

天色大亮，沈于归猛地惊醒，“噌”地坐起来，眼神里还带着茫然。反应过来后，她急忙拿起手机，时间一栏显示此时已经是早上七点。

她懊悔地拍了拍头，昨晚明明在想怎么讨好费先生，怎么就睡着了？再看床上的样子，费南城应该是一整晚没来。本来他们一个月就只有两天时间能见面，没有把握住昨天，那她岂不是要再等半个月？

沈于归急忙跳下床，希望费南城还没去上班。她打开门冲出去，看到费南城正在餐厅里吃早饭。他眼周有些发黑，像是没睡好，面无表情地坐在那儿，不怒自威。

沈于归慢慢下楼走到餐桌前，声音轻柔地打招呼：“费先生，昨晚睡得好吗？”

她这句话落下，男人的脸色就冷了几分。沈于归不明所以，想再说点什么，管家忽然笑着走过来道：“沈小姐，刚才老夫人打来电话，说等您醒了以后，就让你和先生一起去看望她，车子已经备好了。”

费家的车子行驶在去疗养院的路上，沈于归坐在后座，看了一眼跟她隔了一个扶手的费南城。他正全神贯注地看着手中笔记本电脑的屏幕，大概在处理公司事务。男人的侧脸轮廓分明，认真的样子格外有魅力。

沈于归看着看着就发起了呆，她想找个话题跟他聊一聊，这一路上总不能就这么干坐着吧？她正想着，忽然不知道发生了什么，男人的眉头略微蹙了蹙。她被吓得瞬间回了神，立马收回自己的视线，垂下头不敢动了。

费南城眼角余光瞥见她这副样子，冷笑了一下，她昨晚应该不是故意睡着的，不然早上也不会慌乱地冲出来，在看到自己以后明显松了口气，而刚才她又朝着他露出一副欲言又止的模样，看样子是打算找机会提合同的事，他干脆合上电脑等她开口。

车里安静了一会儿，沈于归想到了什么，拿起手机打开某个软件，看起了自己昨天买的彩票。从五年前开始，她就养成了每天买一张彩票的习惯，不是为了中奖，而是想看看自己有一天会不会转运。当然，五年过去了，她连最小的奖的影子都没见过。

沈于归对此早就不抱希望，只是习惯使然才打开了中奖信息，然后随意地瞥了一眼。正要将手机关掉，她却蓦地一僵！她猛地低头再次看去，发现原本显示“谢谢惠顾”四个字的地方，此刻却清清楚楚地显示中奖信息：二千元！

她中奖了？她终于转运了！沈于归兴奋地一把抓住旁边人的手，想要分享这个好消息！

“我……”沈于归扭头，在对上那张英俊到人神共愤的脸庞时，话语戛然而止，脑子“轰”的一下就炸了！中奖的喜悦荡然无存。她一时冲动，居然忘了这是哪里。而后她意识到了什么，视线一点一点地往下移，落在她抓着的那只手上，瞬间呆住。

费南城面色阴沉，整辆车里阴云密布。这女人动起来的时候，他以为她忍不住要说合同的事，可没想到她竟然先抓住了他的手。

这是什么意思，不知道他最厌恶别人的碰触吗？而这个蠢女人到现在还不把她的爪子拿开。他咬牙切齿地问道：“你还要握到什么时候？”

沈于归终于缓过神来，宛如触电一般，“嗖”一下收回了自己的手。男人却还在盯着她，似乎在等她开口。

沈于归咽了下口水，内心忐忑不安，感觉任何词汇都无法形容她此刻恐惧的心情。

“你就没有什么可说的？”费南城再次开口，声音里带着压抑的怒意，只等她开口提起合同，就一脚将她从车子里踹下去。

沈于归脑子都僵掉了，说什么？对上男人那深沉似海的目光，她下意识地开口道：“费、费先生，我中奖了！”

车子里忽然陷入了一种诡异的安静当中，费南城眸光闪烁，变化莫测。女孩此刻的眼神里还带着光，兴奋的神色毫不遮掩，不同于以往的懦弱和不起眼，她那双清澈的眸子里带了几分灵动。

费南城的额头上有几道黑线划过。她在那里坐立不安，欲言又止了半晌，就是为了说这个？可他偏偏觉得女孩此刻的样子跟记忆中的女孩有那么一点重叠的相像。

意识到自己在想什么以后，费南城猛地惊醒过来，他怎么会再次觉得她很像那个女孩？他立马坐直了身体，直视前方，似乎再多看她一眼都是浪费。

他这个反应反而让沈于归松了口气，她默默地将身体缩在角落里，手脚并拢，乖巧得像个学生，连呼吸都放轻了一些，恨不得把自己变成空气。

到疗养院后，沈于归下了车，终于松了口气，感觉自己刚才在车子里连呼吸都困难了。

她默默地跟在几个人身后，走进了房间。

这里说是疗养院，其实更像是另一个费家庄园，院子里种满了花，建筑也都宏伟精致，仿佛世外桃源。

她正想着，管家开口道：“我们到了。”他站在一侧，示意沈于归进门。

进去以后，沈于归就看到费南城脱了外套随意挂在旁边的衣架上，房间里有一个满头华发的老妇人正看着她们。她心想：这应该就是费老夫人了，那严谨刻板的样子跟费南城如出一辙。

她急忙上前一步，鞠了一躬，甜甜地喊道：“费奶奶好。”无论怎么样，老夫人是她在费家的依靠，她先嘴甜地打个招呼，总能给人留下点好印象。

可是为什么她这话一出，房间里的气氛就有点变了？沈于归慢慢地抬头，就看到费南城眼神怪异地看着她。

然后他看向旁边，对着坐在沙发上那个笑眯眯的老太太喊了一声“奶奶”。

尴尬，她认错人了怎么办？

她面前的老妇人也吓了一跳，急忙闪开，然后恭敬地开口道：“先生、沈小姐，你们来了，老夫人等你们很久了。”

沈于归迷茫了，在对上费南城充满打量的眼神后，她更加不知所措，她要怎么解释她不认识老夫人？眼神不好使？对哦，姐姐是高度近视！下一刻，沈于归的眼神里充满了无辜，说：“对不起，我忘了戴眼镜。”

“这有什么对不起的？丫头，快点过来给我看看，我想死你们了！”费老夫人适时开口打破了尴尬，她笑着对沈于归招手，对刚才的小插曲表示出毫不介意的样子。

沈于归之前就问过她妈妈，确定姐姐跟老夫人没有接触过，但是看老夫人的样子，好像是认识姐姐的，难道在妈妈不知道的情况下，姐姐跟老夫人见过？她生怕自己露馅儿，小心翼翼地走到老夫人面前，叫道：“奶奶。”

她刚要鞠躬，手就被老夫人一把抓住了。老夫人戴着老花镜，将视线落在她的脸上，认真地看了几眼之后，这才打趣道：“你们两个小没良心的双宿双飞、如胶似漆去了，我要是不开口，你们是不是就想不起我这个老婆子了？”

双宿双飞、如胶似漆？这都是什么成语啊？沈于归抽了抽嘴角，眼神瞥向费南城。他果然不喜欢这话，皱起了眉头，淡淡地开口道：“奶奶，我十点钟还有个会。”

费老夫人摆了摆手，道：“行行行，知道你是个大忙人，我就问你们打算什么时候订婚？”

沈于归的心一紧，再看费南城，他冷飕飕地扫了她一眼，神色多了几分不耐烦，可还是认真地回答老夫人的问题：“以后再说吧。”

老夫人似乎没听出他话里的意思，依旧笑着，道：“那好。对了，把你的手机拿过来。”费南城不明所以，将手机递过去。老夫人接了手机解开锁，然后立马对沈于归招手，道：“丫头，你们应该还没有互相留联系方式吧？来，加他的微信，方便你们联系！”

沈于归的眼睛瞬间亮了。她正在愁每个月初一和十五以外的时间怎么跟费南城增加感情呢，老夫人就来了这么一手，简直是神助攻！哪怕感受到男人如有实质的目光，她还是硬着头皮拿起手机加了微信。

老夫人的动作更利落，在她点“申请”的下一秒就点了“通过”，然后将手机递给费南城，凶巴巴地说：“不许删，听到了吗？”

费南城答道：“好。”他接过手机，警告地看向沈于归，意思很明显：没事别来烦我！

得到了费南城的保证，老夫人摆了摆手，一脸嫌弃地说：“好了，你不是忙吗？就先走吧。我还有话要跟丫头说呢！”

费南城一时语塞。

沈于归听到这话，顿时紧张起来，有话要说？如果老夫人跟姐姐之前真的认识，那她暴露了怎么办？

费南城走出房间后，老夫人对她招了招手，一副有秘密要说的样子。她上前一步，凑到老夫人面前。

老夫人压低了声音说：“丫头，奶奶能帮你的就到这里了！这臭小子性格冷，你平时要多跟他联系。”

老夫人握紧了拳头在沈于归面前晃了晃，说：“加油！争取早点让他同意订婚，也早点给我生个大胖重孙子！”

所以您搞得神神秘秘的，就是要说这个？沈于归抽了抽嘴角，感受到老夫人的善意，觉得面前的人有点可爱，点了点头道：“奶奶，我会努力的！”

她本来以为自己还需要在这里停留半日，没想到老人家特别干脆，直接下了逐客令：“好了，知道你们年轻人不喜欢被拘束，不用陪我了！”

沈于归离开以后，老夫人将管家叫进来，一脸八卦地询问：“小李啊，这丫头和那臭小子是怎么相处的？你快给我说说！”

管家无语，却还是将这几天发生的事情简单地说了一下。

老夫人听完，若有所思地说：“你是说沈家想要寻求合作，但是这丫头一直没开口？”

管家点了点头。

沈于归出了疗养院，坐在回家的车上，发现微信上收到了几条信息，都是姐姐的舍友张千千发过来的：从心，十点的课你再不来，会被扣学分的，那你今年毕业就悬了！

沈于归这才想起姐姐如今还是一名大四的学生。花夏大学是国内一所名牌大学，坐落在S市，当年为了考上这所大学，姐姐废寝忘食，如今她不能就这么放弃。她看了下时间，从这里赶到学校应该还来得及，于是急忙将地址告诉司机。

沈于归冲进教室时，时间刚好。签到以后，她随便找了个位置，只是刚坐下，全班同学就齐刷刷地看向她，并露出了诧异的神色。沈于归挑了挑眉，不知道发生了什么。

她正思索着，手机页面上弹出一条微信消息，是张千千发来的：从心，你怎么坐在那里了？

沈于归回复：怎么了？

张千千：看你左边。

沈于归扭头就看到一名跟她隔了一个座位的女孩正皱眉看着她。女孩的五官长得一般，但胜在穿衣打扮很潮，名牌堆砌起来的气质让她在这一群大学生中鹤立鸡群。

沈于归愣了，没想到会在这里看到沈芷兰——白竹和沈天浩的女儿，那个比她小了半岁的女孩。沈芷兰跟她姐姐都是计算机专业的学生，姐姐在一班，沈芷兰在二班，但有些课是两个班级一起上的。

沈于归正打量着沈芷兰，沈芷兰旁边的女孩忽然语气很冲地说道："看什么看？你不配坐在芷兰身边，滚开！"

女孩还想说什么，这时老师走进教室，沈芷兰立马拉扯了一下女孩的袖子："好了，别说了。"

女孩愤愤不平地说："芷兰，你就是太善良了！她妈妈破坏别人家庭，你应该见她一次打一次，她凭什么坐在你旁边？"

破坏别人家庭？沈于归看着周围同学脸上的那种嫌弃和厌恶，心微微一紧，忽然间很心疼姐姐。

因为一些原因，她很少回国，可她每天都会跟姐姐发视频或语音。她知道姐姐很自卑，在学校里人缘不好，除了张千千就没有别的朋友了。她原本以为是那个胎记造成的，可现在看来，沈芷兰才是最主要的原因！沈芷兰竟然这么颠倒黑白，在学校里孤立姐姐，让姐姐在人生最美好、最肆意的年华过得如此压抑！

沈于归攥紧了拳头，眼神冷下来。或许姐姐的离家出走是命运的指引，目的就是要她代替姐姐，将属于姐姐的东西都要回来！

整整两节课，沈于归都是在周围同学的指指点点中上完的。好不容易下了课，沈于归正想着怎么给姐姐正名，就有人撞了上来。

沈芷兰忽然开口道："从心姐。"

周围的学生原本就关注着她们，见沈芷兰开口，瞬间齐刷刷地看了过来。

沈于归抬头就见沈芷兰站在她旁边，穿着一身新品，高仰着头，一看就是个千金大小姐，而姐姐的衣柜里永远都是旧衣服。两人一个气质高雅，一个畏畏缩缩，对比很明显。

沈芷兰优越感十足地开口道："我听说你已经连续两天夜不归宿了。"

她这话一出，周围同学看向沈于归的眼神瞬间变了。

"夜不归宿，她去干什么了？"

"还能干什么？当妈的这样，做女儿的能好到哪里去？"

沈于归依旧垂着头，发丝遮挡了她的表情，她此刻眯着眼，嘴角噙着一抹冷笑。沈芷兰可真是不遗余力地诋毁姐姐！她以为自己会跟姐姐一样逆来顺受？

沈芷兰假模假样地叹了口气，道："从心姐，我知道你的生活很拮据，只是女孩子还是要自重。"

她从包里掏出一张银行卡递到沈于归面前，说："你要是真的缺钱花，那这卡里的钱先给你用着，我会让爸爸给你多加点生活费的，外面那些不三不四的工作你还是不要做了。"

"自重"和"不三不四"这两个词能让人联想到很多不好的东西，周围的同学看向沈于归的眼神更不好了，就像她是什么瘟神似的，纷纷皱眉远离。

沈芷兰的眼里闪过一抹得意。她妈妈说了，如果不是沈从心从中作梗，爸爸已经跟于曼瑜离婚了，所以看到沈从心，她就忍不住讽刺几句。

按照以往的惯例，沈从心由于那点可怜的自尊心作祟，会低声说一句"不用了"，然后紧张地逃离。沈芷兰很期待，她最喜欢看的就是沈从心狼狈的样子。就算沈从心是沈家大小姐又怎么样？过得还不如她！

沈于归盯着面前的银行卡，发现那竟然是一张副卡，随便就能刷出来几十万块钱。

沈天浩借口公司盈利不好，这些年来没有给过她们母女一分钱，但他对这个女儿可真是大方。现在沈芷兰竟然拿着于家的钱来嘲笑她？既然这样，她自然不会让沈芷兰称心如意。

沈于归眼里闪过一抹厉色，下一刻她就伸手握住了那张银行卡，说：“嗯，那谢谢哦。”

原本就是属于她的钱，不要白不要！可银行卡另一边的人没放手——沈芷兰怎么也没有想到沈于归会是这个反应，已经呆了。

沈芷兰看着面前的人，那样子忐忑又不安，的确是那个沈从心。

沈于归歪着头，脸上的胎记特别明显，她说话的语气轻柔，又带着一丝疑惑：“你不会是后悔了吧？”

沈芷兰气得不行，当着全班同学的面，她怎么能后悔？她只能松了手，咬牙切齿地说道：“当、然、没、有！”这可是她所有的生活费。

看着沈芷兰一脸吃瘪的表情，沈于归心情大好。她将银行卡放进口袋里，起身准备离开，谁知刚转身，一道带着傲气的声音就传了过来：“熊猫眼，你怎么这么不要脸？”

熊猫眼？沈于归回头就看到教室角落里的一个男生缓缓地站了起来，他穿了一身牛仔服，看着很酷，五官精致好看，只是说话有些难听。

见他站出来，沈芷兰的脸色立马红了，她眼睛发亮地看着男生，说：“子凡哥，算了。”

陈子凡抬了抬下巴，冷嗤一声，然后靠在桌子上，动作利落地蹿上了桌面，横跨了几个桌子到了沈于归的课桌上，旋即蹲下来居高临下地看着她说：“芷兰善良，不跟你计较，可我就是看不惯你这副样子！而且这钱你拿着不烫手？”

明明有路，这家伙却偏要耍帅走桌子，而且此刻说话的语气怎么就这么欠揍呢？沈于归沉默了一瞬，依旧是一脸认真的表情，而后道：“等我取了现金再来告诉你烫不烫手。”

陈子凡看向面前的女孩，他记得以前这人看都不敢看自己一眼，即便是在教室里，她也跟空气似的毫不起眼。他如果跟她说句话，她一定会惊慌失措地跑开，从来不敢像今天这样软绵绵地顶回来，让他觉得一拳打在了棉花上。

陈子凡窝着火往前凑了凑，压低了声音说道：“我说丑八怪，你真以为勾搭上我表哥就飞上枝头变凤凰了？竟然敢这么跟我说话！”

沈于归微微一愣，道：“表哥？”

“你装什么装，你以为我不知道你这几天去干了什么？我表哥是堂堂费氏的总裁，不可能看上你这样身份的人，更不会跟你订婚，你别痴心妄想了！”

沈于归恍然，搞了半天这家伙竟然是费南城的表弟？这么看来，他还真的跟费南城有那么两分相似。她勾起嘴角，看向一旁等着看笑话的沈芷兰，缓缓地开口道：“谁说我妈破坏别人家庭？”

陈子凡瞬间愣住了：“你这话是什么意思？”

沈芷兰瞬间慌了神，以前这个丑女人从来不敢解释的，现在果然是傍上了费先生，连胆子都大了吗？

沈芷兰本来是打算让陈子凡替自己出头教训这个丑女人的，可听到这话，她慌乱地上前一步，拽住了陈子凡的衣袖，转移话题：“子凡哥，无论怎么说，她也是爸爸的女儿，你别说了。”

沈于归则趁机拿了自己的包直接往外走。身份的事情不是一两句话就能说清楚的，沈芷兰经营了这么久，如果她贸然开口，大家会以为她在说谎，她要另外想个办法替姐姐正名！

她刚走出教室，手机忽然响起来。沈于归按了接听键，对面传来了一道陌生的声音：“请问是沈小姐吗？这里是费氏集团。请问您今天下午有时间过来一下吗？”

费氏集团？沈于归的眼睛瞬间亮了，是费南城找她，难道要说订婚的事？她立马回答：“有时间，我一定去！”

挂了电话，沈于归兴奋起来，又想到今天买彩票中了奖，看来自己果然是霉运退散，好运就来了，费南城开始主动联系她了！正想着，她脚下一软，身躯一僵，低头看见脚底下正踩着一块狗屎。

说好的转运呢？

S市寸土寸金的市中心，费氏集团大楼霸气地矗立着。站在顶楼办公室，可以俯瞰整个城市。费南城坐在办公室的沙发上，眉头紧紧地蹙起。

他的私人特助正在汇报：“费总，我们已经查清楚了，沈小姐的确是从出生就有胎记，且因为胎记分布在眼睛周围，做手术容易引发失明，所以一直没有做手术去除。

“至于您说的六年前的那个时间，沈小姐一直在S市上学，我们已经问过当时的老师，她没有缺过勤。而且跟沈小姐有血缘关系的亲戚里面，并没有您说的这个年纪的女孩。”

费南城听着汇报，心越来越凉了，长得像原来只是巧合。他一定是太想她了，所以才会屡次将那个女人认成是她。

他低头从口袋里拿出一枚戒指，戒指中间镶着一块红色的像是心形宝石的晶体，款式精致夺目，只有他知道这块看似是宝石的红色晶体是个感应灯。他用指尖摩挲着戒指，神色渐渐变得柔和。

那年他们在操作室待了整整一天才做出两个这么小巧的东西，她将其中一枚给了他，说：“这个感应器可以在一千米以内使用。你想我了就按一按这里，我的戒指就会‘嘀嘀’响，感应灯也会亮起来，我想你了也是一样的！”

说完女孩就歪了歪头，语气带了点骄纵：“你要经常想我哦，如果我的感应灯一天没有亮够五次，我会生气的！”

想到这里，费南城将戒指转了转，在旁边找到了一个小小的按钮。他将手指按了上去，一次、两次、三次、四次、五次。我想你了，可是你在哪儿？

“嘀嘀嘀”的声音响起的时候，沈于归刚好踏入费氏集团大门。听到这声音，她的心一抽，整个人瞬间僵住了，时间仿若停止了一般。她下意识地看向周围，寻找着什么。

沈于归将挂在脖子上的吊坠从领口拿出来，那是一个红宝石戒指，此刻它不仅“嘀嘀嘀”地响着，而且红色的心形晶体也亮了起来，一闪一闪的，像是跳跃的心脏。她的心脏不受控制地跟着戒指跳动起来，可声音没过一会儿就消失了。她的眼神黯淡下来，心口也像是缺了一块。

这些年，通信发展得越来越好，干扰信号也多了起来，所以这个戒指已经不是第一次莫名其妙地响了。

一楼大堂的人并不多，一个工作人员走过来询问道：“请问是沈小姐吗？”

沈于归回过神来，小心翼翼地将戒指放回衣服内，这才看向工作人员，说：“不好意思，是我。”

“那您跟我来，我们总经理已经在等您了。”

沈于归跟着工作人员进了电梯，直到上了楼她才猛地反应过来，道：“总经理？”

不是费南城找她？

工作人员点点头，指着会议室里面说：“我们投资部的总经理在等您。”

一个四十岁左右的中年男人直接走出来迎接她，笑呵呵地说道：“沈小姐，是这样的，我们对沈氏的新项目很感兴趣，决定给你们投资。合同您带来了吧？”

沈于归错愕地看着面前的人，不自觉地将手放在了包上。那个合同一直在包里，她从来没有拿出来过，这人怎么会找过来？难道是管家告诉了费南城，费南城才让人找她？

顶楼。

费南城刚将戒指收起来，手机微信就响了起来，是语音电话。费南城慢悠悠地拿起手机按了接听。

对面传来了陈子凡的声音：“哥，那个私生女钻进钱眼里了吧？她靠近你绝对是看上了你的钱！”

费南城已经恢复了以往的冷漠，没说话。陈子凡将今天在学校里的事情说了一遍，费南城听完以后蹙起眉头，说：“私生女？”

“对啊，你不知道吗？你可千万别被她骗了！哥，我最讨厌的就是私生女，你也知道我爸他……算了不说了，反正我就是跟她势不两立！”

费南城冷嗤了一声，虽然他不想管这个咋咋呼呼的表弟，可也不想看这个表弟像个傻子一样被人利用，便淡淡地开口道：“你还是长点心吧，别被人耍得团团转！”他之所以没点明，是不想太过干涉别人的人生，有些事情还是要亲自经历才能成长。

陈子凡不明所以，正要询问，语音电话已经被费南城挂了。

此时费南城办公室的门被叩响，助理推门进来，欲言又止。

费南城示意他直说，助理这才开口道：“费总，沈小姐来了。”

“我问过了，是投资部那边的总经理喊她来签合同的，说是要给沈家的项目投资，这是老夫人上午特意打电话叮嘱的。”

费南城的脸色瞬间阴沉下来。从昨晚到今天，她一直没提合同的事情，他还以为她没有那么肤浅呢，没想到她竟然从奶奶那边下了手！是他对她太客气，让她以为自己可以为所欲为了？

从投资部走出来，沈于归打量着费氏集团。整个企业的氛围非常好，员工井然有序地忙碌着，沈于归忍不住感叹费南城在管理方面的确厉害。

走到电梯口，她上挑的凤眸定格在楼层按键上。虽然费南城让她在初一和十五以外的日子不要出现在他面前，可是她来都来了，真的不去拉近一下关系吗？

她正纠结着，电梯门开了，抬头就看到电梯里的男人正盯着她看。费南城的脸色不怎么好，一双眼睛里有着慑人的寒意，像是别人欠了他几百万似的，让人感觉周围的温度都低了一些。

沈于归紧张起来，被他身上强大的气场压得喘不过气。为什么她每次看到他，他的心情似乎都不太好？

她局促不安地看着他，僵硬地举起手，笨拙地打招呼："我不是有意出现在你面前的，我……"

她话还没说完，手腕就被一把攥住，接着就被一股大力拉进了电梯里！

沈于归站立不稳，直接扑进了男人的怀里，还没站稳又被男人拉扯着撞到了电梯上。她穿得比较单薄，身后是冰凉的金属墙，身前是男人炙热的身躯，她有点不舒服，想要动一动，但他伸手将她禁锢在内，她顿时不敢动了。

电梯门缓缓地关上，小小的空间里，阳刚的气息强势地钻进沈于归的鼻翼间，让她莫名地想到那一晚他也是这样子一句话也不说就直接压了上来……她的脸上染了一抹红晕。

男人低头凑到她的耳边。他呼吸间的气息喷在她的脖子上，让她感觉心脏像是被一支羽毛轻轻挠了一下，痒痒的。

他要干什么？不会是想在这里轻薄她吧？这个念头刚在她脑海中闪过，她就听到耳畔处传来一道低沉带着磁性的声音："你想跟我订婚，嗯？"

一个"嗯"字，尾音上挑，竟带着致命的诱惑！哪怕沈于归这辈子没打算恋爱、没打算结婚，却还是被他这句话撩拨了一下。

沈于归大大的眼睛往上瞥，看到他近在咫尺的完美脸庞，她紧张地咽了下口水，这男人突然转性了？她迟疑了一下，点了点头道：“嗯！”

他的头再次低了低，几乎要贴上她的脖颈了。就在沈于归觉得自己快要在这种暧昧中窒息时，他的声音骤然转冷，字字如冰刀般砸了过来，道：“除非全天下的女人死光了，你才有机会！”

沈于归蓦地瞪大了眼睛，错愕地看着他，只见他眼神冷冰冰的，根本就没有一丝温情，她这才反应过来，这男人从刚开始就是故意在羞辱她！她攥紧了拳头，只觉得一股难堪涌上心头。

男人却恶狠狠地继续说道：“告诉你，像你这种只知道利用老人、爱慕虚荣的女人，我看一眼都觉得恶心！想让我跟你订婚？下辈子吧！”

沈于归猛地抬起头来，愤怒的眼神直逼费南城！

她心里的火气“噌噌”上涨，如果不是他把她给欺负了，她也不会死缠滥打地让他负责！现在他这样一而再再而三地羞辱她，真当她是软柿子？

沈于归再也控制不住怒火，反唇相讥道：“费先生，你可能搞错了。”

费南城一愣，就见女孩正用那双黑白分明的眸子愤怒地盯着他，而后她一字一顿地说道：“那一晚，主动的人是你。”

费南城眯起眼睛，眸子里瞬间升腾起嗜血的杀意。她竟然还敢提那一晚？明明是她讨好奶奶，费尽心机地灌醉了他！

他刚要说点什么，“叮”的一声，电梯到了一楼，门自动打开。

电梯门口，前台小姐正拿着文件站在那儿，看样子是打算上楼。看清电梯里的人后，她吓得瞪大了眼睛，恭敬地喊道：“费总。”

这么一打岔，沈于归已经快速弯腰，闪身出了电梯，然后头也不回地冲出去了！

她一路小跑，出了费氏大楼之后又跑了足足一公里才停下脚步，拍了拍自己的胸口。

刚才费南城的样子简直太可怕了，就像是要吃掉她似的，现在回想起来，她有点后悔自己一时没忍住，居然顶回去了。他心情不好，她被他骂两句又不会掉块肉，而现在逞一时口舌之快，爽是爽了，可还怎么让他同意跟自己订婚？

顶楼办公室里，费南城的脸色极其难看，整个办公室都弥漫着低气压。投资部经理进来的时候看到费南城这副样子，吓得身体不由自主地打战。他恭敬地站在费南城面前，小心翼翼地喊道："费总。"

费南城抬头，一双冷眸漆黑如墨，他缓缓地说道："合同呢？"

投资部经理一愣，道："什么合同？"

费南城不耐烦地松了松领带，心情极其烦闷："跟沈家的合同！"他倒是要看看沈家给那一晚开了什么价。

投资部经理呆住了，说："费总，没有合同……不对，是沈小姐没有签合同！"

费南城难得一愣，眼神里闪过一抹困惑，道："什么？"

她居然没签合同？可她从昨晚到今天的一系列努力，不都是为了这个合同吗？

投资部经理被吓坏了，心道：先是老夫人打来了电话，现在费总又亲自过问，那他没有跟沈小姐签合同，没有送出去这笔钱，是不是办事不力啊？

他擦了擦额头上的冷汗，解释道："不是我们的问题。我们提出的条件特别好，摆明了就是送钱，对沈家也没有任何要求，可是沈小姐拒绝了我们，并且表示如果沈先生来找我们谈合作，我们不用顾及她的面子。她还说……"

费南城绷住了下巴，这才意识到奶奶打电话来或许不是她鼓动的，否则她为什么要拒绝？他刚才的怒意在不知不觉间消散了。

他脑海中忽然闪过今天在电梯里，他故意靠近她时她羞红的脸颊，还有之后她愤怒得像是一只要奓毛的小猫。所以是他误会了她？

费南城不知道如何描述现在的心情，想到自己刚才那么凶，女孩一脸委屈却坚毅的模样，他有点心虚，却又理直气壮地看向投资部经理，问道："她还说什么？"

投资部经理垂下头，不敢去看费南城的脸色，咳嗽了一声说道："沈小姐说，她接近您不是为了您的钱，而是因为她喜欢您！"

费南城愣住了。

愣神间，费南城看到手机屏幕亮了，是陈子凡发过来的微信：哥，我跟你说，那个女人要倒霉了！她惹了几个脾气不太好的学生，这群人在等她回来收拾她。等会儿我给你拍视频！

离开费氏集团后，沈于归想到下午还有课，就又回到了学校。距离上课只有半个小时，她干脆先去教室了。

花夏大学是全国数一数二的学府，学校里的氛围不错，学生们一个个脸上带着朝气，偶尔有情侣在树下散步。

行走在校园里，看着他们，沈于归的眼神渐渐迷离起来。她不自觉地又将那个戒指从脖子上拿起来，低下头摩挲着那颗红心，眼神里泛出一抹温柔。

她迟疑了一下，将指尖放在戒指按钮上想要按下去，但突然又停下了动作。她的脸上闪过一抹失落，心口有细碎的疼痛感蔓延开来。从她决定去费家的那一刻起，她就再也不配拥有这个戒指了。

“从心！”一道清脆的声音忽然在耳后响起，接着她的肩膀就被拍了一下，一张可爱的圆脸出现在面前，还对她眨了眨眼。

沈于归认识这个扎着马尾的女孩子，她是姐姐在这个学校里唯一的朋友——张千千。

张千千挽着她的胳膊，边走边絮叨：“你这几天不在学校，我好无聊，你的事情忙完了吗，今晚回宿舍吗？”

沈于归垂下眼帘，默默地将戒指放回去，然后开口道：“不回。”她要回家陪妈妈，不能让妈妈一个人在家里提心吊胆。

张千千觉得好友今天话有点少，不过沈从心平时心情不好时就这么闷，于是她也没有在意。

两个人进了教室，教室里的人不多，陈子凡已经到了，坐在角落里，此刻正快速地敲打着面前的笔记本电脑键盘，应该是在写什么东西。

张千千小声说道：“他报名参加了今年的全国大学生信息安全竞赛，所以最近很努力。”

听到这话，沈于归挑了挑眉，没想到这个咋咋呼呼的少年竟然这么上进。她正思考着，就见陈子凡停下了手里的动作，还皱着眉头揪了揪头发，像是遇到了什么难处。

旁边的男生忍不住说道："老大，我觉得我们的设计已经很棒了，导师都说这个地方的优化是不可能做到的。"

陈子凡略显暴躁地开口道："如果是 Tortoise 来做，肯定能做到！"

男生疑惑地问道："Tortoise 是谁？"

陈子凡对他翻了一个白眼："我说 Tortoise 你可能不知道，但是他的中文名你肯定听过，翻译过来是乌龟！"

"什么，乌龟？那可是全国黑客比赛的第一名，还在去年破了纪录！我听说他是个华裔，是个年轻的东方人！"

陈子凡立马一脸崇拜："对，他是我的偶像！我要是有他一半……不，三分之一的能力，这个优化根本不成问题！"

经过陈子凡身边时，沈于归刚好听到这个名字，脚步一顿看了过去，看见陈子凡一脸花痴的样子，她忍不住勾起嘴角，露出一抹意味不明的笑，眼神下意识地往他屏幕上看去。这个优化看着很复杂，但只要换个思路，改个算法，其实很简单。

陈子凡注意到她的视线，冷笑了一下，道："熊猫眼你看得懂吗？先把你的专业课考及格了再看吧！"

沈于归收回视线，跟张千千找了个位置坐下。她有些无聊，干脆拿起姐姐的书本，想看看姐姐平时学些什么。国内大学的计算机课程无非是算法和编程，这些对她来说都太简单了。

她正看着，周围的椅子忽然被拉开，几个女孩围坐在她的四周。她们都打扮得很时尚，为首的女孩看起来二十来岁，耳朵上戴了四五个耳环，浓妆艳抹，一副不好惹的样子。

这群人走过来后，班级里来得早的几个同学顿时收拾了书本，远远地躲出去了，似乎很害怕她们。张千千也紧张地握住沈于归的手。

沈于归眯了眯眼，神色淡定。

为首的女孩冷笑一声，道："沈从心，写作业呢？"她看了手机，夸张地说道，"呀，距离上课还有半个小时，你来不来得及啊？要不要我帮你啊？"

说完，她直接夺过沈于归的笔，在书本上乱画了一通："这里应该这么写，你看你写得不对啊！”

沈于归垂下眸子，觉得这女孩有点可笑。这种戏码不应该是初中、高中的小孩子才有的吗，都已经读大学了，她们怎么还这么幼稚？

“你不能这样做！”张千千看到后尖叫了一声，想要拦住那女孩的动作，“你们又给从心捣乱！她在大学里就没有准时交过作业！你们也太过分了！”

女孩挑眉道：“关你什么事？不想惹麻烦的话就闪开！”

张千千虽然害怕，但还是维护着沈于归，道：“这里是学校，你们再这样我就报警了！”

“多管闲事！”女孩一把扯住张千千，对旁边的人使了个眼色，就有两人拉扯着张千千走到了一旁，不让她再靠近。

张千千动弹不得，急得脸都红了，说：“你们不能这样！从心你快跑！”

沈于归蹙起眉头，见这群人没有伤害张千千，就暂时没说话。

女孩看向沈于归，说：“跑什么跑啊，我们来这里是为了帮助你的。哎呀，姐妹们快看，今天丑八怪这眼睛看着更不顺眼了，我们今天帮她化什么妆？”

话音落下，就有几个人从包里掏出五颜六色的东西来，一个个笑嘻嘻地看着沈于归。

“要不然就画上次那个烟熏妆？”

“不好看！我看还是按照上上次，把她另一只眼也画成熊猫，这样才对称嘛！”

“不不不……”

几个人讨论得热切，沈于归听得越来越生气！本来她没打算理会这群人，以为这群人不过是一时性起，可听她们话里的意思，以前欺负过姐姐，而且不止一次！

为首的女孩见几个女孩争执得厉害，干脆开口道：“不如我们把以前的照片给她看看，让她自己选一个呗！”

“这个主意好！”说完就有人将手机递到了沈于归面前，“快来看看你今天想化什么妆？”

在看到屏幕上面的照片时，沈于归瞳孔一缩，那是姐姐！伴随着她滑动手机屏幕，姐姐模样狼狈的照片一张张出现在她的眼前。

沈于归的拳头渐渐攥紧，眼圈一下子涨红了。每次视频通话时，姐姐永远都是温柔似水的样子，她问姐姐过得好不好，姐姐一直说好。原来姐姐过的是这种日子！

沈于归伸出手，打算将手机抢过来，可那人反应更快，直接将手机收走，还推了一下她的肩膀："怎么，想要抢手机吗？这里面的照片可都是我的！你要是删了一张，我就给你拍十张！就问你怕不怕？"

沈于归愤怒地盯着女孩，女孩被她看得背后一冷，竟然感觉有点恐怖。

旋即女孩就冷笑了一下，这人就是个软柿子，被欺负了也只会呜咽哭泣，怎么敢这么看她？她直接喊道："你看什么看？"

说完她一把揪住了沈于归的头发，冷笑道："姐妹们，我看她头发也脏了，走，咱们去卫生间给她清洗一下！"

沈于归想要反抗，可她刚动了动，就听到女孩说："告诉你，这种照片我这里有很多，你最好乖乖听话，否则我就发到网上去！"

见沈于归果然不动了，女孩很满意，拽着她往卫生间那边走过去。

第二章

除了我，他不喜欢别的女人靠他太近

教室的角落里，陈子凡眯起了眼睛。他虽然看不惯这群人的作风，可谁让她们欺负的人是他最讨厌的人。所以在这群人刚进来的时候，他就兴奋地给费南城发了微信，告知有人帮忙教训这个女人了。他还拿着手机全程录了视频，直接发给费南城。

但是看到这群人带着沈于归进入卫生间后，他却开始坐立不安了。

他本来以为这群人也就是小打小闹，可去卫生间……陈子凡蹙起眉头，一时间有点纠结要不要帮忙。

旁边的张千千急死了，看到教室里只剩下陈子凡，她大喊道："陈子凡同学，求求你快点救救从心啊！"

听到张千千的话，陈子凡推开椅子，正要走过去，一道声音就传了过来："子凡哥！"

两人回过头，就看到沈芷兰不知道什么时候进了教室。她担忧地看着那些人远去的方向，身体打了个哆嗦，说："她们怎么又来了？好可怕！"

陈子凡立马站定了脚步，说："怕什么？我在这里呢，她们不敢对你怎么样！"

沈芷兰低下头，眼里闪过一抹得逞的光。整个班里只有陈子凡不怕那群人，只要拦住他，就不会有人去阻止接下来的事！

费南城看到陈子凡的微信消息的时候，心里还冷笑了一下。虽然他对女孩有几分愧疚，可她反击自己的那几句话还是让他觉得有点气闷。他怎么可能会主动？可偏偏那一晚他喝得太多，什么都记不起来了。

费南城本来没当一回事，觉得让她在学校里吃点亏也好，免得以后她再乱说话，可当他点开陈子凡的视频时，心脏突然一紧！

视频里，女孩毫无反抗之力地被拽向卫生间的方向。陈子凡拍摄的时候，女孩刚好看了过来，那双平静无波的眸子望着摄像头，看得费南城心里一跳。

费南城猛地站起来，三两步冲到了门口。

秘书忙站起来询问：“费总，您有什么吩咐？”

费南城脚步一顿，就算会受伤，跟他有什么关系？可偏偏视频里她的那个眼神跟当年的女孩完全重叠，让他突然分不清楚被欺负的人到底是谁。

他鬼使神差地吩咐道：“备车，去花夏大学！”

“砰”的一声，学校卫生间的门被踹开，伴随着几人的进入，卫生间里的女生都被吓跑了。挨个查看隔间，确定没人以后，她们这才将门反锁，恶狠狠地开口道：“将银行卡交出来！”

沈于归揉了揉被拽得有点发疼的头皮，听到这话之后，她恍然大悟，慢慢地站直了身体，扭动了一下脖子，嘴角勾起诡异的笑，声音清冽：“原来是沈芷兰让你们来的啊！”

不知道为什么，觉得面前这个人像是换了一个人，甚至连脸上的胎记都带着怪异的感觉，衬托得她那个眼神邪气又魅惑。

为首的女孩不自觉地结巴起来，道：“是、是谁不重要！重要的是你得罪了我们，我们今天要好好跟你算账！”

沈于归动了动手腕，道：“现在这里没人了吧？那么我们就来好好算算账吧！”

听说沈从心被人拉进了卫生间，来上课的同学们都担心坏了。但是这群人不好惹，同学们不敢报警或者报告老师，生怕惹祸上身，只能站在卫生间外，替里面的人担心。

“砰”！忽然传来一道剧烈的响声。

众人吓了一跳，身体也跟着颤抖了几下。张千千终于挣脱了看守的两个人，冲到卫生间门口用力捶打着门，大喊道：“这里是学校！你们对从心做了什么？开门！”

张千千拿起手机想要拨打电话，那两个负责看守她的女孩冲过来按住了她的手。

陈子凡蹙起眉头，再也忍不住开了口：“真闹出什么事来，你们也吃不了兜着走！”

两个女孩本来就犹豫了，此刻听陈子凡这么说，立马松开了张千千。

张千千颤抖着手指正要拨号，“吱呀”一声，卫生间的门开了。

众人瞬间安静下来，齐刷刷地盯着门口，就连陈子凡都屏住了呼吸，因为刚才没去救人，他有点烦躁。

在众人的注视下，一个瘦弱的身影走了出来，是沈于归。虽然头发有点凌乱，额头上冒着汗珠，但确实是她。

沈于归一抬头，就看见张千千红着眼睛错愕地看着自己，她微微一愣，询问道：“你在干什么？”

张千千的眼睛都瞪大了，眼泪还挂在脸颊上，听到女孩的问话，她下意识地开口道：“我在打急救电话。”

急救电话？沈于归反思了一下，刚才她下手似乎是重了一些。于是她认真地思考了一下，然后用属于姐姐的柔弱声音慢慢地说道：“那你继续，我觉得她们的确会需要。”

张千千道：“哦。”

众人震惊了，不可置信地盯着沈于归。

现场安静了一瞬，辅导员的怒斥声从后面传了过来：“有人在这里欺负同学？到底还有没有王法？”

辅导员一路小跑过来，气喘吁吁，推开围观的众人往里面走，边走边喊道：“快看看沈同学有没有受伤，我一定要让这群人付出代价！不然她们不知道天高……”

话还没说完，眼前的情况就让他大吃一惊，后面的话一下子低了下去："地厚……不是，这什么情况？"

伴随着辅导员的话，卫生间里再次传来了动静。只见之前进去的七个女孩痛苦地弯着腰，互相搀扶着一步一步地从卫生间里挪出来。

在看到辅导员的那一刻，七个人眼眶一红，差一点就热泪盈眶了！有救了，她们从来没觉得辅导员这么亲切过！

辅导员目瞪口呆，看向沈于归，问出了萦绕在所有人心中的问题："这是你干的？"

沈于归依旧低着头，被头发遮住了大半张脸。但她勾起嘴角，轻轻地开口道："当然……"

"嘶！"众人齐刷刷地倒吸了一口气，然后就听到沈于归大喘气似的继续说道："不是。"

一直在看热闹的沈芷兰也惊呆了，她不可置信地看着面前的一切，怎么会这样？

"她们对以前冒犯我的行为感到深深的愧疚，今天来找我就是为了给我道歉。我说我原谅她们了，可她们还是表示了自己诚意。"说完，沈于归冷冷地扫了那几人一眼："你们说，我说得对吗？"

七个人瞬间打了个哆嗦，齐刷刷地点头道："对对对，是我们错了，我们不应该在学校里欺负人，我们深刻反省了。我们一点也不疼，真的。"

到最后，这事也只能不了了之。

大家纷纷回到教室上课，沈于归也跟着张千千往教室里走。张千千疑惑地开口道："奇怪，我没看到有人打电话啊，辅导员怎么来了？"

沈于归没多想，毕竟这个时代伸张正义的人还是有很多的，当时围观的同学那么多，有热心肠的同学打电话也不足为奇。

上课以后，张千千小心翼翼地看了看四周，这才凑到沈于归的耳边小声地说道："你真的反击了？"

沈于归没有说话，只是笑了笑。张千千立马担心起来，道："从心，你忘了那些人有你的照片吗？以前我让你报警你都不敢去，你今天怎么想开了？"

听到这话，沈于归略微眯起了眼睛。她垂下眸子，淡淡地开口道：“因为有人告诉我，某些情况下不用忍耐。”

她已经检查了那七个女孩的手机，将那些照片都删了，而且教训了她们后，她还拍了她们的照片。

想到七个人最后那乖巧的模样，沈于归忍不住摸了摸自己的下巴。比起她在国外遭遇的，这都不算什么了。

费南城觉得自己一定是疯了，给辅导员打了电话还不算，竟然还亲自来了这里，更可怕的是，他明明意识到这个行为不妥当，可当车子驶入花夏大学时，他竟然没有叫停。

他脑海中闪烁的一直是那个眼神，冷静而淡漠，一如六年前的小乌！那时，她鼻青脸肿，衣服虽然换过了，可依旧狼狈。

后来，在他的再三逼问下，她说了实话。国外求学，华裔人士遭到鄙视，被欺负的并不在少数，当时他没有冲动地去她的学校帮她讨回公道，而是告诉她有些情况下不用忍耐。

他不可能一直陪着她，只有她自己变得强大了才能够不受欺负。女孩就这么跟着他练起了武术，她娇气又不听话，很难教，后来……后来她还没出师，他们就走散了。之后的夜里，他无数次梦见他的女孩被一群学生带走，可他只能眼睁睁地看着，无能为力。

刺耳的刹车声打断了他的回忆。助理提醒道：“费总，我们给辅导员的电话打得很及时，沈小姐应该不会出……”

他话没说完，车门已经被打开，费南城迈着坚定的步伐，三两步上了楼。

他有些焦急地想确定她的伤情，仿佛只有看到她安全了，才能确定小乌离开了自己以后也很安全。

沈于归有点走神，当年那个人告诉她不用忍耐，一开始她并不听话，只想让他去帮自己出头教训那群人，可是当他从她的生命中消失后，她才发现没有人能够靠得住，她只能靠自己。

胳膊忽然被撞了一下，沈于归回过神来，就听见张千千兴奋地指着窗外喊道：“快看，帅哥！”

沈于归顺着她指的方向扭过头去。

因为正在上课，所以走廊里没有其他行人。男人走过来，穿着一身黑色西装，浑身上下皆是清贵的气息，俊美的五官精致到过分，无论在哪里都是人群的焦点。

在看到他以后，沈于归猛地低下了头，拿起大大的书本挡住了脸，恨不得变身为空气。她紧张地咬住了手指：自己不过就是在电梯里稍微顶回去了那么一两句话，这家伙就杀到学校里来了？堂堂费氏总裁总不会清闲到这种程度吧。

她悄悄挪开了一点书，大大的眼睛往外瞅，这么一看就差点尖叫出声！她跟张千千坐在后排靠窗的位置，此时费南城居然就站在教室外面，跟她只隔了一扇透明的玻璃窗！

两人的视线在空中相碰，男人的黑瞳如浩瀚星空，眸子里有点点碎光闪烁，似欣慰，似惆怅。他依旧面无表情，让人看不出喜怒，却吓得沈于归立马低下了头，装作没看到他。

无论费南城是什么表情，沈于归都决定死活不抬头了。她笃定了费南城要面子，不会冲到教室里来揪她。

就在众人揣测这帅哥找谁时，陈子凡兴奋地站起来，道：“老师，我表哥来找我了！”跟老师打了个招呼后，他就冲出了教室。

沈于归不敢向外看，干脆拿起手机打开了前置摄像头，从手机里看陈子凡和费南城两个人。她不知道他们说了什么，只看到没过多久他们就下了楼。她拍了拍自己的胸口，看来费南城不是来找她的。

下课后，沈于归猫着身子往外走，生怕撞到费南城。好不容易走出大学校门，沈于归身后却传来了一个声音：“沈从心。”

沈于归回头，就看到沈芷兰脸色阴沉地走了过来。

沈芷兰压低了声音道：“你跟我来！”然后径直往旁边的一个角落里走过去。

沈于归打量了一下四周，现在是下课时间，学生们都出来吃饭了，大庭广众之下她也不怕沈芷兰使坏，便跟了过去，想听听沈芷兰打算说什么。

两个人来到角落里，沈芷兰没了在外人面前的伪装，冷冰冰地逼问道："你给我说实话，费先生是不是根本就不喜欢你？"

沈于归低着头，眼里闪过一抹嘲讽，嘴里却还是甜甜地回答："费先生很喜欢我的，不然也不会让我在每个月的初一和十五过去找他。"她做出一副羞涩的样子，让人想入非非。

沈芷兰犹豫了，说："那为什么他今天来了学校却不找你？"

沈于归的谎话张口就来，道："因为他害羞啊！"

话音落下，沈于归感到一股凉意突然袭来。她顺着这气息看过去，发现费南城就站在旁边的拐角处，正冷冰冰地看着她！

沈于归身体僵住，这么近的距离，刚才的话他肯定听到了！如果让沈芷兰看到他对自己的冷漠态度，一切就完蛋了！

形势急转而下，沈于归心急如焚，怎么随便找个角落说话都能遇到费南城！现在怎么办？费南城已经往这边走来，他应该是听到了她刚才的话，脸色阴沉得可怕。

沈于归知道，只要他说一句"讨厌她，不会跟她订婚"，那么不用十分钟，她和妈妈就会被赶出家门！

见沈芷兰疑惑地看着自己，沈于归一咬牙，拼了！她冲到费南城面前，在他开口之前伸出胳膊紧紧地抱住了他，娇滴滴地喊道："亲爱的，我想死你了。"

无论怎么样，她都必须把"我跟费南城关系很好"这件事在沈芷兰面前坐实！哪怕过后会迎来费南城更大的反弹，她也顾不上了！

察觉到男人动了动，沈于归加大了力气。她本来以为自己怎么也不可能敌得过他，可没想到他竟然没有挣开。她心中一喜，手心都冒汗了！不敢去看费南城的脸色，她直接看向沈芷兰，道："除了我，费先生不喜欢别的女人靠他太近，你还不快走？"

沈芷兰错愕地看着面前的一切，她早就听说费先生不近女色，而此刻亲眼看到……费先生此时的脸色真的好可怕。她咽了下口水，在费南城阴沉的眸子看过来时便急忙跑开了。

虽然沈芷兰跑远了，但沈于归感觉这会儿似乎比刚才更危险了。她默默地抬起头来，就对上了一双漆黑如墨的眸子。那双眼睛像是有魔力一般，竟让她一时间有些慌神，当年那个人似乎也有这么一双眼睛。

费南城的身体僵了，当女孩撞过来抱住他的腰时，他是愤怒的，可当她说出那句“亲爱的，我想死你了”后，他却一下子愣住了。

因为六年前每一次他跟小乌见面时，哪怕他们刚分开一个小时，她也会冲过来说这么一句话。他的小乌很珍惜他们的相处时间，将每一天过到极致，似乎生怕过了今天就没有明天似的。那时候他不懂，后来他懂了，却也迟了。

而眼前的女人此刻的这句话、这副假惺惺的样子，竟又让他想起了当年的小乌。他知道小乌是故意的，她一直在笨拙却又努力地学习着怎么做一个女朋友，其实她骨子里肆意又洒脱。费南城迷离的目光下移，女孩脸上的那块青色胎记像是迎头一棒，让他瞬间清醒。

沈于归正看着他，忽然被一股又大又急的力气推开，没有站稳的她就这么摔在了地上，屁股生疼。

她倒吸了一口气，差点就要骂脏话了，可一股强大的压迫感让她闭上了嘴巴。

她惊恐地看向费南城。他站在那儿，高大的身躯遮挡了阳光，她整个人被笼罩在他的阴影中，只觉得此刻的男人全身都散发着极其危险的气息。

沈于归不知所措地看着他，不知道该怎么样才能平息他的怒火。

她知道自己今天做得过分了，对着沈芷兰胡说八道。他肯定以为自己是个到处显摆的人，更看不起她了。

她苦笑了一下，心里打定了主意，从地上站起来随意地拍了拍身上的灰尘，这才开口道：“费先生，您要是实在气不过，就、就打我一顿吧！”

没什么是打一顿解决不了的，如果不行，那就打两顿！

沈于归一动不动地站在那儿，补充道：“您放心，我肯定不会躲，也不会还手的！”

费南城看着那张脸，下巴紧紧地绷住。不知道为什么，此刻那胎记明明很明显，可是他觉得似乎淡了几分，她的脸与记忆里的小乌的脸渐渐重合在一起。

他猛地摇了摇头，自己怎么会又有了这种想法？他烦躁不堪，眯着犀利的眸子死死地看着面前的女孩，攥紧了拳头。

沈于归早就做好了被打的准备，看着他要掐死自己一样的眼神，她忍不住结结巴巴地开口道：“费、费先生，杀人是要偿命的。”

她话没说完，男人就动了。沈于归吓得将双手挡在面前，可是下一刻男人侧身从她身边大步离开。

沈于归慢慢地回头，就看到费南城上了不远处的车，车子启动。她愣住了，他就这么放过了自己？

加长的宾利车内，费南城坐在后座，面无表情，一言不发。其实今天在看到沈于归安全无恙时，他是松了口气的，只是这女人低着头，一副“我不认识你”的模样让他莫名不爽。

后来陈子凡从教室出来，解释了后续的事情，还感叹道：“那群人被家里惯坏了，我也早看她们不爽了，从没想过她们竟然还会有改过自新的一天，真是神奇！”

看着陈子凡那一脸纯真的蠢样，费南城懒得解释什么，后来他想到自己误会了这个女人，就在校外等她，至于等到她以后要说点什么，他没想好。然而就在这个时候，这个女人走过来跟她那个妹妹说了一堆乱七八糟的话，什么“费先生很喜欢我的”这种话，她竟然都说得出来！

谎话更是张口就来，他会害羞？他冷笑了一下，现在想起这些话来他还气得太阳穴突突直跳。

他早就找人查了她的老底，现在想到档案上的内容，他就冷了脸。这就是那个懦弱无能、沉默寡言、优柔寡断、毫无主见、自卑得抬不起头的沈从心？他看向助理，声音带着不满：“重新调查她！”

助理一愣，道：“啊？费总，我已经将沈小姐从小到大的所有事情调查了一遍。”连她小时候喝的什么奶粉、用的什么尿不湿都调查清楚了！还要调查什么？

见助理一脸迷茫的样子，费南城更加心塞，道：“至少去调查一下她是什么时候学了武术！”

对上费南城的眼神，助理默默地将反驳的话咽了回去，道：“是。”

车子开到了疗养院，自从奶奶生病后，费南城每晚必定会来看望她。今天来得早，费老夫人正在吃晚饭，看见费南城以后，她立马让管家加了菜，又给他盛饭。

吃完以后，两个人坐在沙发上。费老夫人看向他，说："城城啊。"

费南城一阵语塞："奶奶，说了多少次了，不要这么喊我。"

老夫人呵呵笑道："不说这个，城城，我们来谈一谈从心吧！"

他这次来也是想跟奶奶深刻地谈一下。奶奶不是不讲理的人，这么多年来，两个人相依为命，早已习惯了迁就彼此，所以他很不理解这一次奶奶为什么非要他跟那个女人在一起。

他坐正了身体，刚想说什么，就听老夫人说道："唉，我今天查看了小沈的过往，你不知道，这孩子太可怜了，我跟你说，你们在一起之后，你可千万不要再欺负她了，知道吗？"

可怜？从今天的事情可以看出她明明就是个擅长扮猪吃老虎、心机很重的女人，"可怜"这个词跟她半点也不沾边！费南城沉默了一下，决定说实话："奶奶，你有没有想过她为什么会同意跟我订婚？在此之前我跟她根本就没见过。"

老夫人一下子紧张起来，说："对啊，你说为什么？"

费南城直接道："她是看上了我的钱。"

老夫人开始沉思，一脸"原来如此"的样子。

费南城继续道："所以……"我不会跟她订婚。

可惜这话没说完，老夫人就一巴掌拍在了他的肩膀上，然后一脸凝重地开口道："还好你有钱！"

费南城蒙了。

"你想啊，你整天冷着一张脸，脾气又臭，活了二十六年，一点女生缘都没有！幸亏你还有钱，有让小沈喜欢你的资格啊！"

费南城一时语塞：奶奶，你是不是误会了什么？

"既然小沈喜欢钱，那你就多给她一点。今天我听管家说沈家打算合作什么项目，我就给公司打了招呼，你可别给我拦下来！"

费南城突然觉得很无力。他看着老夫人，问出了早就想问的那个问题："奶奶，为什么是她？"

老夫人笑呵呵地拍了拍他的肩膀，没有解释别的，就说了一句："因为是她啊！"

费南城沉默下来，知道这一场谈判以失败告终。

沈于归回到家里，刚进门就看到于曼瑜和沈天浩面对面坐在沙发上——沈天浩板着脸，一脸不悦，而于曼瑜用手捂着自己的脸，低着头。

沈于归蹙起眉头，走过去就看到于曼瑜的脸上有五个巴掌印。她蓦地眯起眼睛，冷声道："谁打的？"

于曼瑜眼眶发红，说："我没事。"她偷偷看向沈天浩，生怕沈于归再询问，赶紧转移话题，"你吃晚饭了吗？"

沈于归有些心疼，又对她的懦弱恨铁不成钢："你的脸到底怎么回事？说。"

于曼瑜急忙摇头，道："真的没事，别说了。"

"为什么不说？都打到家里来了！"沈于归不依不饶，佯装不知地开口，"咱们家里进了坏人就要报警啊！"

沈天浩原本事不关己地坐在那儿，听到这话，他尴尬地咳嗽了一声，道："报什么警？我就是一时失手。"

一时失手能让于曼瑜的半边脸肿起来？而且他这态度根本就没有一丝内疚！沈于归觉得一股怒火在胸膛里燃烧着，气得她攥紧了拳头。

姐姐在学校里被欺负，妈妈在家里受欺负，而这些，在国外的她从来都不知道！她一直活在妈妈和姐姐给她编造的谎言中，甚至还天真地以为爸爸只是出轨了，他不敢怎么样的，等她长大回家继承家产就可以了。

可就在这时，她的拳头被一双温柔的大手包住了。她低下头来，就看到于曼瑜正充满乞求地看着她。

于曼瑜道："从心，你爸爸不是故意的，他就是工作压力大，我去给你准备晚饭，你先吃点东西。"

从心……是的，此刻她是沈从心，那个唯唯诺诺、任由沈天浩摆布的女儿，她不能发火，不能被人看出破绽。

沈于归低着头闭上眼，深吸了一口气，这才压制了心里的冲动。她打算去餐厅那边吃饭，沈天浩却站了起来，道："从心，你等一下。"

沈于归回头，沈天浩问道："合约的事情怎么样了？"

她还没开口，沈天浩就又说道："等合同签订了，就让于归回国到公司实习怎么样？”

听到这话，沈于归嗤笑了一下。她的亲生爸爸这是在跟她谈条件？

从疗养院出来，天色已经黑了，费南城坐车回别墅。疗养院位于郊区，距离费氏集团太远，而别墅在市区，方便他第二天上班。

他依旧穿一身黑色西装，正襟危坐，可他第一次没有抓紧一切时间处理公司文件，反而看着外面的夜色陷入了沉思。奶奶为什么对那个女人如此上心？他思考间，助理忽然开口道：“费先生，我刚让人重新将沈小姐调查了一遍。”

费南城看向他，道：“说。”

助理看着调查结果都快要哭了，说：“我们核实了一遍，沈小姐确实从没学过武术，她连体育课都是不及格的。”

费南城垂下了眼帘。她那么擅长伪装，别人查不到也不足为奇。

助理迟疑了一下，又道：“上次您让我们查跟沈小姐长相相似的亲戚，倒是有个长得一模一样的，原来当年沈夫人生了两个孩子。”

这句话让费南城蓦地抬起头来，漆黑的眸子里闪烁出耀眼的光！

助理看到他这副样子，吓了一跳：“费、费总。”

费南城连声音都有些喑哑了，询问道：“另一个孩子在哪儿？”

助理急忙解释：“据说那个孩子一出生就被送出国了，所以国内很少有人认识。但这个人跟沈小姐一母双胞，长得很像，名字叫沈于归，没有胎记。”

听着助理的话，费南城的眼睛越来越亮，国外、没有胎记……

助理继续讲了当年的一些事情：“当年沈小姐的父亲入赘于家，可惜婚后三年沈太太都没怀孕。后来于老爷子在一场意外中去世后，沈先生就掌管了公司，还对沈太太说他有个私生子，打算认回来，不然以后没有继承人。也是在这个时候，沈太太发现自己怀孕了，还是双胞胎。后来沈太太生下了沈小姐和沈于归，并将沈于归送出了国，说是怕私生子为了争夺家产而对沈于归下手，想让他在国外长大后再回来继承家产。”

费南城听到这里，忽然察觉到不对劲：“为什么是沈于归继承家产，而不是沈从心？”

助理立马笑道："沈先生到底是保守派的，肯定是想让儿子继承家业，哪有女孩子继承家产的？"

听见这话，费南城神色一僵，道："你什么意思？"

助理一愣，道："沈于归是弟弟，跟沈小姐长得很像。"

"弟弟？"

助理点头道："是的，沈于归是个男孩，所以上次先生您让我查跟沈小姐长相相似的女孩时，我才没有提及。"

费南城眸子里的光瞬间熄灭了。男孩，怎么会男孩？难道长得那么像真的是巧合吗？！他绷住了下巴，整个人像是突然间没了力气。这个男孩在国外求学，跟小乌并不是一个城市，而且年纪也不对。

六年前，小乌说她十八岁，那么现在小乌应该是二十四岁，而沈从心才二十二岁。六年了，其实小乌的样子已经快要从他的记忆里模糊了。他从口袋里拿出了那个戒指，慢慢地摩挲着。都说时间能够消除一切痕迹，他以前不信，可是这些年，他越来越想不起少女的脸，或许长得像不过是他的错觉。

沈家客厅里，沈于归的眼神一片讽刺。

沈天浩却丝毫没有察觉，继续说道："沈于归那个混小子，从小在国外就不学无术，他的导师都给我打了好几个电话了，说是再这样下去，他大学恐怕毕不了业！我怎么放心以后将公司交给这个逆子？"

"从心你可要多多帮衬着公司，如果你能将这份合约签订了，我就让他进公司实习。"

沈于归听着这话，垂下了眼帘。是的，对这个家庭来说，她其实是个男孩。为了不被发现女扮男装的身份，她从小在国外长大，很少回家。妈妈还刻意让她读了管理系，用每次考试都不及格来麻痹国内的白竹，以免遭到报复。

"从心？"沈天浩见她不说话，喊了一声。

沈于归依旧垂着头，随口说道："嗯，我知道了。"

"那你要尽快啊！"沈天浩催促了一下，就让她去餐厅吃饭了。家里的保姆已经为她端上了饭菜，她坐在那儿吃着，却听到客厅里传来沈天浩不耐烦的声音："我说于曼瑜，不就是借用一下你的首饰吗？那个祖母绿的戒指刚好配白竹的礼服。公司五十周年庆典，她可是作为公司的财务总监出席的，代表着公司的脸面，你怎么这么不识大体？"

沈于归突然没了胃口，她刚才在想沈天浩为什么动手，没想到是这个原因。这对男女再次刷新了不要脸的下限！他们成双成对地参加公司庆典也就算了，竟然还要她妈妈提供首饰？

于曼瑜声音很细、很低，还带着哭腔："不是我不借，可那个戒指是我妈留给我的唯一纪念了。"

沈天浩冷笑了一下，道："庆典结束后就还给你。"

于曼瑜弱弱地说："以前借的都没还……"

沈天浩"哼"了一声，吓得于曼瑜闭上了嘴巴。

沈天浩沉默了一下，叹了口气，道："曼瑜，不是我偏向白竹，家里的一切将来还要交给于归的，白竹她是心甘情愿为我们打工的。你要是不借给她，她得多伤心啊！"

这是什么逻辑？沈于归放下筷子，就听到于曼瑜弱弱地问道："真的会给于归吗？"

"你这话问过多少遍了？你烦不烦？"

于曼瑜见他发火，急忙道："好，我借。孩子在家里呢，你别动手。"

沈于归犀利地盯着面前的餐盘。过了一会儿，她看到于曼瑜从她身边走过，踉跄着脚步上楼去拿戒指。沈于归垂下眼帘，遮住眸子里翻腾的情绪，站起来喊道："妈！"

于曼瑜回头，娇弱的身躯颤抖个不停："怎么了？"

听到这边的动静，沈天浩也走过来，皱起了眉头。

沈于归用与她冰冷的眼神不符的娇弱语气说道："今天早上我见了费老夫人。"

沈天浩的眼睛一下子就亮了，说："是吗，老夫人喜欢你吗？"

"喜欢的。为了讨好老夫人，我说妈妈有个祖母绿的戒指，她让我明天带过去给她看看。"

说到这里，沈于归看了沈天浩一眼，故意结结巴巴地道："如、如果白姨需要，那就拿给白姨吧，我明天跟老夫人说没有就行了。"

沈天浩盯着面前的女孩看着，最后笑呵呵地说道：“你这孩子怎么不早说呢，怎么能跟费老夫人说没有呢，万一费老夫人不喜欢你了怎么办？虽然你白姨重要，但你是我女儿，爸爸肯定不忍心看你为难啊！”

他这语气说得跟真的似的，沈于归低着头“哦”了一声。平时姐姐应该是很好骗的，所以沈天浩根本就不在乎自己的语气有多假。

沈天浩没拿到戒指，看了于曼瑜一眼，敷衍地咳嗽了一下，道：“公司里还有事，我就先走了。”说完没有一丝留恋地离开了。

看着他的背影，沈于归神色漠然地坐下继续吃饭。于曼瑜站在旁边用手指搅动着衣角，欲言又止，许久之后才开口道：“他要那个戒指就给他吧，万一被他发现你说了谎，他肯定不会放过我们的。”

她胆怯的样子让沈于归在心里叹息了一下。妈妈从小是被姥爷宠着长大的，养得娇贵，天性纯良，才会被沈天浩的花言巧语给骗了，又因为无能，在姥爷去世后不能掌控公司，沦落到如今的地步。跟着这样的妈妈长大，难怪姐姐的性格也那么懦弱。

她不想因为这个话题跟于曼瑜产生争执，于是压低了声音转移话题：“妈，姐姐有消息了吗？”

单纯的于曼瑜果然被转移了注意力，愁眉苦脸地说道：“还是那样子，每天给我打个电话报平安，话不多说便直接挂电话。”

听到姐姐报了平安，沈于归松了口气。无论姐姐要去做什么，只要她安全就好。

沈于归三两口吃完了饭就往楼上跑，说：“妈，我累了，先休息了。”

于曼瑜张了张嘴，打算劝她不要跟沈天浩硬碰硬，可她已经上了楼，只能作罢，有些忧伤地望着楼上。

进入房间，想到沈天浩说导师打电话的事情，沈于归将在国外用的手机拿出来开了机。

其实她从小就喜欢计算机，沉迷于各种编程和代码。六年前，她用一个假的身份恢复了性别，到M国最顶尖的高等学府去学习计算机。当时为了争取到旁听的资格，她谎报了年龄，明明才十六岁，却说自己十八了。她个子高，也没引起那些人的怀疑。也就是在那样一个陌生的城市里，她认识了他。

开机后，手机连续振动了好几下，屏幕上立马显示了几个未接来电，都是从小一起长大的发小打的，因为找不到人，发小又发了好几条微信。

发小：孙子，接电话！

发小：乌龟，亲爱的小龟，你跑哪儿去了？

发小：爸爸！你接电话吧，真有急事！

沈于归一时语塞，不知道要怎么回复。

就在她思索着要怎么回复时，手机突然响了起来。她按下接听键，对面传来了一道年轻有朝气的男声："孙子，你要是再不回复我，我就要报警了！你都消失三天了，到底去哪里了？你知不知道黑客比赛官方那边一直在找你！还有好几个人想要跟你谈一谈合作，你……"

沈于归压低了声线，用清冽的声音打断了他的话："我在国内，没空。"然后为了防止发小刨根问底，她直接挂断电话，然后关了机。

没错，她就是Tortoise。因为名字里带"归"字，发小给她起了个代号叫"乌龟"，参加全国黑客比赛时，她直接用了这个名字。自从拿了全国黑客比赛第一名，找她的人就越来越多了。

第二天上午没课，下午有一节计算机课，沈于归睡到自然醒才去学校。

进微机室时，她察觉到气氛有点压抑。陈子凡依旧早早就到了，在电脑键盘上敲敲打打，而教课的刘老师站在他身边，两个人满脸严肃，房间里的人都不敢大声说话。

沈于归走到张千千身边，就听她小声解释道："大学生信息安全比赛截止日期只有一周了，但陈子凡和刘老师的软件还没优化成功，所以他们很着急。"

优化？沈于归挑了挑眉。

上课铃响，刘老师开口道："这节课大家自主学习！"然后他低下头，继续跟陈子凡激烈地讨论着。

沈于归看向电脑，刘老师布置的这些编程对她来说就是小儿科。三两下敲定代码，她就拿起手机打开了彩票软件，昨天中了奖，今天呢？打开以后，"谢谢惠顾"四个字映入她的眼帘。

从踩了狗屎的那一刻起，她就知道自己转运失败了，中奖或许只是老天爷给她的一点小安慰。

她无聊地托着下巴，又看向陈子凡。这节课的时间他都在跟电脑较真，眼下一片乌黑，看样子应该是好几天没休息好了。想到这家伙对她的态度，她没有半点要去帮忙的想法。

下课后，她打算回家，没想到刚出门就看到了自家的车。沈天浩坐在后座上，笑呵呵地看着她，说："你昨天不是说今天要给费老夫人看那个祖母绿吗？我给你带过来了，免得你还要花时间回家去取，我现在送你去疗养院吧。"

沈于归本以为昨天的事已经过了，没想到他根本就不好骗！但此刻，她只能乖巧地上车。

沈天浩见她不像心虚的样子，这才收起了打量的神色。

一个小时后，车子到了疗养院门口。沈于归拿起装祖母绿的盒子道："那我先进去了。"

她下了车，却见沈天浩并没有离开，而是坐在车里笑着说道："我在这里等你，免得你等会儿不好打车回家。"这种私人疗养院没有预约的话，普通人根本就进不去。沈天浩这是要亲眼看到她进去才会相信。

这个老狐狸！沈于归暗骂一声，站在疗养院大门前。感受到身后审视的目光，她硬着头皮叩响大门。

大门很快就被打开，门卫走了出来。沈于归很着急，正想着找个什么理由才能进去，却听到门卫兴奋地说道："原来是沈小姐！老夫人交代了，只要您过来，随时都可以去看她！"

沈于归松了口气，心里也升起一股暖意，没想到老夫人对她这么好。她回头看了一眼车里的沈天浩，见他笑得比刚才更亲切了。她收回视线，这下沈天浩总不会怀疑她了！

进入疗养院，沈于归本打算跟老夫人聊几句就离开，可等她进了房间，才发现费南城竟然坐在沙发上！

沈于归直接僵住了。昨天两个人闹得不欢而散，今天看到她，费南城还不剥了她的皮？她快要哭了，怎么就这么倒霉，刚逃离虎穴，又误入了龙潭！

现在走还来得及吗？她这个念头刚出，就听到老夫人惊喜的声音："小沈，你是来看我的？你们是不是约好了？臭小子以前都是晚上八点以后才来。”

所以为什么他今天提前了？

沈于归立马解释：“不是的。”

老夫人没有失望，反而更兴奋了，说：“不是？那就是巧合？真是心有灵犀啊，你跟城城果然是天造地设的一对！”

沈于归抽了抽嘴角，老夫人又乱用词。不过，城城？她看向一直没说话的费南城。他今天没穿西装，休闲的灰色毛衣让他少了点严谨刻板，多了几分随意。他坐在沙发上，修长的双腿交叠着，面孔依旧冷若冰霜。

此刻，他正用黑沉的眸子锁定她。

在听到老夫人喊出他的小名后，他的眼里闪过一抹懊恼，皱眉道：“奶奶！”

老夫人夸张地捂住自己的嘴，说：“城城你看我，年纪大了记性不好，又喊你小名了，不过幸好小沈不是外人，不丢人！”

费南城一时语塞。

沈于归现在恨不得找个地洞钻进去，她是不是知道了什么不为人知的秘密？她正自我调侃着，就见费南城站了起来，高大的身体立刻带起一片阴影，无形中弥漫开一股压力。

“你跟我来。”说完这四个字，他转身往后面走去。

沈于归如临大敌，他要干什么？昨天没打她，现在要补上？

老夫人惊喜地轻推了她一下，道：“臭小子肯定是想跟你单独相处！傻丫头，快去啊！”

沈于归很不想去，身体却听话地跟在他的身后。走出去后，她才发现这里是个后花园。男人步伐很快，已经绕过了前方的花架。

沈于归犹豫了一下，老夫人在这里，他下手总归不会太狠的！想到这里，她快走两步，紧紧地跟在男人身后。

花园很大，距离房间那边也越来越远，不知道走了多久，前方的男人终于停下了脚步。沈于归立马站在离他一米远的位置，警惕地看着他。

费南城皱着眉头，精致的脸庞上带着不悦，眼神先是扫过她的发丝，又慢慢地往下，像是要将她整个人打量一遍，又像是在考虑着从哪里下手。

沈于归紧张起来，干脆闭上眼睛，如奔赴刑场般说道：“费先生，您动手吧！”

费南城无语地撇了撇嘴，他看上去是会跟女人动手的人吗？

沈于归等了一会儿，面前的人却没动静，她悄悄地睁开眼睛。男人站在她面前，两只手依旧抄在口袋里，夕阳在他背后洒下光芒，让他看起来就像从漫画里走出来的王子，精致到过分。

沈于归不知不觉看得有点痴了。于曼瑜长得漂亮，所以她跟姐姐的五官还不错，却都不如面前的男人惊艳。

她正沉浸在自己的想象中，男人薄唇轻启，冷冷地说了一句话："开个价吧。"

沈于归顿时错愕地瞪大了眼睛，开价，开什么价？

费南城见她一副不开窍的样子，干脆把话挑明："我是不会跟你订婚的。那一晚无论是你费尽心机还是我酒后误事，都是你吃了亏，所以开个价吧。"

沈于归感觉脸上像被人狠狠地打了一巴掌，一种被羞辱的感觉袭遍全身，她紧紧地攥住拳头。他知不知道这句话对一个女孩子的伤害有多大？吃了亏？她很想反讽：你长得比我好看，吃亏的是你吧？可想到之前的几次经历，她还是忍住了。

那一晚她出现在他的家里本来就是要攀上他，所以他这话讽刺得也没错。她低下了头，许久没说话。

费南城有点不耐烦，他几次都调查不出这女人的底细，又搞不清楚奶奶为什么非要她，就只能从这女人身上下手了。她不是为了钱吗？那他就给她钱！但她此刻做出这么一副委屈的样子给谁看？

因为合约那件事误会了她，费南城缓了一下，耐心地说："你想跟我订婚不就是为了钱？既然这样，你想要多少我都给你，这样你我都解脱了不是更好？"他实在搞不懂这女人在纠结什么。

沈于归竟然从费南城的话里听出了几分真诚，刚才他那句话似乎也并不是在嘲讽她。可是那一晚是她自己的选择，她凭什么拿他的钱？

她想要的是借助他的名头，凭借自己的实力，将于家的产业从沈天浩手里抢过来！到时候他们就两清了，即便是订了婚也可以退掉。

如果不是他欺负了她，她也不会这么赖着他。但是这话她不敢说。

她不了解费南城，也不相信他，如果这话说出来，他告诉了沈天浩，那么她就会很被动！

可如果她不说实话，又该怎么拒绝这个话题？她绞尽脑汁，蓦地灵光一闪。

就在费南城觉得自己耐心耗尽的时候，忽然听到女孩软糯的声音："不是。"

费南城一愣，不是什么？下一刻就见女孩抬起头来，一双凤眼里带着羞涩，脸也红了，她像是下定了决心似的喊道："我想跟你订婚，不是因为你的钱，而是因为……"

费南城皱眉道："因为什么？"她想要什么，只要不太过分，为了省点麻烦，他都会答应她。

可下一刻，他就听到她喊道："因为我喜欢你！"

费南城一时语塞。

沈于归好不容易把自己的脸憋得通红，用亮晶晶的眼睛看着他，编织着谎话："好多年前我见过你，看到你的第一眼我就喜欢你了。你不知道老夫人说让我做你未婚妻的时候我有多开心！我真的不是为了你的钱，爸爸让我跟你签合约，我拒绝了！如果你不信的话，我可以发誓。"

她举起了两根手指，声音真诚："如果我是贪图你的钱，就让我天打雷劈！还有，以后您可以不给我一分钱！"老天爷，她真的不是贪图他的钱！她说得那么真挚，这男人应该信了吧？

费南城怎么也没想到她竟然说出了这么一段话。喜欢他？他的眼神冷下来，认真地开口道："我不喜欢你。"他有喜欢的人了。

不都说女追男，隔层纱吗？可在她面前的，明明是一座大山！她都表白得这么真诚了，他竟然不吃这一套。沈于归放下手指，厚着脸皮询问："那我可以追你吗？"

费南城蹙起眉心，第一次觉得事情有点棘手。

他倒不是真的信了她的话，而是她油盐不进的模样再加上奶奶没有底线的袒护，让他有些不知道怎么办。他拒绝道："你不用做无用功。"

沈于归立马表明态度："我喜欢你跟你喜不喜欢我没关系。你既然觉得那一晚的事亏欠了我，那么你就答应我一个赌约吧！"

费南城挑眉。

沈于归举起一根手指在他面前晃了晃，说："给我一年的时间，我来追求你。如果你喜欢上我，那么皆大欢喜；如果你还是不喜欢我，我就不再出现在你面前。"

费南城还没回答，她就将两只手合在一起，充满乞求地说道："这一年里，请允许我给你发消息、见你，我保证不会给你的生活带来任何麻烦，但你可不可以不要对我这么凶？"

一年也是她给自己的期限。她已经长大了，马上就要过二十二岁的生日了。可妈妈和姐姐生活在水深火热当中，这样的生活必须有个了断。如果一年后她无法将公司抢回来，那么她就带着妈妈和姐姐离开，靠她的技术自己创业。

费南城眯起了眼睛，看着面前的女孩。奶奶身体不好，心脏有问题，医生说没有多长时间了，而奶奶唯一的心愿就是让他和她订婚。他一直没有拒绝就是因为奶奶经不起情绪的波动，所以她这个提议也不是不可以，至少可以让奶奶的情绪暂时缓和下来。想到这些，他淡淡地开口道："好。"

两人回到房间时，老夫人已经睡了，他们便没有停留，直接离开了。

沈天浩的车子还在疗养院外等着，沈于归对费南城说道："今天不用送我了，家里派了车。"

费南城瞥了她一眼，没说话，直接上了自己的宾利。

沈于归撇嘴，好吧，人家也没说要送她，是她自作多情了！

她往门口走去。车子在疗养院里开得很慢，她跟车一起到了门口。大铁门打开，宾利轿车冲了出去，徒留满地灰尘。

沈于归跟在轿车后面，从大门里走出来，一出来就看到沈天浩从车窗里伸出头，正眼巴巴地往这边看。

沈于归眼睛里精光一闪！大好的机会不用白不用。她立马戏精上身，对宾利车尾挥了挥手，然后小跑了两步，说："亲爱的，你说的话我知道了！"

费南城透过后视镜看到她的样子，一脸不可置信。

等沈于归上了车，沈天浩果然迫不及待地询问："从心，费先生给你说了什么话？”

沈于归低下头，唯唯诺诺地说：“费先生不高兴了。”

沈天浩瞬间紧张起来，道：“怎么回事？”

沈于归瞥见他的样子，心里嗤笑。她故意迟疑地开口道：“费先生的表弟陈子凡在我们班里，然后陈子凡给费先生说了一些不好的话，让他很生气。”

从“不高兴”到“很生气”，沈天浩果然更加在意了，道：“什么话，怎么回事？”

沈于归叹了口气，嘴角却微微勾了起来——为姐姐正名这件事，机会来了。有什么比让亲生父亲出面说出真相来得更爽呢？

第二天上午是公共课，计算机专业的班级都在一起上课。沈于归特意来早了一点，进教室后就直接坐在了中间的位置上。

张千千看到后目瞪口呆，友好地提示道：“从心，这个位置一直是沈芷兰的，你……”

沈于归挑眉看了她一眼。张千千立马在她身边坐下，毫无立场地支持好友：“不就一个座位吗？坐就坐了！我其实一直想说，哪怕你妈妈……你也是无辜的！沈芷兰看着学习好、长得好，还被评为系花，可我觉得她没有帮你保守这个秘密，搞得大家都知道了，就是故意想让大家排挤你，这个人绝对心机很深！你就是太善良了，有时候该硬气的时候就要硬气！”

沈于归心里有些暖意，姐姐虽然只有一个朋友，但这一个也够了。她看向张千千，解释道：“我不是。”

张千千一愣，道：“什么？”

“我爸跟我妈是合法夫妻。”

这个秘密让张千千惊呆了，说：“你的意思是沈芷兰贼喊捉贼？可这怎么可能？当初沈芷兰高考时，分数达不到咱们大学的录取分数线，是她爸……不对，是你们爸爸给学校捐了一个实验室，沈芷兰才被特招进来的！所以她怎么会……”

沈于归还是第一次知道这件事情，她冷笑了一下，没想到沈天浩竟然这么宠爱沈芷兰，难怪沈芷兰有恃无恐，撒下这么一个弥天大谎，因为她根本就不怕姐姐说出实话，就算姐姐敢说班里的学生也不会相信！

张千千纠结地看着她，问：“从心，你说的是真的吗？”

沈于归正要开口，一个骄纵的声音突然传了过来：“什么真的假的？你们两个凭什么坐在这里？”

沈于归扭头就看到沈芷兰走进了教室，此刻冲她们大吼的依旧是上次跟在沈芷兰身边的那个叫刘玲的女孩。

沈芷兰一副善良大度的样子，看向刘玲道：“大家都是同学，她愿意坐在那里就坐在那里吧！”她嘴里这么说着，却并未找其他地方坐下，依旧在看着她们。

刘玲果然很愤怒，上前一步说：“你们两个起来，让开！”

张千千将书本铺在桌子上，挑衅地看了她一眼：“咱们这公共课教室是随意坐的，你来晚了就去后面呗！凭什么让我们走？”

刘玲怒吼道：“凭她妈妈破坏了芷兰的家庭！”

刘玲说完这话便看向沈于归，冷笑道：“沈从心，你听清楚了！你不配跟芷兰坐在一起，最好离她远远的！”

沈于归的头发遮住脸庞，挡住了眸子里的厉光。原来姐姐上课的时候都要躲在角落里，就连离这边近一点都不可以？这个沈芷兰太过分了！她软软地说道：“想要让我给她让位置？”

刘玲点头。

沈于归声音一沉，冷冷地说出三个字：“她不配。”

刘玲一愣，怎么也没有想到她竟然说出这种话，脸色直接黑了，说：“你什么意思？”

“意思就是，如果不想挨着我们，那你们靠边！”张千千朗声说道。

“你！”刘玲正要破口大骂，角落里却传来“砰”的一声。

沈于归扭头看去，就发现陈子凡站了起来，一巴掌拍在桌子上。

他刚才应该是在趴着睡觉，顶着乱糟糟的头发，一双眼睛深陷得厉害，黑眼圈格外明显。他很不耐烦，眼神里带着还没睡醒的迷离，皱着眉头低吼：“吵什么吵，你们烦不烦？”

他一发飙，刘玲和张千千顿时像是被吓到的鸵鸟一般缩了起来。沈于归看着觉得好笑。

在这样的压迫下，沈芷兰却笑着说道：“子凡哥，昨晚又没睡觉吗？”

陈子凡脾气不好，可见说话的人是沈芷兰，就耐着性子点了点头道：“不好好上课，你们干吗呢？”

沈芷兰叹了口气，做出一副无奈的样子，说：“这不是刘玲觉得姐姐跟我坐在一起不合适吗……”

陈子凡看向沈于归，眉心皱得更紧了，直接命令道：“熊猫眼，你让个位置。”

沈于归挑眉，心想，哟，这人还真是护花使者的化身啊！她趴在桌子上认真地询问：“为什么要我让开？”

陈子凡张口就要讽刺，可脑海中忽然闪现出那天她被拖进卫生间的场景。不知道为什么，那天没去救她，他竟然有些心虚和愧疚。

沈芷兰见他不说话，急忙开口道：“姐姐你别生气，我坐在旁边就是了。”

她咬住嘴唇，委屈地看向陈子凡。她最了解陈子凡了，听见这种话，陈子凡肯定会觉得沈从心太霸道，反而会激起对她的保护欲。

她等着陈子凡发怒，可没想到陈子凡沉默了一下，下一刻竟然点头道：“那就这样吧。”

陈子凡说了这话就又坐下，趴下打算睡觉，看样子是不管了。

沈芷兰攥住了拳头，眼里闪过一抹阴狠，让她坐在边上让座？没门！她冷笑了一下，垂下眼帘，将书包放在了旁边的桌子上，人反而走到沈于归面前。

沈于归好奇地看着她，不知道这人又要出什么招，就见沈芷兰垂着头泫然欲泣：“姐，昨晚爸爸没回家，妈妈等了他一晚上，眼睛都哭肿了。”

沈于归都忍不住要为她的演技叫好了。

昨晚沈天浩送她回去以后，接了个电话，说是有个酒局，然后就离开了，一夜没回。可这个沈芷兰也太搞笑了吧，她到底是哪里来的底气说这种话？

沈于归冷下眼神，冷笑了一声，正要说话，旁边趴下却还没睡着的陈子凡蓦地直起了身体，然后一脚重重地踢在椅子上，发出“砰”的一声，吓了全班同学一跳。

大家纷纷看过来，就见陈子凡大步走过来，站在了沈于归面前，两只手撑在桌子上，直接对上了她的视线。他一双眼睛里散发着怒火，说："熊猫眼，你还要不要脸？怎么，你今天不让座是因为昨天你爸在家，觉得自己有底气了是吧？告诉你，有我陈子凡在这里，你就别想坐在正中间！你现在要么给我滚出去，要么给我蹲在属于你的角落里，别出来丢人现眼！"

面前的陈子凡明显憋着火气，仿佛下一刻就要爆发似的，生气时周身的暴戾气息让整个教室的人都被吓得不敢说话。

沈于归的视线在他脸上转了一圈，又看向沈芷兰。她将这几天的事情联系了一遍，终于明白沈芷兰忽然过来示弱说这句话的用意了——竟然是为了激怒陈子凡！

陈子凡的家庭应该也存在这种问题，所以他一直反感这种事，一直帮助沈芷兰欺负姐姐，助纣为虐！沈于归攥住了拳头。

她还没什么动作，张千千蓦地挡在她和陈子凡中间，小小的身躯颤个不停，明显被吓坏了，却还是说："你、你要干什么？陈子凡，别以为你家里有钱就能为所欲为！"

陈子凡冷笑道："滚开，你个蠢货！跟她做朋友，我看你也不是什么好东西，别逼我动手！"他说完挥舞了一下拳头，吓得张千千立马缩了头。他的拳头从张千千耳边划过，拳风吹动着她的发丝动了几下。

张千千吓得眼圈都红了，却挡在沈于归面前一动不动，就在她感觉自己快要承受不住陈子凡的怒火时，一只手忽然拽住了她的胳膊。

张千千回头对上沈于归淡定的眼神，心顿时安定下来。

沈于归安抚似的拍了拍张千千的手，从座位上站起来，抬起了一直模仿着姐姐低着的头。直到这一刻，大家才发现沈于归很高挑，比张千千高了半个头。

陈子凡本来不打算动手，打女人这种事毕竟很丢人，而且无论熊猫眼怎么样，张千千始终对她不离不弃，就这一点，他还是很欣赏张千千的。

他看向沈于归，正要发火，就听到沈于归缓缓地道："你说私生女的朋友都不是好东西？"

陈子凡一愣，下意识地看向张千千，见张千千眼圈通红、眼泪要掉不掉的样子，他心里没来由地烦闷起来，开口道："对！'物以类聚，人以群分’说的就是这个意思！”

沈于归也不着急，又看向沈芷兰，道：“那你跟沈芷兰是朋友吗？”

陈子凡毫不犹豫地回答：“当然。”

沈于归歪着头，像看傻子一样怜悯地看着陈子凡，好奇地询问：“那你为什么要骂你自己？”

陈子凡的嘴角顿时抽了抽，她这是什么意思，他怎么有点听不懂？

正在看热闹的沈芷兰惊呆了，在陈子凡又要开口时，她吓得上前一步，说：“子凡哥，算了。”

陈子凡却不依不饶，愤怒地盯着沈于归，道：“你竟然敢骂我？是我这段时间没空理你，让你飘了？”

沈于归笑眯眯地看着他，正要开口，沈芷兰却蓦地上前拽住了她的胳膊，警告地说道：“姐姐，家里的事情就不要在学校里说来说去了，影响不好！”

沈于归听话地点了点头。

沈芷兰松了口气，然后就听到沈于归乖巧地说道：“的确，你是私生女这件事，我不会宣扬得尽人皆知的。”

“轰”！这句话宛如一颗炸弹砸进了班级里，教室里顿时炸开了锅。

“她刚才说什么，我是不是听错了？”

“怎么可能？都三年多了，她怎么也不为自己解释一下？这会儿她这么说，肯定是被逼急了！”

“肯定是我今天打开耳朵的方式不对，听到了这个世纪最好笑的笑话！”

“……”

如沈于归所料，没有一个人相信她说的话。

沈芷兰吓坏了，瞪大了眼睛，不可置信地看着沈于归。她怎么也想不到这人竟然把真相说出来了。可听着众人的回应，她很快回过神来，急忙看向陈子凡。

陈子凡皱着眉，率先向沈于归发难：“你乱说什么？”

刘玲也回过神来，上前一步，不屑地说道：“你居然还敢颠倒黑白？为了坐在中间，你可真是脸都不要了，脑子有病得治！”

张千千听着这难听的话，愤怒地开口道：“我们就事论事而已，你干吗进行人身攻击？当事人就在这里，问问她们不就知道了吗？”

话音落下，众人齐刷刷地看向沈芷兰。沈芷兰红了眼眶，垂下了头，一副委屈得快哭出来的模样：“姐姐，你怎么能这么说……”

她没有正面回答问题，那样子却让大家都认为是沈于归在说谎。

沈于归见她这副惺惺作态的样子，勾起嘴角。她还没开口，陈子凡就再次冷笑道：“我还真是第一次遇到像你这么厚脸皮的女人，简直是无耻！”

他气得不行，拳头伸了伸，可从小的教养让他到底对这两个弱质女流下不去手，只能狠声说道：“我一定要告诉我表哥，让他看清楚你的真面目！”说到这里，他拿起手机直接拨打了费南城的电话。

这么点小事，跟费南城有什么关系啊？想到昨晚才说了不会打扰他的生活，沈于归急忙上前一步去抢手机：“你别啊！”

这个举动却让陈子凡误会了。他后退一步，往教室外走去，道：“现在怕了？晚了。你污蔑芷兰的时候就应该想到这个后果！”

她哪里怕？她只是不想因为自己的事去打扰费南城！她想追出去，却被拦住了，同学们看着她，说：“沈从心，你说清楚，你为什么要污蔑芷兰？”

沈于归只能眼睁睁地看着陈子凡走出教室，电话应该是通了，不知道他说了什么。沈于归叹气，这个熊孩子怎么这么欠打？

她正思考着，又听到刘玲愤愤不平地骂道：“我知道，肯定是她妈妈想要上位顶替芷兰的妈妈。但我告诉你，就算芷兰爸妈离婚了，你还是婚外生的孩子！”

沈于归一直任由事情发展，等的就是这话，她要让沈芷兰没有任何机会翻盘！沈于归像是被逼得没有办法似的，弱弱地开口道：“既然你们都不相信我，那我只能给爸爸打个电话了。”

话音落下，她拿起手机给沈天浩打了电话。电话很快被接听，她开了免提，沈天浩的声音传了过来：“从心，怎么了？”

沈于归声音发颤地道：“爸爸。”

看到沈于归这个举动，沈芷兰眼里闪过一抹嘲讽。爸爸一向最疼她，给爸爸打电话，是脑子进水了吧？她上前一步，在沈天浩还没开口时对着手机喊道：“爸爸，我是芷兰！姐姐在学校里说我是私生女，你快点解释一下啊！”

只要爸爸训斥沈从心一顿，那么所有问题就迎刃而解！沈芷兰看向沈于归，挑衅地勾唇，眼神里带着得逞的笑。

陈子凡站在走廊里，将学校里的事情简单说了一遍，最后总结道：“哥，我真是从来没有见过这么不要脸的人。你说她脑子是不是有坑？还是她脑子进水了？”

陈子凡正腹诽着，对面就传来了费南城冷冰冰的声音：“我看脑子进水的人是你吧。”

陈子凡被说得微微一愣，然后反应过来，道：“哥，你什么意思？我去！你不会真的看上她了吧？”

他话没说完，对面就挂断了电话。他气恼地转身，打算好好教训一下那个熊猫眼。

陈子凡进门时还不知道发生了什么，只是见沈芷兰和沈于归站在一起，他下意识地皱眉道：“熊猫眼，你又搞什么鬼……”

话没说完，手机里就传出沈天浩的声音：“从心，无论怎么样，爸爸都不会跟你妈妈离婚的。但是你在学校里也不要欺负芷兰，你们都是爸爸的孩子！”

沈于归看着沈芷兰，欣赏着她瞬间僵住的表情。沈芷兰不就是仗着沈天浩的宠爱才为所欲为吗？那么就由沈天浩当着这么多同学的面，让她下不了台！而且她喜欢的陈子凡最在意的就是身份问题，现在一切都完了。

沈芷兰拥有的一切都应该是姐姐的，她沈于归会帮姐姐一点点夺回来！

沈芷兰咬住了嘴唇，脸色苍白如纸，不死心地对着手机喊道：“爸爸，你是不是说错话了？”

沈天浩顿了顿，开口道：“芷兰，是爸爸亏欠了你。你要什么，爸爸给你买。”

“原来是她爸爸觉得亏欠，才给她这么多钱？”

“她爸爸也太过分了，那沈从心多可怜啊！”

“她刚才还不要脸地让人放人？现在想想，她那话是怎么说出口的？”

就在这时，上课铃声响起，任课老师走进教室，站在讲台上，手里拿着板擦敲打黑板：“上课了，你们都围在那儿干什么呢？”

众人立马散开。

沈于归早就挂断了电话，又做回了那个懦弱的“沈从心”，看似好心地提醒沈芷兰：“妹妹，上课了，你还不坐下吗？”

一句话让众人再次齐刷刷地看向沈芷兰。

沈芷兰感觉身上的衣服像是被剥光了似的，赤裸裸地出现在大家面前。他们那种打量、鄙视的眼神，让她全身颤抖着。她想要为自己辩解，脑子里却一片空白。

原来这就是沈从心被排挤时的感觉。她不受控制地走到了自己的座位上，正要坐下，张千千就用不大不小的声音讽刺道：“不是说某些人不配吗？”她指向教室角落的位置，笑着开口道，“沈芷兰，那里才是属于你的位子哦。”

沈芷兰气得眼泪滚落下来，此刻却没有一个人站出来帮她说句话。

沈从心好歹还有张千千不离不弃，可是她呢？她的视线落在刘玲身上。

刘玲已经呆住了，像是被人伤透了心，在沈芷兰走过去时还恶狠狠地瞪了她一眼，然后拿起书包走到旁边，经过她身边的时候故意撞了她一下，道：“我怎么会认识你这个骗子！”

沈芷兰咬住了嘴唇，默默地拿起书包走到最后面的角落坐下。

大家都坐好以后，依旧站着的陈子凡就特别显眼了。

任课老师无奈地道：“陈子凡同学，找地方坐下！”

陈子凡宛如失了魂似的走到了他的位置上坐下，一双眼睛呆滞地看向前方。他竟然帮沈芷兰欺负了熊猫眼三年多？！

他失魂落魄地看向沈于归。沈于归像是感觉到了，看过来，吓得他瞬间扭过头去，心虚地将后脑勺对准了她。

陈子凡是不好意思了？沈于归轻笑一下，看向恨不得将自己缩成一团的沈芷兰。沈芷兰从刚才开始就一直在哭，眼睛肿了，妆面也花了，露出其貌不扬的五官。

可沈于归的心里没有任何放松感，只要一想到这样的生活姐姐已经过了三年多，她的心就冷硬得宛如金刚石。

这些还不够。

下了课，沈于归第一个站起来，慢慢地走到惊慌失措的沈芷兰面前，学着她刚才的样子委屈地说："妹妹，爸爸这些年一直不回家，你可不可以告诉你妈妈，让你妈妈放我爸爸回家？我妈妈每晚都在哭泣，眼睛都快要哭瞎了。"

明明是讽刺的话，沈于归却说得格外认真。如果不是沈芷兰确定自己刚才说过类似的话，她都要当真了。她咬住了嘴唇，不想再感受众人的嘲讽，哭着跑了出去。

沈于归和张千千说说笑笑地离开了教室，其他同学也陆续离开，留下陈子凡独自一人坐在座位上看着同学的背影发呆。这时手机响了起来，他接起电话："表哥？"

费南城没有波澜的声音传来："下午我去你们大学察看一个项目，你在不在？"

陈子凡点头，声音里却透着有气无力，道："我在。"

第三章

你怎么样都追不上我

下午没课，沈于归跟张千千一起去吃午餐。在食堂打饭时，窗口的阿姨一个不小心，将饭菜泼在了她的袖子上。

张千千吓了一跳，道："从心你没事吧，烫不烫？阿姨们都是经过培训的啊，我来大学三年多了，就没见过这种情况，今天怎么就手滑了？"

还能因为什么，因为她倒霉呗！窗口的阿姨一个劲地道歉，明显不是故意的。

看着衣袖上的油渍，沈于归淡定地对张千千说道："你帮我随便打点饭菜吧，我先回宿舍换衣服。"

张千千点头。

沈于归从食堂走出来，漫步在校园中。她拿出手机，再次打开彩票软件，正要点开查看，忽然听到花园里传来了一个熟悉的声音："是刘玲误会了，在外面乱传的。后来我知道你不喜欢私生女以后，就更不敢说自己的身份了。子凡哥，对不起。"沈于归扭头看去，就见沈芷兰拉扯着陈子凡的衣袖，正在装可怜。

她哭得格外可怜："我的出身也不是我能选择的，你不要讨厌我，不要把我从你们的团队里踢出来，我只是想要陪着你参加比赛，希望能够帮助到你。"

陈子凡即将参加的信息安全竞赛是个含金量很高的比赛，如果沈芷兰加入了他们的团队，肯定能给自己镀一层金。沈于归那天不经意地瞥了几眼，发现陈子凡的这个项目很有新意，只要优化成功，绝对是今年的第一名。沈芷兰想要蹭热度、共享荣誉不足为奇，就看陈子凡会不会心软了！

沈于归边看着他们边往前走，一时没注意，撞到了前面的人，拿着手机的手指在惯性的作用下直接按在屏幕上，点开了获奖信息。她瞥了一眼手机，顿住了，她竟然又中奖了！虽然金额不多，只有五百，可对从小特别倒霉的她来说绝对是天大的喜事！她兴奋得手指都颤抖了，这才想起自己撞了人，急忙抬头道："对不……费先生？"

面前的男人一身黑色西装，高挺的身材挡住了身后的阳光，即便站在校园里，也像是站在舞台上一般耀眼。

对花夏大学的这个新项目，费南城非常看好，所以亲自过来察看，而且陈子凡那臭小子被人骗了三年多，心情肯定不好，所以他就跟陈子凡约了午饭，没想到进来后看到陈子凡跟一个女孩拉拉扯扯的，他觉得稀罕就多看了一会儿，然后就被人撞到了。

他蹙起眉头，看向撞到自己的女孩，哪怕低着头，他依旧能看出她就是那个"未婚妻"。他心里冷嗤一声，这女人肯定是看到自己才故意撞上来的，想到她昨天信誓旦旦地说要追他，这分明就是她的小手段。

他正要讽刺几句，女孩忽然抬起头来，眉眼弯弯的，一双眼睛里更是透着压抑的狂喜，那种神色掺不了假。费南城看到她这个样子，到了嘴边的话竟然说不出来了。他本来觉得她随口说的那句喜欢是假的，然而见到自己，她就这么开心吗？

他淡淡地"嗯"了一声，脸色依旧冷冰冰的。

女孩也不失望，乖巧地挪到了旁边，小心翼翼地绕过他，跑开了。

费南城的视线忍不住追随着她，望着那一蹦一跳、开心得情绪都外泄出来的身影，以及她在足够远的地方停下脚步，兴奋到手舞足蹈的样子，他轻笑了一下。他不过跟她打了个招呼，她就开心成这样？

"Yes！"沈于归兴奋到不行，离开费南城足够远后，她再也忍不住地扭了扭屁股，跳了几下舞步。

这可是她这几天里第二次中奖了，说明什么？说明她真的要转运了！

她抱着手机，对着屏幕狠狠地亲了一口。可她刚放下手机，就听到远处有人大喊："同学，小心！"

沈于归呆愣地扭头，就瞥见一个黑乎乎的东西从天而降！

"砰"！一个足球准确地砸在沈于归的后脑勺上，她迎面往前摔了个"五体投地"。

过了一会儿，她两只手撑住地面抬起头来，脸上没受伤，身上也没事，倒霉的事遇到太多，她早就习惯了保护自己。沈于归欲哭无泪，说好的转运呢？她从地上爬起来，垂头丧气地往宿舍走去。

远处的费南城看到这边的情况，抽了抽嘴角。看她那副惨样，普通人肯定要伤筋动骨了，这家伙倒好，懂得卸力，刚才那一下，她的"五体投地"刚好缓冲了力度，倒是没受伤。

费南城看她这个样子，忍不住又想到了当年的小乌。他教她武术，她撒娇不学，后来没办法，他就想到了卸力的办法，至少让她在挨打的时候知道怎样保护自己。可惜小乌太笨了，跟他在一起时没有学会。这个女人倒是用得挺溜。

他收回视线，再次看向花园那边。陈子凡看到他，着急要过来，沈芷兰却哭哭啼啼地拽着他的胳膊不松手。

陈子凡直接说道："你先让我考虑一下，下午给你答复。"说完，他推开沈芷兰，往费南城这边跑过来。

沈芷兰被推得踉跄了两步，眼看就要摔倒在地上，手却被一只有力的大手给握住了。

"你没事吧？"扶住她的是同班同学杨逍。沈芷兰对他有印象，因为杨逍的计算机课程考试跟陈子凡并列第一。只可惜他偏科严重，再加上为人比较阴郁，长相普通，跟陈子凡一比，在班级里就不怎么出名。

沈芷兰曾听老师说过，这个人算是个专业鬼才，可此刻被他这么扶着，感受到他掌心中的汗渍，沈芷兰顿时觉得恶心得要命。她推开他，远离了两步，站稳以后，看向陈子凡离开的方向。

她皱起了眉头，那个比赛她一定要参加，因为妈妈说了，为了防止沈于归那个浑小子回来，她要用漂亮的履历进入于氏公司上班。可陈子凡会同意她留下来吗？正在思考着，耳边传来了杨逍结结巴巴的声音："我、我能帮你。”

沈芷兰一愣，扭头看向他。

杨逍咽了下口水，道：“你们的报名项目我看过，他的那个优化我可以帮忙解决。你拿着解决办法去找他，他肯定不会赶你走的。”

听到这话，沈芷兰的目光一下子就变得炙热起来。

沈于归洗个澡换了衣服，然后坐在椅子上思考。刚才因为中奖，她太兴奋了，竟然忽视了费南城。平时见他的机会太少，今天他好不容易来了学校，她总要做点什么吧？

宿舍门被打开，张千千拎着给她打包的饭菜回来了。

看到盒饭时，她的眼睛一下子亮了。费南城这个点来学校，肯定还没吃饭，这不就是她的机会？

如果吃饭的话，他现在应该在……

沈于归拿出电脑，手指飞快地在键盘上敲打了几下，电脑屏幕上就出现了学校附近的几家餐厅。她筛选了几家店以后，从椅子上跳下来，往外面跑去。

“从心，你去哪儿，不吃饭了吗？”张千千在身后喊道。

“不吃了！”沈于归已经冲了出去。吃什么饭啊！现在最重要的是泡……哦，不对，是追费南城啊！

几分钟后，沈于归在学校附近的小餐馆里如愿地看到了费南城。她瞅了瞅这小餐馆的装修，又透过玻璃窗看向坐在里面的西装革履的费南城，觉得他跟这里有些格格不入。

沈于归有点吃惊，在国外时她也接触过不少有钱人，他们吃饭都很讲究，很少在外面吃东西，尤其是这样的小餐馆，在他们的印象里就意味着“很不干净”。

费南城看着是含着金汤匙出生的样子，没想到竟然会坐在这里吃饭。他跟陈子凡面对面坐着，桌子上已经有了三菜一汤，他拿着筷子不停地吃着，动作间透出一股不拘小节的风度。

平心而论，除了脸色特别臭，这男人是真的很不错。

沈于归这么想着，收回了眼神，然后装作没看到的样子走了进去，经过两个人所在的位置时，她脚步一顿，脸上浮现出一抹惊喜："费先生，好巧，你也在这里吃饭啊！"

费南城没说话，低头夹了一块鱼肉放进嘴里。这女人，当他没注意到她刚才在餐馆外找了那么久吗？

他不说话，沈于归就干巴巴地站在那里。可她没有一点不好意思的样子，又看向了陈子凡，道："陈子凡同学你好！"

陈子凡在沈于归说话的时候身子就有点僵了，毕竟在今天之前，他一直在欺负她，这时候面对她还是有些不好意思的。他咳嗽了一下，然后低低地回答道："你好。"

沈于归立马笑着说道："既然这么巧，那方便的话，我们拼个桌？"说完她很自然地拍了拍陈子凡的肩膀，拉开旁边的椅子就要坐下。

可就在这时，椅子的扶手被两只手同时握住，力道大得让她拉不出来。与此同时，费南城和陈子凡的声音一起传了过来。

"不方便。"

"不方便。"

沈于归摸了摸鼻子，这就尴尬了啊！

陈子凡冷嗤一声，不再别扭，恢复了他的本性："熊猫眼，对于你身份这件事，我想清楚了，从一开始你就没有否认过，我搞不清楚事实冤枉了你，是我不对，但我是不会给你这么胆小如鼠的人道歉的！明明是千金大小姐，却偏偏让自己过得这么差，可真是让人看不起。"

说完这话，他又补充道："当然，为了表示我的歉意，以后我会罩着你，班级里不会有人再欺负你了！可是你如果打算用我的愧疚来换取给你缠着我表哥的机会，这是绝对不可能的！"

陈子凡继续说道："我表哥这么优秀，将来娶的女人也一定是非常优秀的，你这样的根本不行，你就死心吧！"

这个笨蛋，一天不挨揍就找不到北了是吧？沈于归忍了忍，甜甜地笑着询问："那要有多优秀，才能成为你的嫂子？"

陈子凡举起手指，开始列举条件："首先要长得漂亮！这一点你就不符合，毕竟我表哥长得这么好。其次要上得了厅堂，入得了厨房！温柔却不失个性，坚强又自立，不会给我哥找麻烦，能够时刻帮助到我哥。"

想了半天，他叹了口气，道：“别的我暂时没想到，就这些吧！”

沈于归撇了撇嘴，道：“我觉得你说的这个人还真有。”

陈子凡立马兴奋地问：“谁？”

“Siri！”

沈于归也举起了手指，给他举例子：“智能机器人Siri啊！她可以根据你的想象来定制外表，而且只要给她输入指令，就可以让她变成你想要的样子，不就是完美情侣了吗？”

她依旧笑得很甜很软：“所以你要赶紧研发出AI智能机器人本体哦，不然你哥可能这辈子只能娶一个软件了！”

沈于归说完这些，转身坐在了旁边的空桌上，抢在陈子凡开口之前喊了一声：“服务员，点餐！”

陈子凡想要反驳，可被她的话给噎住了，这时候再追过去讨论就显得不依不饶了！他气鼓鼓地听着沈于归点餐：“你们这里的招牌菜都有哪些？”

服务员简单介绍了一下。

沈于归点餐完毕后，将从沈芷兰那里拿来的银行卡放在桌子上，豪气地说道：“隔壁桌的一起算了！”

然后她讨好地扭头看向费南城，道：“费先生，请你吃顿饭。”

陈子凡一时语塞。

这人面对他和面对他表哥，完全就是两副面孔！他忍不住开口道：“哥，你是怎么跟她好上的？肯定是饥不择食！”

费南城正在吃饭，听到这话，淡淡地瞥了陈子凡一眼，吓得他立马举起了手在自己嘴巴上拉了一下，道：“得，我不说了！”

费南城这才收回了视线。从始至终他都没说话，只是看着这两个人斗嘴。

原来这小狐狸根本就不口拙，甚至可以说是伶牙俐齿，就在刚才她终于忍不住露出利爪了吧？比她那佯装出来的战战兢兢顺眼多了！

沈于归的饭菜很快就被端上来了，第一份上的是小炒肉，青翠的辣椒，香喷喷的里脊肉，她立马拿起筷子夹了一块肉放进嘴里，又伸出筷子夹了一块肉，然后还是肉……一盘小炒肉在第二份菜还没上来时就这么进了她的肚子。

费南城眯起眼，这家伙是饿死鬼投胎吗？

“哥？哥！”陈子凡的声音让他猛地回过神来，这才发现自己竟然不知不觉地盯着她入了神。

他看了一眼陈子凡，淡淡地道：“嗯？”

陈子凡继续说道：“哥，我让你帮我打听乌龟的事，你打听得怎么样了？”

费南城慢条斯理地将嘴里的东西咽下去，丝毫看不出刚才的心不在焉。他克制住往女孩那边看的眼神，这才开口道：“还没有消息。”

陈子凡很失望，说：“你这私人助理也太没用了吧！这样的名人不应该很好打听吗？”

费南城夹菜的动作一顿。他让助理找小乌，可助理几乎将那个城市翻遍了也没找出来；然后他让助理查乌龟这个人，也没有线索；再然后，他让助理调查沈从心，可助理连沈从心的资料也查不准确，的确是太没用了！

沈于归吃饭的速度很快，她吃饱了以后，隔壁桌的两个人还在边吃边聊。

费南城询问：“你跟那个女孩是怎么回事？”

陈子凡一愣，道：“哪个？”

“沈家那个。”

听到关于沈芷兰的话题，沈于归的耳朵竖了起来。

陈子凡低下了头，有些沮丧和颓废，说：“就那么回事呗。”

费南城不再问，陈子凡又开口了：“哥，其实我跟你说实话，班里的人都说我跟她是一对，她也的确在追求我，可不知道为什么，我就一直没同意也没有拒绝，总感觉差了那么点意思。而且以前她骗我说她妈妈在家里日子不好过，我才对她产生了那么点同病相怜的感觉，今天知道真相后，我觉得自己跟个傻子似的。刚才她追着我哭的时候，我还挺烦她的，不过我不会把她踢出我的设计团队的，至少等参加完这个比赛再说吧。”

沈于归偷偷地看了他们一眼，发现费南城虽然没说话，表情也还是那么淡漠，可在陈子凡说完以后，他拍了拍陈子凡的肩膀，似乎在无声地鼓励陈子凡。

哪怕他依旧面无表情，沈于归却从中看到了几分温柔。这毒舌又狠辣的男人竟然还有这一面？她肯定是看花了眼！他是知道陈子凡心情不好，所以特意来陪陈子凡的？这样的细心也的确值得陈子凡维护。

沈于归忽然就想到了姐姐，她们姐妹的感情其实也很好。怕她在国外寂寞，姐姐每天晚上都会跟她视频，耐心地陪伴着她，但其实姐姐也就比她早出生半个小时。想到这里，沈于归垂下眼帘。姐姐到底去哪儿了，为什么离家出走？

陈子凡应该是说完了，跟着费南城站了起来。

沈于归也跟着站起来，很自然地跟着他们往外走："你们也吃好了？好巧哦。费先生你好不容易来一次花夏大学，我带你到处看看？"

费南城瞥了她一眼，没说话。陈子凡则是警惕地拦在她和费南城中间，说："不需要！"

他们走在前面，沈于归就跟在后面。陈子凡皱眉道："你干吗跟着我们？"

沈于归理直气壮地回答："大路朝天，各走一边，这条路不允许我走吗？"继续蹦蹦跳跳地跟在两个人身后。

花夏大学风景宜人，校园内有很多百年老树，教学楼被爬山虎遮掩，夏日里也很凉快，到处是书香气息，看着就非常有底蕴。

当年费南城在这里上过几年学，所以对学校格外熟悉。他走在前面，眼角余光却随时扫视着身后，在看到那女人一直跟着他们时，他的眸光暗沉了几分。她似乎有些无聊，随意地从旁边的树上摘了一片叶子，边走边将叶子按照纹理撕成了碎片。

费南城发现自己被她这么跟着，就总是不由自主地去看她在做什么，可他这么关注这女人干什么？他心里猛然升起一股烦躁。看到前方的位置，他眸中幽光一闪，换了路线，对陈子凡道："跟我来。"

沈于归走着走着，忽然被陈子凡拦住。她疑惑地看向陈子凡。

陈子凡笑道："我们要去男厕所，你也要跟着？"

沈于归侧头，发现的确是男卫生间，她沉默了一下，然后一本正经地开口道："我倒是不介意，就怕你们受到惊吓。"

陈子凡一时语塞。

这女人的脸皮怎么这么厚？

走在前面的费南城听到这话，眉头不可察觉地蹙了蹙。一个女孩子竟然恬不知耻地说出这种话，真是有伤风化！

沈于归摸了摸鼻子，等在旁边的树下。等了好一会儿，两个人还是没出来。她发着呆，手机突然响了一下，是陈子凡的微信信息：熊猫眼，别等了，这卫生间有两个门，我们早就走了。

沈于归盯着手机气得咬牙切齿，这个笨蛋，最好祈祷别有求到她的那一天！

跟丢了人，偌大的学校，沈于归也不知道去哪里找，只能悻悻而归。下午无事可做，沈于归干脆就回了家。

晚上，她躺在床上，接到了张千千的电话："从心，看班级群！"

沈于归一打开微信就看到他们的班级群已经炸了锅，她点进去，耐着性子往上滑，终于找到了事情的起因。

半个小时前，刘玲忽然在群里发了一长串的话："很抱歉，我刚搞清楚事情原委，是我误会了芷兰。大一时，芷兰跟我说过她和沈从心是同一个爸爸，我下意识地认为沈从心是私生女，对外大肆宣扬，而我做的这些事，芷兰并不知晓，她是被冤枉的。而且我刚才得知沈芷兰的妈妈和爸爸原本是真爱，是沈从心的妈妈横刀夺爱，用沈芷兰的妈妈做威胁，逼她爸爸结婚的。沈芷兰的爸爸跟沈从心妈妈结婚时，沈芷兰妈妈刚好怀了她的哥哥，这就是证据。所以我们都误会芷兰了，是当年沈从心的妈妈仗势欺人造成的，这也是芷兰爸爸对她那么好，却对沈从心不管不问的原因。"

下面一片哗然：

同学甲：原来是这样吗？

同学乙：早就知道芷兰不会骗人，果然中间有猫腻……

同学们的态度一下子就变了，开始偏向沈芷兰。

沈于归忍不住询问道："千千，为什么我说真话大家都不信，她一句站不住脚的解释，大家都信了？"

张千千沉默了一下，道："可能是因为你人气不行？"

沈于归低下头，勾唇道："但我有一点行。"

张千千道："什么？"

"我气人还行。"

张千千一时语塞。

沈于归冷笑了一下，道："等着看吧！"

挂了电话，她将这事抛到脑后。小孩子之间的打打闹闹怕什么？现在最重要的还是追求费南城啊！

可是怎么追？她拿起手机搜索追求的办法，突然想到了曾经看过的某部电视剧：夜深人静时，女主角给男主角发了三条消息，然后撤回。第二天，男主角醒来看到消息，特别好奇女主角发了什么，然后就有了暧昧的话题。

沈于归决定试试！为了防止自己睡着，她特意定了一个凌晨两点的闹钟。凌晨闹钟响起，她拿起手机找到费南城的微信号，编辑了三条信息。

Miss 沈：嗯。

Miss 沈：啊。

Miss 沈：哦。

然后她依次撤回，这才满意地倒在床上彻底睡了过去。

第二天醒过来，她第一时间去拿手机。微信界面干干净净的，没有回复。

沈于归撇了撇嘴，这男人该不会不回复吧？

她起床洗漱，收拾好自己去了学校。刚到教室，手机忽然震动了一下。

沈于归拿起来瞥了一眼，发现费南城竟然回消息了。她像中了大奖一样，兴奋地划开手机点进去。

虽然只是接触了几次，沈于归却知道费南城是个冷淡的性格，对于自己无聊的把戏，她没有指望着他真的会回复。

打开微信看到消息的那一刻，她脚步一顿，差点栽在地上！因为费南城发过来的是一张截图，截图上是她发的聊天消息：嗯，啊，哦。没有撤回的三条消息！

沈于归抽了抽嘴角，忍不住感叹，费先生您这样活该没有女朋友！为什么要把她撤回的消息发出来？搞得她太难堪了有没有？

她抚了抚额头，然后拿着手机认真地打字解释：不好意思，半夜睡着不小心按到的，我发现后赶紧撤回了，没打扰到您休息吧？

收到这个回复的费南城内心很无语。大半夜的给他发了三条信息，然后又在发出消息后的两分钟内撤回，现在告诉他是她睡着了不小心按到的？这么一本正经的胡说八道也是没谁了！他将手机扔在旁边，开始忙碌地工作。

等了一会儿，沈于归见他没回复，安安静静地坐在了张千千身边。

张千千推了推沈于归的胳膊，说："快看刘玲的耳钉。"

沈于归顺势看去，发现刘玲似乎很喜欢自己的耳钉，一直在用手指摩挲着。

张千千忍不住说道："那个四叶草的耳钉，专卖店卖两万块钱一对。刘玲家世普通，根本不可能买得起，而恰好就在一个月前，我在沈芷兰的耳朵上见过这对耳钉。"说完她对着沈于归挤眉弄眼，一副"你明白了吧"的样子。

沈于归恍然大悟，沈芷兰给了刘玲一副耳钉，两个人就和好如初，刘玲甚至愿意站出来替沈芷兰承担一切。

而现在来看，这个澄清效果果然不错，至少班级里的同学对沈芷兰很友好了，反而看她的眼神又变了，好像那个仗势欺人的人是她沈于归似的。

就在这时，陈子凡走了进来。他依旧是没睡好的样子，随便找了个角落趴下，正要睡觉，旁边却有人推了推他。陈子凡不耐烦地抬起头，就听到那人说："喂，昨天沈芷兰在群里发的澄清消息你看到了吗？芷兰是无辜的，所以你们现在应该可以和好如初了吧？"

话音落下，沈芷兰就羞涩地看了过来。她是真的喜欢陈子凡，他长得好，家世也好。

陈子凡一愣，道："和好什么？"

对方一愣，旋即笑道："对哦，你们根本就没闹掰，不用和好！"

沈芷兰听到这话，干脆站起来，打算走过来跟陈子凡打个招呼，却没想到陈子凡冷笑了一下，道："我跟她只是普通同学关系。"

沈芷兰动作一僵，愣在原地。

跟陈子凡说话的男生也呆住了，说："不是，陈子凡，什么情况，你们不是一对吗？"

陈子凡摇头道："不是。"

那男生继续道"你没看她在群里说的话吗？她爸妈才是真爱，是……"

陈子凡直接打断了他的话："她爸妈恩不恩爱关我什么事？"

沈芷兰感觉脸上像是被打了一巴掌，她紧紧地攥住了拳头，看向陈子凡的眼神里带着愤怒与失望。她猛地转身，红着眼睛跑出了教室。

陈子凡看到后皱起了眉头，视线掠过教室里的众人，徐徐开口道："这个世界上的第三者，有多少是打着真爱的名义，这样的话你们竟然也信？"说完他就直接趴在桌子上，很快就睡着了。

同学们听到这话，私下议论起来。

张千千凑过来低声对沈于归说道："其实陈子凡今天看着挺帅的，不是吗？"至少在大家被蒙蔽的时候，他还有自己的判断。

沈于归点了点头，她也没有想到陈子凡竟然会为她出头。她本来打算今天亲自出面让沈芷兰好看的，现在陈子凡说出这番话，比她自己出面有说服力多了，算是帮了她一个小忙。

上午的课上完，今天就没课了。吃了午饭，沈于归跟张千千回到女生宿舍。刚进入走廊，就听到身后传来宿管阿姨的声音："喂，说你呢！你站住！女生宿舍，男生禁止进入！"

沈于归回头就看到一个男生冲了进来，面色涨红，看起来很愤怒。男生左右看着房间号，最后找到了 125 宿舍，伸出手捶打房门，喊道："沈芷兰，你给我出来！"

沈于归一愣，这男生她认识，是陈子凡比赛团队里的另一个成员，也是他们班上的学生，名叫杨明，最近跟着陈子凡一起熬夜，一起上课睡觉，她就注意到了他。可是这人跑来这里干什么？

思考间，宿管阿姨已经来到他面前，揪住他的胳膊就要将他往外拖。杨明挣扎着，依旧对着 125 宿舍的大门痛骂："沈芷兰，你有本事做，怎么不敢出来跟我对质？你心虚了吗？"

这句话一出，125 宿舍的房门就被打开了。沈芷兰穿了一件睡袍从里面走出来："杨明，我跟你没什么好说的。"

宿管阿姨想要拦住他们，可杨明的眼眶红了，连声音都哽咽起来，道："你怎么能这么对我们？沈芷兰，你怎么能这么对陈子凡？"

这句话刚说完，一道疲惫的声音传来："杨明，好了，别说了。"

沈于归扭头就看到陈子凡也进了女生宿舍。他此刻的状态有点疲惫，整个人像是脱了一层皮，有些消极和颓废。

杨明忍不住，一个一米七五高的大男生就这么哭出来，声音让人听了心酸："我们辛苦了半年多才搞出来的比赛设计，沈芷兰你怎么能就这么偷走？你竟然还找了二班的人，跟你成立了一个新的团队，去找班主任申请参加信息比赛！你明明知道一个学校只能有一个团队参赛！你这是什么意思，拿我们的设计跟我们争吗？"

"太过分了！"听见杨明这话，弄清原委的张千千愤怒地说道。

沈于归也皱起了眉头。这就有点不要脸了啊！沈芷兰拿了他们的设计，找二班的同学重新组了一个团队，回头跟陈子凡打擂台，她是有什么底气？

沈芷兰叹了口气，道："杨明，你也说了，这个设计是我们一起辛苦了半年才做出来的，我也是参与者，我有权利拿到这个设计！"

杨明立马大喊道："你参与什么了？你每次来了就只是坐在那儿，这里面的程序你一个字母都没有敲过！"

沈芷兰挑眉道："敲代码是最基本的工作，是你们说会很累，不需要我一个女孩子做的，但这不代表我没有参与设计理念。身为一个计算机专业的学生，这个规矩你应该懂吧？"

代码只是思想的表述，最重要的还是设计想法和构架，杨明一时被噎得说不出话来。

沈芷兰又开口道："而且你们现在遇到了瓶颈，优化不了，我们二班的团队却能够解决这个问题，这个优化总不会是你们想出来的吧？"

优化？沈于归挑了挑眉。那个优化对她来说是举手之劳，可对这群大四的学生来说也不简单。沈芷兰真的找到了优化方案？

杨明更愤怒了，道："我们正在想办法！"

沈芷兰点头道："我知道啊，所以我对老师说的就是到了交设计稿那天，谁的团队能把优化做得更好，谁就去参加比赛！很公平的，不是吗？大家的目的都是为校争光，要以大局为重。"沈芷兰永远让自己站在道德的制高点，哪怕大家都明白她的做法欠妥，却无法指责她。

杨明气得说不出话来："你、你……"

陈子凡上前一步，扣住杨明的肩膀，低声说道："够了！"然后带着杨明就要走。

沈芷兰刚才说话的时候，眼睛一直看着陈子凡，可陈子凡自始至终都没有正眼看过她。想到今天上午上课的时候他在教室里说的那些话，她觉得好愤怒。

沈芷兰攥紧了拳头，忽然开口道:“陈子凡，我这样做都是被你逼的！”

陈子凡脚步一顿，诧异地回头。

沈芷兰有些伤心地说道：“我的身份曝光，你就想要将我从团队里踢出，我如果不主动走人，并且找人成立团队，那么这个奖杯就跟我没有任何关系了！我这么做只是为了自保！”

陈子凡闻言勾起嘴角，嘲讽地笑了一下。

杨明却错愕地看着沈芷兰，道：“你在胡说什么？你是团队的主架构师，陈子凡有什么资格踢你走？”

这话一出，沈芷兰一愣，道：“你说什么？”

杨明顿时蹙眉道：“当初报名的时候，子凡说你需要这个荣誉，所以在报名表上填写的主架构师是你！除非你自己退出，否则他没有权利赶你出去！”

编写程序的人叫程序员，设计程序的人才是架构师，主架构师就是这个项目的主要负责人！沈芷兰不可置信地看向陈子凡，怎么也没有想到陈子凡竟然会让她做主架构师。

她苦笑了一下。可此刻不是后悔的时候，因为周围的女生已经开始对着她指指点点了。八卦是女生的最爱，恐怕一会儿的工夫，她辜负陈子凡的消息就会传遍整个校园。

沈芷兰不想背负骂名，为求自保，她信口开河：“可是如果没有我，你们根本凑不够人。”

杨明呆住了：“你说什么？”

沈芷兰垂下了眸子，道：“陈子凡的确很优秀，但是从大一开始，他就太霸道、太我行我素！他脾气大得要命，动不动就发怒，你去问问谁敢加入他的设计团队？”

陈子凡从小就是校霸，在学校里横着走。

“你胡说什么？子凡脾气是不好，但他有能力，我就不信没人想加入我们的团队！”

他走到一个女生面前，直接询问："你愿意加入我们的团队吗？"

那女生偷偷看了陈子凡一眼。陈子凡只是一个不耐烦的眼神扫过去，女生就吓得连连摆手道："我不行！"

杨明又看向同班的其他女生，却见这些人一个个地后退，不敢去看他们。

沈芷兰冷笑道："看到了吗？我早就想说了！陈子凡动不动就发少爷脾气，我这些年也忍他很久了！没有我，你看看周围还有谁愿意跟他一起共事？"

沈于归眉头微挑，没想到啊，陈子凡的人缘竟然这么差？再看他一副丝毫不在意的样子，她勾起了嘴角。

沈芷兰继续说道："而且陈子凡为了这个优化已经熬了整整一个月，到现在也没有结果。只有几天就到截止日期了，而我们的优化已经完成了！所以现在根本不会再有人愿意加入你们！"

沈芷兰说完，得意地看向陈子凡。她一定要让陈子凡后悔今天在班级里说的那句话！

"谁说没人？"

伴随这话落下，众人齐刷刷地扭头，看到沈于归慢悠悠地从人群里走了出来。

看到她，杨明就像是看到了救命稻草，问："谁？"

沈于归歪了歪头，道："我啊！"

"哈哈哈！"众人大笑起来。

沈芷兰直接开口道："专业课倒数第一的你要加入比赛设计团队？沈从心，你是来搞笑的吗？"

沈于归沉默了一下，道："不，我是来修学分的。"

沈于归也很无奈，陈子凡人缘这么差，她也是不愿意帮他的，但是姐姐的学分不够，毕不了业啊。

她早就调查过了，如果能拿到这个比赛的全国第一名，参与设计的人员就可以加 5 个学分！只要她这学期的课程都拿到了学分，再加上毕业论文，刚刚好！

沈于归美滋滋地想着，就听到陈子凡开口道："距离比赛还有几天时间，我们会找到合适的人选的。”

沈于归看向陈子凡，只见这人一脸骄傲地说：“我不需要你的同情。”

说完，陈子凡就带着杨明离开了女生宿舍。

沈芷兰嘲讽地看着沈于归，往前两步，靠近了她低声说道：“告诉你，我不要陈子凡了。就算你倒贴，他也不会要你的，你是一个只会拖后腿的人！”

沈于归听完这话，勾起了嘴角，用大大的眼睛斜看着这个自以为是的女人，开口道：“你知道我最大的乐趣是什么吗？”

沈芷兰挑眉。

沈于归笑道：“你不快乐，我就很快乐。”

沈芷兰脸色一变，道：“你真的以为陈子凡可以设计出更好的优化？告诉你，要是他能想到，早就做出来了！你想压我一头？没门！”

沈于归不理会她，绕过她走出了女生宿舍，刚好看到陈子凡揪着杨明在前面走。她小跑着追过去喊道：“陈子凡！”

陈子凡顿住了脚步，回头看她。

沈于归说：“我说加入你们，不是因为同情。”

陈子凡冷笑，满脸不信。

杨明道：“沈从心同学，你别闹了，我知道你是好心，但我们三个人真的可以。你来了能干什么，端茶倒水吗？”

沈于归咳嗽了一下，靠近他们，伸出手指着自己说：“陈子凡，你看着我！”

陈子凡不耐烦地看过去。他以前没有关注过熊猫眼，只知道她眼睛上的胎记特别丑，可此刻看去，这女孩的五官其实不错，尤其是那双眼睛，黑是黑，白是白，上挑的眼尾竟然还透出一股慵懒的韵味。

陈子凡微微一愣，就见女孩红唇轻启，说道：“你看我这副懦弱、自卑、毫无优点的样子，哪有资格同情你？你真的搞错了，我只是为了修学分！”

懦弱、自卑、毫无优点？不知道为什么，这一刻他竟然觉得这句话有点讽刺。

女孩的眼睛太亮，他急忙挪开了视线，眉头紧紧地蹙起，说：“行行行，你来吧！”

沈于归点头，拍了拍他的肩膀，说：“你放心，我……”会帮你的。

话没说完，陈子凡就像是被电到了一般，急忙后退了一步，非常敷衍地说道：“你专业课那么差，到时候来做做样子就行！我尽量想出好的优化办法。”说完这句话，他就急匆匆地带着杨明走了，看样子是去实验室。

姐姐的专业课到底差到什么地步了，竟然被嫌弃成这个样子？如果她搞定了优化，会不会引起怀疑？沈于归一边这么想着，一边往回走。刚进入宿舍，就看到张千千正紧张地看着她，说：“从心，陈子凡同意你参加比赛了吗？”

沈于归点了点头。

张千千“耶”了一声，然后担忧地说道：“他们的优化已经搞了一个月了，一直没好。”说到这里，她抽出课本，“我来帮你查一查那个优化到底是什么算法，从心你别着急，我来帮你！”

沈于归看着好友伏案的模样，那句“我不需要帮忙”到底还是没说出来。

下午三点，沈于归和张千千来到陈子凡的实验室。学校非常重视这个比赛，专门给他们开放了一个实验室。陈子凡和杨明，再加上另外一个男同学王庆国，正凑在一起商讨着什么。

听到响声，三人扭头看向这边。

王庆国很胖，一张脸几乎是陈子凡的两倍，而杨明则是消瘦干枯，三个人都顶着大大的黑眼圈，可以看出来为了这个比赛殚精竭虑。

沈于归打招呼：“嗨，你们好。那个，我要为你们做点什么？”

陈子凡挠了挠头，没说话，低头继续皱眉沉思。王庆国倒是个热心肠：“你一个专业课垫底的人，来这里看我们写外星文啊？想去哪儿玩就去哪儿玩吧，到时候不会少了你的学分的！”

张千千拍了拍她的肩膀，说：“我去帮忙，你找个地方坐着，如果实在太无聊就打会儿游戏。”

张千千走过去，那三个男生倒是没意见，因为张千千的计算机学得很好，于是四个人又激烈地讨论起来。

沈于归看着他们，抽了抽嘴角，很想说这个优化真的不难。她叹了口气，干脆在旁边坐下，想了想，打算给他们倒杯水，结果热水瓶里面竟然空空如也。她拎起热水瓶，对几个人说道：“我闲着多不好意思啊，去给你们打点热水吧！”

她走出实验室，往开水房那边走时，刚好听到两个同学在旁边说话：“哇，是费氏集团的老总费南城，没想到我有一天竟然可以听他的课！”

“听说他长得特别帅，而且智商很高，十五岁就考上花夏大学，十八岁进修哈佛商学院！二十岁回国，带领费氏集团一步一步走到了商业霸主的位置，到现在咱们学校的金融系还流传着他的传说！”

“这样的大人物，也就是因为心系母校才会答应被特聘为名誉教授，每个月来讲一节课的！他的课全部爆满，还有很多人没位置坐，就在教室后面站着听！快点走，我占了位置，去晚了就来不及了！”

沈于归的脚步一下子顿住了，看着两个女孩的方向，眼睛一下就亮了。

费南城来学校了！还是以名誉教授的身份？她想了想，转身往回跑。

她将水瓶扔在实验室门口，说了一句：“要喝水自己去打吧，我现在有事要出去一下！”

张千千下意识地询问：“从心，什么事？”

沈于归道：“泡帅哥！”

四个人动作一僵，慢慢地回头，只看到一个热水瓶在门口静静地站着，沈于归早就跑远了。说好的不好意思呢？

沈于归跟在两名女生身后，很快来到了金融学院。上课时间还没到，教室里已经乌泱泱全是人了，的确像两个女孩子说的那样座无虚席，还有人在后面站着。

她跟着挤进去的时候，发现根本就没有位置了。

这可不行，她是来追费南城的，总不能没地方坐吧？沈于归托着下巴认真地思考了一下，然后走进了教室，站在最前面拍了拍手。引得众人都看过来以后，她笑呵呵地开口道：“前三排的同学注意了！我真的很热爱这门课程，所以能不能请你们给我让个位置？”

同学们翻了个白眼，没人理她。

沈于归拿出钱包，在五十和一百之间纠结了一下，一咬牙，拿出来一张百元大钞：“我给一百块！”

依旧没人理她。

沈于归道："二百！"

还是没人理她。

沈于归心疼地又拿出三张："五百！"

"我让给你！"第一排的一个男生站了起来。

一个座位五百，也太贵了吧？

她走过去，看着手中的钞票，心都在滴血："五百也太贵了吧，三百吧？四百也行，要么四百五？"

男生用力地将五百块钱从她手中抽走，然后笑着跑到后面，站在那儿听课。

沈于归有些气结："什么课程啊，一个座位五百，太坑人了！"话没说完，她忽然察觉到教室里气氛不对，一股低气压从门口传来。

沈于归身躯一僵，立马改口："五百块你就把费先生课程的座位让出来了？你可真是不识货！费先生的课，一个座位卖到成千上万都不贵，你真是不懂事！"

她假模假样地说完回头看去，果然看到费南城站在门口。他今天没穿西装，而是在一件白色的衬衣外套着灰色马甲，精致的袖扣体现了衣品的细节，整体多了几分儒雅，少了商人的气息。他两只手抄在口袋中，俊美的面容依旧面无表情，一双漆黑如墨的眼睛正盯着她。

"说人坏话必被当事人听到定律"再次应验，沈于归咳嗽了一下，道："我就是……太喜欢你……"

费南城放在口袋里的手指微微一紧，面色也绷紧了，然后就听到她大喘气后的话："的课了。"她解释得很心虚，急忙坐在男生让给她的位置上。

这女人可真是让人无语，这种话是可以随便挂在嘴边的吗？

这么多学生在等他上课，费南城也不可能在沈于归身上浪费时间，干脆不再看她，走上了讲台。沈于归像个乖宝宝似的，身体坐得笔直，一双眼睛认真地看着费南城。

他没拿教案，空手上了讲台，转身在黑板上写了两个字：货币。两个字笔力深厚，龙飞凤舞。

他回头淡淡地开口道："今天给大家分享我对货币的看法。"

他说话的语调很低，带着谦逊和从容的自信，充满了吸引力，教室里的人都安静地看着他，似乎舍不得错过他说的每一句话。

他不像一般教授那样呆板地讲述，而是结合自己的一些想法和经手的一些金融大案来讲解，尊重金钱却不会被金钱所支配，听得人热血沸腾。甚至还有人拿出录音笔，打算录下来以后回去慢慢听、慢慢研究。

沈于归两只手撑在桌面上，托着下巴，眼睛一眨也不眨地看着他，一本正经地听他讲课。

费南城不是第一次讲课了，可从来没有一次像今天这样注意力不集中。台下学生那么多，大家都盯着他，而见惯了各种大场面的他已经习惯了被众人瞩目。可现在有一双眼睛太明亮，里面仿佛点了火，让他总是忍不住看过去。

他又停顿了一下，视线落在她的身上，可下一刻他的脸色就黑了，因为他发现这女人虽然在看他，但是眼睛一眨也不眨——她走神了！上他的课她竟然还会走神？他心里莫名有些不爽快。

沈于归看着费南城，却想到了另一个人。

明明是不同的两个人，一个天之骄子，含着金汤匙出生；一个穷困潦倒，生活在最底层。可看着费南城站在讲台上侃侃而谈的模样，她却觉得跟他有几分相似。

印象里他很高，跟费南城一样高，可跟费南城不同的是，他平日里总是沉默寡言，不怎么说话。她说十句话，他才会回一句，她差点怀疑他有语言障碍。

说起来可笑，那时候她也不知道是哪里来的耐心，就这么一步一步跟他走了下去。身为一个“男孩子”，她这辈子是没打算恋爱也没打算结婚的，可是遇到他之后，她差一点就迷失了自己，幸好后来……她不知不觉间陷入了沉思。

“哗哗哗！”掌声突然响起，沈于归猛地回过神来。她茫然地看了看四周，接着看向讲台，然后伸出手用力地鼓掌。她的表情特别认真，模样也格外虔诚，就像是众多粉丝中的一员。

费南城的课讲完了，沈于归想着待会儿怎样过去搭讪。可就在这时，众人“轰”的一下子炸开，费南城竟然从讲台上走了下来！他以前上完课从来都是直接走人，众人虽然崇拜他，但畏于他的气势和威严，没有一个人敢上前留他。

今天费南城走下讲台的这个举动，让众人惊讶极了！大家的掌声渐渐落下，最后，整个教室里鸦雀无声。

沈于归一脸疑惑，就见费南城迈着长腿来到了她的面前。沈于归错愕地瞪大了眼睛，不知道发生了什么。两个人四目相对。半晌，沈于归回过神来，急忙推开椅子站起来，乖巧地喊道："费老师好！"

费老师？费南城眉眼微挑，看她一脸从容的样子，莫名更气。两节课的时间她全部在走神，上完了就装模作样地做出一副"你讲得很棒"的样子给谁看呢？

他垂眸，淡淡地开口道："我刚才讲得怎么样？"

"很精彩！"沈于归的马屁张口就来。

她正要绞尽脑汁地赞美他一通，却听见他继续问道："听懂了？"

沈于归下意识地点头。费先生还真不错，不仅来讲课，还关心学生是不是听得懂。她正这么感叹着，就听到他缓缓地开口道："如果我没记错的话，你是计算机系的，所以你真的听懂了？"

沈于归一时语塞。

费南城面无表情，漆黑的眸子如星空般深邃，高大的身躯站在那儿宛如一座大山一样雄伟，他周身的气质带着冷冽，压抑着怒气。

沈于归终于后知后觉地发现他在生气，是嫌她来听课了？她咽了下口水。

费南城不等她回答，再次开口道："既然这样，那我问你两个关于金融学的问题。"

啥？提问？刚才那些内容对她来说，就跟天书似的！

费南城慢悠悠地开口道："如果你没有回答上来，那么下次请不要浪费教室的位置。"

所以他这是为了不让她来听课，故意为难她？

沈于归一时气愤，直接说道："那如果我回答对了，晚上你能跟我吃顿便饭吗？我有些学术上的问题想要请教费老师。"

沈于归不给他拒绝的机会，直接询问："是选择题还是判断题？"这两个题型她都可以靠运气猜一猜！

整个教室的同学呆若木鸡，他们从来没有见过哪个女生的胆子这么大，竟然敢这么跟费老师谈条件！费老师可是 S 市的商业大亨！这样的人物，如果不是因为花夏大学是他的母校，他怎么可能来做名誉教授？

费南城的黑眸中闪过一抹幽光，心道，如果他当着这么多同学的面让她下不来台，至少下次上课她不会来捣乱了吧？

学生们可能没看出来，但他自己明显感觉到今天讲课时停顿了好几次，都是被这个丑八怪影响的！

听她这么问，费南城挑眉道："一个判断题，一个问答题。"

还有问答题？判断题她还能猜一猜，但是问答题……沈于归有些头疼，然而对上费南城的眼神，她立马挺直了身体。就算她真不会，气势也不能输！

她佯装从容，语气轻柔地问道："费老师请问。"

费南城的声音不疾不徐："货币和收入之间的差别是——货币是流量，而收入是存量。对或者错？"

同学们善意地笑起来，这可是金融学最简单的问题。

沈于归却觉得一个头两个大，货币和收入、流量和存量，这都什么意思啊？沈于归搅动着手指，对还是错？

唉！明明两个选项都是百分之五十的概率，可她做题就从没猜对过！她的人生总结起来就八个字：全凭实力，毫无运气！

沈于归嘲讽了一下自己，这才猛地抬头道："我选错！"

错了就错了！大不了她换个方式来追人啊！可没想到这话一出，众位同学立马惊呼："对了！"

猜对了？这怎么可能？她不可置信地看向四周的人，见这群人不像是跟她开玩笑，这才惊喜地看向费南城，道："我对了！"

费南城不屑地挑眉，当他没看出来她是猜的？这家伙这张脸，哪怕有个青色胎记，表情也太丰富了点吧。

他垂眸点头道："那么第二个问题，请简单讲述一下金融学最经典案例：索罗斯狙击英镑。"

刚才那道题还可以凭运气猜一猜，这次的问答题，她怎么也答不出来了吧？果然，这女人已经愣了，她眼神里的疑惑让费南城略微勾起唇角。

沈于归困惑地眨了眨眼睛，这什么问题，索罗斯什么？她怎么感觉连题目都听不懂，但是又觉得这题目有点熟悉？

她忽然间想到什么，神色一愣，道："你说的是1992年那个索罗斯？"

费南城一顿："你知道？"

沈于归立马点头，她当然知道了，因为这是那个人闲着没事时给她说的最多的话！他沉默寡言，在别的事上很少说话，有时候她实在是太寂寞、太孤独了，逼着他开口，他不知道说什么，就给她讲故事。

他翻来覆去讲的就是"索罗斯狙击英镑"的故事。她虽然听得云里雾里，但听了太多次，导致她那段时间晚上躺在床上，脑海中都是他讲的故事。没想到费南城随便出一个题目竟然就是她听过的，运气好到让她有些恍惚，觉得不真实。

沈于归缓缓地抬起头来，像是回到了六年前听他讲述那个故事的时候。她徐徐地复述："这个经典案例发生在1992年……"

伴随着她回答的结束，教室里又传来了掌声。

沈于归被拉回现实，脸上的笑容却渐渐消失，心脏也微微一紧。那些本来以为已经忘记的记忆，原来这么清晰地存在着。她用指尖掐了一下自己，努力从这种情绪中回过神来。

费南城却听得入了迷，女孩复述的案例让他有一种熟悉的感觉。她讲故事时，说的话有点多，前面还是少女的轻柔声音，到了后面就有点压低了声线，清冽了几分，整个人的气质不知不觉间就发生了变化。

他正疑惑，就见女孩笑得格外嘚瑟："所以，费老师，晚餐吃什么？"

费南城猛地惊醒过来。他猛地转身，大步往外走去。沈于归很自觉地跟在他身后。

班级里的学生就这么眼睁睁地看着两个人出去了。

校园里清风习习，沈于归漫步在铺满小石子的路上，感受着学校里的书香气息和学生们身上散发出来的朝气，觉得这样的生活简直太惬意了。

前方的人忽然停下脚步回过头来，一双狭长的黑眸中闪过厉光。

费南城开口道："饭就不用了，你想请教什么，现在说吧。"

男人强势的语气让她根本不敢反驳，别看上课时他一副儒雅学者的模样，但沈于归明白那只是他的伪装。

于是她摸着下巴，皱着眉头道："费老师，我遇到了人生难题，很需要你帮我解答一下疑惑。"

"请说。"

沈于归抬起头来，一本正经地问道："请问我怎么样才能追到费先生？"

费南城神色一冷，转身就走。

沈于归跟在他身后喊道："费老师，你要回答我的问题啊，这可是你答应我的！要么你回答我另一个问题也可以——费先生喜欢什么样的女孩？"

费南城的脚步迈得更大了。他摆臂的幅度没变，姿态也依旧优雅，只是速度快了很多，沈于归要小跑着才能跟上。

眼看着他即将走出校门，沈于归急忙跑到他前面，说："费先生，您不能就这么走了。"

他脚步不停，直接向着她走过来。眼看着就要撞到了，沈于归被他周身的气势逼得闪到旁边。费南城就这么直直地从她面前走过，出了校门上车离开了。

这家伙怎么说话不算数呢？她气得拿出手机给他发微信：费老师，我一直以为您一言九鼎！

过了一会儿，手机"嘀嘀"响了两声，她低头就看到了费南城的回复。

费先生：1. 怎么样你都追不上我。

费先生：2. 我喜欢的女孩，肯定不是你。

这么精辟直接的吗？她气得简直要砸手机！虽然有个假胎记，但她五官长得不错，这男人怎么就这么不长眼？沈于归气呼呼地将手机放进口袋里，打算化气愤为食欲。

想到张千千还在实验室，沈于归给张千千发了消息，张千千让她买几份外卖带过去，他们就不浪费时间下楼吃饭了。

沈于归慢悠悠地拎着几份晚餐到了实验室，就看见四个人凑在一起激烈地讨论着。

"这个办法很笨，会增加运算难度！"

"可捷径我们根本就走不通……"

沈于归见他们一下午还没研究出来，正要开口喊人，身后却传来了沈芷兰讨厌的声音：“让一让。”

沈于归回头，看到沈芷兰带着三个男同学搬着他们的电脑，绕过她进了实验室。正在讨论问题的四个人齐刷刷地看向门口，陈子凡不耐烦地皱起眉头，他最讨厌专心研究时被人打断。

张千千直接询问：“沈芷兰，你来干什么？”

沈芷兰笑着拿出一张纸条：“是这样的，因为我们两个团队是同一个项目，所以为了避免给学校添麻烦，我就申请跟你们在一起，反正这个实验室够大不是吗？这是学校的批条，你要不要看一下？”

张千千气得脸色通红，道：“你怎么这么不要脸？你们在这里，我们还怎么讨论？”

沈芷兰眯起眼睛冷笑了一下，道：“这就不是我应该考虑的问题了。你们继续啊！”

可这几个人在这里，他们怎么继续？实验室里安静下来，陈子凡气得攥紧了拳头，脸色铁青。

第四章

球场上，他满眼都是她

沈于归站在门口眯起了眼睛，沈芷兰就是为了给他们捣乱，让他们在最后的时间里也无法专心研究，简直是无赖！

对付这种人……沈于归眼色一沉，忽然拿着盒饭冲过来撞到杨逍身上，手一松，盒饭像是没拿稳似的直接劈头盖脸地洒了杨逍一身！

沈于归像是吓坏了，立马道歉："对不起……"她转身，又佯装失手将另一份盒饭洒在沈芷兰和另外几人身上！

"啊！"沈芷兰发出一声惨叫。

沈于归想到几人一下午没喝水，买饭时顺便买了汤。汤不至于滚烫，但浇在人身上还是会让人感觉到火辣辣的疼。

沈芷兰的胳膊被汤烫到了，疼得眼泪都流出来了，她下意识地对着沈于归的脸扇过去，道："你肯定是故意的！"

沈于归正要躲开，陈子凡却一把抓住了沈芷兰的手，道："你够了，这是个意外！"

沈芷兰不依不饶地说："她是故意的！"

沈于归低着头做出一副被吓坏的样子，说："妹妹，我真不是故意的。你别生气，如果你动手打了人，会被取消比赛资格的。"

她这一句话，成功地让沈芷兰的动作微顿，放下了手。

沈于归弱弱地开口道："你们不回去换衣服吗？"

沈芷兰气得身体都在发抖，她虽然想留下来捣乱，可身上的油渍让她很难受，只能恶狠狠地开口道："我们走！"

走到门口，沈芷兰不甘地回过头，看向陈子凡，道："后天晚上六点就是报名的截止日期，你真以为想了一个月都没有解决的问题，在这最后一天里就能解决？陈子凡，只要你向我低头，我就可以让你加入我们的团队，让你继续参加这个比赛。"

陈子凡冷笑道："好走，不送！"

沈芷兰气得攥紧了拳头，道："那么后天下午六点以后，我希望你们能从这个实验室搬走！被取消了比赛资格，你们就再也没有使用实验室的权利！"

他们很快离开了，实验室里恢复了安静。沈于归见气氛比较沉重，便故作轻松地开口道："好了，苍蝇走了，你们继续。"

可听到这话，王庆国和杨明都颓废地垂下了头。杨明迟疑地询问道："老大，我们真的不行吗？"

他眼眶都红了，这个项目他们做了整整半年，哪怕没有优化成功，也是要去参加的，就算拿不了第一，拿到其他名次也是板上钉钉的事，可现在怎么成了这个样子？

陈子凡蓦地抬头道："无论怎么样，我们都要战斗到最后一刻！"众人被鼓舞了，纷纷点头。

沈于归看着他们四个人的模样，开口道："这个优化……"

"熊猫眼，你先回家吧！这里不用你，别在这里打扰我们！"她话没说完，就再次被陈子凡打断。

被嫌弃了的沈于归干脆不说话了，走到旁边拿出纸笔，默默地写出了一个算法。

这个优化真的不难，只要给他们指一条思路就能搞定。她写了一个引导性的算法，确信陈子凡只要看到这个草稿纸就能解决问题。她抬头看向那四个人，他们太过专注，根本没注意她在干什么。

沈于归走到旁边，看见陈子凡几个人的草稿纸乱七八糟地堆放在一起，只有张千千的收拾得整整齐齐，而且她今天才加入进来，草稿纸也比较少。

沈于归将手中的纸放到张千千的纸里面，确保他们看得见，这才抬头看向这群人。年轻的大学生永远朝气蓬勃，他们可以为了做好一件事全身心地投入、配合、争吵，最后又归于平静。

真好，沈于归笑了起来。她没再说话，而是转身离开了实验室。这里注定是他们的舞台，她就不去争夺光芒了，而且她是乌龟这件事不能暴露。

沈于归回到家里，刚打开房门就闻到了香味。她换了鞋直接往房间里走，来到了厨房，刚好听到家里的保姆说道："太太，这么多菜，够了，您别忙了。"

于曼瑜的声音传了过来："我再煮一个黑鱼汤，天浩喜欢喝。"

沈于归听到这话，皱起了眉头。

她走过去，就看到餐桌上已经摆了五六个菜，色香味俱全，旁边还有一个手工制作的蛋糕，造型比外面蛋糕店里的还要精致，上面写着"生日快乐"四个字，应该是于曼瑜亲手制作的。

今天谁生日？她正疑惑着，于曼瑜端着最后一个汤走出来。看到她，于曼瑜温柔地笑道："你回来了，快去洗手，今天是你爸爸的生日，我们一家人一起吃个饭。"

于曼瑜的眼角有一颗痣，笑起来的时候显得格外温柔贤淑。

沈于归心里憋得慌，她实在搞不懂，沈天浩为什么放着妈妈这样的大美人不爱，偏偏看上了白竹，更搞不懂爸爸对她们母女三人都这么狠了，妈妈为什么还要对他心存幻想？

沈于归询问："他今晚会来？"

一句话让于曼瑜的眼神黯淡下来，她垂下了头，道："应该……是吧。我今天一早给他打了电话，他说有时间就过来。"

嗬！这明显是敷衍的话，于曼瑜为什么会当真？沈于归攥紧了拳头，看着满桌子的美食，却一点胃口也没有。她对于曼瑜点了点头，上楼换了衣服，洗漱了以后下来。她心里窝着火，坐在了餐椅上。

九点了，沈天浩还没来，桌子上的饭菜热了又热，于曼瑜也越来越沉默。在她第四次端着饭菜进厨房时，沈于归忍不住开口道："妈。"

于曼瑜回过头来看向她。

沈于归努力让自己笑着说：“我饿了。”

“再等等。我这就热饭，等热好了，你爸爸就回来了。”

沈于归猛地站起来吼道：“妈！你还要自欺欺人到什么时候？”

她深吸了一口气，继续道：“你没有看到沈芷兰的朋友圈吗？爸爸正在跟白竹他们一家四口过生日，他们才是一家人！”

伴随着这句话的落下，于曼瑜手一松，盘子落在地上“啪”的一声碎了，就像一个美丽的泡沫被戳破了似的。于曼瑜的眼圈红了，表情也透着绝望。

沈于归心一软，可看到旁边的生日蛋糕，她还是狠了狠心说道：“他心里根本就没有这个家，妈，你醒醒吧！”

于曼瑜宛如摇曳在风中的树枝，被这一股狂风刮得“咔嗒”断了。她弯下腰，伸手去捡地上的盘子：“我……”刚碰到瓷盘，她就被碎片扎破了手，疼得倒吸一口气。

沈于归看着她的样子，指责的话就这么卡在了喉咙里。一滴晶莹剔透的水珠滑过于曼瑜的脸，落在了地上。

于曼瑜低着头站起来，从沈于归旁边走过，说：“你先吃饭，我去休息了。”她快速上了楼。

沈于归盯着于曼瑜的背影，神色凝重，是她刚才说的话太狠了吗？

她叹了口气，随便吃了点东西，然后上楼来到妈妈的卧室前，正要叩响房门，忽然听到里面的声音。于曼瑜似乎在打电话：“我真的睡不着，你给我开个安眠药送过来吧。”

沈于归愣住了。

半个小时后，别墅房门被叩响了，于曼瑜下楼从家庭医生手里接过药。医生叹了口气，道：“沈太太，您必须要放宽心，这种安眠药是管制药物，我一次只能给您两粒。如果两天后您还是睡不着，就再给我打电话。”

“好。”

等于曼瑜送走医生，拿着药上了楼，一直躲在拐角处的沈于归才走出来，目光中透着震惊和心疼。

她从来不知道妈妈竟然失眠到需要靠药物维持的地步了！她后悔了，她刚才不应该对妈妈那么凶的。她的眼圈不知不觉就红了。

沈于归叹了口气，正要上楼，忽然看到家里的保姆正在阳台那边打电话，看起来鬼鬼祟祟的。

她眯起眼睛，悄悄地走过去，就听到保姆正在汇报："对，她还哭了，在餐厅等到了九点。我刚看到她又找医生了，要了安眠药。这样下去她恐怕会抑郁吧？"

电话对面的人是白竹！沈于归紧紧地握住了拳头，一双眼睛里迸射出厉光。白竹的势力竟然已经渗透到家里来了，怪不得妈妈跟自己说句话都要躲在楼上卧室里，避开所有人。白竹及家里这些欺负过她们的人，她早晚有一天会欺负回来！

沈于归一晚上没睡好，只要闭上眼睛，脑海中就会出现妈妈吃安眠药的场景。她从小在国外生活，可跟姐姐和妈妈的感情都很好，每年在她生日的时候，妈妈也会给她寄亲手做的礼物。

即便隔了千山万水，她也能感觉到妈妈对她的爱，所以她必须要尽快拿到家里的继承权，掌控整个公司，给妈妈撑腰，让沈天浩内退。

可是现在的她一无所有，根本就没有跟沈天浩对抗的资本，她必须要借助费南城的势力。看来她还是要尽快追上费南城，让他同意跟自己订婚。

早上六点，沈于归就起床了，进入厨房精心准备了一份早餐，然后就背着书包出了门。

沈于归出门时，于曼瑜正站在楼上的卧室窗口。她静静地凝视着女儿的背影，眼眶还红着，明显一晚没睡。她没有笑，脸上带着坚毅和凄楚。

于归，对不起，委屈你了，我的孩子。

沈于归带着爱心早餐去了费家。因为没有提前预约，她来到门口之后没进去，而是在门口徘徊了两圈。

过了一会儿，侧门忽然打开了，管家李叔笑眯眯地对她招手，道："沈小姐来了，怎么不进来？"

沈于归顿时瞪大了眼睛，指了指自己，道："我可以进去吗？"

"当然了，老夫人交代了，必须给沈小姐打开所有追求先生的方便之门。”

老夫人真乃神助攻也！

沈于归对李叔笑了笑，进入了费家庄园。李叔走在前面引路，瞥见旁边花园里的一道身影，他询问道：“沈小姐，其实你没必要这么追求先生，只要找老夫人给你做主就好了，何必这么辛苦？”

沈于归听到这里，笑了笑：“这是我和费先生两个人之间的事。而且老夫人身体不好，我还是不要打扰她了。”

老夫人住在疗养院里，两次见面时她的脸色都很差，说明老人家的身体是真的不好。而老夫人对她是真的很好，沈于归怎么忍心利用她？

管家开怀大笑：“沈小姐说得真好。早上在家里吃饭吧，我看他们准备了新鲜的食材，估计要做小笼包。”

沈于归顿时兴奋起来，道：“我最喜欢的就是国内的小笼包。”可她又有一点失落，“但我不喜欢吃姜，小笼包里肯定会放姜的。”

两个人边说边走了过去。

花园里的那道高大身影渐渐走了过来。

费南城站在那儿，盯着沈于归的背影看，眼神有些疑惑。他一直以为这女人讨好奶奶都是为了靠近他，可没想到他竟然误会了她。可奶奶为什么非要让自己和她订婚，这女人身上是不是有着什么不为人知的秘密？

沈于归进入客厅，在沙发上坐了一会儿，就听到外面传来了脚步声。她急忙站起来，扭头就看到了刚跑步回来的费南城。

男人利落的短发湿透了，边走边拿着毛巾擦拭着。他穿着一身白色运动装，少了平日里的稳重，多了几分朝气。这样的他，说是大学生也会有人信。不过跟大学生不同的是，他的眼神非常坚毅、深邃，整个人透着一种强烈的侵略感。

沈于归乖巧地开口道：“您回来了。”

听到她的声音，费南城脚步一顿，冷冷地瞥了她一眼，一句话也不说，径直从她面前走过，上了楼。

保姆跟在他身后，为他准备好干净的衣服和洗漱用品，正要下楼，忽然听见费南城问道：“今天吃小笼包？”

保姆笑着回答：“是的，先生，小笼包是现做的，等您洗完澡，我们就做好了。”

费南城点了点头，拿起洗漱用品一边往浴室走，一边淡淡地说道：“今天别放姜了。”

保姆一愣，道：“好。”

淋浴打开，温热的水浇下来，费南城正洗着澡，忽然顿住了。他不让放姜，绝对不是因为她不爱吃，而是上次的小笼包姜味太重了。

沈于归坐在沙发上，睁大眼睛四周瞅了瞅，见没人注意她，立马拿起手机拍了一张自拍，刻意将身后的环境框了进去，然后编辑了一条朋友圈：早上的约会。下面还有一张配图。

正要发送，她突然想到什么，急忙翻了翻，将费南城屏蔽后才发出去。

朋友圈刚发出去不到两分钟，微信上就收到了沈天浩的消息：从心，早上出门记得多穿点衣服，别着凉。

沈于归冷笑了一下，这样的关心太刻意，让她觉得好笑，却又替姐姐心酸。因为在姐姐和沈天浩的聊天记录里，这还是这个父亲第一次关心姐姐。

沈于归思考了一下，回复了一条信息：爸爸，昨晚打算给你庆祝生日的，结果你没回家。

沈天浩急忙发来消息解释：昨天在公司加班，太忙了。我的生日不算什么，我都不记得了。

沈于归盯着手机撇了撇嘴，也不回复，就这么看着，在心里默默地数着：五、四、三……

果然，沈天浩的消息又发了过来：不过你们的心意我总不能浪费，这两天我会抽空回家吃饭的。

沈于归勾起嘴角，有费南城撑腰，沈天浩果然服软了。沈于归没有再回复消息，觉得晾着他的效果会更好。

就在这时，楼上传来了动静。沈于归抬起头，发现费南城已经洗了澡，换了衣服。他穿了一套剪裁得体、做工优良的纯黑色高定礼服，不疾不徐地下楼，气质高贵优雅。

下了楼，他直接去餐厅坐下，俊美清冷的面容上，那双黑色的眸子带着一如既往的冷淡。

看到费南城直接将自己当成透明人，沈于归有些抓狂，感觉这男人就像是千年寒冰，怎么也焐不热！

沈于归拎着自己的饭盒走到餐桌前，将自己准备好的早餐拿出来，道："费先生你看，这是我做的土豆饼、溏心蛋，还有这个……"

她正在介绍着，保姆端着丰盛的早餐走了过来。小笼包、水煎包、各种粥类，再加上牛奶、面包，中式和西式的应有尽有。

沈于归低头看了看自己的餐盒，跟桌子上的比起来，简直太寒碜了！她默默地收回了自己的饭盒，咳嗽了一声，道："费先生，祝您用餐愉快。"

说完，她的眼神落在了桌子上的小笼包上。在国外的时候，她每天都在吃西餐，就对中餐有一种执念，总觉得标准的中式早餐更好吃。

管家适时开口道："沈小姐，您还没吃早饭吧？跟先生一起吃吧！"

听见这话，沈于归充满期待地看向费南城，却见他神色淡淡，虽然没有同意，但也没有拒绝。沈于归在内心欢呼了一下，坐在了餐桌旁，拿起筷子夹了一个小笼包，一口吃了下去。

鲜美的汤汁加上美味的馅料，让她的味蕾得到了充分的享受，她的眼睛亮亮的，模样可爱，餍足的样子像极了一只小猫。

看她吃得这么香，费南城垂下了眼帘，嘴角也不像平时那么紧绷着，甚至不知不觉间比平时多吃了一碗粥。

沈于归正吃着，桌子上的手机忽然振动了一下。她拿起手机，发现是张千千的微信消息：我们在这里拼死拼活，你却在那里逍遥快活，呜呜呜！

沈于归挑眉回复：你们这是一夜没睡？那优化研究出来了吗？

张千千又回复：没……

学校实验室里，张千千熬了一夜，整个人看上去很憔悴。

王庆国买了早餐回来，道："吃饭了！"

陈子凡看见张千千趴在桌子上有气无力的样子，随手拎了一份豆浆和包子走过去扔在她面前，正要说什么，他的视线忽然落在了她的草稿纸上！

那上面写的东西不完整，却让他感觉眼前一亮，就像是原本乌云密布、一片漆黑的前方，忽然闪过一道闪电，照出了一条康庄大道！他大脑飞快地运转着，在脑海中构思着这个算法的可行性。

张千千拿起豆浆喝了两口，正要说点什么，实验室的门忽然被人推开了。

沈芷兰走在前方，抬头挺胸，穿一身浅蓝色的风衣，看着气质不错。她先进门，杨道跟在她的身后。沈芷兰的视线倨傲地扫过所有人，夸张地开口道："哇，你们不会是一夜没睡吧？"

三个男人不可能跟她争执，张千千当仁不让地进入战斗模式，站起来道："你来干什么？"

沈芷兰笑道："当然是来关心一下你们了。你们一晚上没睡，想到优化方法了吗？"

她说到这里，低头笑了一下，道："虽然明天才是截止日期，但我跟老师说了一下，如果等到明天再决定谁去参加比赛，时间就太仓促了，所以刚才老师发了消息，如果你们在今天上午八点之前还没有完成优化的话，那么将会是我们去参加比赛！"

她故意低头看了一下手表，道："呀，只有五分钟就到八点了。看样子你们是没有想出来吧，这可怎么办？"

张千千生气地道："你怎么能这样？明天才是截止日期，你凭什么砍掉我们一天的时间？"

沈芷兰微微抬起下巴，倨傲地看着面前的人："就凭你们已经研究了一个月，优化的事情依旧没有头绪！别说这最后一天，就算再给你们一个月，也是浪费时间！"她嗤笑一下，道，"好了，时间到！你们可以收拾东西离开了，别浪费我们的时间！"

"你……"如果可以，张千千真想将手中的豆浆泼到沈芷兰脸上。她瞪大了眼睛，眼神里窜起遏制不住的怒火。

虽然是昨天才加入进来的，可这一晚上的接触，张千千已经明白陈子凡他们三个人为了这个设计付出了什么。她看向杨明和王庆国，两个男人的眼眶都红了，身上透出的无力感让张千千格外心酸。

沈芷兰看着他们，露出胜利者的微笑。她的视线落在陈子凡身上，眼神里闪烁着复杂的光，再次提起那个话题："陈子凡，你以前对我也算照顾，所以我再给你最后一次机会，只要你加入我的团队，那么这个设计还是你的。”

张千千三个人齐刷刷地看向陈子凡。陈子凡死死地盯着桌子，没说话。

沈芷兰又喊了一声：“陈子凡？”

陈子凡这才回过神来，他没有理会沈芷兰，而是伸手将那张纸从草稿当中抽出来，激动又兴奋地对张千千道：“这是你的？”

张千千没看清楚他手中拿的是什么，但是自己为了优化写了很多草稿，就扔在那边，所以她愣愣地点了点头。

下一刻，陈子凡就猛地冲过来，在她还没反应过来时一把抱住了她的腰，直接将她整个人扛在了肩膀上。他兴奋地带着她转圈，大喊道：“你太棒了！张千千，你就是我的女神！”

张千千吓得揪住了他的衣服，生怕自己掉下去。她被转得有点晕，着急道：“怎么了？”这个人该不会是精神出问题了吧？

陈子凡终于停下来，他将张千千放下，对着那张草稿纸狠狠地亲了一口，然后冲到了旁边，激动地将桌子上的东西全部推到地上，重新拿出一张 A4 纸，在上面写写画画起来！

张千千好不容易站稳了，等她反应过来刚才发生了什么，脸色“唰”一下就红了，他刚才竟然抱了她？

杨明和王庆国却明白了什么，他们的眼神里迸射出亮光，扔掉手中的早餐冲过去，一左一右站在陈子凡身后。在看懂了那个优化后，杨明惊叹道：“没想到还可以这样！用这个办法优化，可以给我们的设计提高五倍速度！”

王庆国几乎要尖叫：“天哪，陈子凡，你怎么想到这个办法的？就算乌龟在这里，恐怕也不能想到更好的办法了！”

陈子凡一边写一边解释道：“我是在张千千一张废弃的草稿纸上看到的，她似乎打算用这个办法，只是卡住了，扔在了那边。”

张千千一脸迷茫地说：“啊？”她挠了挠头，从昨晚到今天早上，她绞尽脑汁，想得脑子都成糨糊了。看到陈子凡在纸上写的那些东西，她疑惑地回想，自己有想过这个办法吗？

她呆如木鸡地看着陈子凡将整个算法罗列出来，旋即拍了一张照片发给老师。

陈子凡开口道：“还愣着干什么？兄弟们，动起来！”

想法有了，现在就要付诸行动。三人根本不理会沈芷兰，打开电脑，开始专心致志地敲打键盘。

沈芷兰站在那里，目睹了一场奇迹的诞生！陈子凡竟然真的在最后五分钟里想到了更好的优化办法。那个优化方法她虽然一知半解，却也知道比杨逍的那个方法强太多了！

她错愕地看着他们，这时，她的手机响了起来。

张千千学着她刚才倨傲的样子开口道：“沈芷兰，是老师的电话哦。你说，对于我们的优化，老师满不满意呢？”

沈芷兰攥紧了手指，面色狰狞地接听了电话。老师的声音传过来：“沈芷兰同学，这个比赛，我们最终决定还是让陈子凡他们团队参加！你们已经被淘汰了。”

她张大了嘴巴，只觉得脸上像是被狠狠地打了一巴掌。她对着手机道：“老师，可是他们目前还没有写出来！您……”

“他们的优化我已经看过，简直太精彩了，你不用多说了！”老师说完这句话就挂断了电话。

沈芷兰看着忙碌的三个人，有陈子凡在，她知道他们会成功。现在，她的一切都没有了！

那个设计即便没有优化成功，也能拿到一个好名次。而如果她没有去闹，她还是项目的主架构师！沈芷兰全身颤抖着，那些荣誉就这样离她远去！

张千千想到她刚才颐指气使的模样，反击道：“沈芷兰，你们快点把东西搬走吧，别在这里浪费我们的时间！”

沈芷兰被说得满脸涨红。

张千千指着旁边的几个箱子说：“呀，刚好昨天你们搬过来的电脑还没拆封，现在搬走也很方便。我说你折腾这么一顿，不嫌麻烦啊？”

沈芷兰怒容满面，道：“你！”

张千千笑得很嘚瑟，对她挥手道：“好走，不送！”

沈芷兰气得面色狰狞，哭着跑了出去。杨逍抱起电脑，目光阴沉地看了张千千一眼，然后追了出去。

张千千被杨逍看得全身发凉，就像被毒蛇盯上了似的让她很不舒服。她没有深想，坐下来拿起手机，告诉了沈于归这个好消息。

杨逍追着沈芷兰跑出去，见她边走边擦眼泪。他跑到了沈芷兰面前，结结巴巴地开口道：“你、你别哭。”

沈芷兰停下脚步，用带着泪光的双眸凶狠地看向他，然后拎着包往他身上砸过去，大喊道：“都怪你，是你害惨了我！如果不是你，现在我还在陈子凡的小组里呢！”

杨逍没有为自己辩解，就站在那儿被她打，等她打累了才开口道：“你放心，我会让你参加比赛的。”

沈芷兰哭着喊道：“你有什么办法？现在除非是陈子凡他们主动退出，否则根本不可能！”她喊完这句话就跑开了。

看着她的背影，杨逍的目光变得阴冷。

芷兰，只要是你想要的，我一定会给你争取过来！

沈于归吃饱了以后，手机上又收到了一条信息。

张千千兴奋地发来微信：从心，陈子凡想到了优化方法！哈哈，我们赢了！你不知道，我在大学这几年从没有这么爽过！

沈于归挑了挑眉，昨晚她临走前就写了草稿，这四个笨蛋今天早上才看到？

她回复：知道了。

张千千：知道了？你怎么可以这么淡定？

沈于归想了想，回复：天哪，我太惊喜了，你们太棒了！

张千千：……

沈于归勾起了嘴角，她知道他们会成功。她正要再回消息，忽然听到对面有声音传来。

费南城吃完了早餐，拿起纸巾优雅地擦了擦嘴角，站起身来，迈着长腿往外走。

沈于归急忙跟在他的身边，讨好地笑着询问道：“费先生，中午我们一起吃饭？”

费南城拒绝："没空。"

他忽然停下脚步，黑沉沉的眸子直接看过来，深邃的瞳孔里透着冷意。沈于归聪明地闭上嘴巴。费南城这才满意了，加快脚步上了宾利轿车，直接离开了。

沈于归只能垂头丧气地往外走，想到刚才费南城的冷漠，她气得一脚踢飞了脚下的石子：费南城，你跩什么跩啊？你最好祈祷千万别落在我手里！哼，咱们走着瞧！

车子很快来到了费氏集团，车门打开，一双修长的腿率先迈出。一楼的前台接待们早已恭敬地站起来，在费南城进门的那一刻齐刷刷地鞠躬喊道："费总好！"

费南城点头，在众人的瞩目中目不斜视地进入公司。私人助理、特助、保镖围绕在他的周围，犹如众星拱月。

就在这时，大堂里突然响起了刺耳的警铃声："嘀嘀嘀！"

费南城蹙起眉头，看向特助，问道："怎么回事？"

特助已经在打电话了，一分钟后，他低着头汇报："费总，公司的网络防火墙被攻破，为了保护公司机密，网络全部被切断，技术部正在紧急维修中。"

费南城听到这话，冷笑了一下，道："需要多久？"

特助小心翼翼地看了一眼他的神色，道："费总，这次的事情比较麻烦。技术部那边说，据他们猜测，攻破防火墙的应该是世界排名第二的黑客 Zero。"

费南城蹙起眉头，道："告诉我解决方案。"

特助叹气，道："技术部那边只能暂时修改防火墙，但是再次被攻破也只是时间问题。在这个世界上，能够对抗 Zero 的只有一个人。"

"谁？"

"Tortoise，乌龟。"

费南城脸色铁青："通知技术部开会！"

费氏集团的顶楼办公室，阳光透过落地玻璃窗，照进房间里的每一个角落，可房间里的众人感觉不到任何温暖。

费南城坐在老板椅上，用修长的手指敲打着桌面，盯着面前的技术部总监。过了一会儿，他突然停下了动作，道："我养你们一个部门，就是为了让你们在出事后告诉我只能找乌龟？"他的声音平淡无波，甚至连音量都没有提高，可这种压抑却比发火更可怕十倍。

技术总监低着头，擦了擦额头上不存在的冷汗，结结巴巴地解释道："Zero 在国外，我们抓不到他，而且他很隐秘，我们的反追踪信号锁定不了他的位置。他技术高超，这世界上除了乌龟，没有能克制他的人。"

费南城叩响了桌面。

技术总监的头快低到桌下了，他知道自己的说法让费南城很不满，他咽了下口水，终于承认了自己不想说的事实："费总，对不起，是我们能力不足。"

费南城这才开口道："你们能稳住几天？"

"我们现在启动了备用方案，可是Zero给我们下了战书——五天后，如果我们还是无法找到漏洞，那么防火墙将会再次被攻破！"

如果防火墙再次被攻破，后果不堪设想！

见费南城点头，技术总监这才弯着腰转身出门。

等他离开以后，费南城蓦地站了起来，道："去花夏大学！"

他毫不慌张，反而透着一股倨傲和与生俱来的狂妄："泱泱中华，我就不信找不到一个人来抵抗 Zero！"

花夏大学聚集了全国顶尖人才，那里将有无限可能。

去学校的路上，费南城坐在车里，脑海中闪现出当年的小乌。那时候，她在世界顶尖的学府上课，学生们都是天才级的人物，她接触那些东西比较晚，作为一个旁听生，她还在班级里闹出过很多无知的笑话。

可她讲给他听的时候不以为耻，反而骄傲地抬着下巴，嘴角挂着自信的微笑。她用中文说道："告诉你，我泱泱中华怎么会在这点技术上被人比下去？你相信我，不出三年，我将会是整个学校的奇迹！"

"阿嚏！"到了实验室门口，沈于归连连打了几个喷嚏，她揉了揉鼻子，也不知道是谁在想她。

张千千正拎着垃圾袋往外走，看到她之后，顿时兴奋地喊起来："从心来了，我们去吃大餐庆祝一下吧！”

杨明和王庆国兴奋地冲出来，道：“好啊！”

沈于归好奇地询问：“吃什么？”

陈子凡懒洋洋地瞥了沈于归一眼，冷笑道：“干活的时候见不到人，说到吃你就出现了！”

沈于归一时不知怎么回答。

几人正在讨论吃什么，一道阴恻恻的声音忽然传来：“我有件事要跟你们商量。”

众人回头，就见杨逍背着光站在那儿。这人就像是见不得光的阴生植物，眼睛里散发着森寒的光。

沈于归皱起眉头，心中警铃大响。

陈子凡适时开口：“你来干什么？”

杨逍依旧低着头，阴沉沉地说道：“我刚才给你们发了邮件，你们就不看看？”

五个人微微一愣，这人能给他们发什么邮件？张千千拿起手机打开了邮箱，在看到上面的内容以后身躯一僵，整个人晃了晃！她脸色苍白，连声音都有些飘忽：“你、你这是什么意思？”

陈子凡看见她激动的模样，急忙拿起手机。沈于归抓住张千千的手机看过去，却见邮箱里放着一篇毕业论文！毕业论文后面是一张截图，上面是张千千给别人发论文的邮件和对话：学姐，论文帮你写好了，请查收。

看到这些，沈于归不禁眯起眼睛！

杨明惊呼道：“我去！张千千你帮人写论文？”

花夏大学治学严谨，毕业论文更是重中之重，如果被人知道张千千帮人写论文，那么不仅那个学姐会被追究，张千千也会被开除学籍！

张千千摇头，眼睛红了，说：“我没有！”

沈于归皱起眉头，道：“千千你别急，慢慢说，我相信你。”

沈于归沉稳的语气让张千千的情绪渐渐恢复。她开口解释道：“学姐跟我是老乡，去年她上大四，被一家知名公司录取，但她忙着实习，没空整理毕业论文，就让我帮忙整理一下。我真的只是帮她整理了一下，没有帮她写！”

“可是……”杨逍的声音里带着一种让人不舒服的腔调，“在我们看来，这封邮件就是你帮她写论文的证据。而且事后一个月，这位学姐往你的银行卡里转了两千块钱。”

张千千连连摆手，道：“不是你说的那样子，学姐家里比较贫困，她在最后一学期跟我爸妈借了两千块钱，那是学姐发了工资以后还给我们家的！”

“是吗？”杨逍低着头，“可无论真相如何，这事也太巧了。你说，如果我将这些交给老师，学校会怎么处置你？”

沈于归眯起眼睛，攥住了拳头。她只是不想暴露身份，所以将纸条夹在好友的草稿纸中，却没想到给好友带来了这样的麻烦。

杨逍冷笑了一下，道：“你就当自己运气不好吧！你们几人当中，我只从你身上找到了漏洞。”

张千千怒气冲天：“你疯了，你怎么能这么卑鄙？”

面对她的质问，杨逍无动于衷，继续道：“卑鄙也好，阴险也罢，我不在乎，我只要结果。”

张千千见他这副铁了心的样子，只觉得一股怒火涌上心头。

陈子凡沉默了一瞬，看向杨逍：“你要什么？”

杨逍笑道：“我要跟你打个赌。”

陈子凡蹙眉道：“说。”

杨逍上前一步，开口道:“我要你跟我打一场篮球比赛！如果你输了，那么你自动退出学校的比赛；如果你赢了，我会将这个邮件删除。这个赌约还算公平吧？”

杨逍想要的当然是这次的比赛资格！可一想到沈芷兰今天看着他时那失望的眼神，他的目光中就充满了阴郁。他要跟陈子凡来一场男人与男人之间的战斗！他要让沈芷兰看到他不比陈子凡差。

“不要答应他。”

张千千刚说出这句话，就听到陈子凡应道：“好，我答应你。”

一个小时后，大家各自换了衣服，来到球场上打一场三对三的比赛。杨逍的队友是从他们比赛小组找的另外两个男生，都是二班的人。陈子凡这边是杨明和王庆国，几个人在做热身运动。

两边比赛的消息也不知道是谁散布出去了，于是两个班级闲着的学生都跑过来看热闹。

张千千和沈于归站在陈子凡旁边。他正在做拉伸运动，瞅见张千千一脸愁容的模样，她轻松地开口道："你拉着一张脸干什么呢？要相信你凡哥，懂吗？"

张千千神色愧疚，眼眶湿润。

她点了点头道："你一定要赢！"

陈子凡笑了笑，道："放心！他如果比别的，我不敢打包票，但是比篮球……嗬。你恐怕不知道，我的篮球技术能进校队！"

张千千破涕为笑："你怎么这么贫嘴？"

陈子凡在原地跳动起来，道："这不是想要让你笑笑吗？好了，在边上看着吧！"

杨明和王庆国也开口道："别担心！我们三个配合得可默契了，看哥哥们怎么带你们走上人生巅峰！"

三个人充满信心地上了场。

张千千有些紧张地说："从心，你说他们会赢吗？"

沈于归的面色并不轻松，她将目光落在杨道身上，觉得形势不容乐观。杨道是一个聪明人，这样的人一击必中！他既然提出打篮球这个赌约，说明他一定准备了大招。但她还是扭头看向张千千，自信地道："会赢。"

比赛场上，哨声吹响的那一瞬间，陈子凡抢到了球，在地上拍了一下，顺手传给了王庆国，王庆国一个虚晃，躲开拦截的对手，又将球传给了陈子凡。陈子凡投篮，球进了，二分！

"好！"张千千激动地用力鼓掌。

2∶0的好开端并未让沈于归舒展眉头。

比赛继续。陈子凡从对方手中抢过球，一个漂亮的运球躲开所有拦截，投篮，再次拿下二分！

4∶0，张千千放下心来，拍着自己的胸口说道："看来陈子凡还有两下子嘛！"

沈于归却绷紧了下巴。

果然，杨逍开始发力，在陈子凡传球给王庆国时，他从王庆国手中抢过球，做出要投篮的姿势。王庆国奋力来抢，可是下一刻，篮球狠狠地砸到了王庆国腿上！

“啊！”王庆国大喊一声，抱着自己的小腿倒在了地上。

沈于归犀利的眸子盯向杨逍，她终于搞清楚了他的意图！王庆国受了伤，在缺人的情况下，比赛还怎么打？

与此同时，远处的费南城走过，听到嘈杂声，他扭过头来。

特助顺势开口道：“费总，那边似乎是表少爷？”

听到特助的话，费南城神色冷漠。那边明显在打比赛，这种事在大学里很常见，按照陈子凡爱出风头的性格，他上场也不足为奇。

费南城并不打算理会，可眼角余光忽然瞥见了那个熟悉的身影。

她在这里干什么？

费南城垂下眼帘，忽然开口道：“过去看看。”

王庆国抱着自己的腿，疼得坐在塑胶地上。陈子凡冲过来着急地询问：“怎么样，腿还好吗？”

篮球的力度可大可小，这么砸过来绝对很疼，小腿骨折都有可能。杨明气得冲到杨逍面前，一把揪住了他的衣领：“你怎么这样？”

杨逍穿了一身黑色运动衣，垂着头，举起两只手，并不反抗：“对不起，我不是故意的，我打算传球给队友的，没想到王庆国会往那个方向扑。”

看比赛的人从这句话当中找不到一丝破绽！

杨逍的两个队友也为他说话：“对啊，这根本就是个意外，你干什么？快放手！”

“不就是被砸了一下吗？篮球场上各种意外都会发生，又不是故意的，都是男人，谁打篮球没被砸到过？不能打了那就直接认输。”

“我能打！”王庆国挣扎着从地上站起来，动了动自己的小腿，钻心的疼痛袭来，让他倒吸一口气。

陈子凡皱起了眉头，道：“王庆国，真的可以？”

王庆国点头，目光坚定：“可以。”

杨逍眸子里闪过一抹阴光，道：“既然这样，那就继续吧！”

接下来，杨逍等人就像是找到了突破口。王庆国小腿受伤，动作不利落，幸亏陈子凡能力够强，可即便是他耗尽体力，也只能眼睁睁地看着比分被追上。

从 4 ∶ 2 到 12 ∶ 12，双方处于一个僵持状态。一直到了 20 ∶ 20，眼看着还分不出胜负，杨道对旁边的人使了个眼色，那人就在杨明上前时直接撞向了他！

杨明摔倒在地，王庆国跛着一条腿前来支援，可刚好杨道从他们面前跑过，看似不小心，实则故意一脚踢在王庆国受伤的小腿上！

“啊！”双方夹击之下，王庆国不堪重负，疼得冷汗直流，抱着腿在地上打起滚来！

比赛中止。陈子凡冲过来，蹲下身体抓住王庆国，掀开他宽松的运动裤，这才发现他的小腿已经肿胀不堪。

杨明的腿也受了伤，看到这情况，他眼眶都红了，举着拳头，一瘸一拐地往杨道那边冲，愤愤然喊道：“你这个畜生不如的东西！”

杨道后退，有人上前拦在杨明和杨道中间。杨道开口道：“我真不是故意的，我怎么知道他刚好会倒过来？我没有犯规，不服你可以问裁判！”

为了比赛的公平性，他们找了校篮球队的队长来做裁判。裁判皱着眉头，虽然觉得杨道的行为很卑鄙，却也不得不说一句：“杨道没违规。”

杨明气得宛如濒临绝境的野兽，在原地呜咽挣扎。

沈于归和张千千早在比赛暂停时就冲到了王庆国身边。看到他腿上的情况，张千千的声音有些哽咽：“不比了，让他去举报我！我就不信学校会不给我一个公正的说法！”

陈子凡神色阴沉地看着杨道，哪怕气愤到极致，可理智还在，他开口道：“比赛已经开始，那么就只有两个结果，输或者赢。”

王庆国咬紧牙关，疼得全身打战，可还是说道：“我还能上。”

杨明也开口道：“我也能！”

这一刻，少年们骨子里的热血被激发，已经奋不顾身。

陈子凡摇头道：“你们两个必须马上去医务室，为了一个比赛牺牲一条腿，不值得。”

王庆国仰面躺在地上，捂住了眼睛，他哽咽道：“可是如果我们走了，你怎么办？”

杨逍的目光中已经带上了势在必得的得意，他看向陈子凡，道：“凑不够人，你们就认输吧！”

陈子凡还没开口，一道软软的声音忽然响起：“谁说凑不够？”

沈于归原本蹲在王庆国身边，这时她站了起来，目光坚定地看向杨逍：“我们队还有我。”

杨逍先是一愣，然后笑了，说：“你？”一个女孩怎么跟男生打篮球比赛？

沈于归看着他嘲讽的样子，活动了一下手腕。身为一个“男孩子”，她当然很擅长篮球这项运动了！

在场的人都愣住了，齐刷刷地看向沈于归。

陈子凡皱起眉头，道：“胡闹！你怎么行？”

沈于归目光坚定：“可我不上的话，还有人帮忙吗？”

有人帮忙吗？杨逍下手那么狠，周围站着的学生谁敢来帮忙？看着众人后退的样子，陈子凡说不出话了。可即便沈于归上了，他们队还是少一个人。他的目光在人群中扫过，忽然看到了费南城，瞬间眼睛一亮！

他急忙冲过来，像是看到了希望似的，开口道：“表哥！”

费南城蹙起眉头，看向场上的杨逍。这是一群大学生的比赛，他如果上场的话就太欺负人了。况且都是小孩子之间的把戏，陈子凡如果输了也能长个教训，人生不可能太美满，这个惨痛的教训会让他成长。

费南城这么想着，就垂下了头。

陈子凡乞求道：“表哥，你帮帮我们吧！”

特助像是费南城肚子里的蛔虫，笑着说道：“表少爷，费总是不会上场的，您别为难他。”

陈子凡神色落寞，回头看向沈于归。却见沈芷兰不知道什么时候来了，正走到沈于归面前说话：“姐姐，你一个女孩子怎么能跟他们打篮球呢？要是伤到了你可怎么办？你还是别上了，认输就行了，杨逍他们对着你也不敢放手打球啊！”

沈于归盯着这假惺惺的女孩，勾起了嘴角，甜甜地开口道：“不劳你操心了。”

沈芷兰气得咬住了嘴唇，走到杨逍身边，命令道：“就用对付王庆国的办法来对付她，我要你打得她满地找牙！你要是不答应我，即便赢了比赛，我也不会高兴的！”

杨逍沉默了一下，道：“好，我答应你。”

沈芷兰这才重新露出了笑容。她的脸庞明媚得像是沙漠里的花朵，让杨逍沉沦。

两个人互动时没有刻意压低声音，故意说给沈于归和陈子凡听，刚好也被费南城听到了。他睫毛微微颤动了一下，抬起眼帘看向正在原地热身的女孩。

她蹦蹦跳跳着，皮肤很白净，在阳光下反射着光，巴掌大的小脸上五官小巧精致，那双大大的眼睛里全是专注和认真，似乎根本就没听到那两个人的对话。

费南城又看向旁边的王庆国，他被人搀扶着正要往医务室送，那挽起来的裤腿还没落下，膝盖处的肿胀惨不忍睹。

他的视线落在了女孩的腿上，她穿了牛仔裤，却依旧可以看出两条腿又细又长。用对付王庆国的办法来对付她，那么细的腿被撞一下就会断掉的吧？

陈子凡还在苦苦哀求：“表哥，你就救救场吧！不然就只有我和熊猫眼上……”

特助叹气，道：“表少爷，您就别为难费总了……”

“好。”

特助的话还没说完，就听到了费南城的回答，顿时惊呆了。

费南城脱了外套扔给特助，走到了场地上。

沈于归怎么也没想到费南城竟然上了场，她热身的动作停了下来，呆呆地看着他。

他将领带解开扔给了特助，袖口也挽了起来，露出了结实的小臂。可即便这样，穿着西裤和皮鞋打球也不方便吧？

沈于归正想着，陈子凡走过来善意地对她说道：“待会儿如果感觉到危险，让球也没事，不要让自己受伤。我们会尽可能地不把球传给你，你保护好自己就可以了。”

说完还不放心，他再次叮嘱：“不用怕，我和表哥会保护你，你躲在我们后面就可以了。”

沈于归有些不服气：躲在后面还怎么投篮？

比赛开始。

沈于归略微弯下腰，跟着两个人跑动起来，却被费南城和陈子凡有意地挡在身后。他们阻挡了杨道三人靠近她，也阻挡了沈于归碰球。

见费南城被对方两个人围住，手中的球无法传给陈子凡，沈于归大喊道：“传给我！”

费南城将沈于归保护在身后，一个人面对着对方的两个人。

杨道几次想要绕过他对沈于归出手，都被他拦了下来。

费南城挑眉，其实那两个人根本拦不住他，但如果他带球过去，会将沈于归暴露给杨道。

是投篮还是保护人？他皱眉看向篮球框，视线又落在了陈子凡身上。传球给陈子凡是不可能了，那么现在……他一个虚晃，引诱着杨道两人往旁边跑去，却又回身将球传给了沈于归！

“表哥，你怎么传给她了？她哪里会？”陈子凡在远处着急得跳脚。

费南城却眯起了眼睛，不知道为什么，在女孩喊出“传给我”三个字时，他竟莫名地有些相信她。他凭借一己之力拦住杨道和另外一人，盯着远处，眸光中有幽光浮动。

只见那道灵活的身影快速穿过人群，利落地拍了两下球，然后就在众人的目瞪口呆中来到了篮筐下面，接着她两只脚轻盈地微微用力，人就跳了起来。

她手掌拨动着篮球，球在空中划过一道优美的弧度，最后准确地落入篮筐！

整个比赛现场一下子就炸开了。

费南城只看到那道轻盈而单薄的身影在进球以后转身笑着冲他跑过来。

她举起手大喊道：“High five！（击个掌！）”

标准的英式发音让费南城下意识地举起双手，跟她拍了一巴掌。费南城眯起眼睛，她刚才那标准的投篮姿势、那灵活的身躯，还有投球后利落的回身，每一个动作宛如行云流水。她绝对会打篮球！

传球给她时，他是被逼无奈，可没想到给了她机会，她提交的试卷竟然这么完美！一个女孩子竟然可以做到这个程度，她的身上到底还有多少秘密？费南城的眼神里突然迸射出一抹奇异的光。

陈子凡也惊呆了：刚才发生了什么，熊猫眼竟然投篮了？这个世界是不是太玄乎了！

不远处，杨逍冲到了队友面前，安抚道："大家不要慌，刚才只是意外，没有人去拦她，是个人都能把球投中！待会儿我跟着沈从心，你们两个也注意一下！"

伴随着这话落下，裁判吹响了比赛继续的哨声。

杨逍拿着球，目光阴沉，直奔沈于归，他要让她为欺负沈芷兰而付出代价！

费南城眯着眼睛，哪怕知道这女孩不简单，可他的心还是提了起来。杨逍的目的太明显，而且他此时的眼神太阴狠，费南城已经看到他的球在对着沈于归飞过去时，膝盖故意往上抬，对着她的腹部踢过去！

费南城不敢去想这女人被这一脚击中后会痛成什么样子，他甚至有点后悔，是不是不该放开手，万一她不行……

在费南城的担忧中，沈于归动了。她看似不经意地侧过身，躲开杨逍的暗招，让他踢了个空，而后趁此机会用修长的胳膊一捞，又将篮球从他的手中轻松地抢了过来！

沈于归运着篮球向前跑去，眼睛中带着自信的光。找准了角度，她原地轻盈地跳起，用力投球！伴随着她的动作，大家的心似乎都停止了跳动，这里可是三分线外！即便是校队的球员们想要进球都很难，更何况女生的力气往往不如男生，很少有能够投进三分球的！

费南城眯着眼睛，将视线定格在女孩身上。她脸上挂着笑，看起来明媚又骄傲，像是太阳般耀眼。

人群中再次传来惊呼声！球进了！场上跑动的人都停了下来，围观的人全部错愕不已！

裁判第一个反应过来，吹响了哨声，宣布："25 ：20！"

沈于归和费南城上场不过三分钟，他们这方竟然已经进了两个球，把比分拉开了五分！沈于归第一次进球可以说是运气，可第二次进球，只要不是傻子，都看得出来她很会打球！众人沸腾了。

张千千刚才还在担忧，这会儿已经疯了，她将两只手放在嘴巴上做喇叭状，大喊着：“从心、从心、从心……”

沈于归勾起嘴角，不过是基本操作而已，有必要这么激动吗？ 她伸手放在唇上轻轻吻了一下，旋即帅气地给了张千千一个飞吻！那样子嚣张又肆意，格外迷人！张千千更是被她这副样子给迷住了，声音一下子尖锐起来：“啊啊啊！”

球场上那道纤弱的身影像是有着无穷的魔力，吸引着费南城的目光，让他眼神里露出惊艳的光。那么瘦小的身影，怎么会迸发出这么强的力量？他伸出手按压了一下那控制不住的心跳。

比赛继续，这次对方队员再也不敢小瞧沈于归了。然而为时已晚，杨逍别说想要害她，就连自保都很困难！沈于归的身形太刁钻、太灵活，往往杨逍还没有反应过来，她就已经抢走了他的球。

接下来是她的表演时间，费南城但凡抢到了球都会传给她。两个人虽然没有练过，但他一个眼神她就懂了，配合得天衣无缝！

陈子凡完全被边缘化了，有时费南城明明把球传给他更简单，可他偏偏传给沈于归。伴随着众人的惊呼声，一分钟内沈于归又进了两个球，陈子凡却连球都没有摸到过！

分数差距变大，杨逍颓废地看向人群中的沈芷兰，她此刻满脸寒霜，那双看着他的眼神里写满了“你真没用”“你就是个废物”。

他面色狰狞地看向沈于归和陈子凡，挫败感让他的脸色差到极致：“赌约我后悔了，这场比赛算是我输了，你们就等着张千千被开除学籍吧！”说完，他转身就往球场外走。

身后忽然传来一道风声，杨逍回头，“砰”的一声，篮球狠狠地砸在他的脸上，而后滚落在地。鼻腔里充满了铁锈的气息，他摸了摸鼻子，一片湿热，手上全是血。

不远处的沈于归勾着唇，眼神犀利，嗓音有些暗哑：“比赛还没结束，你要去哪儿？”

她一步一步走过来，宛如盯准了食物的猎豹，姿态优雅却充满了危险的气息。她捡起掉在地上的球，开口道："是男人就跟我们打完，还有半分钟。"

杨逍眯起了阴郁的眼睛。沈于归说这句话的声音很大，周围的人都听到了。如果他认输的话，就太丢脸了！他现在必须硬着头皮将比赛打完。不过半分钟的时间，熬一熬就过去了，他伸出手接过了球。

裁判吹响了哨声。

沈于归直奔杨逍而来，杨逍一走神，球就被抢了过去。沈于归拿着抢到的球，做出一个投篮的姿势。

杨逍冷笑，反正已经输了，让一球又怎么样？于是他没往前，反而后退一步，可就在这时，那原本应该投篮的球狠狠地砸到了他的小腿上！一股钻心的疼痛让他站立不稳，瞬间跪在沈于归面前。

沈于归举起双手对裁判说道："对不起，我不是故意的，我打算传球给队友的，没想到杨逍会往那个方向扑。"

杨逍愣了愣，这是刚才他阴了王庆国后说的话。

费南城全程目睹了女孩跋扈的模样，没想到这人竟然一点亏也不肯吃。此时沈于归看向了他，只是一个眼神的交流，他却明白了她的意思，对她略微点了点头。

比赛继续。

费南城故意去撞杨逍，让他摔倒在地，与此同时，沈于归一脚踩在了他的小腿上！

杨逍刚才看王庆国抱着腿打滚时还觉得可笑，现在他却疼得衣服都湿了，抱着自己的小腿痛不欲生！

沈于归蹲下身体，慢慢地开口道："我真不是故意的，我怎么知道你刚好会倒过来？"又是他的原话。

杨逍闭上了眼睛，额头青筋直冒。这样的疼痛会让他铭记一辈子！

比赛结束，陈子凡这一队以绝对优势获胜！伴随着哨声吹响，大家都兴奋起来。

沈于归也跳起来，伸出胳膊用力地拥抱了费南城！

等到抱上去以后，沈于归才反应过来自己做了什么，瞬间愣住了。

男人身上的气息萦绕在她的鼻尖，因为穿得少，隔着衣服她也能感受到他刚运动完后身体的热度。她的身体僵住了，如石化了一般，只是瞪着懵懂的大眼睛一动也不敢动。

费南城更是惊呆了，感觉四肢都不是自己的了。些年来，他很少跟女孩子有亲密接触，尤其是她刚打完球，额头上全是汗，按理说，他应该是嫌弃她的，可他并没有。他甚至还在想：她的肩膀真薄啊，单薄得像是他一只手就能捏断，可偏偏她的身体又很柔软。费南城忽然间意识到那是什么，脸颊瞬间涨红了，一把将女孩推开。

被推开以后，沈于归松了口气，扭头就看到陈子凡也兴冲冲地举着胳膊冲过来，看样子是要拥抱她，她立马伸出手，打算跟陈子凡也来一个拥抱。谁知她突然被人一挡，刚把她推开的费南城挡在了她面前，跟陈子凡来了一个拥抱。

陈子凡眼里发光，拍了拍费南城的肩膀，道："哥，我们赢了！"然后他兴冲冲地打算跟沈于归拥抱，可动了动，却发现费南城还没放开他。

费南城的眼神中闪过一抹光，等到张千千冲上场跟沈于归拥抱在一起后，他才放开了陈子凡。这时候大家的兴奋劲过了，再也没有了拥抱的冲动。

张千千大喊道："从心，你今天简直太帅了，真是惊艳到我们了！"

陈子凡回过神来，表情别别扭扭的，咳嗽了一声，开口道："什么叫'我们'？也就惊艳到了你而已。有句话叫'上天是公平的'，熊猫眼别的方面笨得跟猪似的，原来是开窍在篮球上了。"

这时杨道被队友搀扶着站了起来，他疼得脸色发白，冷汗直流，看着这几个人兴奋的样子，他气急败坏地喊道："我现在就要把那些东西举报给学校领导！"

说完这句话，他便直接离开了。

陈子凡等人之间的欢快气息荡然无存。张千千一脸生无可恋，陈子凡急忙安慰她："你别怕，肯定会有办法的。"

费南城没说话，视线落在从刚才开始就一直在玩手机的沈于归身上。她似乎遇到了什么事，手指飞快地在手机上敲打了几下。

陈子凡干巴巴地安慰着张千千，一扭头瞥见沈于归，皱眉道："你怎么还有心情玩手机？也不来安慰一下人！"

沈于归锁了屏，将手机放进了书包里，笑道："我觉得事情没有那么糟糕。"

陈子凡和张千千急忙看向她，以为她想到了什么好办法，就见她歪了歪头，一本正经地道："指不定杨道良心发现，忏悔错误，不会举报呢？"

陈子凡和张千千抽了抽嘴角。

"好了！"沈于归鼓足了劲儿，开口道，"放轻松点，不要这么沉重，兵来将挡，水来土掩！"

两个人都没发现沈于归说这话的时候，嘴角挂着一抹轻松的笑意。

另一边，杨道走远以后拿出手机，想要将邮件转发给老师，让张千千受到折磨，他一分钟也等不了了！可他刚打开手机，就发现手机死机了。

杨道将手机强制关机，然后再次开机，界面显示手机已恢复出厂设置，相册里的照片全部被删了！他又登录自己的邮箱，打算转发邮件，却发现登录不进去了！

杨道家境不好，用的手机是山寨版的小牌子，平时就总是出现各种问题，所以他也没多想，只是觉得怎么就这么倒霉，手机在这种时刻出了问题！但是没关系，他宿舍电脑里有备份！

他小腿受伤了，强制要求队友将他送到了宿舍里。他单腿跳着坐在自己的位置上，打开了组装机电脑，刚按下开关，电脑"咔嗒"一下，黑屏了。

这电脑是他自己用买的二手硬件拼装而成的，平时非常好用，怎么关键时刻就坏了？他不信邪地摆弄着自己的台式机，等到好不容易修好了，硬盘已经被格式化，文件全部消失了。

杨道盯着自己的电脑，视线落在旁边的手机上，莫名觉得一股冷意从背后袭来。

操场上，特助走过来将衣服递给费南城。见费南城穿好了外套正要离开，陈子凡这才猛地反应过来，惊讶地询问："表哥你今天怎么来学校了？"

他的视线在费南城和沈于归身上转了转，旋即压低声音询问道："表哥，早上你刚跟熊猫眼约了会，就又来学校看她了？”

费南城蹙眉道：“什么约会？”他又问，“你怎么知道我早上跟她见了面？”

陈子凡撇嘴，道：“她都发朋友圈了，我怎么会不知道？”说完他就拿出手机，打开了沈于归的朋友圈指给费南城看，“别告诉我这不是你家！”

费南城的视线扫过那条朋友圈，又落在女孩身上，沈于归刚才在球场上的飒爽英姿透着一股不羁的味道，而且两个人的默契配合让他此刻心情大好。

看她望着自己的那双水汪汪的大眼睛，费南城突然觉得今天的小笼包没有加姜，味道也挺好的。他板着脸收回了自己的视线，说：“我不是来找她的。”

陈子凡疑惑地道：“那你怎么来学校了？”

费南城还没来得及回答，特助就叹了口气，道：“我们是为了乌龟。”

“乌龟？”陈子凡一下子兴奋起来，“你们来这里找乌龟，难道乌龟在花夏大学？”

沈于归瞳孔一缩，紧张起来。自从用“乌龟”这个代号一战成名后，多少人一直想要找她。听到这话，她的第一反应是难道自己被发现了？

助理顿时解释道：“不是，是公司里遇到了一点麻烦，想来这里找个跟乌龟一样的电脑高手帮忙解决。你们学校里，计算机专业最牛的人是谁？”

话音落下，他就看到陈子凡抬起下巴：“远在天边，近在眼前！”

助理一头雾水地看了看四周：“在哪儿啊？”

陈子凡指着自己，一脸骄傲地说：“我，我就是我们专业最牛的人！”

陈子凡的专业课一直很强，这一点从他能够在花夏大学脱颖而出参加那个比赛就可以看出。

助理听到这话，一把抓住了他的手，宛如见到了救世主似的，道：“那你能跟乌龟比吗？ Zero 攻击了公司的防火墙，你能不能帮我们解决这个难题？”

陈子凡错愕地看向费南城，道：“Zero？”

Zero可是除了乌龟，最厉害的黑客了！此人当年参加黑客比赛，攻破某软件，只比乌龟慢了几秒，和乌龟的实力不相上下！

陈子凡纠结了一会儿，开口道："要不我们去试试？那个优化方案我们都可以解决得不比乌龟差，指不定这个防火墙也能搞定！表哥，既然你今天帮了我们，那我们也要帮你！"

沈于归默默地在旁边腹诽：少年，您哪里来的自信？

陈子凡继续说道："俗话说，三个臭皮匠，赛过诸葛亮，我们团队四个人可以去试试！"王庆国的伤必须要住院，但杨明只是扭到了，此时已经从医务室回来了。

沈于归听到这话，眼神一下子就亮了。费南城这家伙早上还对她不屑一顾，现在终于求到她头上了吧？

她原本想帮费南城一把，因为无论怎么说，她总归在利用他。可现在她改变主意了！如果乌龟帮了费南城，她"沈从心"还怎么去公司制造跟费南城相处的机会？

助理摆手拒绝："表少爷，这可不是小孩子之间的玩笑，您……"

费南城见他们跃跃欲试，视线扫过在场的几个人，落在了沈于归身上。他忽然开口道："可以。"

见他同意，沈于归像是表忠心般立马开口道："费先生您放心，我们肯定会帮您解决问题的！"

大家一脸不相信的样子，毕竟沈从心的专业实力有几斤几两，众人皆知。

跟陈子凡约定了第二天在公司见面后，费南城就带着助理离开了。

费南城刚走没多久，杨明那边就收到了消息，他兴奋地看向张千千，道："我刚才得到消息，杨道的手机和电脑全坏了，他没办法举报你了！"

"什么？"张千千和陈子凡齐刷刷地看向沈于归，"没想到竟然被你说中了！"

沈于归摆了摆手，道："没办法，运气好！"

第五章
为了表达我对你的爱意

沈于归回到家，先冲到浴室认认真真地洗了个头，这才裹着浴巾走出来。

换上家居服，她坐在电脑前登录了乌龟对外的邮箱。费氏企业遇到了危机，肯定会联系她。邮箱太久没登录了，找她的人很多，她在邮件里面找了好久才看到费氏集团的招揽邮件。

沈于归点开了邮件，发现那一份言辞恳切地邀请她加入费氏集团的信函，并且留了人事部经理的联系方式。沈于归盯着那个联系方式看了一会儿，突然勾起了嘴角。

在花夏大学没有收获，费南城和特助又回到公司。办公室里，费南城边处理文件边询问："乌龟那边有消息了吗？"

助理摇了摇头，道："还没有。乌龟很神秘，从不主动侵入别人的系统，所以在参加世界黑客比赛之前，没有人知道还有这么一个人，这也导致我们没有信息可以去追踪，只能给他的邮箱发了邮件，等他回复。"

说到这里，他叹了口气，道："据我们所知，黑客比赛后，好多人想要拉拢他，可他对外的邮箱就像是摆设一样，那些邮件都石沉大海。所以，乌龟给我们回复的概率微乎其微。"

助理话音刚落，费南城办公室的门就被人叩响了，人事部经理兴奋地冲进来喊道："费总，乌龟回消息了！他说五分钟后打过来，要直接跟您谈！”招揽人才虽然是人事部的事，但乌龟这样的奇才，提出跟费南城直接谈也是应该的。

五分钟后，技术部、人事部、秘书部总监齐聚费南城办公室。电话如期而至，打到了人事部经理白北的手机上。白北急忙接听，打开手机扬声器，放在了四人中间的桌子上。在费南城的指示下，白北率先开口道：“您好，请问是乌龟吗？”

隔了两秒钟的时间，对面传来一个清冽的少年的声音：“对，是我。”

白北激动起来，道：“您能给我回电话，说明您对我开出的条件十分感兴趣，不知道您是否愿意加入费氏？”

电话那边，沈于归勾着唇，不紧不慢地开口道：“也不是不可以，只是条件我不太满意。”

白北一愣，道：“是觉得薪酬太少？”

沈于归的视线落在邮件中的薪酬上，年薪千万，对一个黑客来说不少了！她伸出修长白皙的手指，摸了摸自己的下巴：“不是。”

白北听到这话，又一愣，道：“那是职位？”

技术部总监急忙开口道：“乌龟先生，只要您愿意来，我可以让出技术总监这个位置！”

可电话对面的人道：“不是，金钱、地位这些我都不缺。”

白北着急地道：“那您缺什么？”

沈于归道：“伴侣。”

众人皆十分错愕。

手机对面的人继续说道：“听说你们费总很英俊，而且……身材很好？”

听到这话，三人目瞪口呆，齐刷刷地看向费南城。他们不是在谈薪酬吗，怎么感觉乌龟在调戏费总？

大家立马低下了头，像是听到了什么不得了的秘密似的，恨不得化身为空气，更恨不得在面前立个牌子，上面写着：我什么都没听到！

在听到这话后，费南城脸色骤变，冰冷的目光落在手机上，似乎要隔着网络将乌龟揪出来！然后他皱着眉头看了白北一眼。

白北看到费南城的表情，心想：老大您这是几个意思啊？她看不懂，甚至有点想哭。

费南城见她不开窍，只好凉飕飕地出声："我对男人不感兴趣。"

众人又是一愣。

听到这个回答，沈于归"扑哧"一声笑出来。回国以来，她一直在这个男人身上吃瘪，屡次被他忽视，她早就憋屈死了，现在口头上占点便宜，她怎么就这么开心呢？于是她认真地回答道："可是，我对你很感兴趣！"

费南城眼神阴郁，视线扫过正看着他的三个人，吓得那三人再次低下了头，他这才继续盯着手机，语气森冷慑人："这个玩笑不好笑。"

沈于归憋着笑，眼里闪过狡黠，继续一本正经地说胡话："费总，我研究过你，年纪轻轻却从未谈过恋爱，身边更是一个女人都没有，所以我得出一个结论……"

费南城神色缓和了一下，可下一刻就被气得更加咬牙切齿，因为对方缓慢而笃定地对他说："你一定喜欢男人！费总，我也喜欢男人，不然我们凑合一下？"

费南城将牙齿咬得"咯嘣"响，冷冰冰地开口道："乌龟，你既然这么没有诚意，那就不要浪费时间！"

沈于归笑道："我很有诚意啊！只要你陪我两个晚上，我就帮你们解决防火墙的问题，怎么样？"

费南城从没有被人这么戏弄过，此刻只觉得胸腔里的怒意"噌噌"上涨。

他蓦地拿起手机，正要挂断电话，对面似乎察觉到了他的意图，着急道："不然，一晚也行？"

费南城手指一僵，快被气死了。

"我就这么点爱好，你要是反悔了就联系我。"

手机终于挂断，费南城已经气得肺都要炸了！

这场谈判以失败告终。

白北默默地抓起自己的手机，道："我突然想到人事部还有很重要的事，费总，我先回去了！"

技术总监也一拍自己的脑袋，说："我对防火墙似乎有了那么一点想法，得赶紧去试试，不然灵光一闪就没了！"

两个人都找了借口火速离开了办公室，只留下特助一个人苦兮兮地站在那儿。

身为费总的贴身助理，他要找个什么借口才能离开？老婆要跟他离婚了？哦，不行，他还没有老婆。

特助正在纠结，就听到了费南城咬牙切齿的声音："给我查！无论动用多少力量，也要给我将这个不知天高地厚的臭小子揪出来！"

沈于归跷着二郎腿躺在床上，白皙的小细腿在空中一晃一晃的，那双黑白分明的大眼睛微微弯起，勾起一抹愉悦的笑意。

刚才真是太爽了！即便没有看到，她也能感受到费南城被她气得不轻。

她忽然想到他生气的时候，眸子里会压抑着怒火，面无表情，也不说话，可光是站在那儿就让人不容小觑。说起来，他这副样子竟然跟当年的那个人有点像。

那个人……她指尖微颤，眼睑慢慢地垂下，长长的睫毛在脸上投下一抹倒影。她的心情莫名低落下来，心脏处似乎有尖锐的疼痛蔓延开来。当年她喜欢戏弄他，他每次被自己搞得火冒三丈时就会沉默寡言，一声不吭。在她的印象里，他那双眼睛似乎跟费南城的有点像。

沈于归从脖子里将那个戒指拿了出来。最近一段时间，或许是因为忙着追求费南城，她竟然好长时间都没有想到他了。他们说好的这辈子都不会忘记对方，可为什么这么久了，他都没进入她的梦里？

沈于归准时站在费氏集团大门口，跟张千千、陈子凡和杨明三人集合。

望着这高耸入云的大楼，张千千咽了下口水，道："好气派啊！我们真的要去这栋大楼里帮忙吗？"

杨明眼睛冒光："如果毕业后能来费氏集团上班就太好了！"

陈子凡听着两个人的夸奖，脸上挂着与有荣焉的笑容："那是！五年前，费氏集团还没这么厉害呢！是我表哥回归，他精准的商业投资和资本运作让费氏走到了今天！"

杨明感叹道："费先生就是个商业奇才！"

张千千不懂金融方面的事情，她只关心一件事："费先生长得好帅，他有女朋友吗？"

张千千和杨明都不知道沈于归与费南城的关系。陈子凡看向沈于归，脸上挂着点讽刺，开口道："没听表哥提起过。"表哥根本就没承认你。

沈于归勾起唇角，软软地道："女朋友不知道有没有，但或许你表哥有个男朋友也说不定哦。"

几人进入大堂，却见大堂里安静得落针可闻，费南城站在前台处低头看着时间，似乎在等人。

陈子凡一愣，道："表哥怎么这么客气，亲自等我们……"话没说完，就听到一道女声传来："南城哥！"

众人扭头，就看到一个女人穿着一身红色靓丽的干练小西装，披散着一头大波浪卷发，摇曳生姿地走了进来。

沈于归有点发愣地看着那个女人。女人妆容精致，五官明艳，身材也是前凸后翘，标准的大美人。

女人小跑到费南城面前，即便是穿着高跟鞋，也比他矮了半个头。她仰着头，话语里带着点撒娇的意味："让你等我这么久，真是罪过！"

向来拒人千里之外的费南城听到这话，原本有几分不耐的神色变得柔和起来。女人又说了点什么，费南城就勾起嘴角笑了笑，然后带着她一起进入总裁电梯。

进入电梯之前，费南城的视线若有似无地朝着门口的几人看来，扭头对着特助交代着什么。特助范繁走了过来，道："表少爷，我带你们去技术部那边报到。"

陈子凡点了点头，沈于归却皱起了眉头。

进入员工电梯，陈子凡忍不住问范繁："范特助，刚才那女人是谁啊？我还是第一次见我哥对一个女人这么和颜悦色，竟然还亲自下楼来接。"

沈于归装作不在意的样子，却竖起了耳朵认真听。

特助笑着回答："是文若清小姐。"

陈子凡恍然："原来她就是文若清啊！"

张千千好奇地问："文若清是谁？"

陈子凡解释道："她在业内很有名，能力很强，是国外名校毕业生，导师据说是Heno。我听说乌龟的启蒙导师也是Heno。"

杨明惊呆了，说："Heno，那个世界闻名的导师Heno？"

陈子凡点头，眼神里尽是期盼和羡慕："据我所知，Heno 对研究生要求特别高，文若清算是他的得意门生之一。但 Heno 说过，论计算机天赋，文若清在他的学生当中只能排第二。"

"谁是第一？"

"当然是乌龟了！"陈子凡摇头晃脑地说，"乌龟自己在黑客比赛上公开承认 Heno 是她的启蒙导师，不过 Heno 并不知道乌龟是谁。通过这件事，我们判断乌龟可能是 Heno 学校里的学生，可惜到现在知道乌龟身份的人都寥寥无几。"

陈子凡解释完以后感叹道："我哥真有本事，找不到乌龟，退而求其次找了文若清来帮忙。"

听到这话，沈于归沉默了。不知道为什么，她忽然有点生气。虽然昨天她调戏了费南城，但她今天来这里是真的要为他解决问题的。然而他也没做错什么，找不到乌龟，转而找文若清帮忙也合情合理，所以她到底有什么好气的？

这么想着，几个人来到了十八楼的技术部。范繁将他们交给技术总监后就去了顶楼。技术总监李磊热情地为他们腾出了一个办公室，引着他们进去后，就借口忙出去了。

陈子凡在办公室里坐着，突然皱起了眉头，道："不对啊！如果文若清只是来帮忙解决问题的，那也轮不到我表哥亲自去迎接啊，他们两个的关系肯定不一般！"

他说完又挑眉，幸灾乐祸地看向沈于归，道："哈哈，熊猫眼，紧张了吧？跟你说，追求我哥的漂亮女人多了去了，你可长点心吧！"

沈于归冷哼了一声，没接话。陈子凡到底还是记得他们来做什么的，见她没开口，他就干脆开了电脑，将李磊给的防火墙程序打开。

费氏企业的防火墙非常复杂，几个人研究了一会儿，才突然发现……

"这不是防火墙的核心程序。"陈子凡皱起眉头开口道。

沈于归早就发现了这个问题，李磊给他们的只是基本的代码，至于核心的源代码，他根本没给。他们对着这些子程序，根本就看不出什么漏洞来。

陈子凡站起来，道："我去找技术总监要。"

四人一起走出了办公室，刚好听到外面的员工正毫不避讳地讨论着：

“技术总监亲自迎接进来的，难道真的可以跟乌龟比肩？”

“算了吧！我刚才打听清楚了，里面那位是费总的表弟，目前还在花夏大学读书。我刚进去看了一眼，他们连防火墙的边缘都没摸透呢，就这样，一百年也想不出克制 Zero 的办法！”

听到议论的陈子凡和杨明两人脸色涨得通红，就连张千千都有些不好意思，小声开口道：“我们本来就只是试试。”这种深奥的防火墙问题，以她的专业知识根本解决不了。

几人正觉得尴尬之时，李磊突然走过来，看到他们后微微一愣，道：“表少爷，您怎么在这里站着啊？”

正讨论他们的人瞬间闭上了嘴巴不敢说话了。

看到李磊后，陈子凡说出了自己的要求：“总监，能不能把防火墙的核心代码给我们？”

李磊听到后笑了笑，道：“哦，你先把我给你们的东西研究透了再来要核心代码吧！”

陈子凡还想说些什么，李磊又开口道：“表少爷，我真的很忙，等你看懂了那些子程序，刚好我们也就解决了防火墙的问题，到时候我再给你核心代码，可以吗？”

沈于归挑了挑眉。这个技术总监表面上对他们很客气，可言谈举止却透露出对他们的不屑，他是觉得他们一群还没毕业的学生根本就解决不了这个问题吧？

陈子凡被人轻视，满腔怒火，正要发作，技术部大门前却出现了一道靓丽的身影。

“你们好，我是文若清。”

刚才还对他们满是敷衍的李磊此刻从内到外都热情起来，他越过陈子凡几人，直奔文若清，道：“闻名不如见面，没想到费总竟然把您请来给我们解决大难题！”

“很忙”的李磊跟在文若清身边：“您初来乍到，我带您了解一下我们技术部吧？”其态度前后变化得太快，让陈子凡脸色铁青。

文若清对着李磊说道：“李总监，我就是来跟你打个招呼，下午我们再正式工作，中午我约了你们费总一起吃午餐，所以我就先走了。”

等文若清离开后，有人直接开口道："这个文若清不仅技术过硬，长得也好看啊，费总就算是看上她也不足为奇！"

"我的天，这么多年了，我还是第一次见费总跟一个女人共进午餐！难道我们万年单身的费总终于要脱单了吗？"

"你们懂什么？有什么好惊讶的？我给你们说，文若清每年都会来公司几次，她每次来，费总都会特意抽空见她，好几次还陪着她吃了午饭，指不定我们很快就可以有总裁夫人啦！"

众人你一言我一语地讨论着。

沈于归咬住了嘴角，神情有些恍惚。费南城跟文若清真的是男女朋友吗？也是，文若清长得漂亮，身材火辣，是个男生都会喜欢她的吧？而她追求费南城也只是为了找个靠山，即便费南城喜欢别人，跟她也没关系，不是吗？

沈于归有些茫然地低下头，伸出手按在心口，那里酸酸的、胀胀的，肯定是因为饿了吧？她淡定地看向陈子凡，道："我们去吃饭吧。"

陈子凡瞅了她一眼，难听的话到底还是没说出来，率先走在前面下了楼。

四个人在费氏集团附近随便找了一家餐厅，沈于归刚进门就瞅见费南城和文若清进入了包间。

她眼前一亮，干脆也往那边走过去，想要偷听一下两个人在说什么。费南城真的跟文若清有不清不楚的关系？如果他们是男女朋友，那她还这样缠着他就不对了吧？不过，他既然有女朋友，为什么还欺负她……

第一道冷菜已经上来，费南城却没有胃口。文若清是他的高中同学，后来出国留学，学成归来，但其实他跟她并不熟，他们之所以有联系，只是因为小乌。

文若清的学校就是当年小乌就读的学校。

他夹了一筷子冷菜放在自己面前，然后抬起头看向文若清，问道："有她的消息了吗？"

听到这话，文若清叹了口气，道："都这么多年了，南城哥你还在执着吗？"

费南城绷住了下巴，没说话。

文若清放下筷子，道："还真有了一点消息。"

费南城握着筷子的手指微微一紧，有她的消息了？六年前，她就像是人间蒸发了一样消失在人海，他后来怎么也无法查到她的任何消息。

沈于归正扒着门缝想要听他们在说什么，刚靠近就听到文若清的那一句"还真有了一点消息"。

什么消息，关于乌龟的消息吗？沈于归大大的凤眼中透出一抹好奇，正要再仔细听一听时，肩膀突然被人推了一下："熊猫眼，你在这里鬼鬼祟祟干什么呢？"

沈于归控制不住，踉跄着往前走了两步，一用力推开了包间门，整个扑了进去。正在吃饭的两个人听到声音，齐刷刷地看了过来！在看到她以后，费南城眉头一蹙，眸光微沉。

陈子凡刚才没有注意到他们，此刻看到包间里的两个人，顿时明白了沈于归的用意，他喊了一声："哥？这么巧，你们也在这里吃饭啊！"

沈于归站直了身体，发现费南城的脸色不怎么好，那副样子就像是他们打扰了他的好事一样。

这个念头让她心里有些酸楚，她压下那些情绪，脸上挂上了若无其事的笑，道："啊，不好意思，不小心。"说完，她拽着陈子凡就往外走。

费南城的视线落在她拽着陈子凡的那只手上，眼神渐渐转冷。

出了包间后，陈子凡一把挣脱她，压低了声音训斥道："熊猫眼，别告诉我你现在放弃了！看到了吗，里面的女人比你漂亮一百倍，身材比你好一千倍！你要是连追求我表哥的勇气都没有了，那就别怪我看不起你！"

沈于归微微一愣。是啊！她有什么可怕的？在没有搞清楚费南城和文若清的关系之前，她又不是第三者插足，为什么这么心虚？

想清楚了这些，她淡定地转过身来，旋即大大咧咧地回到了包间门口，推开了房门，将脑袋瓜伸进去。在对上费南城和文若清疑惑的目光后，她笑着问："没有包间了，可以一起用餐吗？"

一起用餐？文若清眉头一挑，视线落在沈于归脸上。这是费南城新的追求者？也太不自量力了吧，她那张脸让人不忍直视，居然也敢说这话。

她垂下眼帘，客气又疏离地笑道："不好意思，我们有很重要的事要谈。"

她每次回国，费南城总会放下手头重要的工作，陪她用午餐，听她说那个人的消息，还不让任何人来打扰，所以她才笃定地说出这句话。

然而门口的女孩像是没听懂似的，歪了歪头继续看向费南城，说话的语气很软：“昨天我们篮球比赛配合得那么好，而且还赢了，费先生，我请你吃饭吧？你们聊你们的，反正我又听不懂，我们保证不会影响到你们。”

篮球比赛？文若清愣了愣，试探地看向费南城，看见他的神色依旧冷淡，她这才放下心来。她看向沈于归，正要再次开口拒绝，却听到一道熟悉的低沉嗓音：“嗯。”

嗯？文若清瞳孔一缩，就见门口的几人听到这话后，兴奋地推门进来。女孩毫不犹豫地占据了费南城旁边的位置，而一向不近女色的费南城竟然只是皱了皱眉头，并未开口让她滚开。其他几人陆续入座。

文若清的脸色都变了，视线重新落在沈于归身上。这个女孩和费南城之间难道有什么关系？她攥紧了拳头，努力让自己表现得很自然，然后笑着看向费南城，淡淡地开口道：“最近得到了一些那个人的消息，她……”

话没说完，房门被叩响了，服务员端着水煮鱼进来，打断了她的话。

文若清看向费南城。以前只要自己提到小乌的消息，他就会变得焦躁，任何打扰他的行为都会让他觉得恼火。

他果然蹙起了眉头，正要说话，那女孩软软的声音就传了过来：“哇，终于上菜了，看着好好吃的样子！”

费南城神色一顿，然后绷紧了下巴，压住了怒火，再次看向了那个女孩。

文若清脸色变了变，再次开口道：“南城哥，关于她……”

费南城果然被转移了注意，又看向了她。

菜端上来，沈于归就迫不及待地夹了一筷子放到嘴里，鲜嫩的鱼肉入口即化，她吃得非常满足。她又打开旁边的可乐喝了一口，随意扫了一眼。

“噗，咯咯咯！”沈于归被呛到了，她第一时间伸手抓住了扔在桌子上的那个瓶盖，只见上面写着：再来一瓶！沈于归的眼睛都亮了，她的人生肯定要转运了！

几次三番被人打断了话，文若清有些恼火，她看向沈于归，觉得这女孩肯定是故意的！

费南城扭头看向沈于归，她追在他屁股后面来这里吃饭，现在又屡次搞小动作，不让他跟文若清说上一句话，真当自己是他的女朋友了？这么想着，他冷笑了一下，下一刻就听到沈于归兴冲冲地喊道：“费先生，我又中奖了！”

沈于归说完以后，发现男人没动，只是盯着她看着，她有点忐忑地又喊了一声：“费先生？”

费南城看向那个小小的瓶盖，一瓶可乐也就几块钱，用得着这么开心吗？可偏偏她说完这话以后，着急地站起来往外冲：“你们先吃着，我去找服务员兑换，不然一会儿奖励可能就飞走了。”

费南城一时语塞。

女孩急匆匆离开后，包间里总算安静下来。费南城看向文若清，继续刚才的话题：“有了什么消息？”

文若清心口郁结的怒意这才消散了一些，开口道：“我从导师那里找到了当年听他课的学生名单，发现小乌不是我们学校的学生，然后我顺着这条线索，终于找到了一些关于她的消息，我让人去调查了，再过几天应该就会有她的准确消息。”

准确消息……费南城指尖微微一缩，心也揪紧了，时隔六年，他终于要找到她了吗？他正要再说些什么，包间外忽然传来了一些嘈杂的声音，他原本没有在意，张千千却疑惑地开口道：“我怎么听到了从心的声音？怎么乱糟糟的，在吵架吗？”

陈子凡顿时站了起来，道：“我们去看看，别是熊猫眼被人欺负了吧？”

她可是一点亏也不吃的，她能被欺负？费南城顿了顿，还是跟着他们一起走了出去。

文若清坐在包间里，咬住了嘴唇。

沈于归从包间出来，拿着可乐瓶盖直奔前台，可走着走着，她忽然看到沈天浩正着急地追赶着一个中年男人，喊道：“张总，咱们不是说好的吃饭吗？您要是没空，就给我五分钟时间，我给你讲讲我们的项目，我们跟费氏关系不一般。”

前面的男人听到这话，停下脚步，呵呵笑了一下，旋即开口道：“沈总，咱们以前也合作过，我就明人不说暗话了。我给你机会来谈合作，就是看在费氏的面子上，可我刚才进来的时候，你猜我得到了什么消息？”

沈天浩一愣：“什么？”

“费总今天跟文小姐在这里吃饭！而且据我所知，你家女儿长得可不怎么样吧，费总会跟她订婚？你就别骗人了！”张总说完就头也不回地走了出去。

沈于归听到后瞳孔一缩，转身就要离开，忽然一道声音传了过来：“小贱人，你果然骗我们！怪不得费先生迟迟不提订婚的事！”

白竹竟也在这里，她穿着一件白色连衣裙，手指若有似无地拨动了一下，故意引起沈于归的注意——她粗短的手指上戴着的正是上次沈天浩跟妈妈索要的祖母绿戒指！

白竹冷笑，压低了声音：“就算有费先生给你撑腰，我要的东西也从未失手过！你知道这次天浩为了拿到戒指，对你妈妈做了什么吗？”

想到了上次的一巴掌，沈于归心中焦急，上前一步说：“做了什么？”

她刚说完，就听见白竹惊呼道：“从心，你怎么会在这里？你告诉我，张总说的是真的吗，你怎么能欺骗家里人？”

“啪”！沈天浩来到沈于归身边，一巴掌狠狠地打在了她的脸上：“我怎么就生了你这么一个女儿？”

走出包间的几人刚好走到了拐角处。费南城走在最前面，恰好看到这一幕，眸光瞬间阴沉下来。身后的陈子凡不明所以地往前走去，道：“怎么了，刚才那是什么声音？”

费南城几乎是下意识地拦住了他的去路，旋即命令道：“你带着他们先回公司。”

陈子凡还想往前看，费南城冷冷地扫了他一眼，吓得他缩了缩脖子，然后道：“好。”他不敢违背费南城的意思，带着张千千和杨明直接离开了餐厅。

等他们走了，费南城这才顿住了。他这是在做什么？这女人就算在朋友面前出了丑，又关他什么事？

沈于归侧着头，脸颊上传来火辣辣的疼，口腔里也带着腥甜的气息，应该出血了。其实刚才沈天浩冲过来打她时，她能够躲开的，却怕暴露了身手引起他的怀疑，毕竟姐姐从来没有学过武术，她这才硬生生扛下了这一巴掌，没想到他竟然这么用力。

白竹紧张地开口道："天浩，或许这是个误会。"

沈天浩愤怒得额头青筋直冒："误会，什么误会？我给她的合同现在还好好地在家里放着，签字的那一块是空白。我就说费先生怎么可能在乎这几千万，原来都是她在骗人！"

他怎么知道合同上还是空白的？肯定是家里的保姆告诉他的，而保姆是白竹的人。沈于归嗤笑了一下，抬起头来看向白竹。

白竹被她的眼神惊了一下，眼珠子一转，叹了口气，道："从心，你怎么这么看我？是因为这个戒指吗？实在是今天中午约了重要客户一起吃饭，我手上要是没有个像样的首饰就太难看了，这才找你妈妈借用了，你要是生气，我现在就把戒指摘下来，你给她带回去。"

沈天浩直接拦住了她，说："摘什么摘，不就是一个戒指吗？她每天待在家里什么都不干，你为公司付出了多少？给你一个戒指算什么？"

他已经完全忘记这个戒指是姥姥留给妈妈唯一的纪念了，沈于归攥紧了拳头，只觉得胸口闷闷的，身体里似乎有一股气在到处乱窜，想要撑破她的皮肤彻底爆炸。她深吸了一口气，缓缓地开口道："爸，容我提醒您，我跟费先生……"

"正在这里吃饭"几个字还没说出来，沈天浩突然暴怒，再次往前一步，脸色铁青："你还敢提费先生？我竟然还真就信了你的邪！也不照照镜子看看自己长什么样子，费先生怎么可能会同意跟你订婚？"

白竹似是安慰，实际上却火上浇油地叹了口气，道："从心，你说你，怎么还学会骗人了呢？你知不知道，你这样子让你爸爸多难堪？张总以前也就是跟你爸爸一样的人，刚才竟然那么嚣张。"

白竹的话让沈天浩怒意更重，想到刚才张总的讥讽，他气得往前一步，又举起了手，道："作为你爸爸，今天我就教你怎么诚实做人！"

沈于归攥紧了拳头，已经感觉到沈天浩的拳风到了自己的面颊上，身后忽然传来了一道声音："你在干什么？"

如低音炮的声音让在场的三个人都愣住了。沈于归身躯一僵，猛地回头，发现费南城不紧不慢地走了过来。

她大大的凤眸里闪过一抹慌乱，也不知道刚才的情况，他看到了多少，又听到了多少。这一刻，沈于归的第一反应不是担心他会戳破她的谎言，反而觉得不堪。她人生最落魄、最丑陋的样子莫过于此刻，却被这个神仙般的男子看到了，她的骄傲被践踏了一地，心口满满的都是羞愤和难过。

沈于归站在那儿，单薄的身躯细微地颤抖着。

沈天浩和白竹则是愣住了，他们的眼睛在沈于归和费南城身上来回打转。一时间没人说话，沈天浩只能笑脸迎了上来，道："费先生，您怎么会在这里？"

他看向沈于归，眼睛里闪过一抹慌乱。从心和费先生都出现在这里，该不会是……他正思考间，就听到费南城冷淡地道："吃个午饭。"

对，刚才张总说了，费先生来这里是为了跟一位文小姐吃饭。

"南城哥！"文若清疑惑地走了过来，站在费南城身边，看了看沈于归，笑着说道，"饭菜上齐了，我们回包间吧？"她的眼睛中闪过一抹微光。

原来他不是跟从心一起的，沈天浩松了口气，五十多岁的人，在二十六岁的费南城面前，竟然像个下属一般讨好着："这里的饭菜非常好吃，您和文小姐多吃点。"

沈于归觉得可笑又可悲。身为父亲，看到欺负了自己女儿的男人跟另一个女人吃饭，他没有愤怒地质问，也没有让这个男人负责，而是让这个男人多吃点？再去看文若清，她望着自己的眼神里已经带上了蔑视。

沈于归绷紧了身躯，费南城的那一句"吃个午饭"并没有带上她。这是连跟她一起吃个饭都不愿意承认了吗？她正自嘲地想着，就见男人慢慢地走到了她面前，语气里带着点不耐烦："可乐兑换了吗？我吃饱了，你走不走？"

一句话宛如一颗炸弹炸进了四个人的耳中。文若清眯起眼睛，但很快调整过来，笑着说道："沈小姐，一起回公司吗？"

原来，他们是一起的。白竹不可置信地看着费南城，脸色苍白如纸。沈天浩想到自己刚才的所作所为，脸色一阵青一阵白。他不愧是浸淫商界多年的人，变脸就跟翻书一样，刚才还凶神恶煞，这会儿就满是谄媚地看向沈于归，道："从心，你跟费先生一起吃饭，怎么不早说？你看我这真是……"

沈于归不解地看着费南城。他不是最讨厌她吗，可现在为什么又帮她？

想不出原因，她干脆顺着费南城为她铺好的路，低下了头，委屈地说道："我刚想说就被你们打断了，我先跟费先生走了。"

沈于归跟着费南城和文若清往外走。走了两步，前面的男人突然顿下脚步。

沈于归呆呆地站定，就见他看向沈天浩开口道："那个合约，明天带过来。"

沈天浩恨不得给自己一巴掌，慌忙低下头，忙不迭地道："好的，好的。"

费南城继续往外走。

沈于归依旧处于呆滞状态，他不仅承认跟她在一起吃饭，竟然还帮她撑腰？

他今天这是怎么了？看着他的背影，她来不及多想，抬起头来咬住了嘴唇，楚楚可怜地开口道："爸爸，这个戒指……"

"晚上我就给你妈妈带回去！这戒指是你姥姥留给你妈妈的纪念品，怎么能随便送人？"

"可是妈妈的首饰都是姥姥送的，全都有纪念意义啊。"

沈天浩很上道，接着说："你放心，以前你白姨借了你妈妈的首饰，是太忙了没来得及还上！过几天……不，今晚我就带着全部首饰回家行不行？"

沈于归点了点头，又说道："那我一会儿让妈妈给您列个清单。"

沈天浩道："好。"

白竹快要哭了，那些首饰都是有价无市的好东西，这些年她好不容易才从于曼瑜手里搜刮出来，可现在竟然要全部还回去！

餐厅距离费氏集团特别近，五百米左右的样子，所以他们来吃饭的时候是走过来的，现在按照原路返回。

沈于归一只手拎着一瓶可乐，另一只手揉了揉自己的脸，自嘲地想着：挨了一巴掌，却将妈妈的首饰全部要回来了，倒也值了。她看着走在前面一言不发的男人，一丝苦涩涌上心头，今天竟然欠了他的人情。

她加快脚步来到费南城身边，小声说道："谢谢你。"

费南城没说话，俊脸上面无表情，跟以前别无二致地忽视了她。这让沈于归松了口气，觉得自在了一些。

可是跟着两个人的文若清忽然看似好奇地问：“沈小姐，刚才那个人是你父亲吗？”

一句话让沈于归尴尬无比，这种时刻她不想任何人同情自己，她想要的是尊重。她攥住拳头，低下头“嗯”了一声。

文若清为她打抱不平：“他怎么能那么对你……”

话没说完，前方的男人突然顿住脚步，回过头来淡淡地开口道：“你先回公司。”

文若清的声音戛然而止。她看向沈于归，温柔大方地笑着说：“那你先回去吧，我跟南城哥还要说点事。”

沈于归撇了撇嘴，虽然不情愿，但还是“哦”了一声，然后转身。可男人突然开口道：“文小姐，你先回公司。”

他恶狠狠地瞪了沈于归一眼，这女人怎么这么蠢？然后他道：“你跟我来！”

文若清不可置信地看着费南城。他们从六年前联系上后，他一直对她格外有耐心，这还是她第一次在他脸上看到了对自己的不悦。

“文小姐”这么疏离的称呼……她笑道：“好，你放心，下午我就把防火墙的漏洞补上，不会出问题的，我先去忙了。”说完她率先离开。

等文若清走了，费南城突然换了方向。沈于归跟在他的身后，发现这不是去公司的路，他要带自己去哪儿？

费南城走在前面，眼角余光却一直在打量着她，女孩脸上的手指印还很明显，但她就像是已经习惯了，不怎么在乎。

他垂下眼帘，漆黑的眸子有星星点点的光芒闪烁着。以前他觉得这女孩就是个小骗子，看着唯唯诺诺，其实伶牙俐齿，经常扮猪吃老虎。直到刚才他才恍然，生活在这样的家庭里，也怪不得她会变成这副样子。他对她的成见就这么不知不觉消散了一半。

费南城再看向女孩，见她喝光了手中拿着的可乐，随手将可乐瓶对准了远处的垃圾桶，手腕一个用力，可乐瓶就“哐当”一下进了垃圾箱，潇洒的姿势像极了那天她打篮球的样子。

费南城忽然停下脚步看向沈于归，道：“如果想感谢我，那就帮我一个忙吧。”

沈于归点点头。

五分钟后，费氏大楼后面的篮球场。

沈于归将披散的头发在脑后扎了一个马尾，活动着手腕，盯着不远处的费南城，有些哭笑不得。她怎么也没有想到，他一本正经地说让她帮个忙，结果竟然是让自己陪他打一场篮球？

男人将黑色西装脱下来，随手扔在了旁边的塑胶跑道上，松了松领带，解开了白色衬衫的两个扣子，结实的胸肌若隐若现地露出来。

他的衬衫很贴身，显得身材格外修长。阳光洒在他身上，给他的五官镀上一抹光芒。沈于归突然移开了视线。这样的男人举手投足间魅力四射，随便一个动作都让人心动。

费南城随便舒展了一下四肢，然后看向沈于归。女孩那双眼睛熠熠生辉，似乎很热爱篮球这项运动。

他又想到了小乌，小乌的话让人分不清楚哪句是真、哪句是假。她曾经吹牛说：“你会打篮球吧？告诉你，我也会哦，我打得可好了！”

他当时笑了一下，觉得一个女孩子打篮球能好到哪儿去？他的笑却刺激了女孩，女孩急了，那双凤眸瞪得大大的，婴儿肥的小脸气鼓鼓的，她开口道：“你不要小看女生！我真的很厉害的，不信的话，等将来有机会我们去打一场！”她抬着下巴，那副傲娇的样子还停留在他的记忆里。

后来他们走散了。他曾想过无数次，如果他们没有分开，他一定会陪她好好打一场篮球，哪怕她在吹牛，他也会让着她。因为，他好想再看到她笑。

“费先生，可以了吗？”沈于归软软的话打断了他的回忆。

比赛开始了。

因为是两个人玩，所以就不讲究那么多规矩，沈于归抱着球看着拦在面前的费南城，他即便弯了腰也比一般人高一些，站在那儿就像是一座大山，阻挡了她的脚步。她勾起嘴角。

外国人大都长得魁梧，所以面对费南城，她丝毫不惧。她将球拍在地上，帅气地运球，打算凭借自己灵活的走位绕过费南城，可他速度极快地转身，又跟了上来，趁她一个不注意，猛地伸手将球抢走了，然后利落地投篮，中了。

沈于归愣住了。

上次比赛的时候，费南城都把球传给了她，自己并没有怎么张扬，所以她还以为这家伙的篮球打得不怎么样，没想到竟然是个高手！

意识到这个，沈于归咧开了嘴巴，球场上遇对手，她感觉全身的细胞都兴奋起来。她看向费南城，徐徐开口道："费先生，我要认真了哦！"

她的声音里带着丝丝清冽，费南城一时觉得有些熟悉，可他没时间多想，因为沈于归已经运着球气势汹汹地冲了地来。

女孩拍打着篮球，眼睛好像在冒光，那副样子让他像是看到了小乌在球场上的飒爽英姿。原来女孩真的可以把篮球玩得这么好。不知道为什么，这一刻，费南城感觉心口像是充斥了一些难以言说的复杂情绪，酸涩、欣慰，还有思念。

他压下心头的悸动，冲了上去。

两人都是打篮球的好手，你来我往，不亦乐乎。不过十分钟的时间，沈于归已经大汗淋漓，她擦了擦额头上的汗珠，再去看费南城，却见他只是面颊红润了一些，竟然连呼吸都没加重。

她默默地感叹女人的体力到底跟男人没办法比！但她并不认输，骨子里的争强好胜涌出来，绞尽脑汁想着怎么追上这两分。

忽然她眼睛一亮，看向费南城身后大喊道："陈子凡，你怎么来了？"

话音落下，费南城下意识地扭头。就是现在！沈于归运球绕过费南城……

他回过神来，伸手去拦。沈于归打算转身躲避这一个拦截，可没想到她一个不小心，左脚被费南城绊倒，整个人失去了控制，直直地往旁边倒去。

费南城蹙起眉头，几乎在她倒下的第一时间就伸出手想要抓住她的腰，却被篮球绊了一下，结果两个人齐刷刷地倒在地上！

沈于归被费南城抱着狼狈地摔倒在地。她全身压在他身上，好巧不巧，她的嘴唇直直地亲上了他的唇。

沈于归瞪大了眼睛，感觉周围的声音都消失了，全世界只剩下了她心跳的声音。她的眼前也只有这个被自己压着的男人。他们距离这么近，近到她能看到他长长的睫毛、深邃的眸子和高挺的鼻梁，他的嘴唇好凉、好薄又好软，身上透着一股好闻的阳刚气息。

沈于归虽然在男人堆里长大，但除了那一晚他喝醉了酒，这还是她第一次跟男人这么亲密地接触，以至于她有点不知所措。

费南城被她压着，明明知道应该立刻将她推开，可身体里像是有另外一道声音在狂喊着："继续、继续啊！"

他压制着内心的躁动，一动也不敢动，感受着唇齿间女孩的甜软气息，脑海中忽然闪过那一晚的情景。喉间滚了滚，他放在她腰上的手指也动了动。

"丁零零"。费南城的手机铃声忽然响起，打断了这诡异的安静。沈于归这才猛地惊醒过来，她胳膊用力，将身体撑起来，站直了身体，眼神往旁边乱瞟，开口道："我、我先回公司了！"话说完，她转身迈开脚步，直接向着费氏集团大楼跑过去。

跑离了塑胶跑道以后，沈于归的速度慢下来，往前走着，忍不住咬住了嘴唇。就在刚才她发呆的时候，恍惚间似乎感觉到他的嘴唇动了动。所以他也不是对她全无感觉的，不是吗？

而且她跑什么跑，她来费氏集团不就是为了追他吗？现在好不容易有了一点点进展，她怎么就这样跑了？她刚才应该主动一点才对！

沈于归稍微顿了一下脚步，回过头来。费南城还躺在那儿，在她看过去时，他才终于从地上坐起来，一条腿伸直，另一条腿弯起来。他用手摸了摸自己的额头，然后似乎察觉到了她的视线，扭头看过来。沈于归像是触电一般猛地回头，撒开脚丫子，跑得比刚才更快了。

费南城也不知道自己是怎么了，就在刚才，他竟然有一种想要继续的冲动。电话铃声响起来的时候，嘴唇上女孩的温热感觉快速离开，竟让他感觉那里凉凉的，像是少了点什么。

他这是怎么了？他懊恼地抚了抚额头，这才站直了身体，走到旁边拿起了外套，掏出手机接听，语气不自觉地变冷："怎么了？"

特助谨慎地询问："费总，您在忙吗？"

"没，你说。"

特助松了口气，道："您的语气让我以为打扰了您什么好事呢。您没在忙就好，下午两点有个会议，您别忘了。”

费南城一时语塞。

范繁发现今天的费总很不对劲。比如开会时从不开小差的费总今天已经是第三次走神了，幸亏他平时威严逼人，大家不敢直视他，这才没被发现。再比如费总的手总是无意识地摸向自己的嘴唇，难道是因为天气太干了，嘴唇不舒服？还有，费总以前开会都是恨不得从下午两点开到晚上十点的，可今天才开了一个多小时，费总竟然就宣布散会了？这不正常！

费南城回到顶楼，坐在办公椅上看着手中的文件，有些无法集中精神。

他干脆扔了笔，将文件合上，两只手放在桌子上，眼前浮现出今天的画面。女孩口口声声说要追求自己，平时脸皮也挺厚的，一个劲儿地往他面前钻，可今天她反而害羞了，竟然跑开了。

想到这里，他抬头看了一眼范繁，淡淡地开口道：“你先出去，我有事再叫你。”

范繁点头。

等他关上办公室门离开后，费南城这才如做贼一般悄悄打开了电脑，进入了监控画面。为保证公司安全，除了一些私密的地方，正常的工作范围内都会有摄像头。

费南城在这些摄像头当中找了一会儿才找到十八楼技术部，他点开摄像头，就看到女孩一个人坐在小小的办公室内。她对着电脑，似乎在认真研究，可细细看过去就会发现她的眼睛还是直的。

沈于归还在纠结那个吻，她的手指轻轻按在嘴唇上，只要一想到刚才的事情，她就觉得脸红心跳。长这么大，哪怕生活在很开放的国外，她虽然见得多，却从没实践过！就连那一晚，费南城也没亲她。所以刚才那个吻，可以算是她的初吻了！

她伸出手捂住了自己滚烫的脸，又想到了那个湿漉漉的嘴唇。

“啊啊啊啊！”沈于归抓住了自己的头发，感觉自己要崩溃了。她的样子羞涩又抓狂，看得费南城心情大好，嘴角都勾了起来。以前他觉得这女孩惹人讨厌，今天却觉得她有一些可爱。

房门被叩响，范繁推门而入，吓了费南城一跳。他眸光一沉，面无表情地将监控录像最小化，这才抬头看向范繁，说：“怎么了？”

范繁拿了一份文件过来，道：“费总，这里需要您签个字。”

费南城表面上看起来依旧平静，心里却有一种做贼心虚的感觉，就像是上学时看漫画，时刻提防着老师似的。签了字，等特助再次离开，费南城这才打开电脑再次去看女孩，却发现办公室里已经没了人。

沈于归是被陈子凡叫走的，她还在胡思乱想时，陈子凡冲进了办公室喊道：“熊猫眼，你在这里干什么呢？文若清正在处理防火墙的事情，她找到系统漏洞了，快来一起看看，能学到很多东西！”

找到系统漏洞了，这么快？这个防火墙她看过，不愧是费氏集团，防火墙做得非常完美。就算是她，恐怕也要一点时间。而Zero袭击进来，肯定下足了功夫，这个文若清竟然一下午就搞定了？听到这话，沈于归毫不犹豫地跟着他走了出去。

技术部的几个主管此刻都围在一个电脑面前，文若清坐在电脑前，正在飞快地敲打着键盘。

周围众人说着恭维话，李磊率先开口道：“原来漏洞在这里！这么细微的地方，我们还真是注意不到。”

“哇，你这个修补的办法好厉害。”

“都说黑客里面乌龟排第一，今天我才觉得，那是因为你没有去参加黑客比赛。”

文若清脸上挂着浅淡的笑意：“你这话可就夸张了，我老师说过乌龟很有天分。”

“乌龟有天分有什么用？这么多年了，也就只见他参加了一个黑客比赛，别的时候他根本就没有出现过，一个比赛也不能说明一个人的实力。”

沈于归听着众人的话，嘴角微勾。一个比赛的确说明不了一个人的实力，她学成以后，只是接了个几个合作赚了点小钱，并没有做过其余的事，因为她不想做黑客。

她曾经想过很多次，也有好几次差一点就黑进沈天浩的账户里，直接让他完蛋。可这样做是违法的，早晚有一天会被查到，那么到时候她要面临的就是牢狱之灾！

况且她学计算机只是因为喜爱和梦想！沈于归垂下眼帘，收回了自己的思绪，往人群里面挤了挤，刚好能看到文若清的电脑。屏幕上面的代码飞快闪过，她的神色逐渐认真起来。

过了一会儿，她终于搞明白了。文若清不愧是高才生，的确找到了防火墙中一个看似凶险但其实无关紧要的小漏洞，可沈于归笃定，Zero攻击的不是这个！

半个小时后，文若清修补漏洞成功。

“哗啦啦！”办公室里响起了热烈的掌声。

文若清站起来伸展了一下手臂，道：“搞定！”

李磊兴奋地道：“果然厉害，这下子我们再也不怕Zero了！加班加点两天，现在终于解决了问题，今晚我们可以回去睡个好觉了！”

沈于归见众人一副松了口气的模样，心下有些着急。今天费南城才帮了她，她不能见死不救。她委婉地开口提醒道：“文小姐，要不你再检查一下，看看防火墙是否还有其余的漏洞？”

这泼冷水的话一出，众人齐刷刷地看向沈于归。在听到沈于归软软的话语时，文若清眼神里闪过一抹犀利。她盯着沈于归，只要想到刚才南城哥让她先走了，却留下了这个女人，她心里就蹿上一股怒意。

她面上还在笑，话语里却带上了讥讽：“哦，那沈小姐有什么高见，或者你看出了什么漏洞？”

沈于归就看了那么几眼，确定文若清修改的这个漏洞不重要，可她根本没有接触到核心的源代码，去哪里看漏洞？

沈于归一时没说话，旁边的李磊脸色一黑，说：“沈同学只是个大四的在校生，怎么可能看得出来？再说我们的防火墙哪里有那么多的漏洞，你这话是在质疑我们的能力，还是在质疑文小姐的能力？”

李磊的语气充满了火药味，沈于归皱起了眉头。

文若清依旧是温柔的模样：“好了，李总监也别生气，大四的学生正憋着一股劲要大干一场，为了让南城哥重视她，也能理解。”

李磊冷笑道：“技术部不是小孩子过家家的地方！一个大四的学生妄图在这里指指点点，真是班门弄斧！”

他不再理会沈于归，直接宣布道：“好了，这几天大家都辛苦了，今天大家早点下班，都赶紧回去休息吧！”

“太棒了！”员工们兴奋地收拾东西准备下班。

沈于归皱起眉头，知道自己无论再说什么，这群人也不会相信。文若清临走时拍了拍她的肩膀：“沈同学，你就放心吧，不会出问题的，不然就等三天，我保证 Zero 不会攻破防火墙的！”

可若是等三天后 Zero 再次攻破防火墙，到时候一切就都晚了。不等沈于归说话，技术部的人就一个个下了班，很快，办公室里只剩下陈子凡四人。

陈子凡开口道：“这样学习的机会并不多，哪怕只是一个子程序代码，也够我们研究的，趁此机会多多学习吧！”

杨明和张千千点头，跟着陈子凡往办公室走。沈于归咳嗽了一下，往外瞅了瞅。技术部的人都不理她，那她是不是可以去找费南城提醒一下？她悄悄地往外走，陈子凡凉飕飕的声音在身后响起：“熊猫眼，你去哪儿？”

沈于归回头，笑着开口道：“反正我也没什么用，专业课都不及格，留在这里也是跟你们抢新鲜空气，还不如出去走走呢！”她那张带着胎记的脸上多了几分明艳的感觉。

陈子凡一时语塞。

真是从来没有见过一个人能够将“我不行”说得这么理直气壮的！

沈于归离开技术部，进入电梯。整个费氏集团一共五十八层，她要坐员工电梯先到五十七层，再顺着楼梯爬到五十八层。

站在五十七层和五十八层中间的台阶上，沈于归忽然停下了脚步，又想到了今天在篮球场上的那个吻，脸瞬间变得有些热。

她忍不住想到：费南城每次见她，脸色都不太好，却对文若清表现出了足够的耐心。她跟文若清比起来，差的应该是身材吧？

顶楼办公室内，费南城正在处理文件，特助突然进来站在他面前支支吾吾。费南城皱起眉头，道：“说。”

特助实在是不知道怎么开口，干脆将手中的设备递给费南城，道：“费先生，您自己看吧！”

费南城低头，这才发现原来是五十八楼的监控。画面上有个女孩站在楼梯间，费南城第一时间就认出是那个女人。而在看清楚她在干什么以后，费南城的脸色瞬间黑了。

这时办公室门口忽然响起了敲门声。费南城急忙关掉监控，若无其事地抬头，就看到文若清推开门走了进来。她笑着说：“南城哥，防火墙的问题我已经解决了，要不要庆祝一下，晚上一起吃个饭？”

费南城淡淡地道：“我一会儿还有个会。”

文若清动作一顿，眼神闪了闪，旋即开口道：“其实是我刚才得到了一些关于小乌的消息，我这么辛苦，你是不是应该请我吃顿饭？”

这话一出，费南城蓦地抬头，直接站起来道：“我一个小时后有个重要的会议，现在请你随便吃点吧。”

文若清露出一抹得逞的笑。

沈于归悄悄推开楼梯门，刚好看到费南城面无表情地从总裁办公室里走出来。她正要兴奋地冲过去打招呼，却看到一道靓丽的身影跟在他身后，是文若清。

他们这是要去做什么，吃饭吗？可中午不是刚吃了吗？沈于归纠结着，这时候去说防火墙的事应该不太好吧？

她没说话，可正疾步往前走的费南城忽然脚步一顿，淡漠的眸子落在她身上，视线在她鼓鼓的胸口处一扫，意识到自己在想什么，费南城急忙收回了目光，恼羞成怒道：“我最讨厌花枝招展的女人！”话音落下，他带着文若清径直进入了总裁电梯。

沈于归被说得直接愣住了，花枝招展？她低头看了看自己今天的穿着，一条浅色牛仔裤、白色T恤，再加上一双白色运动鞋，这家伙是不是对“花枝招展”这个词有什么误会？

沈于归气得攥紧了拳头，他刚在篮球场上亲了她，现在就一副翻脸不认人的模样，太过分了！是可忍，孰不可忍！不对，她可忍，乌龟也不可忍！

费南城带着文若清下楼，找了一家餐馆坐下。文若清在国外打探小乌的消息一直很辛苦，所以她每次要求他请她吃饭，他几乎从未拒绝过。可今天他莫名有点烦躁，随便点了两个菜，等服务员离开后便直奔主题：“有什么消息？”

这时，他放在桌子上的手机响了起来。文若清随意地扫了他的手机一眼，正要说点什么，视线却一下子定格住了！因为手机上显示的来电备注名称是：我的心肝肺。

文若清整个人愣住了。

费南城看到手机上的备注以后，脸色瞬间黑了！他还没动，手机就自动接听了电话，对面传来了一道清冽的少年音：“嗨，亲爱的。”

这欠扁的声音……费南城眯起眼睛，一字一顿地喊出：“乌、龟！”

“听到我的声音就知道是我，你不要口是心非了，说吧，是不是昨天跟我通了电话，被我的风姿折服了……”

费南城挂断电话，直接把手机断了网。

文若清被他暴戾的模样吓到了，旋即就听到“咔嗒”一声——他手中的筷子也断了。

费南城没有耐心吃饭了，继续问：“小乌有什么消息？”

文若清解释道：“就、就是……我查到她当年租房的那个房东了，从房东口中得到了一些线索，马上就可以找到了！”

费南城皱眉，干脆地站起来，道：“你吃，记我账上。”然后直接走人。

他脸色铁青的模样让文若清不敢拦截，等人走了以后，她气呼呼地将手中的纸巾扔在了餐桌上，她缺他这一顿饭吗？

费南城气愤地回到办公室，刚坐下，办公室里的网络音响就自动响起，少年清冽的声音传来：“亲爱的，你以为给手机断了网，我就联系不上你了吗？”

费南城额头青筋凸起，只觉得太阳穴突突直跳，他警告地开口道：“乌龟！你真的以为我找不到你？”

他当然不会傻到以为对方是在表白，乌龟的话语里带着满满的调戏，分明是在逗他！看来是他费南城沉寂太久了，一个网络黑客都敢这么调戏他。

乌龟似乎怕了，发出一道弱弱的声音：“我好怕！可是怎么办，谁让你穿的衣服太风骚了，勾引着我对你垂涎欲滴。”

费南城低头看了一下自己纯黑色的西装，虽然是高定的，可他向来不喜欢花里胡哨的款式，衣服都是最保守的，这个乌龟是不是对华夏文字理解不透彻？

沈于归说完这句话，忍不住勾起了嘴角。他说她花枝招展，她就污蔑他风骚，算是扯平了！

沈于归咳嗽了一下，压低声线继续说道：“你知道你穿什么就不风骚了吗？”

费南城没回答，但沈于归听到对面的呼吸声粗重了一些，估计是被气得不轻。

她笑道：“你不穿衣服就不风骚了，哈哈哈！”

“乌龟！”他的声音夹带着风雨欲来的气息。

即便是隔着网络，沈于归也感觉到凉飕飕的怒意传来，其实这么调戏他就跟在老虎头上拔毛似的，很危险！

他要是真的倾尽全力来找她，她也没把握全身而退。

沈于归见好就收，急忙说正事：“好了，费先生，为了表达对你的爱意，我提醒一句，你招来的那个文若清技术不过关呀。”

爱意？费南城火冒三丈，是莫名其妙的怨意吧？而且他说文若清技术不过关？为什么这句话听着就像是全世界就他乌龟最厉害似的，没他就不行？

费南城语气阴沉地开口道：“本公司的事就不劳你多操心了！”

沈于归有点着急：“哎，你这个人……”话没说完就断了信号。

费南城竟然把自己办公室里的网络给断了。

沈于归一时语塞，费南城应该是个很理智的人才对，今天竟然这么意气用事，想一想自己刚才调戏他的话，好像是有点过分了，现在可怎么办？

费南城坐在办公桌后，眸光暗沉。过了一会儿，滔天的怒意被压制下来，他整个人已经冷静了很多。乌龟知道文若清来公司不足为奇，毕竟这件事不是什么秘密，但他说的话……

费南城从电梯里走出来，进入技术部，才下午四点，办公室里却只剩下两个轮班的人员了。他眸光微沉，问范繁：“人呢？”

范繁急忙解释：“因为文小姐解决了防火墙的问题，所以李磊做主让大家都回去休息了。”

费南城皱起眉头，明显不悦。轮班的两个人战战兢兢，眼看费南城即将发火，门口却传来一道声音：“南城哥？”

费南城回头，就看见文若清走了进来，脸上带着从容和淡定的微笑：“我听总监说大家为了防火墙已经加班加点两天没回家了，问题既然解决了，我就让他们先回去了。你放心，我会在这里守着，不会出什么问题的。”

费南城眉头紧拧，已处于不耐烦的状态。偌大的公司全靠技术部维持着网络运营，这些年倒是也没出什么大错，但五天期限还没到，他们竟然已经松懈了。他看向范繁，沉声道：“将李磊叫回来，谁给他的权力给整个部门放假？”

文若清脸色变了，有点支撑不住微笑，她没想到费南城竟然连这点面子都不给她。

半个小时后，李磊急匆匆赶来，被费南城骂了个狗血淋头后，他拿起手机将已经“下班”的员工全部叫了回来，一时间技术部内怨气冲天。

李磊看着文若清，当着众员工的面问道：“文小姐，我只不过是让大家提前了三个小时下班，费总日理万机，怎么会突然来到这里？”

他恶狠狠地看向陈子凡等人待的办公室，压低了声音询问：“是不是那个姓沈的大四学生去告状了？”

听到这话，文若清眼神闪烁了几下，叹了口气，道：“她也是为了费氏好。”

“她一个大学生懂什么？竟然对着公司的防火墙指指点点，太过分了！”

看着李磊义愤填膺的模样，文若清勾起了嘴角。

以乌龟的身份把话传给费南城后，沈于归就慢悠悠地在公司晃了几圈，眼看着就要到下班时间了，她才回到办公室打算拿东西走人。

她刚要进入办公室，就听到身后传来几人说话的声音：“某人在大学里的考试都是专业课倒数第一，真不知道哪里来的脸，居然到这里来指手画脚！”

“嗬，就是。”

“唉，我要是长这样子，就躲在家里不出门……”

沈于归脚步一顿，脸色突然变冷。她本来没打算跟这群人计较，毕竟他们被叫回来肯定会有怨言，可他们竟句句往她的伤口处戳——姐姐一直被人排斥，但长了一个胎记是姐姐的错吗，凭什么就不能出门见人了？

她回过头，目光犀利地看向说话的那几个人，还没开口，一道懒洋洋的声音就传了过来：“人家长得好不好关你们什么事，吃你们家大米了？”

那几个人看到陈子凡，愤愤不平："表少爷，我们也没指名道姓，就是说点八卦而已。"

"就是，有些人不会上赶着去对号入座了吧？"

沈于归嗤笑一下，道："那也不像有些人敢说不敢认！"

几人中有个男人，听到这话被激怒，猛地站起来，道："行了，我说的就是你！自己几斤几两不清楚吗？都怪你在公司里指手画脚，我刚到家就被叫了回来。"

"就是，我跟女朋友都好几天没见面了，今天约了吃晚饭，菜刚上桌我就被叫回来，女朋友吵着跟我分手呢！"

…………

沈于归觉得可笑，做好工作是他们的职责，凭什么怪她？

陈子凡皱眉道："你们有意见就去找我哥，又不是熊猫眼让你们回来的！而且 Zero 攻破防火墙是三天后的事，身为技术部的员工，你们为什么不能坚守到最后一刻？"

李磊也生气了，说："问题都已经解决了，凭什么让我们耗在这里？"

"万一还有别的漏洞呢？"

"不可能，文小姐搞定的事情怎么会有万一？你们故意在这里捣乱，让整个部门陪着加班，三天后如果没事怎么办？"

陈子凡语气坚定地说："那我就给你们所有人道歉！"

第六章

费先生，她是你的女朋友吗

技术部的争执，文若清听得很清楚，但她坐在那儿自始至终没说一句话。沈于归冷冷地瞥了她一眼，跟着陈子凡回到他们四人的办公室。

几人一起加班到晚上十一点，眼看着外面的员工都下班了，陈子凡这才站起来伸了个懒腰，说："我们也回去吧。"

四人下楼，沈于归看着电梯上亮起的负一层按键，微微愣住了："你们要去开车？"负一层是地下停车场。

陈子凡翻了一个白眼："你是不是傻？我们是从学校过来的，哪里来的车？我是刚跟表哥商量好的，他回家时经过我们学校，让他送我们一下。"

沈于归听到这话，昏昏欲睡的眼睛瞬间亮了。

陈子凡看到她的模样，冷笑道："我倒是忘了你不回学校，那你自己去打车吧。"

沈于归觍着脸笑道："我可以跟你们去学校啊，学校那边打车回家更便宜，这样能省好多钱！"

陈子凡傲娇地"哼"了一声，没有反对，看着沈于归兴奋的模样，他嘴角微微勾起。其实他们几个打车就可以了，他又不缺那点钱，但熊猫眼又笨又丑，就连专业课都比那个文若清差远了，他要是不帮忙，恐怕她一辈子都追不上他表哥！

到了负一层，四人往总裁专属停车位走去，刚靠近，就听到前方传来了文若清的声音："南城哥，我住的酒店离公司也不远，你顺路送我一下呗。"

沈于归警惕起来，往前看去，就见文若清站在费南城的车子旁边，透过车窗跟坐在车里的男人说话。深更半夜，他们孤男寡女，关系还不清不楚的，到酒店后会不会顺势再干点什么？

男人的侧脸轮廓分明，双唇微微启动，正要说些什么……

沈于归顿时着急地上前一步，开口道："费先生，你不是答应了送我们几个去学校吗？"

费南城看到她，眸光变软。女孩此刻的样子就像是一只护食的小猫，伸出了利爪，对着文若清挥舞着。

文若清眼神一冷，透出厌恶之意，可不过转眼间，她就叹了口气，道："这么晚了，我是怕一个人打车不安全，最近国内不是出了好几个事故吗？你们好几个人，比较安全。"她是无偿来帮忙的，于情于理，费南城都应该照顾好她。

费南城的神色果然发生了变化。特助范繁的目光在费南城身上打量了一下，迟疑地说道："费总，要不我开公司的车送表少爷几个人，让司机送您和文小姐？"

文若清顿时笑了起来，道："这样也可以！"

沈于归瞪大了眼睛，哪里可以？她怎么会把独处的机会交给他们？她正要说话，就听到费南城开了口："这个建议不错。"

沈于归愤怒了，你这个臭男人，看到美女就迈不开腿了吗？

文若清笑得像是胜利者似的，可接着她就听费南城又开了口："文小姐在国内的这几天，范繁你就负责开公司的车接送她吧。"

大家的神色瞬间都变了。文若清的笑僵在了脸上，感觉像是被打了一巴掌！

就连范繁都莫名觉得一股冷意袭来，虽然费总看着心平气和，可为什么他感觉费总似乎有些不悦？

范繁咽了下口水，道："是。"

费南城又看向沈于归，不耐烦地开口道："还不上车？"

一直等车子开出了停车场，沈于归还在咧着嘴傻笑，目光直直地看着费南城。

他拿出笔记本电脑处理公司文件，坐姿笔直，即便是这样放松的时刻也绷着神经，可以看出来非常自律。电脑的光照在他的脸上，越发显得他五官轮廓分明。他依旧面无表情，深邃的眼眸看不出任何情绪。

沈于归摸不透他的想法，刚才他扫了文若清的面子，让他们几人上了车，是因为对她有了那么一点点意思，还是因为陈子凡是他表弟？她正在疑惑着，陈子凡开口打破了车内的安静："熊猫眼，你今天质疑文若清的防火墙修复不对，就不怕得罪人啊？"

费南城手指一顿，扭过头来。乌龟提醒他文若清技术不过关，他其实并不怎么相信，喊那群人回来也不过是因为他们的工作态度不对，但这女人也觉得文若清不行？他看向沈于归，声音低沉地问："为什么？"

什么为什么？沈于归反应了好一会儿才明白他的意思，眼神闪烁了几下。

不能暴露乌龟的身份……她软软地开口道："我是觉得费先生的公司是大企业，防火墙肯定也特别厉害，就连 Zero 攻进来都要好长时间，文小姐再厉害也不可能在几个小时内就找到系统漏洞吧？"说完，她就做出一副无辜的模样。

费南城盯着她，小骗子每次说谎的时候都是这么一副乖巧的模样，真以为这蹩脚的理由他会信？但他没有戳破她。

车内又恢复了安静。二十分钟后，到了花夏大学，陈子凡四人下了车跟费南城告别："表哥，明天见！"

沈家跟费宅在截然不同的方向，所以几人都没提让费南城送沈于归到家。关上车门，司机启动车子缓缓离开，费南城看向后视镜——陈子凡三个人进了学校大门，那个女孩却站在路边拦车。

费南城眯起眼睛，他突然想起这女人平时是住在家里的，而文若清说国内打车出了好几起事故。片刻后，他开口道："停车。"

已是九月末，夜里的风有点凉。沈于归跺着脚，搓着胳膊等车，却见刚才离开的宾利加长版轿车停在了她的面前。她微微一愣，就见车门打开，男人正用漆黑的眸子看着她："上车。"

车子稳稳地行驶在路上，加长版的宾利轿车，驾驶位是隔离开的，车里只有她和费南城两个人。他关上了笔记本电脑，正靠在座椅上闭目养神，他的睫毛很长，眼睛格外好看。

沈于归正在偷看，他忽然睁开眼睛，猝不及防的四目相对让她有些手足无措，急忙收回目光，直视前方，不敢再有任何多余的动作。

半晌，她听到费南城意有所指的声音："你觉得你们几个能找到系统漏洞吗？"

沈于归微微一愣，下意识地扭头，对上的是一双如浩瀚星空般深邃的双眸。她不知道这话到底是什么意思，但她还是如实回答道："技术总监并没有给我们源文件，只给了子程序，不可能找到的。"

"哦。"费南城淡淡地回答，一个字让人捉摸不透他的想法。

两个人没有再说话。或许是车内的温度太暖，又或许是今晚他主动送她回家，沈于归想到今天中午沈天浩说晚上会来家里，她脑子一热突然就开了口："费先生，你十五分钟后可以给我打个电话吗？"

"嘀——"她说话时，他们后面的一辆车子按了下喇叭，尖锐的鸣笛声盖住了她的话。

费南城疑惑地看向她："嗯？"

沈于归回过神来，她真是冲动了，这种事费南城怎么会同意？她急忙摆手，道："没什么。"

她拿起手机将张千千的备注改成了"费先生"，然后在微信上给张千千发了一条信息：十五分钟后给我打个电话。

张千千很快回复：好。

这种事根本用不着麻烦费先生。

十分钟后，车子停在沈家门口。沈于归下车，乖巧地跟他道别："费先生，明天见。"

费南城看了她两眼，略清冷地点了点头。等到车子缓缓地离开，沈于归这才推开了沈家大门。她刚进去，就看到沈天浩的车子果然在院子里停着。还没进客厅，沈于归就听到了白竹的声音："费先生不见得喜欢从心，中午时，他们是三个人一起吃饭，而且他明明看到从心脸上的巴掌印了，也没问。”

沈于归嗤笑了一下，白竹竟然还在这里狡辩，可真是不见棺材不落泪。她正要说些什么，于曼瑜忽然拔高了声音：“巴掌印？怎么回事，谁打从心了？”

沈天浩恼羞成怒地训斥道：“你大惊小怪什么？我就是一时生气。”

于曼瑜瞬间哽咽了，说：“你以前在家里动手，我说过你吗？可今天情况特殊啊，如果费先生也在的话，你让从心的面子往哪里放？幸亏费先生没有刨根问底，体贴从心，否则咱们全家的面子都没了。”

这话无形中化解了白竹刚才的刁难。沈于归脚步一顿，没想到向来懦弱的妈妈竟然也能帮她挡一挡唇枪舌剑，妈妈这是无意的还是故意的？

沈于归来不及多想，走到几人面前。首先映入眼帘的是放在茶几上的几个首饰盒，那些盒子全部打开，里面的首饰一个个闪闪发光，粗略估计也值个几千万了。白竹坐在旁边盯着那些珠宝首饰，表情是赤裸裸的贪婪。

见沈于归回家，沈天浩立马站起来，脸上挂着讨好的笑：“从心，你回来了，累不累？”

沈于归觉得他的样子很可笑，还没开口，他又说道：“从心，我们是一家人，总会有些磕磕碰碰，你是个好孩子，不会计较的，对吧？曼瑜，你说呢？”沈天浩殷切地看着她，希望这件事到此为止。然后，他看向于曼瑜，想要让于曼瑜开口帮忙说话。

沈于归忍不住想笑。白竹犯了错，他在这里想尽办法维护，对姐姐和妈妈却动辄打骂。她攥紧了拳头，如果不是早有准备，恐怕今天这件事就会这么过去了。

她在心里默默地数了一下，应该有五分钟了吧？念头刚出，她的手机就突兀地响了起来。沈于归急忙将手机拿出来，刻意将屏幕对准了沈天浩，让他看清楚了上面备注的名字：费先生。

然后她当着众人的面接听，在对方开口之前，她就说了一串的话：“亲爱的，什么，你想我了吗？你太坏了，我们不是刚分开吗。你还没到家？

我就说不用送我回来的，你非要跟我多待一会儿。今天中午的事你看到了？你听我解释，我爸爸只是一时气愤，他是被人挑唆的，你别生气，爸爸不会让我受委屈的。到家了记得给我发一条信息哦，好啦，我知道你的心里只有我……哎呀，这怎么好意思……好吧，我爱你……”

说到这里，她对着手机“吧唧”了一口，然后羞涩地继续道：“我真的挂了啊。”她自己都被自己肉麻到了，不过张千千倒是挺配合她的，一句话也没说。她刚想到这里，对面的人突然开口了，声音里带着点恼怒：“沈、从、心！”

沈于归猛地一惊，急忙拿起手机看向手机屏幕，上面写的是“费先生”没错啊，是她刚才给张千千改的名，可怎么……

她猛地想起费奶奶给了她费南城的电话号码，她存的备注也是费先生！

所以现在电话那头的人是他？

沈于归只觉得脑子一阵空白，嘴巴微微张着，已经说不出话来了。刚才她说了什么来着？

费南城还在车上，之前他其实听到了她说的话，那声疑惑的“嗯”也是在好奇她为什么提出这个要求，可她不说。女人真是麻烦！但他还是卡着时间给她打了一个电话，想看看她葫芦里卖的什么药。

没想到这丑女人竟然叽里咕噜说了那么一大通露骨的话，让他觉得脸颊上烧得慌，还有最后那声“吧唧”，是在飞吻吗？他耳根都红了，觉得她简直是莫名其妙！他气呼呼地喊出她的名字，正等着她给他一个合理解释的时候，手机里却传来了“嘟嘟嘟”的声音。

费南城惊呆了。

沈于归也是真的愣住了，她怎么也没想到给自己打电话的人竟然是费南城！现在怎么办？当着沈天浩的面，她肯定不能解释什么，唯一能做的就是挂断电话！挂了电话后，她才看到微信上张千千发来的好几条信息：从心，电话通话中，怎么回事？

沈于归将手机调成静音，扔进了口袋里，脸颊上火辣辣地烧了起来。现在挂了电话，明天可怎么办？不管了，先搞定面前的人！她抬起头看向沈天浩。

她自己不知道，沈天浩却看得很清楚：女孩虽然丑，但那张脸颊绯红一片，害羞的样子不是假装的。

沈于归期期艾艾地问：“爸爸，您刚才说什么？”

沈天浩的脸色由青变白，费先生都插手了，他哪里还敢说什么？心下一狠，他径直来到了白竹面前，猛地伸出了手。

啪，啪！他狠狠地抽了白竹两巴掌，嘴里还训斥道：“我让你在背后做长舌妇！害我一时被你迷惑，误会了从心！这两巴掌就是让你长长教训，你记住了吗？”

沈天浩用足了力气，打得白竹嘴角都流了血。白竹白皙的脸庞以肉眼可见的速度红肿起来，人已经被打蒙了。

看到沈天浩的眼神后，白竹这才回过神来，压下心头怒火，眼眶通红地看向沈于归，说道：“从心，我知道错了，这样你可泄愤了？”

嗬，两巴掌就能平复这些年来姐姐和妈妈的委屈吗？沈于归垂下头，道：“够了，爸爸。”这只是个开始而已！

沈天浩笑着打圆场：“我就知道我女儿心胸宽广，既然这样，那这件事就算了。曼瑜，你点一点这些首饰，看对不对得上，别不小心落下了什么。”

于曼瑜没看桌上的东西，一双眼睛深情地盯着沈天浩，生怕他会生气似的开口道：“就算落下一两件也不要紧。”

白竹气得攥住了拳头。于曼瑜连清单都给他们了，沈天浩怕安抚不了沈从心，所以对着清单将过去的那些首饰全部找了出来，就算是真的找不到的，他也买了同样价格的补上了。现在于曼瑜说这种话，还有什么用？她只觉得气闷而且脸疼，不知道是不是刚才沈天浩打人用的力气太大，她隐约间觉得头疼。

沈天浩却根本没看她，反而讨好地看向沈于归，道：“从心，还有四天就是你的生日了，今年是你二十二岁生日，我想给你办一场生日宴会，费先生这么喜欢你，肯定会来的吧？”

二十二岁生日？沈于归有些恍惚，是啊，她马上就要满二十二周岁了，可其实无论是姐姐还是自己，都从未收到过沈天浩的生日祝福。他突然为自己举办生日宴，沈于归当然不会认为他是良心发现，弥补父女之情，他让她邀请费先生，是为了向外界的人宣布她跟费南城关系不一般吧？

可费南城会参加她的生日宴吗？沈于归垂下头，道：“我会告诉费先生的。”

沈天浩和白竹离开了，客厅里安静下来。于曼瑜煮了一个鸡蛋包起来，往沈于归脸上还未消散的淤肿敷去，疼得沈于归“嘶”地倒吸一口气。大颗大颗的泪珠顺着于曼瑜的脸颊滚落下来，她道：“于归，是妈妈无能，让你受委屈了。”

沈于归眼眶一热，心底涌上一股暖流。无论怎么样，有妈妈这句话，今天这一巴掌她就没白挨，她握住了于曼瑜的手，道：“妈，我没事。”

于曼瑜瘦弱的身躯细微地颤抖着，她摸了摸沈于归的头发，语气坚定：“于归，再忍忍就过去了。”

过去什么？沈于归有一种怪异的感觉，总觉得似乎有什么大事要发生。

这一晚她没怎么睡好，一来是妈妈的话让她总有一种不好的预感，二来想到电话里跟费南城说的那些话，她就想找个壳子缩起来。

然而第二天她还是乖乖地去费氏集团报到，但从没有哪天像今天这样心虚。她左右看了看，没见到费南城，然后以最快的速度冲到了员工电梯那里。

费南城身为大老板，总不会这个点来上班吧？而且她来公司以后，多少次想要制造跟他偶遇的机会都失败了，今天不会这么倒霉吧？沈于归刚想到这里，就听到大堂处传来恭敬的声音：“费总。”

沈于归扭头就看到费南城在保镖和助理的簇拥下大步往电梯这边走过来。他每走一步，沈于归就感觉周围的温度降了几分。

昨晚，费南城满脑子都是女孩那一声“吧唧”，还有在篮球场上那个意外的吻，导致他一晚上没怎么睡着。他黑着脸往前看了一眼，似乎瞥见一道熟悉的身影。

费南城定神去看，却什么都没有，难道自己不仅出现幻听，还出现幻影了？一时间，费南城的脸色更阴沉了。

沈于归窜到了旁边的安全楼梯，一口气爬了十八层，到办公室的时候，整个人气喘吁吁。陈子凡几人早到了，疑惑地看着她。

她正要说话，技术部忽然传来了整齐划一的声音：“费总早！”

沈于归诧异地瞪大眼睛，他不好好去顶楼，来十八层干什么，难道是来找她算账的？

敲门声像是敲打在她的心脏上，让她的心跳都停了两拍，然后门被推开，那熟悉高大的身影走了进来。他进门后，那双黝黑的眸子就锁定了她，无形的压迫感袭来，吓得她不敢抬头。

就在沈于归感觉自己快要被他的目光灼穿时，陈子凡适时开口：“哥，您怎么来了？”

沈于归偷偷抬头，只见男人的目光依旧停留在自己身上，吓得她急忙又低下了头，他这样子不说话，就像是钝刀子切肉，太磨人了！还不如给她一个痛快呢！她抬起头来正要说话，男人忽然开口道：“李总监。”

“是。”李磊低着头，唯唯诺诺地跟在费南城身后。

“将防火墙核心软件交给陈子凡。”

“啊？”李磊一惊，“可他们……”

费南城的目光淡淡地扫过来。

李磊被吓得直接道：“是。”

陈子凡兴奋得脸都红了，说：“哥，你这么信任我，我一定会努力的！”

沈于归听到这里，整个人终于放松下来，费先生不是来找她算账的。她躲在角落里，努力将存在感降到最低，然后就听到费南城一语双关的话：“你都这么大了，有些事藏在心里就好了，说得那么露骨，太轻浮了！”

陈子凡陷入疑惑，他的话哪里露骨了？

沈于归一时语塞，露骨？他不会把她昨晚的话当真了吧？所以拐着弯骂她轻浮？

瞅见女孩那一副羞愧到不行的模样，费南城觉得心里的恼火少了几分，他冷哼一声，转身离开。

费南城走后，李磊将核心软件拷贝过来，“啪”的一声将U盘放在桌子上，不客气地冷笑道：“表少爷，公司里的防火墙修复就靠您和沈同学了啊！”

接下来，外面的人就跟他们四个杠上了，在陈子凡向他们请教时，他们各种推脱，嘴里喊着“忙”“加班”，可其实都在看剧、打游戏，文若清则和他们打成一片，孤立了四人。

陈子凡见他们这样，化悲愤为力量，潜心研究。

就这样，三天时间转瞬而过。

沈于归知道今天有一场硬仗要打，早早地到了公司，可没想到有人比她到得更早。

文若清一整夜没睡，黑眼圈很浓，李磊正在跟她说话：“文小姐，太辛苦你了！”

文若清道：“我既然答应帮助南城哥，那么肯定要负责到底，我从凌晨盯到现在，一切安好，我们的防火墙确实没有什么问题了。”

李磊感叹道：“文小姐亲自修复的防火墙怎么可能会有问题！”

他说完这句话，不屑地看了沈于归一眼，道：“也就是一些门外汉会质疑你的能力，亏得文小姐度量大，不跟她计较。”

文若清笑了起来，道：“他们还是大学生呢，你也别跟他们一般见识。”

沈于归跟没听到似的从两个人身边走过，来到了办公室。她在公司里不能干活，这三天都是晚上在家工作，防火墙的漏洞早已被她找到，只等 Zero 攻破的那一刻。但昨晚她整夜没睡，太困了，于是趴在桌子上睡着了。

上午十点，费南城从会议室走出来，淡淡地问：“技术部那边怎么样？”

范繁回答：“目前一切安好。”

费南城点了点头，站在电梯前犹豫了一下。

范繁适时提议：“费总，距离下一个会议还有些时间，要不要去十八楼看看？”

费南城面无表情地道：“一件小事也值得你这么大惊小怪。”说到底，技术部门并不是费氏集团的命脉。

范繁觉得自己多嘴了，正要认错，就又听到费南城道：“不过你既然提起来，那就去看看。”

两个人来到十八楼，进入技术部时，懒散的员工们马上做出一副忙碌的模样。李磊恭敬地迎出来，道：“费总，您怎么来了？”

费南城边往里走边问："发现其余漏洞了吗？"

李磊道："这三天里，我们加班加点，文小姐也通宵了好几晚，并没有发现其余漏洞！您放心，防火墙不会有问题的！"

听到没发现其余漏洞，费南城皱起眉头。乌龟和丑女人都那么说，让他有一种不好的预感，可技术部员工的能力在这里摆着，他也不能苛求。

想到这里，他往前走了两步，来到陈子凡的办公室。这个办公室是用玻璃隔开的单间，里面的人在做什么，外面看得清清楚楚。

费南城还没进门，视线就定格在趴在那里睡得正香的女人身上。她似乎梦到了什么，小嘴还动了动，然后扭了个头继续睡。费南城的脸色瞬间阴沉。

李磊跟在他身后，见此情景直接说道："费总，这三天里，文小姐就没回过酒店，吃住都在公司，但这位沈同学，早上来了就睡，下班就走，完全不把公司的问题放在心上，简直太过分了！"

听到这话，费南城看向已经走过来的文若清。她的脸色的确很憔悴，看来这几天没有好好休息。他开口道："辛苦了。"

文若清急忙摆手，道："南城哥，费氏是你的心血，我肯定要保证万无一失，你放心，今晚我会守到凌晨的。"

费南城点了点头，再次看向沈于归。

看见费南城走进办公室，陈子凡站起来道："表哥！"

费南城冷冷地扫过女孩，询问道："她一直在睡？"

陈子凡挠了挠头，道："表哥，熊猫眼的专业课在学校里都是倒数第一，让她看这些代码，估计跟看天书似的。"

费南城听完这话，脸色更冷。陈子凡的技术有几斤几两，他心里是有数的，让他们来，本来就是想让他学习。那天他将核心软件交给他们，其实是交给了她，不知道为什么，他总觉得丑八怪会给他惊喜，可她竟然这么敷衍？而且他们聊天的声音并未刻意压低，她却还没醒，这是睡得多沉啊，她根本就没打算帮他吧？

费南城心里忽然蹿上一股怒意和说不上来的失望，转身离开了十八楼。范繁紧跟在他身后，不明白总裁怎么突然就生气了，而且看他铁青的脸色，似乎还气得不轻？

沈于归是被陈子凡推醒的。她茫然地抬起头来，动了动酸涩的脖子，就听到陈子凡的训斥声："熊猫眼，虽说你帮不上什么忙，但你要睡就在家里睡！跑到公司睡，这不是来拉仇恨的吗？"

"表哥的公司遇到了困难，你看看人家文若清，三天都没回去了，你呢？你就算看不懂防火墙，好歹也表现得更在意、更紧张一点啊！就你这副样子，表哥刚才都看生气了！"

沈于归疑惑地问："他生什么气啊？"

陈子凡动了动嘴角，对啊，表哥为什么会生气啊，总不会是看上熊猫眼了吧？他摇了摇头，怎么可能？他还想说什么，却见她又趴下睡着了。

顶楼办公室里，费南城有点心不在焉，眼看着马上就要下班了，他看向范繁，带着点期盼地问道："子凡那边有没有新的动静？"

范繁摇头道："没有啊，表少爷一直在认真地学习。"

"其余人呢？"

范繁一愣，其余人指的是？他小心翼翼地汇报："文小姐一直盯着防火墙，沈小姐一直在睡。"

费南城的太阳穴突突直跳，脸上阴云密布，到底是他高看了她，还是她不想帮忙？他扔下手中的钢笔，站起来道："去十八楼。"

沈于归终于睡够了，坐直身体伸了个懒腰，就听到陈子凡阴阳怪气地开口道："你昨晚做贼去了？居然一觉睡到现在。"

沈于归没理他，站起来活动四肢，趴在桌子上睡觉可真是难受！她摸了摸自己的肚子，肚子发出"咕咕"的声音，于是她拿起了手机。

张千千问她："从心，你在干什么？"

"点外卖啊！"

陈子凡忍不住拔高声音："都什么时候了你还吃吃吃！你知不知道我们已经被外面的人堵住了！过了今晚，你和我都要给他们道歉！"

沈于归放下手机，不在意地说道："那就道歉呗。"

Zero上次攻破的漏洞没有被堵上，这次攻破是必然的！她要是Zero，肯定会选择在下班时间下手——大家等了一整天也没事，这时候正是松懈又不耐烦的时候。所以，战争即将到来！一种刺激兴奋的感觉在沈于归全身游荡着，好不容易遇到个对手，这滋味真酸爽！她完全忽视了外面那些员工像是要将她生吞活剥的眼神。

费南城亲自来到了十八层，随便找了个位置坐下，徐徐开口道：“我会在这里陪你们到最后一刻。”

众人听到这话，终于平复下来，不再躁动。费南城的目光却始终盯着陈子凡所在的办公室，那四个人聚在一起，也不知道在说些什么。

一个小时后，沈于归挂了电话，偷偷往外看，就瞧见费南城坐在那儿，脸色很不好，周身释放着低气压，也不知道谁惹他生气了，好吓人。她悄悄地打开门，顺着墙角往门口溜过去。

费南城眼睛一亮，不自觉地绷紧身体，目光死死地跟随着她，这女人终于要动手了吗？却见她一路小跑到门口，过了一会儿拎了一份外卖走回来，无声无息地溜进了办公室，然后狼吞虎咽地吃了起来。

费南城站起来，大步来到办公室，一把推开房门。沈于归正吃着，乍然听到声音便抬起头来，就见男人用阴沉沉的目光锁定了她，吓得她一口米粉卡在嘴里。沈于归将嘴里的东西咽下去，然后讨好地问：“费先生，您也想吃？”

费南城没说话，他从来没有这么愤怒过，恨不得冲上去掐死她！他失望地转身就走，可就在这时，网络警报声响了。

他脚步一顿，猛地回头，这女人这次总该有动作了吧？谁知她只是加快了吃饭的速度。他脸色铁青，离开了办公室。

等他走远了，沈于归这才抬起头来，眼睛发亮，嘴角勾起，还是不急。

费南城走到文若清面前，见她已经坐在了电脑前，李磊在旁边惊慌失措地问：“文小姐，怎么回事？”

文若清的手指飞快地在电脑上敲打着，余光却瞥见了费南城高大的身影。她压下心头的慌乱，故作沉稳地说道：“没事，Zero开始攻击了！但是我们的防火墙已经拦截下来，放心，不会出事的！”

员工们已经各就各位，此刻正严阵以待，整个技术部充满了紧张的气息。

五分钟后，有人着急地喊起来：“文小姐，我负责的板块被击破了！”

文若清听到这话，身体晃了晃。怎么可能？她刚给费南城夸下海口，防火墙就被攻破了？她急忙站起来冲到了那个人面前，看向他的电脑。

“文小姐，我这里也出现了问题！”

“文小姐……”

这不可能，她明明解决了防火墙的问题，怎么会是这种情况？脑海中忽然闪过那天沈于归说的话，她急忙看向源程序。一页页代码在眼前划过，她却慌乱得根本就看不进去！她觉得自己整个人要崩溃了，那尖锐刺耳的警报声就像是打在她脸上的巴掌声，让她羞愤得抬不起头来！

从警报声响起，陈子凡就一直注意着外面，他焦急地来回走动，回头看到沈于归竟然还在吃米粉，顿时气不打一处来，道：“熊猫眼，你怎么就这么没眼色，都什么时候了还在吃！”

沈于归将最后一根米粉吃完，优雅地擦了擦嘴角，扔下餐巾纸，站起来往外走。

陈子凡道：“你去哪儿？”

“吃饱了，当然是去厕所了！”

陈子凡一时语塞。

沈于归到了卫生间，找了一个隔间进去，反锁上门，从随身的包里掏出一个小巧的笔记本电脑放在马桶上，然后她伸出手活动了一下手指，接下来就是她的表演时间了！

陈子凡很着急，他自诩计算机天才，技术水平在花夏大学里数一数二，可此刻他才明白自己就是一只井底之蛙！这时他的手机响了起来，接听后，对面传来了一道清冽的声音：“我是乌龟。”

陈子凡一愣，旋即他的眼神里迸射出激动的光芒！

“想要帮你哥就按我说的做。”

“断网！”费南城垂下眸子，费氏集团断网几分钟的损失看似不小，但他早就做好了准备和安排，切断网络的那一刻，他将会启动备用计划。但他不会将这些告诉这些人，他要让他们知道，是他们的疏忽和无能导致了公司的网络大变动。

李磊红了眼圈，驼着背走向网络总控制室，短短几分钟的时间像是老了十岁。技术部的程序员都后悔了，如果他们不是太过相信文若清，如果他们在这三天时间里愿意认真工作……现在他们只能眼睁睁地看着公司网络瘫痪，却无能为力。

“等一下！”落针可闻的房间里，陈子凡的声音显得非常突兀。

费南城听到这话，眼里闪过一抹惊喜。他猛地扭头，就看到陈子凡冲进总机房，来到文若清之前所在的电脑前——这个电脑控制着公司的网络命脉！

他正要做什么，周围就有人冲了过去质问道：“你要干什么？”

陈子凡道：“阻挡 Zero！”

费南城的眼睛越来越亮，开口道：“让他试试！”

陈子凡坐在主机前，趁着众人不注意，打开了远程控制系统，然后悄悄地对着耳朵上的蓝牙耳机道：“好了。”

下一刻，他没动，电脑却飞速运转起来。

陈子凡这小小的动作瞒过了其他人，却瞒不过始终盯着他的费南城！费南城刚才还紧张沉闷的心情一扫而空。她没让他失望！

陈子凡将手指放在键盘上，假装敲敲打打，紧张地小声问：“怎么样？”

耳机里传来慵懒的嗓音：“急什么？”

陈子凡能不着急吗？他发现乌龟并没有阻止 Zero，反而往总机里装了一个自己的小程序。他额头上的冷汗都流下来了——乌龟到底是敌是友？他这样做，是不是给表哥惹了大祸？

李磊守在自己的电脑前监控着情况，惊呼道：“费总，表少爷根本就没有阻止 Zero，完蛋了，Zero 攻进来了！”

“嘀嘀嘀”的网络警报声越发急促尖锐，让气氛变得更加紧张！

李磊看起来马上就要哭了，说：“费总，现在切断网络还来得及！”

陈子凡连手指都在哆嗦：“哥，要不切断网络吧？”

可费南城依旧沉稳，缓缓地开口道：“再等一下。”

等什么，等 Zero 去盗取机密吗？李磊捂住了自己的眼睛，不忍再看。可就在这时，警报声戛然而止！众人诧异地看向电脑，防火墙虽然被攻破，但 Zero 并未盗取文件，反而退走了。这怎么可能？

李磊看向电脑，半晌后，他明白了什么，猛地站起来，不可置信地说：“这怎么可能，反追踪？”

想要反追踪 Zero 的地址，就必须在他攻破防火墙之后放松警惕的那一刻，急什么急？沈于归躲在卫生间里想。

在激烈的对抗之后，她动了动酸涩的手指，随意在回车键上敲了一下。

卫生间里的光线比较暗，却掩盖不住女孩自信的眼神。她已经控制了 Zero 的电脑，并送了他一份小礼物，希望他能够喜欢。

某处阴暗的房间里，Zero 的电脑忽然失去了控制，屏幕上出现了两坨大便，还冒着热气，而在左上角，有一只乌龟傲然地仰着头，似乎正在俯视他！

陈子凡被这个反追踪惊艳到了，急忙问乌龟："查到了吗？"

蓝牙耳机里，少年的声音很狂妄："追踪到了他的 ID，可惜是虚拟的，无法定位。不过看到我的礼物，他应该不敢再来了。"

陈子凡又问："那我们的防火墙……"

"放心，给我几分钟。"

话音落下，电脑就闪过一排排代码，看得陈子凡眼花缭乱。

十分钟后。

"搞定。"

陈子凡还没回过神来，就听到李磊的惊叹声："表少爷，你太厉害了！竟然把我们的加密系统升级到了 256 位，这可是最高水平！"

陈子凡想要解释，少年的声音在耳畔响起："帮我保密。"

"为什么？"他帮了他们这么大的忙，于情于理，表哥都应该好好感谢他。

"乖，听话。"乌龟没解释。

陈子凡的脸猛然红了，对面明明是个男生，可他怎么从这句话里听出了几分魅惑的味道？

整个技术部响起一片欢呼声。陈子凡摸了摸自己发烫的脸颊，就见李磊走了过来。

李磊深深地鞠躬："表少爷，之前是我太自大了，我给您道歉！"他又看向费南城，悔恨地道："费总，这次的事情，我差点酿成大祸，技术总监这个职位已经不再适合我，请您另寻他人！"

费南城看着李磊，点了点头，人总要为自己的错误付出代价。他又看向其他员工，冷声道："技术部所有人扣除年终奖，这是对你们的惩罚！"

众员工全部羞愧地低着头，对此没二话。

费南城最后看向文若清。

文若清低下了骄傲的头，道："南城哥，对不起，我差点酿成了大祸！"

费南城的目光沉了几分，而后淡淡地开口道："没关系。"

文若清松了口气，她是无偿帮忙，费南城欠了她很大的人情，不会因为她没有做好就迁怒于她。可接着，她就听到费南城对范繁交代道："你从财务部支取一张二十万的支票给文小姐，算这些天她的辛苦费。"

文若清的脸色僵住了，他这是打算跟她划清界限？她感觉脸颊上火辣辣的，还想说什么，却见费南城阴沉的神色忽然消失，勾起嘴角，往旁边走去。

沈于归收了电脑走出来，刚进入技术部就看到穿着一身黑色西装的费南城鹤立鸡群地站在那儿。站在他旁边的是陈子凡三人。

她还没走过去，就听到了张千千兴奋的叫声："从心，快来，费总请我们四个吃消夜！"

沈于归的眼睛瞬间亮了，睡了一天，她就吃了一碗米粉，早就饿了！她兴奋地问："吃什么？"

张千千道："很贵的那个自助西餐！"

沈于归的小脸垮下来，道："啊？西餐啊。"从小就吃着西餐长大的，她早就腻了！

陈子凡生怕费南城会生气，急忙训斥道："有的吃就不错了，你还有脸在这里挑三拣四？"

他话刚说完，就听到费南城低沉的声音中透着愉悦："那你喜欢吃什么？"

陈子凡诧异地看向费南城，这个世界是不是变了？熊猫眼睡了三天，怎么表哥对她的态度反而这么好了？

沈于归也没想到男人会耐心地询问她的意见，既然有得选，她仰头笑了起来，道："火锅！"

她的笑单纯又满足，明媚又简单，人却低调而神秘。陈子凡在解决问题时，电脑明显是被人操控的，偏偏她那段时间去了卫生间。费南城不着痕迹地收回自己的目光，他确定是她帮助了他，这个专业课倒数第一的女孩实际上是个电脑高手。

小乌说得对，泱泱华夏总会有那么几个术业有专攻的人，而沈于归就是其中一个。不知道她跟乌龟比起来，谁更厉害？他转身往外走："有一家火锅店不错，我带你们去。"

能让费南城说不错的火锅店肯定特别好吃，沈于归兴奋地跟着往外走，身后却传来了一道声音："等一下！"

几人顿下脚步。

文若清走到了他们面前，道："南城哥，我这次没帮上忙，真的很愧疚，今晚这顿消夜就由我来请吧！"

沈于归愣住了，人家都没带你去吃饭，你请什么客？

费南城面色微冷，正要拒绝，就听她说道："导师给我打了电话，让我明天回去，今晚也算是饯行吧。我还想请陈子凡吃饭。陈子凡，没想到你这么厉害，我可以把你引荐给我的导师。你今年大四了，有没有考虑毕业后去留学？"

陈子凡有些犹豫，这次的事件让他意识到自己能力的不足，如果可以继续学习，倒也是件好事。他看向费南城。

费南城沉默了一瞬，答应了，说："我请客，走吧。"

半个小时后，车子停在一家私房火锅店门口。

这家店外面看着不起眼，进去以后才发现另有乾坤。服务员带着他们往包间走，费南城的手机突然响了起来。那应该是个很重要的电话，他略微侧身让几人先去，说他随后就来。

几人进了包间，文若清故意给自己旁边留了一个位置，想要费南城进来后坐在那里。沈于归看穿了她这点小心思，勾了勾唇，一屁股坐在了她旁边。

文若清着急地道："这里……"

沈于归似是不懂，眨了眨漂亮的大眼睛，歪着头无辜地问："文小姐，怎么了，这里不能坐吗？"

文若清被她堵住了话头，气得脸色都青了。这女人怎么就这么阴魂不散？她的眼里闪过一抹阴沉。

过了一会儿，费南城和因为去停车而晚到一步的范繁走进来。范繁眼尖地发现包间里的七个位置中，只有陈子凡和沈于归中间空了两个。

范繁看了一眼费南城，默默地走到沈于归旁边，小心翼翼地拉开椅子打算坐下，却发现费总的眼神凉飕飕地射过来，以至于他的身体像是就要被灼穿一般。求生欲很强的他立马站直了身体，道："费总，请坐。"

费南城脸色转缓，大步走过来坐下。

服务员问："你好，请问选择麻辣锅还是清汤锅？"

众人看向费南城，有他在，没人敢点菜。费南城却扭头看向身边的女孩，询问道："能吃辣吗？"

众人惊呆了。

沈于归根本不知道自己被照顾了，她的心思早就落在了菜单上。没有人能理解华夏美食对她的诱惑！

她直接开口道："能！"火锅当然要越辣越好！

范繁一愣，下意识地开口道："费总他不……"

费南城直接对服务员交代："麻辣锅。"

"好。"

直到服务员走了，范繁都没回过神来。他家老板常年胃不好，不能吃刺激性食物，哪怕上个鸳鸯锅也好啊！

文若清的脸色也很难看，她最近水土不服，上火严重，根本不可以吃辣，可南城哥竟然连问她的意思都没有。她紧紧地攥住了拳头。

选了锅底，大家又点了菜，不一会儿的工夫菜就上齐了。

沈于归眼巴巴地看着锅里的大闸蟹，待水翻滚起来之后，她快速夹起来一个，刚要放到自己碗里，就看到大家都诧异地看着她。

沈于归这才意识到费先生是主人，他还没动手，她怎么可以先吃？于是那蟹腿在半空中转了个弯，落在了费南城的盘子里："费先生，鲜美肥嫩的蟹腿，你先吃！"

她笑得一脸狗腿，让费南城看着竟觉得就连那个胎记都有些可爱。他垂头看着碗里裹了一层辣椒油的蟹腿，还没吃，胃就隐隐作痛起来。他正犹豫着要怎么办，文若清忽然开口："南城哥不能吃辣。"

沈于归瞪大眼睛看向费南城，心里有些莫名的不舒服，文若清这么了解他？可他不喜欢吃辣，为什么要点辣锅？她干脆将蟹腿夹到自己碗里，眨了眨眼，忽然问："费先生，文小姐是您女朋友吗？"

"噗！"陈子凡正在喝果汁，听到这话瞬间喷了出来。

从小生活在那样的家庭里，女人之间的尔虞我诈他当然明白，刚才文若清的话的确容易引起误会，可熊猫眼你这么直接真的好吗？

文若清怎么也没有想到沈于归竟然问了这么一个问题，她全身绷紧，急忙岔开话题："沈小姐，你不要这么问。蟹肉煮好了，如果再不吃就老了。"

沈于归眼神闪烁了几下，按照费南城的性格，应该不会回答她的问题，让文若清紧张一下也就好了，而且蟹肉真的煮老了！她急忙又夹了两块放在自己的盘子里，埋头吃了起来。

费南城望着她，有些疑惑，想到她或许误会了什么，他垂下眼睑，用低沉的声音缓缓地开口道："不是。"

包间里安静了一瞬，谁也没想到费南城竟然会回答。

文若清诧异地看着费南城，只觉得脸颊上火辣辣的，他的回答像是狠狠地给了她两巴掌。

沈于归也愣住了，诧异地抬头看向费南城，他那双眼睛深邃如浩瀚星空，带着致命的吸引力。她的心脏停跳了两拍，然后她迅速低头又吃了一口蟹肉，谁知吃得太急，不小心呛到了，她想也不想就伸出右手从桌子上拿起果汁，大口喝下去，一杯果汁见了底，她整个人才舒服了一些。

"吃慢点。"平时话很少的男人今天像是变了一个人，不仅说了这句话，还将那一大盘没煮的螃蟹推到了她面前，"没人跟你抢。"

带着磁性的低沉声音这么温柔地说着话，就像是有人拿着一根羽毛在沈于归的心脏上轻轻划过，一种酥麻的感觉袭遍全身。她不敢抬头，就这么吃了起来，觉得有点辣，于是用左手端起果汁喝了一口，再低头继续吃。

吃着吃着，她忽然觉得不对劲，她的果汁一直放在左边，那么刚才呛到的时候，她喝的是……她猛地抬起头来看向自己的右手边，一个空空的果汁杯放在那里，费南城也正看着她。

沈于归的脸瞬间涨得通红，所以她刚才喝了费南城的果汁？她还清楚地记得费南城刚才坐下的时候喝了一口，他们这算不算是间接接吻？

她又想到了篮球场上的那个吻，脸上像是要烧起来似的。沈于归努力将注意力放在蟹腿上，可她感觉到他还在盯着她。不就喝了他的果汁吗，用得着这么不依不饶地看着她吗？小气！她实在是受不住那个眼神了，脑子一热就将自己的果汁杯递给他，说："费先生，要不我分你一半？"

陈子凡和范繁惊讶得眼球都要掉下来了，文若清更是诧异地看过去。费南城有轻微的洁癖，跟别人吃饭时，基本都是用公筷布菜，他怎么会喝别人喝过的饮料？

费南城盯着女孩的果汁杯，漆黑的眸子里闪过复杂的情绪。当着这么多人的面，如果他拒绝的话，会不会伤了她？他鬼使神差地接过她的果汁杯，往自己杯子里倒了一半，然后将另一半还给她，说："谢谢。"

低沉的声音让沈于归的心跳又加速了一点，她故作镇定地接过杯子，一本正经地道："不谢。"

诡异的气氛让整个包间安静下来，沈于归为了掩饰尴尬，低头吃了起来。

费南城则收回了自己的目光，有一点不自在。他端起杯子喝了一口果汁，盯着那玻璃杯的眸光渐渐地深了起来，没人注意到他的耳根处染上了一抹可疑的红。

中途，不能吃辣的文若清找了个借口，率先离开了。

从私房火锅店出来时，已经是晚上十点半，范繁开车先送陈子凡三人去学校，再送沈于归回家。一回生，二回熟，只剩下两个人时也没有那么尴尬了。车内很安静，费南城想要找个话题说点什么，扭头却见女孩靠在座位上不知道什么时候睡着了。

车内没开灯，费南城借助窗外透进来的月光打量着她。女孩的脸很小，胎记以外的皮肤白皙到反光，她的五官其实很好看、很精致，那双灵动的双眸此刻紧紧地闭着，看样子有些疲惫。

李磊今天告状时说她连续三天进公司就睡，下班就走，所以为了在不暴露自己实力的前提下帮到他，她是连续三天通宵了吧？想到这里，费南城冷硬的表情柔和下来，压低了声音，忽然开口道："谢谢。"

他的声音很轻，还未入耳，已消散在空中。

沈于归醒来时发现车子已经停在沈家门口，也不知道停了多久，她急忙推开车门，边下车边道歉："费先生，对不起，我不小心睡着了。"

费南城看着她下了车往沈家门口走，刚走了两步，她像是想到了什么，又冲了回来，站在车外眼巴巴地看着他，说："对了费先生，有件事……"

费南城打开车窗，定定地看着她，看到她犹豫的样子，便主动问道："怎么了？"

沈于归纠结了一下，还是开了口："明天是我生日，我爸爸给我举办了一场宴会，您能来吗？"

说完她就后悔了，他怎么可能会来？他来了就相当于对外宣布他们两个的确有着说不清道不明的关系。沈天浩想要利用这场生日宴获得一些好处，这件事费南城肯定比她更懂，他明确说过不会跟她订婚的，又怎么可能愿意被沈家利用？

范繁诧异地开口："明晚六点？沈小姐您怎么不早说，费总有个很重要的……"

沈于归急忙摆手道："我知道费先生很忙，如果有事的话就算了。"

这时，费南城语气淡淡地开口："可以。"

范繁道："费总，您跟李行长约了一起吃饭。"

费南城抿了抿嘴唇，凉飕飕地问："是吗？"

那肯定是啊，他什么时候记错过行程安排？可他还是拍了拍自己的脑袋："啊，或许是我记错了时间。"见费南城没有骂他，他顿时擦了擦额头上的冷汗，幸亏自己够机智。

沈于归瞪大了眼睛，怎么也没想到他竟然答应了。她还有点愣，就见费南城低头看了下手腕，然后问她："是今晚还是明晚？"

沈于归反应了好一会儿才明白过来，她拿出手机看了一下，竟然已经零点一分了。她笑了起来，道："是今晚。费先生，这么晚了，你们快回家吧！"

她说完后退一步，转身回家。就在这时，身后传来男人的声音："喂。"

沈于归顿住脚步回过头来，就听见他徐徐开口道："生日快乐。"

他低沉的声音在夜色中多了几分魅惑，让沈于归觉得心口像是忽然被一种名叫"感动"的情绪填得满满的，又像是有什么东西在心里开了花。

这突如其来的情绪让她破天荒地红了眼眶，她笑着道：“谢谢。”

眼看着车子离开，沈于归这才进了家门。见楼上妈妈的卧室里还开着灯，她打算道一声“晚安”，推开门却见于曼瑜神色慌乱地收拾东西，时间太紧迫，有什么东西掉在了地上。

加长版宾利轿车稳稳地行驶在路上，范繁正开着车，忽然听到费南城的声音：“取消跟李行长的晚餐，约在后天中午。一切行程后延。”

“是。”

车内恢复了安静。

“范繁。”

“在，费总，怎么了？”

费南城迟疑了一下，道：“应该送什么给女孩子做生日礼物？”

范繁一时语塞，他哪里知道？他又没有女朋友！但身为特助，必须是全能的，他急忙开口道：“费总您别急，明天我会……”他灵机一动，将后面的“帮您准备好礼物”咽下去，改成了“陪您一起挑选一份令人满意的礼物”。

“嗯。”

沈家。

沈于归快走两步，捡起地上的东西，发现那是一个小小的芯片。她疑惑地看向于曼瑜，就见于曼瑜笑得很勉强地开口道：“于归，这是你姥爷的东西。”

沈于归虽然从未见过姥爷，但也听过他的传说。姥爷是个技术人员，一直从事科研工作，当年从国外一流大学学成归来，白手起家创立了于家的公司，也就是现在的沈氏企业。

沈于归将芯片递给于曼瑜。于曼瑜红着眼眶叹了口气，道：“这是你姥爷最后的研发成果，还未成功，他就去了。”

她将芯片放在一个盒子里，然后牵着沈于归的手走到储藏室。她在里面找了一会儿，抱着一坛酒走过来。她看向那坛酒的眼神里充满了回忆：“这是我出生时你姥爷做的女儿红，他是想要在我结婚那天喝的，可惜他不喜欢你爸爸，强烈反对我和你爸爸在一起。当时我们闹得不可开交，这个酒就一直没喝，你爸爸一直对此事心存芥蒂。于归，今天是你的生日，晚上的宴会上，我想跟你爸爸喝这坛酒，你说，你爸爸会回心转意吗？”

于曼瑜的脸上带着期盼，又带着一种轻松，让沈于归心底产生了一种浓烈的悲伤。她不想再说什么，垂下眼帘，到这种时刻了，妈妈怎么还对沈天浩抱有幻想？

这一晚沈于归睡得不好，做了很多梦，她感觉心里沉甸甸的，像是压了什么东西。

第二天是周末，学校没课，费氏集团的问题也已经解决，沈于归难得放松下来。

因为要在家里举办生日宴，沈天浩一大早就找了人过来布置，客厅里乱成一团。

于曼瑜亲手为沈于归制作了一个粉红色的大蛋糕，她十分温柔地笑道："生日就要有点仪式感，跟亲朋好友一起吃蛋糕会很高兴。"

跟朋友一起吃蛋糕……沈于归忽然想到了昨天晚上费南城的那句"生日快乐"。费南城是第一个对她说这话的人，那算不算是她的朋友？

沈于归拿起手机，打开与费南城的聊天界面，上面还停留在最后一次聊天信息：怎么样我也不会喜欢你。

她犹豫了一下，退出来，给费管家发了消息：叔，费先生喜欢吃什么样的生日蛋糕？

费管家很给力，回复得很快：先生不爱吃奶油，很少吃蛋糕之类的甜食。

沈于归转身进入了西式厨房，于曼瑜疑惑地问："于归，你干什么？"

"做个没有奶油、少放点糖的小蛋糕。"

被沈于归惦记着的费南城，此刻则破天荒地在范繁的陪伴下在商场为她挑选着生日礼物。

时间很快就到了晚上。

给客人的请帖上写的是六点，沈天浩五点半才过来，跟他一起来的还有白竹和沈芷兰。

进门以后，白竹笑着开口道：“从心生日是咱们家的大事，今晚可要好好办！”

沈芷兰也乖巧地开口道：“姐姐，祝你生日快乐。”

看着她们假惺惺的样子，沈于归眯起了眼睛，脸上闪过几分不悦。她软软地开口道：“爸爸，如果有人问起白姨是我什么人，我要怎么说？而且费先生也会来，看到这样的情况……”

沈天浩脸色变了变，说：“你白姨只是来送我的，她马上就走，不过芷兰留下吧，就说是你的同学，怎么样？”

沈于归见好就收，点了点头。

白竹脸色一黑，今晚来的人非富即贵，都是平时她根本巴结不上的人物，她还想在这群人面前露个脸呢。她拽住沈芷兰的衣服，压低了声音开口道：“今晚你一定要多认识几个青年才俊，要知道这样的机会可不多！”

沈芷兰虽然不情愿，但还是说：“我知道了，妈。”

宾客陆续而来，沈家门前的豪车数不胜数，来的人大部分是沈天浩生意上的伙伴，沈于归都不认识，所以她一直躲在楼上。

张千千和陈子凡来了以后给她发消息，她让他们上楼。进入房间看到沈于归以后，张千千被惊艳得瞬间瞪大了眼睛：“从心？你竟然这么美！”

陈子凡也看直了眼。沈于归今天化了妆，用粉底遮掩了用颜料画的胎记，露出了好看的五官，她穿着一件红色的小裙子，整个人看起来明艳又高贵。

为了遮掩自己的窘态，陈子凡将目光瞥向别处，看见桌子上的那个小蛋糕，他开口道：“熊猫眼，你怎么知道我饿了？我先来一块蛋糕垫垫肚子！”

沈于归听到这话，冲过去护住蛋糕，开口道：“这个不能吃！”

陈子凡道：“为什么？”

当然是因为这蛋糕是她为费南城准备的！她可是做了一整天才做出来这么一个芝士蛋糕！虽然足有八寸大，够几个人吃了，但她怎么可以给费先生吃别人剩下的。

“因为这蛋糕不符合你的气质！”沈于归一本正经地说完，就将蛋糕藏在身后。

为了防止陈子凡再打蛋糕的注意，沈于归干脆带着他们往外走：“我们还是下楼吧，身为主角，我不能总躲在上面啊！”

下了楼，沈于归带着陈子凡往糕点那边走去，远远地就看到沈芷兰正在跟几个人聊天。

有人说：“沈小姐，听说你姐姐长得特别丑，是吗？”

同样穿了一件红色裙子的沈芷兰装出一副无辜的样子，说：“不要这么说，姐姐会伤心的。”

听到这话，沈于归嘲讽地勾起一抹笑意，缓缓地走过去。

沈芷兰刚来的时候，沈于归就发现这人穿的是跟她同款的礼服，不过当时她刚做完蛋糕，还没化妆、换衣服。

沈于归当然明白沈芷兰的想法，哪怕是这样的场合，沈芷兰都想着压姐姐一头，告诉大家她沈芷兰比沈家大小姐更漂亮。可惜，这次沈芷兰要失望了。

沈芷兰的五官像白竹，其实比较普通，但因为平时爱打扮，乍看还可以，就是不够耐看。而沈于归和姐姐的长相很像于曼瑜，精致又好看。

“我儿子曾经跟你姐姐读同一所高中，他说你姐姐脸上有一块大大的胎记，很吓人的……”

“我以前在别的场合见过她，唯唯诺诺的，上不了台面，那胎记，啧……”

“都说费先生看上了她，要跟她订婚，我们都惊呆了。沈小姐，这是怎么回事啊？”

…………

那群人压低了声音偷偷议论着。

沈芷兰的眼睛里闪过几分兴奋，却故作叹息道：“听说是在娘胎里被挤到了，所以生下来就有个胎记，至于五官嘛，还是凑合的。”她摸了摸自己的脸，笑了笑。

下一刻，众人突然愣住了，全部看向沈芷兰身后，露出惊艳的神色。

有人忍不住问："这是谁啊？"

沈芷兰回头，就见一个女孩向她们走来。女孩的眼睛大大的，眼尾上挑，竟是一双罕见的凤眼，那张小脸细腻又精致，鼻梁挺直，小巧的嘴巴水润润的，整体看上去比最美的明星还要漂亮。

沈芷兰攥紧了拳头，面色有几分不悦，因为女孩穿了一件跟她一模一样的礼服！不用对比，她就明白两人站在一起时她有多么逊色！

沈芷兰没好气地问："你是谁家的啊？"

S市的名媛当中，没听说过有这么漂亮的啊！难不成是哪个刚出道的小明星？

沈芷兰这么想着，又打量了女孩几眼，确定自己没见过。天生的虚荣心让她忍不住开口道："去别人家做客最忌讳的就是撞衫，尤其是跟主人撞，这是最基本的礼貌，你应该懂吧？"

女孩笑了笑，然后歪了歪头，甜甜地开口道："沈芷兰，你不认识我了？"

沈芷兰脸色一僵，猛地瞪大了眼睛，不可置信地看向沈于归，嘴巴哆嗦着，结结巴巴地开口道："你、你是沈从心？"

怪不得她看着有些熟悉，可这怎么可能，这个女人怎么会是那个丑八怪？

围着沈芷兰说八卦的众人也都惊呆了，但她们不愧是各家的公主，变脸跟翻书似的，刚才还恭维着沈芷兰，这会儿就立马转了向："这就是沈小姐？太好看了！"

"对呀，跟费先生可真是郎才女貌，天生一对！"

…………

听着这些话，沈芷兰气得身体都在发抖，偏偏她还记得白竹的话，要维持着得体的模样。可她到底年纪小，情绪都写在脸上，笑得比哭还难看。

沈于归瞅着她恼怒的模样，心满意足，依旧做出一副无辜的样子，甜甜地问："刚才你们在说什么？"

众人你看看我，我看看你，最后将视线落在沈芷兰身上。有人率先开口道："我们在说'来做客要备着衣服，不能跟主人家撞衫'。芷兰小姐，你是不是应该去换个衣服？”

看到这样的沈于归，沈芷兰肯定要换衣服，但被人当众提出来，她面上再也挂不住了，眼圈一红就哭着跑了出去！

沈于归心满意足地回到甜点区找陈子凡，他和张千千找了个沙发坐着，正在吃东西。

她刚要走过去，就看到沈天浩神色匆匆地赶来。沈天浩面色不善地拽住了她，劈头盖脸地训斥道：“芷兰是你妹妹，跟你穿一样的衣服也是想要体现你们姐妹情深，你怎么能联合别人欺负她，还逼着她换衣服？”

沈于归眯起眼睛冷笑了一下，幸亏自己对这个父亲从未有过哪怕一丝一毫的期盼，否则这句话该多伤她的心？

知道自己说什么沈天浩都不会信，沈于归懒得解释，低着头开口道：“爸，这么多人看着呢。”

沈天浩的脸色果然变了，随即露出笑意，伪善的样子一览无遗：“等会儿你给芷兰道个歉……”

话刚说到这里，忽然有一道懒散带着点魅惑的好听声音传了过来：“沈总。”

两人扭头，就看到一个男人优雅地走进来。男人看起来二十五六岁，穿了一套白色西装，整个人十分精神。仔细看去，就会发现他俊朗的眉，清丽的眼，挺直的鼻梁，配上不染而朱的嘴唇，感觉比女人还要美。男人笑着，眉眼勾着惑人的弧度，举手投足间虽然充满了浪荡不羁，却并不让人讨厌，整个人透出一股邪魅的气息。

沈于归从未见过一个人能够将“邪魅”这两个字演绎得这么淋漓尽致。来到两人面前后，男人就将勾人心魄的眸子落在沈于归身上。

沈于归低下头，就听到沈天浩笑着开口道：“齐总，没想到你也来了，真是让寒舍蓬荜生辉！”

“沈小姐生日，不敢不来。”男人一字一句说得很慢，像是要挠在人的心里似的。如果沈于归不是在男人堆里长大的，恐怕已经沦陷在他的魅惑中了。

说完后，男人对沈于归举起了红酒杯，那双眼睛始终没有离开过她，他红唇微启：“沈小姐，生日快乐。”

沈于归脸颊一烫，觉得这就是个妖孽，简单的一句话，他偏偏说出了暧昧的意味。她从旁边拿起一杯香槟，礼貌地喝了一口。

男人也喝了一口红酒，嘴角上带着点红色的液体，那样子就像是漫画里的吸血鬼，画面极其妖娆。

沈于归伸出手指着自己的唇，提醒道："这里……"

男人恍然，却没有取纸巾擦掉，反而轻轻一舔。他明明舔的是红酒，可被他那么深情地凝视着，让沈于归觉得他像是舔了自己一口。

这诡异的念头让她不自在地咳嗽了一声，正要说点什么打破尴尬，旁边传来了沈芷兰的声音："爸爸。"

沈芷兰换了一套华贵的蓝色礼服，比刚才好看一些，多了几分清丽脱俗。她直勾勾地看向男人，眼神里露出惊艳之色，问道："爸爸，这位是？"

沈天浩笑着说："这位是近期跟我们公司有合作的齐旭尧——齐总，他们的家族企业在国外，他自己回国创业，看中了我们公司的发展前途，给公司的新项目投资了五千万！"

齐旭尧？是齐旭妖吧！沈于归笑着想，一个项目就投资了五千万，这男人真是人傻钱多！

齐旭尧摆手，笑着开口道："我是初回国内，以后还要仰仗伯父多多指教！"

他这句"伯父"将自己放在了晚辈的地位，沈芷兰的眼睛更亮了，她羞涩地低下头，喊了一声："尧哥哥好！"

沈于归一时语塞：沈芷兰是不是贴得太快了？

沈天浩看了看齐旭尧，又看了看沈芷兰，露出了一抹饱含深意的笑："齐总，这是小女芷兰，从小学习特别好，现在在花夏大学读大四呢！"

齐旭尧看了一眼沈芷兰，视线却很快落回沈于归身上："我记得大小姐也在花夏大学。"

话题怎么又到了她身上？沈于归不用去看都知道沈芷兰盯着她的眼神恐怕要杀人了！这么想着，她低下头露出一副怯弱的模样，点了点头，道："嗯。"

她没打算掺和沈芷兰的事情，说完这句话就准备走人，可还没转身，就听到沈天浩笑着开口道："齐总，你第一次到家里来，不然让芷兰带你到处走走？后面还有一处花园可以看看。"

沈芷兰点头道："尧哥哥，我带你去。"

沈于归撇了撇嘴，没理会，正打算往陈子凡那边走，忽然听到齐旭尧的声音："我听说芷兰小姐不住在这里，不然还是让大小姐带我走走吧？"

沈于归诧异地回头，看到沈芷兰连眼圈都红了。沈天浩的视线在她和齐旭尧身上看了看，尴尬地笑道："这……也行。"

沈于归一时语塞。

吃点心的陈子凡时刻注意着沈于归的情况，齐旭尧的眼神太灼热，谁都察觉到了不对劲。他急忙放下手中的点心，拿起手机给费南城发了一条消息：哥，有情况！

第七章

对不起，不该打扰你

沈于归和齐旭尧走在宴会现场，她不知道，卧室里，她的手机此刻正在疯狂地振动。

打了十几个电话后，发小给她发来了消息：龟爷爷，你接一下电话可以吗？求你了！有人在查你，幸亏你早有准备，将线索引到了别处，让他们误以为你死了！目前还没被察觉，你要小心！

沈于归有些不安，她看了下时间，已经七点了，费南城怎么还不来？她想到昨晚范繁说的话，他晚上六点有个饭局，是不是他没推开，去忙工作了？

耳畔处忽然传来一道魅惑的声音："跟我在一起还在三心二意，沈小姐，你可真让我伤心。"

不知道为什么，沈于归总觉得齐旭尧在撩她，她还不至于让人一见倾心，再见倾城吧？这个齐旭尧什么来历？她对他疏离地笑了笑，继续低着头，反正姐姐性格懦弱，不知道该怎么面对时只要装出胆怯的样子就可以了。

齐旭尧看到她的模样，眸光略沉，他正要说话，远处的沈天浩对沈于归招了招手，道："从心，你过来一下。"

沈于归对齐旭尧客气地说道："齐总，我先过去了。"

沈天浩面上笑着，拉着她压低了声音问："费先生怎么还不来？大家都在等着他呢！一个小时了，大家都很着急，明里暗里问了我好几次！"

沈于归迟疑地开口道："爸爸，他答应我会来的，再等等吧。"

沈天浩深吸了一口气，道："从心，你该不会是骗爸爸的吧？今晚的生日宴会，大家可都是冲着费先生来的！"

他用力地拽住了沈于归的手腕："你给我说实话，费先生是不是根本就不喜欢你，也没打算跟你订婚？"

他正要恶狠狠地继续说些什么，旁边有人高声开口："沈老弟，说好的费先生会来，我们推掉了手头重要的事情赶来了，现在费先生人呢？"

沈天浩笑着说道："费先生有点事，要晚一点到。"

"晚一点？这都晚了一个多小时了！宴会最晚也就七点半结束吧，怎么，费先生会在八点来？"

"一直以来都是沈家单方面说要跟费家订婚，可人家费氏集团从未传出这种谣言啊！该不会是假的吧，沈家在骗我们？"

议论声让沈天浩不知道怎么收场，这时，于曼瑜突然兴奋地跑过来，道："天浩、从心，费先生来了！"

听到这话，众人全部来到门口。沈于归看到属于费南城的宾利轿车缓缓地停下，中间的车门被打开，旋即一道身影从车中走出来。来人道："不好意思，我来晚了！生日宴会结束了吗？"

下来的人是范繁。沈于归看向他身后的车内，里面黑乎乎的看不清楚，费南城怎么还不下车？

正思考间，沈天浩迎过来问道："范特助，费先生呢？"

范繁开口道："本来今天准备好五点出门的，结果费先生临时有事来不了了，我也是抽空来送一下礼物。费先生说，希望沈小姐别生气。"

他走到沈于归面前，将手中一个包装精致的盒子递给了她，说："这是费先生亲自为您挑选的礼物。"

沈于归心里有些不舒服，但他没来肯定是有很重要的事情吧？这么想着，她接过了礼物。

沈天浩有些失望，但费先生派自己的贴身助理亲自过来，还送了礼物，又当众道了歉，足以说明其诚意，也堵住了这些人的嘴。他大声笑着开口道：“范特助你来得正好。到最后的切蛋糕环节了，大家进屋吧！”

众人回到客厅，沈于归面上笑着，温顺地切了蛋糕。看着大家拿着蛋糕吃得开心的样子，她心里却莫名地有点不是滋味。

最后一个环节结束，众人便纷纷离去，散了场。沈天浩和于曼瑜送客，沈于归往旁边的休息区走去，刚好听到陈子凡问范繁：“我哥今晚为什么不来，他在公司加班？”

范繁摇头道：“不是，先生回家了。”

“回家了？是费奶奶怎么了吗？”

范繁道：“没有。表少爷你就别问了，先生他什么事都没有，就是回家了！”

沈于归听到这话，脚步一顿，心间微颤。她的鼻子忽然就有点酸，这种奇怪的情绪让她愣了愣。范繁看到她，急忙走过来，左右看了看，开口道：“沈小姐，可不可以借一步说话？”

沈家后花园其实很小，只有几座假山和一处小溪流，周围种了花。沈于归左右看了看，确定没有人过来后才看向范繁，开口道：“怎么了？”

范繁看着她，叹了口气，然后从公文包中掏出一份文件递给沈于归。沈于归一愣，低头看去，竟然是费氏企业对沈氏项目的投资合约！

沈于归手指一紧，这是什么意思？

没有给她多想的时间，范繁直接开了口：“费总说他早就有喜欢的人了，所以跟你之间的那个协议取消。”

这一刻，沈于归竟有些恍然，怪不得这些年从未传过他的绯闻，他也从不接受任何追求和告白，原来他早就有喜欢的人了呀。她握着合约的手微微用力。

协议指的是那个一年期限的协议吧？他要是早说有喜欢的人，她也不会这么没皮没脸地追求他。她觉得眼眶有点涩，这夜风吹得眼睛太干了。

她笑了起来，故作轻松地问：“还有呢？”

女孩的声音很轻，她今晚化了妆，看着很美，让范繁都不忍心再说下去。但他还是硬着头皮开口道：“费总说，他知道你在家里处境困难，你追求他不过是想要狐假虎威，但没必要这样。这份合约可以帮你暂时震慑住你父亲，之后你如果有任何需要都可以来找我，我会无条件帮忙。”

他是从什么时候看出来她追求他的真实意图的？可他从未戳破她的意图。这份合约也算是对那晚的补偿吧？她被他欺负了，他给了她钱，两个人之间扯平了。而且他说的是之后如果有任何需要就去找范繁，他是不会再跟她见面了吗？ 沈于归又笑了笑，今晚笑得有些多，她感觉脸颊都有点僵了。

范繁走了，沈于归一个人站在漆黑寂静的夜色中，仰头看着天空的月亮。不知道为什么，今晚的月色那么凉，凉得习惯了一个人的她竟有些孤单，还有点想流泪。她眨了眨酸涩的眼睛，忽然有一道如鬼魅的声音传了过来："需不需要借你一个肩膀？"

沈于归顿时僵住，刚才她跟范繁的话被人听到了？她猛地扭头，就看到齐旭尧缓缓地从假山后走出来，白色的西装及那张妖娆的面庞，有一种夜精灵的魅惑感。

他挑眉道："你是要哭了吗？"

沈于归所有的情绪瞬间收敛，警惕地问："你怎么偷听别人说话？"

齐旭尧耸了耸肩，语气颇为无奈："我就出来抽根烟，结果你们两个人跑到我耳边来说话，我可是光明正大地听。"

沈于归一时语塞。

齐旭尧又笑道："放心，你借助费先生的势力震慑你爸爸这件事，我是不会说出去的。"

沈于归眯起眼睛，她从不接受任何威胁！她转身要走，齐旭尧快走两步来到她身边，压低了声音问："那天你明明走了，为什么又回来了？"

沈于归猛地站定脚步，瞪大了眼睛，这话是什么意思？齐旭尧跟姐姐认识？她还没想明白，他就叹了口气，宠溺地开口道："你别怕，没了费先生，我来做你的靠山。"

沈于归绷住了下巴，姐姐离家出走前，每天晚上都会跟她视频，却从未提起过有这么一个人。他们到底是什么关系？听齐旭尧的意思，姐姐似乎不是单纯的离家出走，她这些日子每天都打电话来报平安，却从不多说一句话，她到底在哪儿，跟什么人在一起？

这些念头在沈于归的脑海中疯狂地盘旋，她不动声色地低下头，再次做出唯唯诺诺的模样："我先回去了。"

她绕过齐旭尧，往前厅跑去。

齐旭尧挑了挑眉，眼里闪过一抹兴味。他还记得之前见她，他随便挑逗一下就把她迷得晕头转向，可这次见面，她虽然被自己逗弄得手足无措，那眼神里却始终无动于衷。他勾起嘴角，冲着沈于归的背影喊道："大小姐，后天我请你吃饭。"

沈于归回到客厅，发现客人们都走光了，只留下了服务员和保姆在打扫卫生，于曼瑜和沈天浩在角落里说话。沈于归往那边走了两步，听到于曼瑜哀求道："天浩，今天是女儿的生日，你就不能留下来一晚吗？"

沈天浩看了于曼瑜一眼，还未说话，沈芷兰就在旁边开了口，话语里尽是担心："妈妈被赶走了，一个人在家里肯定很伤心，爸爸你不回去看看妈妈吗？"

沈天浩动摇了，看向于曼瑜，道："我今天先去看看白竹，明天再来你这里。"

于曼瑜身子晃了晃，脸上露出了伤心和绝望，整个人摇摇欲坠，似乎有些站立不稳。

沈芷兰得意地看着她，又挑衅地瞥了沈于归一眼，然后扶住沈天浩的胳膊："爸爸，我们回家吧。"

沈于归垂下眼帘，在沈天浩经过她身边就要出门时，她软软地开了口："爸爸，刚才范特助给了我一份合约。"

沈天浩脚步一顿，笑着回过头来，道："什么合约？快拿来给我看看。"

"爸爸，天色这么晚了，你留下来看吧，有什么不对的地方也好及时修改。"

沈天浩推开沈芷兰的胳膊，道："对，留下来看。芷兰，我让司机先送你回家，告诉你妈妈，我明天就回去。"

沈芷兰的脸色瞬间青了。

半个小时后，家里恢复了整洁干净。客厅里，于曼瑜打开那坛酒倒了两杯，递给坐在沙发上的沈天浩，道："天浩，你还认识这酒吗？"

沈天浩看过去，眼里闪过一丝不甘。当年于老爷子极力反对他们，看不起他，连婚礼都没办，更何况这酒……老爷子肯定想不到，如今这酒被于曼瑜拿来讨好他。沈天浩端起酒杯，一口将酒喝了下去。

于曼瑜紧紧地攥住了拳头，仰头喝了杯中的酒，心中闪过一抹快意，二十多年了，她终于要解脱了。

于曼瑜坐在沈天浩旁边，两个人一杯一杯地喝下去，不知喝了多久，沈天浩倒在了沙发上。于曼瑜看着面前的男人，感觉困意渐渐袭来，她全身失去了力气，手中的酒杯掉在地上，整个人歪倒在沙发上。

“妈？”沈于归冲过去，跪在地毯上握住她的手。

于曼瑜忽然笑了，她握住沈于归的手，道：“于归，对不起，这么多年来，这是我陪你过的唯一一次生日，可现在就要被我搞砸了。我知道我不是个合格的妈妈，我不能保护自己的孩子，连为你姥爷报仇都要用这种玉石俱焚的笨办法。”

沈于归猛地一缩瞳孔，道：“妈，你什么意思？”

泪水从于曼瑜眼中滚落出来，她道：“那天你姥爷在公司加班，我特意熬了汤送过去，公司失火，你姥爷被困在里面，我亲眼看到你爸爸……他明明可以救你姥爷，却无动于衷。我想救爸爸，可是我冲不进去，那么大的火。”

她的眼泪止不住地落下来，可她还在努力笑着，一个如此柔软的女人，此刻却爆发出强大的力量：“那样的关键时刻，我竟然晕倒了，醒来就得到了你姥爷去世的噩耗，还有我怀孕的消息。我想报仇，可那时候的我没有能力也没有力气。”

“我只能忍着，忍到你满二十二周岁。于归，当年你姥爷把公司股份给你爸爸时，签下了一份协议，你爸爸只是那些股份的代理人，等到我和他的后人，也就是你满二十二周岁时，他就要将股份还给你。”

“但你爸爸是不会放手的，所以唯一的机会就是在你二十二周岁时，我跟他同归于尽！是我受了情伤跟他殉情了，警察也说不出什么来。于归，酒里面下了安眠药，量很大，我快支撑不住了。”

她昏昏欲睡的样子让沈于归大哭起来：“妈，你这是何苦？”

于曼瑜却笑了，说：“于归，你知道妈妈为什么给你取这个名字吗？”

沈于归的声音哽咽起来，她点头道：“我知道，我的名字出自诗经‘之子于归’，于归，是女子出嫁的意思。”

于曼瑜努力支撑着自己的意识，不让自己晕过去，她点了点头，眼神有些涣散。

她缓缓地开口道："妈妈这辈子的心愿就是看着你和你姐姐都能嫁个好人家，是我太懦弱、太无能，让你和你姐姐跟着我吃了那么多苦。你姐姐受不了了，离家出走，我觉得欣慰，那是她勇敢地迈出的人生第一步。于归，妈妈不能陪你走下去了，以后的路，你要自己走……"

于曼瑜说到这里，似是支撑不住了，缓缓地闭上了眼睛。

第二天，凌晨六点。

于曼瑜头疼欲裂地醒来，迷茫着看了好一会儿，才发现自己竟然躺在卧室里。她皱起眉头，刚要坐起来，一道略带沙哑的声音就传了过来："妈，你醒了。"

于曼瑜这才看到沈于归坐在床边，脸色很差，明显是一夜没睡。这是怎么回事？她记得她跟沈天浩喝了放了很多安眠药的酒。她下意识地问："沈天浩呢？"

沈于归答道："他喝醉了，昨晚凌晨被白竹接走了。"

喝醉了？这怎么可能？于曼瑜愣了半晌才明白了什么，看向沈于归，道："是你？你什么时候发现的？"

沈于归紧绷着小脸，用属于自己的清冽声音说道："从那次你找家庭医生要安眠药开始我就觉得不对劲，后来您虽然表现得很软弱，但有几次说话都在点上，我就知道您不是一个愚蠢的人。宴会前一天你把我叫到房间里，像是要交代后事，所以我换了您的酒。"

听到这话，于曼瑜眼眶红了，躺在那里捂住了自己的脸："你为什么不让我跟他一起死了？这样的话，一切就都结束了。"

沈于归猛地站起来，盯着于曼瑜开口道："妈，姥爷的仇我会报，姥爷的公司我也会抢回来！但我对你只有一个要求：活着。无论什么时候，都不要轻言放弃，因为我要你亲眼看到沈天浩为他的错误付出代价！妈，你连死的勇气都有了，难道还怕活着吗？"

沈于归的话让于曼瑜渐渐停止了哭泣，她瞪大眼睛，半晌后才开口道："可是这样一来，你就太累了。我只想为你分担一些。"

"那就陪着我，不要离开我。"有句话沈于归没说：她一个人真的很孤单。

等到于曼瑜平复情绪再次睡了以后，沈于归这才回到自己的卧室里。她洗完澡打算上床补觉时，忽然看到她亲手做的那个芝士蛋糕正静静地躺在床头柜上。

她动作顿了顿，心像是被针扎了一下似的，有尖锐的疼痛蔓延开来，范繁昨晚的话再次回荡在耳边。沈于归走过去将芝士蛋糕打开，盯着那个八寸蛋糕，赌气似的伸手撕下了一块塞进嘴里。

吃了一块后，她又撕下一块，大口地吃了起来。她努力往嘴巴里塞着，直到被噎到，她急忙端起旁边的水喝了一口，明明难受得眼眶都红了，可她硬是将嗓子眼里的蛋糕咽了下去。

可以供四五个人吃的蛋糕就这么见了底。

沈于归撑得有点难受，她摸了摸自己热胀的胃部，打了个饱嗝，眼泪突然掉了下来。谁还没喜欢的人啊？她也有。只是当时情况特殊，她根本不知道他长什么样子。

那时候沈家每年给她的钱并不多，她在国外的日子不好过。她打了好几份工才存到了一笔钱，孤身一人去另一个城市求学，伪装了身份和年纪。

现在想想，那时候她给自己起的名字都很可笑：因为名字里的“归”字，发小喊她乌龟，她当时就直接告诉别人她叫小乌。就是在那样的情况下，她捡到了他。

费宅。费南城颓废地坐在阳台上。平日里不苟言笑的男人此刻瘫在地毯上，整个人没了往日里的刻板严谨。他放在膝盖上的手指夹着一根烟，旁边茶几上的烟灰缸已经盛满了烟蒂。

他就这么自虐般在这里想了一整夜的小乌。他想到他们的第一次见面，那时候他奄奄一息地倒在垃圾堆里，真的以为自己要死了。他的样子太可怕，而且身在国外，没有人愿意帮他。

不知过了多久，一个女孩蹲在了他身边，忽然就叹了口气，伸出手在他身上胡乱摸了摸，用中文说道：“你别紧张啊，我对死人身上的东西不感兴趣，我就是想看看你有没有什么值钱的东西，帮你卖掉了好给你看病。”

他当时受伤严重到眼睛都睁不开，嗓子里火辣辣的，说不出一句话。

身在异国他乡，被最亲近的人算计，他以为自己活不下去了，却在听到亲切的中文后，心底陡然升起了一抹希望。

女孩没有搜到任何东西，脾气不好地嘟囔道：“怎么什么都没有？你也真是的，国外有什么好？搞不懂怎么那么多人非要出国，你落到今天这个地步也是咎由自取！你虽然有可能是我的同乡，但是没办法，我连自己都快养不活了，真的没钱给你看病，所以你要是死了，可别怪到我头上来。我先走了啊！”

听着她的脚步声渐渐远去，他心里其实并不难过，他已经两天两夜没吃东西也没喝水了，早就放弃了活下去的欲望。

他在那儿躺着，过了大约半个小时吧，一阵脚步声伴随着怒骂声传了过来：“真是上辈子欠了你的！跟你说，我很穷，没钱带你去医院，只能带你回家，是死是活，就听天由命吧！”她狠狠地踢了一下旁边的垃圾桶，似乎在泄愤，然后才蹲下来伸出手，想要将他扶起来。

他努力将眼睛睁开一丝缝隙，然后就看到了她的侧脸。她年纪很小，脸颊有点婴儿肥，皮肤上还带着细细的绒毛，鼻梁挺直，小嘴精致，脸部小巧得像是小公主，唯独一双大大的凤眸里透着勇敢。

那时候他已经很久没有吃东西了，在生命的最后一刻，她就如仙女般从天而降。

他配合地努力支撑起自己的身体，最后靠在了她身上。

女孩一个趔趄，差点摔倒：“你怎么这么重啊？告诉你，以后在我家要少吃点，我可没钱让你吃那么多！”

回到家里，她把他扔在那又破又小的床上，给他清理了一下身上的污渍。他正在感激着女孩时，女孩忽然蹲在了他旁边，伸出手戳了戳他唯一没有受伤的胸口。

她笑得很开心，然后托着下巴对他说：“没想到你这个人穿衣服显瘦，脱衣服还有肉，啧，身材很好嘛！这样子看，你的脸蛋应该也不会很差。我救了你，但是你这么穷，肯定没办法报答我，不如就以身相许吧！”

她的手很笨，为他的脸上药后就将他的头裹成了木乃伊，还讪笑着解释：“一般男人身材好的话，脸蛋就不会好看，不过你别介意，我不会嫌弃你的。”

他憋了一口气在心里，要给她看他恢复后的模样，让这个肤浅又见钱眼开的女人被他折服。可之后的日子里，他的伤口发炎了，她没钱送他去医院，导致他脸上的伤口反复了三个月，等到终于长好了，他可以让她看了，他们却走散了。

她是他认定的人，也是他发誓要好好对待的女孩。三个多月的相处让他想念了六个年头，他们在一起的每一个小细节，他都会反复去回忆，生怕时间长了，自己会忘了。

可昨天文若清来到办公室告诉他小乌的消息时，他当时的第一反应竟然是他去不了那女人的生日宴了。

这个念头让他愣住了。也是在那一刻，他才发现，跟那女人在一起时，他竟越来越少想起小乌。不知不觉间，那女人吸引了他太多的注意。

他是要跟小乌相恋一辈子，永远也不会分开的人，他怎么可以对别的女生这么关注？所以他让范繁去传话，取消了他们之间的协议。他想他以后不会再喜欢任何人了。

文若清帮忙查到的，后来他又找人确认的消息是：当年在他走后的第二天，小乌就出了车祸。因为她是偷渡到国外的，所以尸体也不过是火化后就被随意处理掉了。她生前那么讲究，死后却连个墓碑都没有。

一种撕心裂肺的疼痛传遍了他的全身，费南城觉得心脏像是被一只无形的手紧紧地揪住，来回蹂躏。他伸出一只手捂住心口，颓废地垂下了头。

他一直在期盼着与她重逢，可春去秋来，六年的时光过去了，换来的却是今生与她相见无望。

范繁扶着费老夫人来到费家，管家低头汇报：“先生将自己关在房间里两天两夜，不吃不喝，我们敲门他也不说话，这是没办法才惊动了老夫人。”

老夫人叹了口气，走到卧室门口叩响了房门，只说了一句话：“南城，如今我只有你一个亲人了。”

豪门倾轧，他们祖孙是浴着血，互相扶持着走到现在的，对于费南城来说，老夫人是他唯一的亲人。

果然，这话一出，房间里有了动静。过了一会儿，房门被推开，一股烟草气息扑面而来，即便这样，他的五官依旧俊朗非凡，甚至透出一种颓废的帅气感。他的声音带着沙哑：“奶奶，让您担心了。”

老夫人拍了拍他的肩膀，摇头叹息：“不管发生了什么事，你都应该挺直了腰走下去。南城，你不能倒下！”

费南城将手心里的戒指默默地放在了西装内侧口袋里，那里距离他的心脏最近。然后他挺直了背脊看向范繁，道：“今天有什么行程？”

范繁心底产生了一种说不出的复杂情绪：“今晚在帝王宴那边有个商业上的饭局。”

费南城垂下了头，道：“晚上来接我。”

生日宴后，沈于归的生活恢复平静。今天她没去学校，跟于曼瑜一起在厨房里做饭。于曼瑜想开了以后，人比以前开朗了许多，母女两人的感情也亲了。

沈于归正在帮忙洗菜，手机响了起来，她用肩膀顶着手机放在耳边接听。

“大小姐，还记得我吗？”

这像是要挠人心的声音，除了齐旭尧还能有谁？她开口道：“怎么？”

“你生日那天，我说两天后请你吃饭。今晚帝王宴，不见不散！”

沈于归正要回话，对方却撂下一句“晚上我去接你”就挂断了电话。

她说过要去吗？沈于归撇了撇嘴，将手机放在旁边，手里清洗着小青菜，思绪却已飞到了齐旭尧的身上。不知道为什么，她感觉这个人的心机很深，他这种莫名其妙的示好反而让她更加警惕。

她皱着眉头正在思考的时候，听到了于曼瑜温柔的声音：“谁的电话让你这么神魂不定？”

沈于归撇嘴道：“就是那个齐旭尧。妈，他跟姐姐有过来往吗？”

于曼瑜仔细想了想。她思考的时候眼睛会微微眯起，导致眼角的那颗泪痣格外明显，为她增添了几分魅力。

她想了一会儿，摇了摇头道：“没见过，而且也没听你姐姐提起过。不过齐旭尧姓齐，难道是……”

沈于归急忙问：“是什么？”

于曼瑜微微摇了摇头，道："我记不太清楚了，毕竟过去了二十多年，应该不是那家的孩子吧。"

沈于归被于曼瑜的话勾起了好奇心，摇晃着妈妈的胳膊，说："妈，你给我说说呗！"

于曼瑜戳了她额头一下，道："你说话就说话，撒什么娇。"

沈于归嘿嘿笑着不说话。这两天她第一次体会到了有妈妈的感觉，让她这个强势的人都不自觉地变得幼稚起来。

于曼瑜认真地说道："我没见过他们，也是听你姥爷说的。他当年在国外留学时有个好友是外籍华人，似乎就是姓齐，他们两个关系特别好，在大学里还一起研究了很多课题，但他们家族企业在国外，所以毕业后两个人分道扬镳，你姥爷回国后跟他们的联系就少了。"

家族企业在国外，倒是跟齐旭尧的情况相符。难道是姥爷的那个好友知道了她家里的情况，找了齐旭尧来帮忙？他到底是好是坏？算了，兵来将挡，水来土掩，还是看看齐旭尧要干什么再决定怎么办吧！

她跟于曼瑜一起做了一顿简单却温馨的午餐，吃了饭后，两个人正要上楼午休，于曼瑜接到了沈从心的平安电话。

这次沈于归抢过了手机，在姐姐挂断电话前问道："姐，你跟齐旭尧是什么关系？"

沈从心每次打电话来都只是说一声"我很好"报个平安，从来不给于曼瑜任何提问的机会，如果不是沈于归动作快，恐怕她早就挂了。

听到这个问题后，沈从心明显顿住了，沈于归通过手机听到沈从心的呼吸声慢慢地加重。

沈从心柔柔弱弱地说："他、他去找你了？"

沈于归听出姐姐的声音中透着点不安，姐姐果然认识齐旭尧，可似乎不像是她想的那样子？

她有些焦急，接着问道："姐，怎么回事，他是谁？"

"他……于归，离他远点，他不是好人！"沈从心像是很害怕，只说了这句话就挂断了电话。

听着手机里传来的"嘟嘟"声，沈于归惊愣在原地，脑海中闪过一抹困惑，为什么姐姐听到齐旭尧的名字会这么害怕？她有一种直觉，姐姐的离家出走跟齐旭尧脱不了干系！

“怎么了？”于曼瑜有些紧张地问。

沈于归看着她，想到妈妈的性格，故作轻松地笑了笑，道：“没什么，似乎是姐姐的朋友。”

她沉默了一瞬，又笑着开口道：“妈，今晚我跟他去吃个饭。”想要知道齐旭尧跟姐姐的关系，办法很简单——他现在误会了她是姐姐，那么相处中总会露出破绽。

于曼瑜深深地看了她一眼，没有戳破她，说：“嗯，去玩吧，你们同龄人在一起也能舒缓一下心情。”

沈于归挑眉道：“什么？”

于曼瑜叹了口气，摸了摸她的头，道：“你这几天虽然一直在笑，可你心里一直闷闷不乐，以为妈妈看不出来？小乌龟，以后无论发生什么事，妈妈都会在你身边。”

沈于归心中一暖，眼眶一热，险些流下泪来。

傍晚五点，齐旭尧准时出现在沈家门口。他今晚依旧穿着一身白色的燕尾服，站在一辆红色跑车旁，整个人透出一股不羁的风流韵味，尤其是那双眼睛，盯着你时会让你明知道对方是个风流浪子，却还误以为他心中只有你。

真是个妖孽！沈于归在心里这么想着，往前走了两步，低着头开口道：“齐先生。”

齐旭尧为她打开了副驾驶座的车门，在她坐进去以后才进入了驾驶座，声音清浅却带着诱惑：“我在帝王宴定了包间，方便我们两个人好好……吃饭。”

沈于归面色一红，眼神中却一片清明，她现在总算明白“男色祸国”这四个字的意思了。

跑车到达帝王宴时，费南城的宾利轿车也刚好到达。他依旧是一身黑色西装，身上带着严谨又刻板的禁欲感，漆黑的眼眸中透着淡淡的忧伤。范繁先下车，恭敬地开口道：“费先生，定了 V808 的包间。”

费南城点头下车，抬头就见一道熟悉的身影进入了大堂中。

费南城脚步微微一顿，空泛的眼神里终于有了一丝亮光，可当他定神去看时，那人已经不见了。

范繁见他突然停下，问道：“费总，怎么了？”

费南城绷住了下巴：“没什么。”说完他整理了一下领带，迈步走进了帝王宴。

沈于归跟在齐旭尧身边，她今晚没化妆，脸上的胎记十分明显，但齐旭尧似乎并不在意，那双桃花眼顾盼间透出魅惑的气息，引得酒店里的女服务员一个个忍不住都看向他，然后红着脸离开。沈于归略微摇了摇头，这不就是个男版“万人迷”吗？

两人走到电梯处，等待的时候，齐旭尧伸出手在衣服口袋里掏了半晌，似乎想要拿什么东西，却怎么都拿不出来。

他脸上露出了用力的神色，在沈于归好奇他究竟要掏什么的时候，他面上一喜，接着变戏法似的掏出了一朵玫瑰花递到她面前，道：“沈小姐，鲜花配美人，喜欢吗？”

这人讨女孩欢心的功夫太厉害了！有那么一刻，她都被他的样子给迷住了。

“哇，好浪漫！”

“好帅啊！”

旁边来吃饭的两个女孩忍不住惊呼道，眼冒桃花地看向齐旭尧。可他根本不给她们一个眼神，一双眸子正深情地盯着沈于归。

被这么多人围观，沈于归只能装出羞涩的样子，她接过花，客气又礼貌地开口道：“谢谢。”

旁边的人顺势鼓起掌来，这阵势和声音惹得刚进门的费南城往这边看过来。

被起哄的沈于归做出一副羞涩的模样，恰巧此时电梯门开了，她像是害羞似的率先冲了进去。

费南城抬头看来的那一刹那，只能看到一个穿着白色西装的美男子正对周围人笑着解释：“她脸皮薄。”

跟在他身边的服务员解释道：“这是定了 807 包间的先生。”

费南城没说话，走向了电梯处。到了八楼，电梯门打开，电梯里的众人瞬间被面前走廊里铺天盖地的粉色给惊到了。走廊里铺了粉色的地毯，周围点缀着粉色气球和花束，让人有一种徜徉于粉色海洋的感觉。

服务员又八卦地介绍道："这些也是807的客人准备的。"

费南城从电梯里走出来，漆黑的眸子里依旧是空洞和麻木。他的小乌不在了，这样的浪漫与他何干？

808和807包间都是帝尊包间，在走廊的拐角处。费南城刚拐了弯，就看到807包间开着门，服务员正引着两人进去："齐先生、沈小姐，这里是'灵犀间'，寓意心有灵犀，希望两位今晚用餐愉快。"

费南城脚步蓦地一顿，终于看清楚了前面的人。被追求的女孩一身简装，背对着他，可他一眼就把她认了出来。竟然是她？他脚上生了根一般定在原地，愣愣地看着她的背影，见她跟着那个男人进入包间，然后关上了门。

费南城空洞的眼神里终于多了一丝别的情绪，心口突然涌上了一种酸胀的感觉。他不知道那是什么，但他明白是自己让范繁给她传了话，是他用一纸合约将自己跟她之间的债务一笔勾销，他当时的意思很明显——他们两个此后互不相干。

"费总，怎么了？"范繁跟在后面，没看到沈于归，见费南城突然停下了脚步，他有些疑惑地问道。

"没什么。"费南城收回目光，淡淡地回复了三个字，往808包间走去。经过807包间时，他的脚步没有停留。

范繁紧紧地跟在他的身后，心里有些感叹，早上费总打开卧室门走出来的那一刻就投入工作中，看似跟以往没什么不同，可身为他的贴身助理，范繁早就发现了现在的他更像是一个工作机器，没有灵魂，也没有感情。

807包间里，沈于归低着头，默默地将手中那枝玫瑰花放在桌上，就听到齐旭尧撩人的声音："沈小姐，你有特别喜欢吃的菜吗？"

沈于归眼神闪烁了几下，她跟姐姐口味不同，又不确定齐旭尧到底了解姐姐多少，小细节上要多注意。

她软软地开口道："你点菜就好了。"

齐旭尧低笑一下，打开菜谱问道："沈小姐，你喜欢什么口味，偏甜还是偏辣？"

看样子这人并不知道姐姐的口味，沈于归歪了歪头，慢慢地开口道：

“我点小炒肉。”

齐旭尧愣住了，站在旁边的服务员也愣住了：这里是吃海鲜的帝王宴，怎么会有小炒肉？

沈于归无辜地盯着齐旭尧问“怎么了”，嘴角却勾起一抹不可察觉的弧度，她早就看他不顺眼了，不是让她点菜吗，她就点个店里没有的，看他怎么办。而且她是真的很喜欢吃小炒肉。国外的中餐馆特别贵，在成为黑客之前，她的生活费很少，每次只能吃得起一份小炒肉，吃着吃着，点这个菜竟成了她的习惯。

齐旭尧的脸色很快恢复正常，他叹了口气，对服务员点了点头。

服务员迟疑着道：“这个……”

“你们旁边不是有川菜馆吗？找人点了送过来。”

服务员应道：“是。”虽然没有这种先例，但谁让来吃饭的人是尊贵的 VIP 呢！

费南城进入包间，请他吃饭的李总热情地迎上来，道：“费总，失敬失敬！”

费南城面无表情地跟对方握手，接着在主座坐下。

李总将菜单递给他，说：“费总，您点菜吧！”

今天算是商业聚餐，来的全是商界的精英大佬，但费南城在商界的地位独一无二，几乎掌控着整个 S 市的经济命脉，所以他毫不客气地打开菜单，其余的人则小声说起话来。平时费南城是不会理会他们的，但今天的话题一个劲地往他耳朵里飘：“在帝王宴做这种事，花的钱也不少，我听说是国外那个齐家的公子。”

“啊？是他啊！那小姑娘惨了，肯定逃不出他的手掌心！”

费南城正看着菜单，听到这话，他的手指微微顿住，凉薄麻木的眼神也终于有了变化。

“这位齐公子，在国外就引得各大企业的千金们前赴后继，据说他到现在交过的女朋友都有三位数了！”

“他来国内肯定也就是玩一玩，下这么大的本，谁家姑娘能逃得出他的手掌心啊？”

费南城不知不觉蹙起了眉头，走了神。

“费总？”李总小心翼翼地喊了一声，在费南城看过去时，他问道，“您喜欢吃什么？”

费南城这才发现自己对着菜单看的时间太长了，大家都在等着他点菜，可他刚才什么都没看，菜单上的菜名一个也没记住。他蓦地合上菜单，突然开了口：“小炒肉。”

大家愣住了，站在旁边的服务员也愣住了。

费南城莫名烦躁起来，小炒肉是小乌最爱的一道菜。他不能吃辣，可从此以后他想吃小乌爱吃的东西，以免忘了她的口味，似乎只有这样他才能静下心来。

服务员立马点头道：“好。”费先生点的菜，就算没有也要想办法提供。

费南城将菜单扔在旁边，有人趁机开了口：“费先生，我有些项目在国外，跟齐家有些交情，这次齐公子回国创业，齐先生也和我打了招呼，今天也是巧了，他就在隔壁，您看能不能把齐公子叫过来跟大家认识一下？”

齐家在国外很有势力，跟费家不相上下，包间里的人也想认识他，所以这人的要求也不算过分。

费南城漆黑的眸子里泛着让人捉摸不透的光，半晌后，他道：“好。”

那人顿时兴奋地站起来，道：“我去叫他。”

807 包间里，服务员走出去后，齐旭尧给沈于归倒了杯果汁，笑着开口道：“现在好了，只剩下我们两个人了，接下来的事情就更方便了。”

多次被这个男人撩拨，沈于归现在产生了免疫，内心毫无波澜，她不动声色地动了动屁股，坐得离齐旭尧远了一些。他似乎察觉到了，桃花眼微微上挑，似笑非笑。

沈于归喝了一口西瓜汁，披散的头发遮掩着面部的表情，她眸中闪烁，软软地说道：“齐总。”

齐旭尧靠在椅子上，姿态慵懒惬意：“大小姐，我们都这么熟了，你还喊我齐总，我可要伤心了。”

他这么说，就说明以前姐姐喊他也是叫“齐总”，更说明姐姐跟他不熟，可既然不熟悉，姐姐为什么说他不是好人？沈于归将西瓜汁放在桌子上，然后问道："那我应该喊什么？"

齐旭尧挑眉，话语里透着戏谑："你那个妹妹不是喊'尧哥哥'吗？这个称呼不错。"

沈于归起了一身鸡皮疙瘩，"妖老弟"还差不多。她垂着头又开了口："上次，我们见面……"

她迟疑了一下，齐旭尧就接了话："你说的是我们第一次见面？"

她提到"上次见面"，他的反应是第一次见面，也就是说姐姐跟他只见了一次？沈于归莫名松了口气，又拿起果汁喝了一口。她还以为姐姐跟齐旭尧有什么其他关系呢。

她正在胡思乱想，就听到齐旭尧徐徐开了口："那次见面是我不懂事，把你吓到了。不过既然你回来了，那你是想通了要跟我结婚吗？"

"噗"！齐旭尧的话题转得太快，吓了沈于归一大跳，刚喝进去的果汁就这么喷了出来。她急忙拿起纸巾擦了擦，然后难以置信地看向他，说："什么？"

齐旭尧两只胳膊撑在桌子上，整个人微微前倾，充满了侵略性："当时我给你的建议是要么走，要么留下来跟我结婚。你走了又回来，不就是回来跟我结婚的吗？"

沈于归失态地愣在原地，嘴巴微微张着，难以置信地看着齐旭尧。姐姐的离家出走竟然是被他逼的，可他为什么会第一次跟姐姐见面就提出结婚的想法？这一刻，沈于归产生了一种感觉——姐姐身上似乎带着什么不可告人的秘密。

齐旭尧拿出一枚戒指放在桌子上，正要说点什么，房门忽然被叩响了，接着被推开，一个大腹便便的中年男人走了进来，道："旭尧。"

齐旭尧急忙站起来，道："张伯父！您怎么在这儿？"

"我们在隔壁聚餐，要不要过去认识一下？"男人笑着开口，那双眼在女孩身上划过，"这位是？"

他还没看清，齐旭尧就挡在了沈于归面前，阻挡了男人查看的视线："伯父，她胆子小，就不介绍了。"

沈于归撇了撇嘴。

姓张的男人笑呵呵地挪开视线，拍了拍齐旭尧的肩膀，道：“前几天你爸爸给我打了招呼，要我帮你打通一下人脉关系。正好费先生也在，要不要去认识一下？”

“费先生”三个字让沈于归的身体瞬间绷紧，就像是有人拿着一根很细的针戳在她的心上，有一种细碎的疼痛感从心底蔓延而出。

他竟然在隔壁吃饭。她抿住下巴，能感受到齐旭尧的视线在她身上划过，然后就听到他用好听的声音说道：“张伯父，这次就谢谢您的好意了，不过我这会儿比较忙，下次吧！”

男人也没强求：“行，那下次再说。”

齐旭尧的声音不紧不慢，语气里透着自信：“谢谢伯父想着我。”

齐旭尧关了房门，这才回头看向一直低着头不敢说话的沈于归，问：“你刚才想说什么？”

沈于归被这句话吸引了全部的注意力，瞬间忘记了心里的不适。她抬起头来，第一次认真地看着齐旭尧，问道：“为什么要跟我结婚？”他明明只和姐姐见了一面。

此外，还有一件她以前就觉得疑惑的事——费奶奶也认准了姐姐。

808 包间里，费南城始终不发一言。服务员推开房门，率先送来了小炒肉，专门放在了他面前。费南城拿起筷子大口吃了起来，辛辣的感觉刺激着他的口腔，灼烧着他的胃部，他却像是没有知觉似的咀嚼着。

这时门又开了，去喊人的张总走了进来，费南城往他身后瞥了几眼。

有人问他：“齐公子呢？”

张总笑道：“有句话怎么说来着，‘英雄难过美人关’，他忙着追美人呢，今天就不过来了！”

“齐公子也有这么专注的时刻？就是不知道这次的美人几天一换啊……”众人调笑着，没有注意到费南城的脸色越来越难看。

他不想去听这些话，可这些人的话语偏偏往他耳朵里钻。

张总皱起眉头，想到刚才看到的那枚戒指，迟疑了一下，开口道：“这次倒像是很认真，我刚才去的时候还看到了一枚戒指，足有五克拉那么大，我猜他肯定是在求婚呢！”

话语刚落，费南城一下子站了起来，因为起得太猛，椅子“砰”的一声翻倒在地。

他被压制的烦躁像是被这句话点燃，瞬间爆炸。他周身的气息降至零度，吓得所有人不敢再说话，齐刷刷地疑惑地看向他，只见他脸色一变，旋即冲出了包间。

费南城径直来到807房间，手放在了把手上，差点破门而入。

“费先生？”紧要关头，服务员的话让他猛地回过神来。

他站在原地，不知道自己为什么会跑到这里来。那些人的话出现在他的脑海中，就像循环播放似的让他蹙起了眉心，下一刻，他眸中闪过一抹厉光。

那女人帮他解决了公司的防火墙问题，他怎么可以眼睁睁地看着她被人骗？但这么冲进去肯定是不妥的，他扭头发现服务员正要给他们上菜，小推车上是这个店的经典菜式帝王蟹。

都要被骗了竟然还惦记着吃。这个念头让他心中涌起一阵怒意，而他的行动比思维还快，忽然伸手将车上的整瓶醋倒在了菜里！

服务员惊恐地瞪大了眼睛，对上费南城阴沉如水的眼神，吓得闭紧了嘴巴。

帝王宴可是费氏企业的产业，这里的服务员都见过费南城，哪里敢质疑他行为？

费南城给了服务员一个眼神，服务员战战兢兢地推开了包间门，下意识地要关门时又对上了费南城漆黑的眸子，他咽了下口水，将门留了一半，这才给包间里的人上菜。

费南城靠在门边，听着包间里的动静。不知道这蟹里浓重刺激的味道能不能让那女人清醒过来：可别被这人的花言巧语给骗了。

包间里，沈于归用大大的凤眸盯着齐旭尧。在她问出那句“为什么要跟我结婚”后，他就露出了一抹似笑非笑的神色，眼神里透出一抹兴味，将她上下打量了一遍，修长的手指交握于胸前，不答反问：“这个问题你不是问过了吗？”

沈于归心里“咯噔”一下，指尖绷紧，难道自己暴露了？她正想着怎么掩饰，又听到他笑着开口道：“我说的话你怎么就不信？跟你结婚当然是因为我对你一见钟情。”

他越是如此，她就越是警惕。她不像姐姐那样性格单纯，从小一个人在国外长大，让她学会了一个道理，这世界上没有无缘无故的好。但他明显不想说，她再追问下去也毫无意义。

刚好服务员送了帝王蟹进来，齐旭尧转移话题，夹了一只蟹放到沈于归的盘子里，介绍道："听说这是他们的招牌菜，螃蟹都是最新鲜的，也用了最能提鲜的烹饪方式，你尝一尝。"

沈于归低下头将蟹肉放进嘴里，下一刻她就诧异地瞪大了眼睛，帝王宴这种高档场所的海鲜为什么这么酸？偏偏齐旭尧还问："是不是很好吃？"

她眼神闪烁了几下，将嘴里的小块蟹肉咽下去，旋即夹了盘子里最大的一块蟹肉放到齐旭尧的盘子里，软软地开口道："特别好吃，你尝尝。"

她的主动让齐旭尧的眼睛一亮，他勾起嘴角："大小姐的命令，我不敢不从。"

说完，他低头将一大块蟹肉放进嘴里。下一秒，他皱起眉，抬头就看到面前的女孩瞪着一双无辜的大眼睛，还在甜甜地问他："是不是很好吃？"

为了保证自己的优雅，他硬是将这块蟹肉咽了下去，然后看向那盘蟹，闻了闻："怎么这么大的醋味？"

服务员想到门口的老板，也不知道房间里这两个人怎么得罪了他老板。有老板撑腰，他才不怕，于是他硬邦邦地回答："我们家的蟹就是这个味道，不喜欢吃可以走啊！"

齐旭尧拿起纸巾擦了擦嘴巴，这才板着脸开口道："听说你们这里的服务是帝王级别的？"

服务员道："对，服务员都是帝王，被我们服务可不是帝王级别的？"他觉得今天的自己简直太机智了，很值得奖励一个月工资。

齐旭尧竟无言以对。在女孩子面前发火是很不绅士的，他虽然很恼火，却还是摆了摆手，道："你出去吧！"

服务员大大咧咧地走出来，还聪明地没有把门全部关上。费南城打算继续听墙角，下一刻就听到齐旭尧不满的声音传来："这服务员怎么不关门？"

“砰”！齐旭尧说完，把房门关得严严实实。

帝王宴最大的特色不是蟹好吃，而是包间隔音效果非常好，隐私感非常好。这是五年前费南城出的主意，而此举让帝王宴一跃成为S市最经典的酒店。可这一刻，他忽然觉得这个主意也不是那么好了，他冷着脸问服务员：“求婚成功了吗？”

因为费南城出门久久不回，范繁打算找他，刚走出包间就听到了这话，他很想知道费总到底受了什么刺激。

服务员认真地想了想，回答道：“戒指还放在餐桌上，应该是没有成功。”

费南城的脸色缓和了一点。

服务员又开了口：“可我看女孩子主动给齐先生夹了蟹，一副羞答答的温柔样子，八成是会答应的。”

费南城刚缓和的脸色瞬间黑沉如铁。跟自己吃饭时倒不见她这么温柔贤惠，现在竟然主动给那个浪荡公子哥夹菜，这个女人，脑子这么不好使？

此时，又有一个服务员端着另一份小炒肉走过来。

服务员走来的时候，刚好看到前方费先生正低声给他身边的特助交代着什么，然后他就冷着脸下了楼。服务员端着小炒肉来到807包间门口，刚要进去就被另一个服务员拦住了：“不用送了。”

包间内，齐旭尧关了门，觉得今天真是出师不利。算了，跟服务员计较干什么，还是办正事要紧。他干脆将桌子上的戒指拿起来，然后放在沈于归面前：“考虑清楚了吗？”

考虑清楚什么？这人看似坦诚，说话直接，可对求婚的目的只字不提，她怎么可能让自己陷入被动？沈于归正要说些什么，包间门又被叩响了。

齐旭尧蹙起眉头，不耐烦地看过去，就见服务员端了一份海鲜汤进来。经过齐旭尧身边时，服务员像是脚下扭了一下似的，手中的汤盆一歪，汤尽数往齐旭尧身上洒过来。哪怕齐旭尧的反应和动作再快，还是被溅到了，白色西装和衬衫上瞬间染上一片污渍。

沈于归瞪大了眼睛，只见他终于恼火起来，看着自己一身狼狈，他妖娆的眸子里布满冰凉，整个人的气质发生了变化，全身释放着狂暴的怒意，属于上位者的气场在包间里蔓延开来。

服务员似乎吓坏了，低着头道歉："对不起齐先生，对不起……"

说话间，酒店经理跑了进来，看到面前的情况，对着服务员就是一阵训斥："你怎么上菜的？滚出去，你被辞退了！"

服务员哭丧着一张脸，然而转身往外跑的那一刻，他的眼睛里闪过兴奋的光，辞退不过是串好的话罢了，费先生说了，只要办好这件事，就给他加薪！

眼看着服务员跑开，经理挡在前面，齐旭尧想要将人揪回来都做不到，而且一向有轻微洁癖的他无法忍受自己这一身的海鲜汤渍。

见此情景，沈于归急忙开口道："齐先生，反正他们家的东西也不好吃，不然你还是先回家吧。"

齐旭尧的脸色很难看，却也知道今天再谈事情已有不妥，只能点了点头。

酒店经理亲自赔礼道歉，恭敬地将两人送到楼下。已有服务员去帮忙开车，沈于归就跟齐旭尧站在门口等着。

天已经黑了，S 市亮起了霓虹灯。沈于归抬头看了看天空，发现今晚万里无云，星光闪烁，好久没有见过这样的夜色了，但月亮去哪儿了？

她正想着，齐旭尧开了口："今天是初一，果然没有月色啊！"

沈于归猛地愣住了，手指微微攥紧。初一？她的神情有些恍惚，还记得当初费管家专门到家里来说的话：为了培养她和费南城之间的感情，每个月的初一和十五她都要过去。不知不觉中，她已经回来半个月了。他上次说两人之间的协议取消，那这个初一和十五的规矩也跟着取消了吧？

不远处，一辆黑色的宾利轿车静静隐藏在夜色中，费南城一言不发地坐在车里，一双漆黑如墨的眸子盯着前方门口的那道身影。

在看到沈于归时，范繁才明白费总为什么突然转变了态度。他恍然大悟："原来齐先生追求的人是沈小姐！"

话语一出，车内温度骤降，范繁急忙改了口："我觉得那个服务员说话也太夸大其词了吧，我怎么没看到沈小姐娇羞的模样？而且他们两个站那么远，哪里有一丝暧昧？"

话音刚落，齐旭尧忽然靠近沈于归，凑到了她的耳畔，两个人的样子一下子变得亲昵起来。

范繁不敢说话了，偷偷看一眼费南城，见他绷紧了下巴，眸光冷澈得像要化作冰刃。范繁急忙收回了目光，看来有人该倒霉了。

两人站在外面，齐旭尧身上的衣服还是湿的，被冷风一吹，他似乎想到了什么，回头看了一眼“帝王宴”三个字，终于反应过来这里是谁的产业，怪不得……他那从被泼了汤以后一直冷沉的脸色突然好转了。他挑了挑眉，四处打量，隔着夜色还是敏感地捕捉到了远处的那辆宾利轿车。他眸光闪烁，突然勾起嘴角，凑到沈于归耳边。

“你在想什么？”耳畔响起齐旭尧低沉暧昧的声音时，沈于归这才回过神来，不知道什么时候他竟然距离她这么近了。

沈于归抽了抽嘴角，后退一步，说：“没什么。”

齐旭尧叹息着抚了抚额头，又逼近一步，做出一副苦恼的样子，说：“怎么办，我这是被美人嫌弃了吗？”

沈于归指尖动了动，似笑非笑地回答：“对呀，我不太喜欢海鲜汤的味道。”

齐旭尧一时语塞：常人就算真的嫌弃，也不会这么直白地说出口吧？

沈于归觉得这话说出来，怎么也能将齐旭尧推开一点吧？却见他眼神闪烁了一下，下一个动作就惊得她说不出话。

他随手将外套脱下来，定制款的衣服就这么被随意扔在旁边的垃圾桶里，然后他笑了笑，道：“海鲜汤大多泼在了外套上，这下味道应该没那么重了，所以我可以送你回家了吗？”

沈于归一时语塞。

这时服务员一路小跑着过来，擦了擦额头上的汗珠：“齐先生，您车子的车胎爆了。”

齐旭尧的脸都绿了，车胎爆了？他那辆车可是限量款，而且好好地停在停车场，怎么会爆胎？这一看就是故意的，这招够狠。

酒店经理站在旁边急忙开口道：“齐先生不要生气，这是我们酒店的失误，关于赔偿，我们后续可以商量，我们马上派车送两位回去。”

齐旭尧冷笑：知道你们费先生不差钱。

宾利车内，注意着这边情况的范繁瞪大了眼睛，忍不住为自家老板点了个赞，这一环接着一环的动作不就是为了把两个人分开吗？

沈于归倒没多想，毕竟她的倒霉体质在这里摆着，她还以为齐旭尧是受了她的拖累。她开口道：“不要着急。”

齐旭尧僵硬地笑着，说的话都带着点咬牙切齿的意味：“嗯，我不着急，毕竟我长得这么帅，人见人爱，车见车爆胎。”

沈于归觉得这人真的很自恋，她突然间没了安慰他的欲望，闭上了嘴。

酒店很快派了车过来，齐旭尧走到车子旁边拉开了车门，对沈于归做出一副“请上车”的样子。沈于归正要上车，酒店经理笑着拦住了她，说：“沈小姐，请留步。”

沈于归微微一愣，疑惑地看过去。经理道：“齐先生住在市区以南，您住在北边，所以我们为你们准备了两辆车。”

现在的酒店都这么体贴的吗？她这会儿正好想要跟齐旭尧分开一下，免得两个人在回家路上尴尬，经理这话也算是为她解了围。于是沈于归看向齐旭尧，软软地开口道：“那齐先生，再见。”说完她也不等齐旭尧说话，就跟着酒店经理上了后面那辆车。

上车后，她发现车内有个纸袋子，微微一愣，打开看了一眼，发现里面是打包盒。经理开口道：“为了表示歉意，我们酒店为您打包了我们的经典菜肴，您带回去好好吃。”

沈于归心想：这才是帝王级的服务吧！不过这酒店也真是够奇怪的，对齐旭尧的态度那么差，对她倒是还不错。可能是她人品比较好？

眼看着两辆车子一前一后地离开，宾利车内的低气压终于消散了一些。范繁胆战心惊地看向费南城，见他收回了目光，端坐在座位上，眸子里闪烁着捉摸不定的光。

他似乎有些不安，像是给范繁解释，又像是对自己说：“就算是别人被骗，我也不能冷眼旁观，更何况她还是子凡的同学。”

范繁心想：费总，您不要解释了，解释就是掩饰。他咳嗽了一下，询问道：“现在去哪儿？”

“回家。”

半个小时后，费南城回到了费宅，刚下车就见到管家正在交代司机一些问题。他有些疑惑地挑眉，问：“怎么了？”

管家回应道："刚才老夫人来电话，提醒今天是初一了，是接沈小姐过来的日子。"

费南城脚步一顿，站在了原地，要去接她？

见他有些迟疑，范繁就开口道："费总，我觉得应该把沈小姐接过来好好谈一谈。"

费南城看向范繁。

范繁绞尽脑汁地找借口："您突然跟沈小姐撇清了关系，她慌了，这才让其余的男人乘虚而入。沈小姐跟这位齐先生吃饭也不过是想要再找个靠山，可她不用这样委屈自己，费总您不会不管沈小姐的，所以您还是当面跟沈小姐说清楚比较好！"

范繁觉得自己这个借口简直太完美了，他实在看不下去他家老板这副没有活人气息的模样了。他懂，费总心爱的人去世了，可那都是六年前的事了，他找了六年也够了。

那不过是存在他记忆里的人，沈小姐才是活生生地站在他面前的人。就算今晚他们什么都不做，沈小姐的到来也能为费总注入一些新鲜血液。范繁说完就眼巴巴地看向费南城，等他同意。

管家看向费南城，似乎在等他下达命令。今晚老夫人其实还特意交代了，如果费南城不同意的话，这次就算了，毕竟沈小姐过来了，他如果发火，沈小姐可能会受委屈。

管家正这么想着，却见费南城突然脚步不停，进入了客厅中。管家愣住了，范繁却是一脸喜色，对管家道："没拒绝就是默认了，快去接人！"说完他就追着费南城往客厅里走。

他们刚进门就有保姆询问："费先生，要吃点东西吗？"

费南城摇了摇头正要上楼，范繁就笑呵呵地开口道："司机这会儿出发，速度快点的话还可以把打包的饭菜一起拎过来，到时候您陪着沈小姐一起吃。"之前费总一直没吃东西，刚才倒是吃了很多小炒肉，估计胃里正难受呢。

听到这话，费南城突然觉得似乎真的有点饿了。他先上楼冲了个澡，换了一套居家服，这才下楼坐在沙发上，处理着这两天没去公司积累下来的文件。

不知不觉一个小时过去了，费南城抬起头来扭动了一下脖子，往门口看去。

范繁急忙解释道：“从这里去沈家要半个多小时，回来又要半个多小时，再加上这个点有些堵车……”

费南城瞥了他一眼，没说话，再次看向文件，却有点心不在焉。在费南城不知道第几次扭头看向门口时，外面终于传来了车辆的声音，范繁兴奋地站起来，道：“来了！”

费南城看了他一眼，然后垂下了头，看上去十分认真，其实文件上的字他一个都没看进去。

听到脚步声，他这才慢慢地抬起头来看过去，却只见到了司机。他疑惑地看向司机身后，那里没有人。

范繁诧异地问：“沈小姐呢？”

司机咽了下口水，结结巴巴地道：“沈小姐说她今晚不过来了。”

范繁感觉房间里的温度瞬间降了下来，他僵着脖子扭头看向费南城。

费南城拿着文件的手微微一顿，表面看上去风轻云淡，可那张平静的脸却让人感觉到一种风雨欲来的危机感。

他没说话，范繁又急忙开口问：“是不是沈小姐有什么事来不了？”

司机默默地看了费南城一眼，交代自己的行程：“我先去了沈家，才发现沈小姐不在家，沈夫人说沈小姐去学校了，要晚一些回来。然后我给沈小姐打了电话，沈小姐说今晚不过来了，她会直接联系费先生。”

直接联系费总？范繁有一种死里逃生的感觉，他扭头看向费南城，就见男人的眼神已经淡淡地落在了他的手机上。他的手机安安静静地躺在桌子上，黑着屏，什么信息都没有。

司机汇报完毕就出去了，整个客厅里充斥着一股莫名的低气压，费南城就像是开到最低温度的空调，浑身散发着凉飕飕的气息。他看着文件，可思绪早就飘到了司机的话上。她去学校了，难道是学校里有什么事？

想到这里，他拿起手机打开了这两天一直没上的微信。他的微信上没有几个联系人，平时不怎么聊天的男人更喜欢电话这种最直接的联系方式。打开以后，陈子凡发的消息赫然出现在最上方。

发消息的时间已经是三天前了。

消息内容是：哥，有情况！下面是一张配图。

他点开图，放大后可以清楚地看到那是他缺席的生日宴会，齐旭尧穿一身白色西装，正举着红酒杯对沈于归说着什么，脸上带着欠揍的笑。

沈于归侧着头，她化了妆，穿着红色的裙子，看上去格外漂亮，那张脸是那么精致。没了胎记的女孩明艳动人，跟她平时低着头一点存在感都没有的样子判若两人。

费南城皱起眉头，原来两个人是在生日宴上认识的。刚认识了三天，那个男人就开始求婚，蠢女人竟然察觉不到其中的猫腻吗？他心里闷闷的，冲淡了原本的麻木。

他退出了与陈子凡的微信对话框，不自觉地发起了呆，等他回过神来时，发现自己竟然不知不觉地点开了朋友圈。

他扫了一眼，正要退出微信的手指顿住了，因为最上面的一条朋友圈刚好是陈子凡刚刚发布的：熊猫眼这个抠门鬼，竟然请我们吃帝王蟹？

配图是几张蟹肉的精美照片，有一张图不小心拍了五个人进去，几只胳膊中，他一眼就认出了她。那人白皙修长的手指正拿着蟹肉，袖子是她今天穿的那件浅蓝色的上衣。

费南城的眉头紧紧地蹙了起来，她没有过来，反而去了学校，只是为了请几个人吃消夜？他退出朋友圈，正要把手机扔到沙发上，就收到了一条信息，来自"Miss 沈"。

费南城的眼神里莫名多了一丝光，他打开微信，上面写着：费先生，你放心，我今天没去你家，以后也不会去你家给你造成困扰了。至于费老夫人那边，如果你需要，我也可以去告诉她是我不喜欢你，她应该就不会逼你了。

长长的一段字，费南城看了一遍又一遍，最后视线落在了"我不喜欢你"这五个字上。她接近他，追求他，就是为了找一个靠山，其实她根本就不喜欢他吧？就跟他对她是一样的。他们不过是各取所需而已。

他忽然觉得又不是那么饿了，两只手拿着手机，半晌后打出一个字：哦。

正要点击"发送"，他忽然觉得一个字太冷淡了，于是又打了几个字上去：我知道了。想了想，又打了两个字：谢谢。

第八章

只要看到他，就会很安心

花夏大学的操场上，五个人席地而坐，中间摆着六个打包盒，盒子里堆得满满的，除了两个盒子里是帝王蟹，其余的都是帝王宴里的经典菜式。

“太好吃了！这一份蟹肉至少得几千块钱吧？”

张千千的声音让沈于归回过神来，她眨了一下眼睛，道：“不知道，是酒店为了表示歉意送的。”

回家的路上，她打开纸袋瞧了瞧，这才发现酒店竟然送了这么多菜。妈妈不爱吃蟹，她一个人肯定吃不完，干脆就拐到学校喊上张千千和陈子凡他们一起吃。

王庆国的腿仍旧一瘸一拐的，虽然需要慢慢地养上一百来天，但日常生活没什么问题。他和杨明一人拿着一只蟹腿，吃得飞快，说话都含混不清了：“这螃蟹好大！”

旁边的陈子凡嗤笑了一下，道：“看你那没见识的样子，这是帝王蟹。”

沈于归有点疑惑，为什么打包回家的帝王蟹反而比在店里吃的好吃很多呢？至少没有那么酸了！她蹙了蹙眉，就听到陈子凡骄傲地说：“整个S 市，味道这么好的帝王蟹只有我哥的帝王宴了！这是帝王宴的吧？”

沈于归惊讶地抬起头来，嘴里还吃着蟹肉：“帝王宴是费氏集团的产业？”

陈子凡白了她一眼，吃东西的动作很优雅，速度却一点也不慢：“你这么大惊小怪干什么？我哥的产业遍布整个 S 市。”

那口气听着像是他的产业遍布整个 S 市似的，沈于归撇了撇嘴，吃东西的动作却慢了下来。其实今天司机来接她，她是有些惊讶的，但她想了想，还是决定不去了。他有喜欢的人了，那她这算是插足了吧？也怪不得之前那一晚他那么生气。

她虽然需要借助费家的势力，但也不能做这样的事，要跟他撇清关系才好。念头刚出，她就听到手机“嘀嘀”了一声。她低头，就看到了费南城发过来的微信消息：哦，我知道了，谢谢。

第二天，费南城开例会时一直走神。昨晚他给她发了微信消息后，她就再也没有回复了，也不知道今天怎么样。这么想着，他的视线落在了手机上。

会议开完，他在回顶楼的路上忽然询问：“沈家有人来对接吗？”

范繁一愣，道：“啊？”

他很快反应过来，看了一眼费南城，急忙说道：“您是说那份跟沈家的合约？一直到现在还没有人来对接项目的问题。是不是沈小姐没有告诉沈先生？”

费南城抿了抿嘴唇，冷冷地开口道：“我怎么知道？”

费总的语气太冲了，昨晚他被沈小姐放了鸽子，今天肯定不高兴吧？范繁的大脑飞快运转，很快就想明白了，并且提出了一个很好的建议：“不然您给沈小姐打个电话，问一下吧？”

费南城顿了顿，训斥道：“这么大的公司，这点小事都要我来问？”

范繁还没说话，就听费南城又开口道：“我给她打电话不好吧？算了，我发个微信问问吧。”范繁抽了抽嘴角，觉得自己莫名委屈，然后他就发现费先生的脚步加快了，似乎急切地想要回到办公室。

回到顶楼，费南城两只手捧着手机，在屏幕上点了很久，删了添，添了删，很久之后才将消息发了出去：投资部那边让我问一下，你什么时候来对接费氏对沈家投资的新项目？

他顿了顿，又拿起手机补充：我建议你最好亲自过来，这样会增加你的筹码……

他正打着字，还没编辑完消息，她就回复了他的消息：无功不受禄，谢谢费先生的投资，但不用了，那个合约不会生效的，你们直接取消就可以啦！

费南城的手指忽然停下。她的语气很轻松，却拒绝得那么干脆。他本来还担心她会不会上当受骗，原来她这么迫不及待地要跟他撇清关系？

他看着这条信息，最终还是将自己正在编辑的内容一个字一个字地删除掉，纠结了很久，才发了一个字：哦。然后他将手机扔在了办公桌上，发出“砰”的一声。

他绷住了下巴，心情有些不好，甚至有些隐隐的怒意，可他自己都不知道他在气什么。

一整天范繁都提心吊胆的，因为费总的脸色就像是火焰四溅的火山，似乎只要有一点点的风吹草动，他就会瞬间爆发！好不容易熬到了下班时间，范繁松了口气，终于可以跟“费火山”分开了。突然，他接到一个电话，面色骤然紧绷起来，他加快脚步，推开办公室的门大喊道：“费先生，不好了，老夫人突然被下了病危通知书！”

费南城猛地站起来，推开手中所有文件，外套都来不及穿就冲了出去，直奔地下停车场，范繁紧紧地追在他身后。

到了停车场，范繁正要往驾驶座那边走，却被费南城一把推开。费南城自己进了驾驶座，启动了车子。

范繁咬了咬牙，急忙坐上副驾驶的位置，刚坐好，安全带还没系上，车子就猛地冲了出去。一辆普通轿车硬是被费南城开成了跑车，范繁的手紧紧地抓着车内的把手，感受着这激情的速度，压下想吐的冲动。

此刻的费总再也没有了在外人面前的镇定自若，他的眼神里带着焦急和疯狂，焦急的情绪一览无余。

范繁叹了口气。这些年，费总也就和费老夫人相依为命，可偏偏费老夫人心脏不好，今年更是好几次被下了病危通知书。如果费老夫人没有了，那么费总就真的是孤家寡人了。

跟着费南城这么多年，范繁多少对他是有些感情的，想想那个场景，他莫名有些心疼。

费南城赶到了疗养院，范繁紧紧地跟在费南城身后，感觉到费南城的身体在发抖，他的心也跟着提了起来。

两个人刚进门，就看到管家拿着手机站在门口。管家看到费南城脸色不好的样子，急忙开口道："我正要给您打电话，费先生，刚才老夫人突然没了心跳，这会儿已经抢救过来了！"

听到"没了心跳"四个字时，范繁的腿都软了。幸亏抢救过来了！费南城一直提着的心直到此刻才终于放下，他深吸了两口气，将发抖的手藏进了口袋里，询问道："奶奶现在怎么样了？"

管家回答："老夫人还在昏迷中，脱离了危险期，但还需要观察。"

费南城点了点头，走到手术室门口，透过玻璃窗往无菌病房里看了看，见奶奶躺在那儿，旁边的仪器上显示一切正常，他紧绷的身体才终于放松下来。放松下来以后，他才察觉到手心里全是汗意，甚至双腿都有些发抖。

他走到旁边的沙发上坐下，刚坐好，外面突然传来一阵车子急刹车的声音，接着一道身影冲进来，焦急地问道："老夫人怎么样？"

冲进来的正是沈于归。或许是因为太着急，或许是这一路跑得太快了，她的嗓音比平时多了几分清冽。

费南城愣愣地看着她。小乌的离世、奶奶的病危都让他产生了一种孤立无援的感觉，仿佛整个世界只剩下了他一个人。可此时此刻，这个女孩这么闯进来，就像是他生命中唯一的希望。

沈于归接到电话就赶了过来，冲进门后才看到了费南城。两个人四目相对，一时间谁也没有说话。还是旁边的管家打破了两人之间诡异的安静："老夫人脱离了危险期，但还在观察中。沈小姐您先坐一会儿，老夫人醒了肯定有话要对您说。"

沈于归刚上完选修课，就接到了费管家的电话。费老夫人每次见她时都笑得很真诚、很和蔼，那种眼神不是假的。她从小在国外长大，没有亲人在身边，情感上的缺失导致别人对她一分好，她就会恨不得回报十分。听到老夫人病危，她没有耽搁，急忙打车赶过来，现在听见老夫人脱离了生命危险，她那颗提着的心终于放了下来。

她看向费南城，他坐在沙发上，高大的身躯透着一股落寞的感觉。不过是四天没见，他竟然消瘦了一圈，脸颊都凹陷下去，比之前的冷硬多了几分颓废，是因为太担心老夫人了吗？

她在距离他最远的沙发上坐下，为了掩饰不自在，她低头假装看手机，耳朵却仔细留意着周围的动静。

费南城的声音依旧低沉好听，只是嗓音里多了几分沙哑："怎么会突然病发？"

沈于归也抬起头来看向管家。管家叹了口气，皱起眉头道："老夫人最近心情挺好的，医生都说她身体比之前硬朗了一些，可昨天她听说沈小姐没有去费家，一下子就急了起来，生怕你们两个人吵架了，担心得一晚上没睡，心脏也有些不舒服，直到今晚终于发作了。"

没想到竟是这个原因，沈于归紧张起来，急忙问道："那现在呢？"

管家往手术室看了一眼，道："医生说暂时没事了，但一定不能再让老夫人担心了。你们两个可不要再闹矛盾了。"

沈于归听到这话，看向了旁边的男人。他们两个其实没有闹矛盾啊，连分手都算不上，只是她单方面追求失败而已。

她正要说些什么，护士从手术室里走了出来，开口道："老夫人醒了。"

话音落下，费南城猛地站起来大步走了过去。沈于归在原地犹豫了一下，悄悄跟在费南城身后。手术室的门开着，她跟着费南城走了进去。费老夫人此刻正颤巍巍地靠在病床上，脸色看着还行，只是嘴唇有些发紫，看着十分吓人。

费南城面露紧张之色："奶奶。"

费老夫人冷哼一声，说话时嘴唇都在抖："你可别喊我'奶奶'，我喊你'祖宗'行不行？你大了，我管不了你了！"

费南城想要再说什么，老夫人突然看到了沈于归，她伸出手急切地询问："小沈，是你来了吗？"

沈于归走到病床前，老夫人紧紧地抓住了她的手，道："小沈，昨晚你没来费家，是不是这个浑小子惹你生气了？你告诉奶奶，我打他！"

那抓着她手的力度，让沈于归有些疑惑。

费南城听到这话，下意识地看向沈于归。女孩身影单薄，低着头，背脊却挺得笔直。熟悉她的人都知道她看上去软弱可欺，但骨子里透着坚毅，认定的事情从不改变。

她给他发微信说会告诉老夫人是她不喜欢他，彻底了结这段纠缠，那她现在会说些什么？费南城心中一急，上前一步正要打断她，老夫人却狠狠地瞪了他一眼："你闭嘴！"然后又变脸似的温柔地拍了拍沈于归的手，道："小沈，有什么话你就直说。"

费南城想要给沈于归一个眼神暗示，她却连看都不看他。就在他有些着急的时候，她软软地开了口："没有，我昨晚身体不舒服，还给费先生发了微信的，奶奶你别乱想，我们两个很好的。"

费南城松了口气。

"身体不舒服？真的吗？"老夫人一脸怀疑地看着她，"还是你在给这个臭小子打圆场？小沈，你别怕，有什么委屈就告诉奶奶。"

沈于归眨了一下眼睛，看了费南城一眼，认识他到现在，她还没见过他这么紧张的时候。最近她是真的有点生他的气，生日宴上，他让人用一句"有喜欢的人了"就跟她撇清了关系。她跟他之间一直是他占据上风，现在终于有他求到她头上的时候了吧？

见老夫人这会儿脸色红润，沈于归突然就起了戏弄他的心思，她大大的眼睛里闪过一抹委屈，嘟起了嘴巴："还真有一件委屈的事……"

老夫人直接开口道："什么事？你说，奶奶给你做主！要是这臭小子真欺负你了，我打断他的腿！"

费南城满脸疑问：为什么有一种自己不是亲生的感觉？

沈于归皱起眉头，做出一副苦恼的样子，忽然扭头看向费南城，摸着自己脸上的胎记开口道："费先生他喊我'丑八怪'。"

"什么？"老夫人凶巴巴地看向费南城，"你到底会不会说话？当着我的面，你给我说清楚，小沈好不好看？"

房间里的医生、护士都还没出去，听到这话齐刷刷地看向沈于归。女孩脸上的那个胎记太狰狞了，怎么都跟好看不搭边吧，费老夫人这不是为难人吗？费先生真可怜！

沈于归也看向费南城，她就喜欢看他气得不行却偏偏拿她无可奈何的样子。正嘚瑟着，却见他深邃的眼神落在她身上，就像是直直地看到了她的心里。他的声音透着真诚："沈小姐很好看、很精致。"

沈于归抽了抽嘴角，为什么这男人说句谎话也能让人当真呢？本来是调戏他，没想到反而弄得她脸上有点发烫。她咳嗽了一下，还没说话，费老夫人却又怒了，说：“沈小姐？你们都这么熟悉了，怎么称呼还这么生疏？怪不得我们小沈生气！”

这话一出，费南城抿住嘴唇，绷紧了脸颊。沈于归正要说点什么转移话题，却见他扭头看向她，认真地询问：“你的小名是什么？”

他似乎有些纠结，又道：“我喊你什么比较合适？”

沈于归诧异地瞪大了眼睛，有点难以置信。今天的费先生不会是发烧了吧？她又看了一眼老夫人，恍然大悟：他那么在乎老夫人，肯定是怕老夫人生气。

但小名……“乌龟”是发小对她的称呼，姐姐沈从心没有小名。当年在国外时，她随便胡诌了一个“小乌”，但小乌是只属于那个人的，即便他离开了她、背叛了她。

沈于归垂下头，掩饰自己的神色：“我没有小名。”

老夫人迟疑了一下，道：“要么喊从心？不行，不够亲切，体现不出你们两个人的关系。情侣间都怎么喊？亲爱的？宝贝？”

沈于归也被带歪了，说：“或者心肝？”

费南城表示抗议。

“喊沈妹妹吧，这个比较好！”老夫人一锤定音，然后看向费南城，“你喊一下试试。”

费南城一副被噎住了的表情。

“快点喊，你不喊就是要气死我这个老婆子。”老夫人见他不说话，顿时发飙。

费南城被逼得没办法了，只能看向沈于归，薄唇轻启：“沈妹妹。”声音低沉，三个字听着让人感觉心里酥酥的。

沈于归觉得像是有什么东西轻轻滑过耳膜，然后刺激到心脏。她正发愣，费南城的声音又传了过来：“那沈妹妹喊我费先生也不合适吧？”

沈于归震惊地抬起头，如果不是确定费南城没有兄弟，她肯定会怀疑面前的人换了！她这是被反调戏了吗？

她正纠结着，老夫人又看向她：“对，费先生也太生疏了，小沈，他喊你沈妹妹，你喊他南城哥吧，来，叫一声给我听听。”

她为什么要挖这个坑？把自己也埋进去了！沈于归抽动了一下嘴角，喊不出来。

老夫人叹息了一声，把手放在自己心口，做出一副伤心欲绝的样子，说："小沈，你是不是还不愿意原谅他？"

沈于归沉默了，为什么她就学不会这男人的厚脸皮？当着这么多人的面，他那句"沈妹妹"到底是怎么喊出来的？

她咽了下口水，声若蚊蚋般开了口："南、城、哥。"一个字一个字地蹦出来，喊得十分生硬。

费南城听着，连眸光都深了几分。

老夫人顿时笑了起来："好，看你们没事，我就放心了。天色晚了，你们不用守着我了，南城，你送小沈回家。"

沈于归和费南城还想要说些什么，却被老夫人强势地往外赶："医生都说我没事了，你们就赶紧回去吧！"

跟医生确定了以后，费南城这才带着沈于归离开了病房。等到两个人走后，老夫人突然笑着看向管家："看吧，不把我的病情说得重一点，这臭小子能这么乖乖听话？"

宾利轿车稳稳地驶出疗养院。范繁开车，沈于归和费南城坐在后座，相对无言，车内的气氛一时有些尴尬。

沈于归觉得不能这么安静下去了，率先开了口："那个……"

"你……"

没想到在她开口时，费南城竟然也说了话，两个人又齐刷刷地停下，等待着对方先说，于是车内又安静了下来。

过了一会儿，费南城才开口，他的眼睛里闪烁着光芒，话语在暗夜中带着点暧昧："沈妹妹，你先说。"

沈于归瞳孔都瞪大了，这个"沈妹妹"，他到底是怎么喊得这么顺口的？！而且为什么听着有点讽刺的意味？

这家伙不会以为自己又利用了老夫人来接近他吧？她眨了眨眼睛，为自己解释清楚："今天老夫人身体不好，所以那句话我就没说，但是你放心，我不会纠缠着你不放的。"

正满怀希望的费南城听到这话，却没生气，也没有狂躁，不知道为什么，面前的女孩子让他越发欣赏。她果决、刚毅，却不失善良，拿得起，放得下。

从那次生日宴后，她就真的再也没有纠缠过他，哪怕她还需要利用他的身份，可她从来没有开口求助过。

沈于归说完这句话，没听到男人回复，于是好奇地看向他，却见他正盯着自己，那眼神带着点说不清道不明的意味。她正好奇他在想什么，就听见他说："今天谢谢你。"

他顿了顿，又开口道："我们做个新的交易吧。"

沈于归一愣，道："什么？"

费南城抿了抿嘴唇，他不知道自己是怎么想的，但他决定按照自己的心意走一回："奶奶这边需要你配合我，而沈家那边我无条件支持你，可以吗？"

当然可以！按照沈天浩那种见钱眼开的性格，如果知道她和费南城没了关系，肯定会立刻将她和妈妈踢走。自从那天她答应了妈妈会抢回公司以后，就没有了退路！而她要报仇，就必须有个强有力的靠山。

齐旭尧说要做她的靠山，可到现在她都没有搞清楚齐旭尧要什么。那个男人太危险，她不想过多接触，相比较而言，她更信任费南城。

她立马点头，就连笑容都轻松了许多，这些天的焦虑去了一半。她又恢复了往日的自信，勾起嘴角："费先生，这个交易我也不会让你吃太多亏，老夫人这边我肯定全力配合，至于我这边，只要您不要对外否认和我之间的关系就可以了，别的事情我不会给你添麻烦的。"

费南城心想：我一点也不怕麻烦！

车子到了沈家门口，沈于归下车跟费南城告别时忽然想到了那个称呼。如今两个人的关系算是缓和了，她忽然就嘴贱地说了一声："南城哥，再见哦！"

费南城再次被这个称呼噎住了。

沈于归蹦蹦跳跳地往家里走，刚进门就看到于曼瑜紧张地走过来。她一把抓住沈于归的手腕，压低了声音，紧张地开口道："于归，你姐姐出事了！"

沈于归脑子一片空白，整个身体紧绷起来，她左右看了看，见没人注意到这边，这才压低了声音询问：“怎么了？”

于曼瑜满脸担忧，有些不安地来回走动着，然后小声开口道：“今晚你姐姐打来了电话，说她想了很久，决定做手术去掉那个胎记。”

姐姐的胎记遍布眼周，小时候于曼瑜就带她去咨询过，医生说胎记深入肌肤里层，如果真的要做手术去除的话，有百分之八十的可能会伤到眼睛。姐姐也知道手术的危险，怎么会……

沈于归微微皱起眉头：“姐姐怎么会突然做出这个决定？”

于曼瑜心疼得眼圈都红了，说：“我知道她这些年一直过得很憋屈，因为长相而自卑得抬不起头来，可这也太偏激了。你说她手术的时候也没有个亲人在身边，万一出事了怎么办？”

沈于归绷住了下巴，觉得事情有些蹊跷。姐姐一向胆小，怕危险，从未想过去做手术，现在怎么会突然……是什么人给了她勇气吗，还是姐姐在外面发生了什么事？

于曼瑜急得团团转：“她还说让我别担心，她不会拿自己的生命开玩笑的，这是她思考了很久后做出的决定，还说让我们不要去找她，否则她就不会再跟我联系了。于归，这可怎么办？”

姐姐性格软弱，但认准的事十头牛也拉不回来，姐姐既然这么说，她们就真的不能大张旗鼓地去找人。

沈于归也想不出什么好办法，可见于曼瑜没了主意，她只能开口道：“妈，你别急，姐姐已经二十二岁了，是个成年人了，她要为自己的人生做出选择。”

于曼瑜的眼泪滚落下来，她擦了一下泪珠：“对，她也长大了。”可是擦了一颗，更多的泪水涌了出来。

沈于归叹了口气，扶着于曼瑜上了楼，等安抚好妈妈以后，沈于归这才回到了卧室。她拿出电脑，手指飞快地在上面操作着，很快就利用技术手段进了各大整形医院的数据库。屏幕上飞快地闪烁着整容客人的照片，可没有姐姐。她一直忙碌到半夜都没有找到姐姐的信息，最后不知不觉地趴在桌子上睡着了。

沈于归是被楼下的声音吵醒的。她迷迷糊糊地睁开眼睛，动了动有些酸涩的脖子，这才打开房门，然后就听到了沈芷兰讨好的声音："尧哥哥，你来这么早，肯定还没吃早餐吧？"

齐旭尧那个话痨今天竟然惜字如金："嗯。"

沈芷兰顿时接话道："要不你在我们家吃一点吧，你在国外肯定不怎么吃中餐吧？"

齐旭尧不复昨日撩拨人的态度，拒绝道："不用了。"

沈于归挑眉，一大早的这两个人怎么跑她家里来了？她往楼梯处走了两步，就看到一身白色西装的齐旭尧坐在沙发上，旁边站着沈芷兰。

沈芷兰态度殷勤，似乎一点也察觉不到对方的冷淡："尧哥哥，你要不要喝点果汁？"

沈于归冷笑了一下，回到卧室洗漱，换了衣服后才再次出门，刚好看到于曼瑜站在门口也伸长了脖子往下看，见沈于归出来，她便解释道："一大早齐先生就来了，然后半个小时后沈芷兰登门。"

沈于归皱起了眉头，声音带着点刚起床的沙哑，眼里闪过一抹厉色："家里的保姆该换了。"

很明显是有人把家里的情况告诉了沈芷兰。

于曼瑜也点了点头，道："我以前忍着他们，是想让他们传递消息给白竹和沈天浩，让他们对我放松警惕，现在的确没必要委屈自己了。"

"这个事交给我。"沈于归自信地说完这句话，就低头下了楼。

听到楼上传来声音，已经面色不耐的齐旭尧顿时站起来，看到沈于归后，他的眼睛一下子就亮了，刚才还板着的脸露出了一个迷人的微笑，道："沈小姐，早。"

沈于归见沈芷兰气得脸色都变了，心情就很不错，于是软软地对齐旭尧开了口："早，你怎么来了？"

齐旭尧勾出一个恰到好处的微笑，道："来送你上学啊。"

沈于归满脸疑惑，她已经看到沈芷兰眼神里射过来的刀子了！于是她微微勾唇下了楼，直接往餐厅那边走。

沈芷兰气得攥紧了拳头，眼眶里有水光闪烁，她怎么会输给这个丑八怪？她咬住嘴唇，突然想到了什么，然后故意点出沈于归的丑事："姐，你的专业课怎么样了？上学期挂了科，这学期老师让你重修，你有什么不会的地方吗？”

沈芷兰要让齐旭尧明白，这个女人不仅长得不好看，学习还不好！可她话音刚落，却见齐旭尧眼睛一亮，他两只手插在口袋里，姿态优雅地站在那儿，用一双深邃的桃花眼盯着沈于归，深情地开了口：“计算机吗？正好我对这方面很擅长，不然我给你补补课，保准你考试通过！”

沈于归刚喝了一口粥，听到这话差点喷出来。不过齐旭尧很擅长计算机？

她还没想明白，沈芷兰就忍不住开了口：“尧哥哥，你怎么能这样？”

齐旭尧这才看向沈芷兰，疑惑地道：“咦，你怎么还在这里，不是上学去了吗？”

沈芷兰听到这话，脸色涨得通红，毕竟她曾经很骄傲，此刻被人这么不留情面地拆台，她压制不住那份恼怒，气得原地跺了跺脚，然后猛地转身哭着跑了出去。

齐旭尧却连一个眼神都没给她，反而自来熟地坐到沈于归旁边：“你们家这个妹妹对我有意思哦。”

沈于归撇了撇嘴，道：“你既然知道，怎么不懂怜香惜玉？”

齐旭尧勾唇：“我要是对她怜香惜玉，你恐怕就不会理我了吧，女生不都是这么小心眼吗？”

说着他又靠近了沈于归，道：“喂，刚才听她说你专业课倒数第一？我给你补一补，保证你通过考试。”

沈于归眯起了眸子，歪了歪头，嘴里还吃着东西：“你计算机很厉害？”

齐旭尧勾唇，露出一抹高深莫测的笑，道：“嗯。”

“多厉害？”

齐旭尧凝眉思考了一下，道：“去年的世界黑客比赛你知道吗？”

沈于归心中“咯噔”一下，她参加黑客比赛的时候是戴着口罩、蒙着面的，但齐旭尧也参加了？她仔细看了齐旭尧几眼，这家伙的确有点眼熟。

她想起来了！何止是眼熟，黑客比赛的时候，她的确见过他，当时他还戴着牌子，牌子上是个代号。沈于归惊讶得眼珠子都快要从眼眶里掉出来了，她想到了，是 Zero！

沈于归默默地将嘴里的粥咽下去，很想问一句：兄弟，送你的小礼物喜欢吗？

她咳嗽了一下，低头掩饰自己的惊讶："哦，那个啊，知道。"

齐旭尧勾起了嘴角："当时闲着无聊去参加了一下，拿了个还凑合的名次，辅导你的专业课绰绰有余。"

世界排名第二的黑客跑来辅导别人大学里的专业课，的确是屈才了！她将碗里的粥一口气喝了下去，这才站起来道："不用，我去上课了。"

齐旭尧紧跟在她身后，快走两步来到自己的车前，打开了副驾驶座的车门："我送你啊！"

沈于归刚要说话，齐旭尧就优雅地笑了，说："如果你不上车，那我就去找你爸爸提亲。你说，齐家和费家，他会选择哪个？"

这个卑鄙的家伙！她现在还不想将事情闹到沈天浩那边去，有费先生做她的靠山就够了。无奈之下，她坐进了齐旭尧的车。

齐旭尧今天换了一辆黄色的跑车，依旧很风骚、很显眼。一路上，只要看到他，沈于归就莫名在心里给他的脸上涂鸦。她勾起嘴角，笑了起来。

"怎么，看到我就这么开心？"齐旭尧无时无刻不在撩人。

沈于归有点想笑，很想告诉他真相怎么办？忍住，要忍住！

陈子凡早上出校门吃了早餐，正懒洋洋地往学校里走，忽然间看到一辆黄色跑车停在了学校停车位上。他本来没在意，可当跑车的主人从驾驶座上下来时，他眯起了眼睛，竟然是齐旭尧？然后，他就看到齐旭尧绅士地跑到副驾驶座的位置打开了门，小心翼翼地呵护着里面的女孩下了车。

在看到那女孩以后，陈子凡顿时惊呆了！他想也没想就拿起手机拍了个小视频发给了费南城，并且发了一个字：哥！

刚到费氏集团大楼，费南城的手机就震动了一下，他低头看到微信上的消息后微微眯着眼睛，忽然问范繁："花夏大学那边，我的课是什么时候？"

范繁道："一个月一节课，还有半个多月呢。"

费南城垂眸："哦。"

范繁看了看他，好端端的，费总怎么提起了花夏大学，难道是想沈小姐了？他顿时心领神会，道："费总，我突然想到我们在花夏大学投资了一个项目，您要不要去察看一下？”

“那么小的项目，有什么好察看的。”

范繁没说话，已经懂老板套路的他默默地等着下一句。果然，老板问道：“今天上午有安排吗？”

“本来有个小会议，”范繁开口，“我给您推到下午五点吧。”

“嗯，既然没事，那就去看看吧。”

沈于归往教室里走，看着身边的跟屁虫便皱了眉道：“齐先生，我去上课，你跟着我干什么？”

齐旭尧笑道：“我来旁听啊，这样可以陪着你。”

这家伙脸皮太厚，她懒得理他。

沈于归进入了教室，发现大家在热切地议论着什么，兴致很高。

张千千很激动地给她转述：“咱们学校召开了一个世界网络信息研讨大会，今天全国各地的高才生都来了！还有 STF 大学的研究生 Skay，虽然他跟文若清是一个大学的，但他的技术是真的过硬！从心，你听过这个人吗？”

沈于归听到这话，微微一愣。她何止听说过，还很熟呢！ STF 是国外计算机最顶尖的学府，培养了很多精英人才，Skay 就是其中一个。说起来，她跟 Skay 还有些渊源。

当初她以小乌的身份在 STF 求学时，跟 Skay 可是同窗！换句话说，Skay 见过她！虽说时隔六年，他不一定能认出她来，但保险起见，她还是要疏远他们才是。

这个念头刚出，老师就冲到了教室里，兴奋地喊道：“今天学校里有个重要的学术研讨会议，我想大家都知道了，现在出了一些情况：本来请了英语系的学生们接待的，但英语系的学生对咱们专业领域不懂，所以学校临时决定让咱们班的同学过去接待，也可以学习一下他们研讨的内容！好了，大家准备一下，外国友人半个小时后到！”说完还补了一句，“不许缺席，记学分的！”

沈于归本来打算偷偷溜走的脚步就这么被“学分”两个字给定在了原地。

别的大四学生课业都很少了，可姐姐因为学分不够，这学期不仅需要补考很多专业课，就连选修课都乱选了一通。即便这样，也只有所有课程全部及格，姐姐才能顺利毕业，所以学分对沈于归来说简直太重要了。

大家兴致勃勃地往外走，热情高涨，毕竟这样的交流会并不常见，能去做个接待员也是一种资历。

沈于归跟着张千千往外走，齐旭尧很自然地跟在两个人身后。张千千看了看他，又看向了沈于归，然后凑到沈于归耳边低声询问："男朋友？"

齐旭尧勾唇，笑着夸了一句："张小姐好眼光！"

沈于归抽了抽嘴角，先是郑重其事地对张千千解释："不要听他乱说，不是。"然后又看向齐旭尧："我们去做接待员，你跟着我们干什么？"

齐旭尧勾唇道："这种国际级别的交流会，我想去看看，也不是跟着你，刚好我们同路而已。"

紧跟在几人身后的陈子凡看到这个情景，冷哼了一声，他仰着头，一副不屑的样子，手却打开了手机摄像头，又给费南城发了一条短视频信息。

车子到达花夏大学时，费南城刚好收到陈子凡的第二个短视频，齐旭尧竟然还没走！费南城凝眉，侧头，刚好看到第一个短视频中齐旭尧那辆黄色的车子停在不远处的停车场中。他如水般清凉淡漠的眸子里闪过一抹幽光。

齐旭尧正慢悠悠地跟在沈于归身后，手机忽然响了起来。他微微一愣，接听了电话，对面传来了一道有些熟悉的声音："你好，请问你是那辆屎黄色车子的主人吗？车牌尾号是 ×××。"

齐旭尧满心疑惑，车牌号是他的，但哪里是屎黄？那是明黄色好吗？他有些不快地开口道："是。"

"不好意思啊，你能过来一下吗？你的车出了一点点小问题。"

五分钟后，看着车尾被撞得塌陷进去的模样，齐旭尧抽了抽嘴角，这是一点点小问题？

他扭头看向旁边熟悉的肇事者，忍了又忍："怎么又是你啊？"

这人不是别人，正是当初在帝王宴泼了他一身海鲜汤的服务员！那服务员委屈地站在一辆两万块钱就可以买到的车旁边，弱弱地跟他打招呼：

“齐先生，好巧啊。”

巧个鬼啊！齐旭尧再次看向好好地停在那儿的车子，抚了抚额头。服务员紧张地解释道：“齐先生，我刚买了车，还开不好，所以才撞上去的，对不起呀。”

他刚拿了奖金买的车，没想到出门竟然遇见了费先生。他面上苦兮兮，内心笑眯眯，这次可以换辆好车了！

齐旭尧没空在这里跟服务员废话，他低头看了下表，马上就到时间了，他着急回去，直接迈开了脚步，说：“我这车不用你赔，这件事就这样吧。”

他刚走了一步，衣袖就被人紧紧地抓住了。

齐旭尧回头就看到服务员一脸义愤填膺的表情：“你这人怎么这样？”

齐旭尧心想：我这人怎么了？

服务员愤怒地开口道：“你看我开的是两万块钱的小车，所以看不起我吗？告诉你，尊严比钱财更重要，今天你这车，我必须要赔！”

这人脑子有问题吧？齐旭尧抽了抽嘴角，知道自己短时间内恐怕脱不了身，干脆拿起手机给沈于归打了个电话。

电话很快被接听，他开口道：“我这边出了点事，可能过不去了。”

对方软软地回道：“是吗？那真是太不巧了。”

听出了对方话语里的幸灾乐祸，齐旭尧勾起嘴角叹了口气，道：“知道你担心我，放心，晚上我肯定来接你放学。”

服务员在旁边听着他的话，默默地拿起手机，飞快地给费先生发消息汇报进展：费先生，他快要被气死了，而且他还打电话给一个女孩子，那女孩子似乎很为他担心呢，还要他晚上必须来接她放学。

收到消息的费南城面上一冷。

齐旭尧不来了，沈于归终于松了口气。今天是外宾到达的日期，正式的交流会要在明天举行，现在他们的任务就是接待这群人住到学校的宾馆里。她轻松地跟着张千千来到了校门口，就看到前方已经站了一排人，此时大家正在分配任务。

张千千和沈于归刚走过去，就听到沈芷兰开口道：“张千千你一会儿负责一号车的接待，沈从心你等会儿负责帮忙搬运行李。”

沈于归皱起眉头，这摆明了是让她干苦力啊！她还没开口，张千千就直接站在了她面前，对着沈芷兰喊道："凭什么让从心去搬运行李？班级里这么多男生呢！沈芷兰，你这也太过分了吧？"

话音刚落，沈芷兰就笑着看过来，道："今天的外宾有些多，我们要负责跟他们交流，我当然也想让姐姐来干一些轻松的事情，可她英语口语好吗？"

沈从心的性格一向很闷，不爱说话，她英语其实不错，但口语的确差，老师让她读英文课文她都会磕磕巴巴的。

沈芷兰一句话堵住了张千千，刘玲顺势嘲讽道："呵呵，学习不好还在这里挑三拣四，你的口语要是有芷兰那么好，那么我们也听你的分配。今天芷兰可是咱们的领导，你们现在想不服从命令吗？不想干就走啊，反正没了学分，有些人就毕不了业。"

张千千还想说什么，沈于归拽住了她的胳膊："好了，就这样吧！"

她正好不想去接待呢，帮忙搬运行李刚好可以避免跟 Skay 见面！虽然已经过去六年，她脸上还多了一个胎记，但多一事不如少一事。她正想着，前面忽然热闹起来，有人喊道："外宾来了！"

沈于归低下头，用头发遮住了脸庞，降低自己的存在感。

第一辆车子很快到达，他们下车后，口语比较好的几个人就上前跟他们交流起来，司机将他们的行李从车厢中拿出来拖到了旁边。

沈芷兰喊道："沈从心，快来，这些行李分别是 101、103 和 108 房间的，你帮忙送过去！"说完这句话，她就笑着带着几个外国人走在前面。

有一位男士回头看了一眼，用英文询问："不如我们自己拎行李箱吧，让这么瘦弱的女生帮忙真不好意思。"

沈芷兰却直接回道："不用，她力气很大。我带你们参观一下校园吧？"

沈于归看了一眼行李，三个房间住了六个人，还有一位女士带了两个箱子，一共是七个行李箱。从校门口到学校酒店足有一千米的距离，帮忙搬运行李的男生也不过是每个人最多推四个箱子，沈芷兰这摆明了是在为难她。

沈于归想要说些什么，第二车外宾又到了，率先走下来的人竟然是 Skay！六年不见，他依旧是那副自以为很酷的模样，高仰着头，蓝色的眼珠里透着倨傲，脸上写满了"你们都是弱者"的表情。

沈于归的话瞬间咽了下去，同时低下了头。

如果这时候跟沈芷兰闹起来，恐怕她就要成为焦点，沈于归一咬牙，握住了行李箱把手。一直关注着这边的张千千忍不住了，扔下手头的工作，来到沈于归身边："从心，我来帮你！"

两个女生推着七个行李箱还是非常吃力的，偏偏本专业的男生们也都被安排了工作，没有人能空出手来帮她们。十月初的天气已经凉了，可她们两个人的额头上还是冒出了汗珠。

不远处，费南城正在计算机院领导的陪伴下走在校园中，院领导开口道："也就只有费先生想得出到这里来招聘人才的主意，交流大会的确涵盖了世界各地的顶尖人才，就是不知道他们愿不愿意来到华夏工作。"

费南城语气很淡："只要给够福利，我相信没问题。"身为领导者，他要做的是将最顶尖的人才招揽到自己名下。

校门口站着接待外宾的大四学生们，费南城说完这句话，抬起眼帘淡淡地看过去，一眼就看到了那道艰难前行的瘦小身影。她一手拖着两个行李箱往前走，滑轮稍微倾斜，行李箱就会四处乱跑，她只能停下来将箱子扶正。一连串的动作下来，她额头上已经冒出汗珠。

费南城的眼神瞬间冷了下来。范繁调查她的时候，曾有一条是说她在学校里备受欺凌，接触后他觉得按照她的性格应该不会，没想到竟然是真的。

他扭头看向院长，面色阴沉如水，声音很冷地开口道："计算机学院是缺男生吗，还是我们花夏大学雇不起几个人？"

沈于归正跟着张千千拖着行李往前走，突然走过来几个男生："我们来帮忙吧！"然后就抢过了她们手里的行李箱，走在了前面。

沈于归一头雾水，她扮成姐姐以后，因为有胎记，被人这么关心照顾的时候可不多，今天怎么了，难道是张千千魅力四射？

不过既然有人帮忙，她也不会让自己受虐，她走在前面，带着这几个人来到了酒店，并且按照编号将行李箱分别送到了几个房间里。

那几个男生做完了也不走，直接开口道："学姐好，我们是大二的，您看还有什么行李要搬运的吗？"

沈于归心想：今天这是走了什么运，竟然遇到了这么可爱的小学弟。

她正在思考着，沈芷兰和刘玲走了过来。看到这种情况，沈芷兰脸色都变了，刘玲率先出口："沈从心，你什么意思？找几个学弟来帮忙，显摆什么呢？"

沈于归歪着头思考了一下，软软地说道："显摆我人缘好？"

张千千冷笑了一下，道："怎么，有人帮忙不行吗？学校里似乎没有这个规定吧。"

沈芷兰皱起眉头，视线在张千千身上停留了一下，这个人总是维护着沈从心。她垂下眼帘，想到自己刚才的安排，开口道："张千千，我刚看到 205 的外宾正在前台交涉，你去帮忙交流一下。"

张千千撇了撇嘴，道："行。"沈芷兰英语最好，被推选为组长，他们就要听话。如果不配合的话，被她告到老师那里就不好了。不就是翻译吗？有什么难的。张千千没多想，往那边走了。

沈于归却皱起了眉头，总觉得沈芷兰别有目的，她想了想，先打发了身后的小学弟，这才往前台走过去。她刚到那边，就看到张千千急得满头大汗，边用手比画着，边跟对方用英文交流。

对方是个国外的大男生，也很着急，他说的英文夹杂着他们那里的口音，语法和读法完全不同，明明说的是英文，可张千千硬是听不懂。沈芷兰摆明了是故意为难她。张千千急得扭头看向四周："有人能听得懂他说什么吗？"

见没人应答，张千千又说道："那就喊英语系的人来帮忙！"

接待外宾，虽然计算机系的人是主力，但就怕遇到这种情况，所以会有英语系的人来帮忙。可众人往四周看了看，有人疑惑地开口道："不知怎的，英语系的人这会儿都不在。"

沈于归眸光闪烁，不明白沈芷兰为什么这么针对张千千。她正在想着，就听到沈芷兰无奈地开口道："张千千，亏你还跟我竞争保研名额呢，这点英语交流就难住你了吗？"

原来是为了这个！沈于归冷笑，沈芷兰是打算让张千千交流不当，然后给学校留下一个英语不好的坏印象？

刘玲道："芷兰，你英语最好，不然你试试？"

听到这话，张千千求助地看过去。沈芷兰站在那儿叹了口气，道："我也不知道能不能行呢。”

她上前一步来到张千千面前，压低了声音开口道：“张千千，如果因为你而让咱们学校出了丑，你觉得学校还会给你这个保研的机会吗？”

这话一出，张千千明白过来，脸色大变：“你怎么这么卑鄙？”

沈芷兰嘚瑟地挑了挑眉，勾起一抹得意的笑。

张千千急得眼眶都红了，另一边的外宾也挥舞着手在说话，就在这时，一道高大的身影被学生会的人引着走了进来，竟然是 Skay！

这边的情况引起了他们的注意，Skay 耸了耸肩，蓝色的眸子里闪过一抹轻视，用英文嘲讽地开口道：“这就是你们一流大学的接待水平吗？连交流都是个大问题。”

他的话语里带着浓浓的鄙视，大家齐齐变了脸色，可偏偏无法反驳。学校非常重视这个交流大会，来的人也都是全世界最顶尖学府的研究生、博士生，在这群人面前出丑，会让花夏大学面上无光。

沈于归看着 Skay，眼里闪过一抹厉色。这个 Skay 非常不喜欢东方面孔，当初她在 STF 求学时，Skay 就对她有敌意，多次嘲讽她，算是她的老对手了。没想到六年不见，他还是这么让人讨厌！

张千千咬住了嘴唇，一种浓郁的荣辱感袭遍了她的全身。都怪她听不懂这英文，害学校丢了面子。可这种时刻，她也不可能对着他们说“请稍等一下”，然后去喊英语专业的人过来。

旁边的刘玲忍不住拽了拽沈芷兰的胳膊：“芷兰，不然你帮帮忙吧，真的闹得太难看了，咱们学校的面子就没了！”

在这样的关键时刻，没想到沈芷兰只是冷笑了一下，缓缓地开口道：“主要是这方言太偏了，我也没听过，我真的听不懂啊。”学校的面子关她什么事？只要她能得到好处就行。

张千千像是做了什么决定似的，往沈芷兰那边走了一步，红着眼眶，眼神坚定地开口道：“沈芷兰，如果你能解决这个困难，我愿意退出保研。”

沈于归听到这话愣住了，看着张千千，心中百感交集。

沈于归知道这个女孩很讲义气，是姐姐唯一的好友，但她性格冲动，在班级里不怎么起眼，而且各方面都不是最优秀的，拿到这个保研名额对她来说太过艰难，她絮叨过无数次，说这个保研很重要。沈于归怎么也想不到，这一刻，她会为了学校的名誉而放弃。

沈芷兰看着张千千，急忙说道："千千，你别这么说，什么放弃不放弃的，我要是听得懂早就帮忙了。"

她脸上露出了得意的笑容，可这笑容还未展开，她就听到一道软软的声音："我来吧。"她的笑僵在了脸上，不可置信地看向沈于归。

众人都看向这个英文口语最差的人，露出了震惊的神色，刘玲更是开了口："你来？平时读个课文都磕磕巴巴的，你是来报复社会的吗？"

有人提议："别管这些了，现在赶紧去找英语系的人过来！"

就在大家都不相信沈于归的时刻，沈于归迈开步伐，慢慢地来到那位外宾面前，抬起头，用流利的英文说道："很抱歉，你刚才说了什么？"

众人一下子安静下来，不可置信地看向沈于归。这标准的发音真是从那个女人口中发出来的？站在门口的 Skay 脸色有几分难看，他盯着沈于归，不明白为什么这个女孩子看着有几分熟悉。竟有些像是那个讨厌鬼。不对，那个人脸上没有这么大的胎记。对华人有些脸盲的 Skay 一时间没辨认出来。

在众人的惊叹中，沈于归已经交流完毕。她看向酒店前台，开口道："他说房间里的热水器有些问题，想要换到对面的房间，询问可不可以。"

前台快速办理，将房卡交给那个外宾时，那人连连点头道谢。

Skay 眯着眼睛冷笑了一下，忽然开口道："你的英文很棒，是在国外长大的吗？就花夏大学的英语教学水平，应该听不懂他的口音。"

大家的眼神变得有些愤怒，什么叫"就花夏大学的英语教学水平"？说得他多高级似的！

一片寂静中，沈于归勾起嘴角，优雅地开了口："很抱歉，你猜错了。我是计算机系里英文最差的人。"

说到这里，她顿了顿，挑眉补充道："我从未出过国，英文全是在花夏大学学的。而且我听说你们那里有很多学校开设了汉语课程，大家都说华夏文学博大精深，汉语才是最难学的语言。希望有一天我们去你们学校做客时，您能用汉语跟我们交流。"

沈于归说完这些，Skay 的脸色变得更加难看。他没有想到自己会被反讽，脸色铁青地办了入住手续，上了楼。

等他走了以后，大厅里忽然间爆发出热烈的掌声。

还有人私下议论着："刚才沈从心好帅啊！"

"对，没想到她的英语这么好！"

"沈芷兰都不会，她却说得那么溜。而且你不觉得沈芷兰太骄傲了吗？反而是沈从心一直脾气挺好的。"

沈芷兰怎么也没想到她为难张千千没有成功，反而还让沈从心出了这么大的风头！她气得眼睛里都快要冒火了。就在这时，校领导带着班主任走了进来，道："谁是这次接待小组的组长？"

沈芷兰负责这次的事情本来就是有目的的，院领导来这里，她以为是正常巡视，正好可以在领导面前留个好印象，对保研有好处，于是她笑着上前："是我。"

院领导盯着她，脸色难看地开口道："是你安排了今天的接待事宜？"

沈芷兰心里"咯噔"一下，她故意将英语系的人调走、为难张千千的事，难道被领导知道了？不应该啊，她办得那么隐晦。

她思考间，领导怒气冲冲地开了口："今天这么重要的场合，多少外宾前来，看到的是我们花夏大学的风貌！结果呢，你找两个女生搬箱子，觉得好看还是怎么着？"

搬箱子？她急忙解释："不是这样的，我安排她们去搬箱子是因为……"

领导追问道："因为什么？"

"因为她……"

"英语不好"这四个字，此刻她怎么也说不出口了。

院领导冷笑了一下，道："沈芷兰对吧？我知道你跟沈从心同学之间的矛盾，我从不在意学生的身份问题，毕竟你母亲的事跟你无关，甚至前几天看到保研名额上有你时，我还想给你一个机会，可没想到你竟然利用职务之便挤对同学！"

说完这句话，他转身走了，留下了目瞪口呆的沈芷兰。他这是什么意思？本来要给她机会的，那现在还会给她机会吗？沈芷兰的脸色突然苍白如纸。

弄巧成拙的沈芷兰成了一个笑话，沈于归却受到了大家的欢迎——刚才的事情早就通过班级群传到了每个人的耳中。她脸上的胎记太明显，早就是知名人物，接下来无论她走到哪里，都会有同学对她露出和善的笑容。

忙碌了一整天，终于完成了任务，计算机专业的学生们都松了口气。天色已晚，而且明天就是交流大会，沈于归打算给于曼瑜发个短信，告诉她今晚自己不回去了，住在宿舍里。

她刚拿起手机就看到几条短信息，来自齐旭尧：今天我的车子被一个神经病给撞了，我第一次见撞车的人非要赔偿的，还叫了保险公司过来仔细处理，一个划痕也要大惊小怪，被他占用了一天的时间，这会儿终于忙完了。

齐旭尧：大小姐，你放学了吗？我来接你回家，还有五分钟到达学校。

最后一条消息是五分钟之前收到的，也就是说现在齐旭尧在大门口？

齐旭尧将刚换的浅绿色跑车停在大学外的停车场，然后大大方方地往花夏大学里走去，可他刚到门口，就被门卫拦住了。

门卫公事公办地开口道："请您出示一下学生证。"

齐旭尧一脸迷茫。

门卫见他不说话，又开口道："或者请您出示一下教师证。学校有规定，非本校人员不得入内。"

按理说，学校的确是不让社会人员进入的，但问题是早上的时候不是管得不严吗？

齐旭尧询问道："怎么突然这么严格了？"

门卫认真地回答："学校在办国际交流会呢，在安保问题上肯定要重视一些！你开着那么风骚的车，一看就不是我们学校的学生，所以请你离开。"

齐旭尧给沈于归打了个电话，对方表示今晚不回家后，他只能无奈地离开。

等他走后，另一名保安忍不住询问道："以前交流会也不会不让别人探视学生的，怎么这次这么严？"

"这个我知道，今天费先生来到学校里，对咱们学校里的安保非常担忧，并且诚恳地提出了意见，还表示如果学校里没有这么多的安保力量，他愿意支持母校。"

并不知道自己已经被“保护”起来的沈于归给于曼瑜打了电话，说明情况以后，这才跟着张千千往食堂那边走。

张千千一脸崇拜地看着她，说：“从心，我一直以为你是闷闷的性格，三年都不怎么爱说话，没想到原来你的隐藏技能这么多！”

沈于归抽了抽嘴角，没回答，转移了话题：“食堂里什么最好吃？”

张千千眼睛亮了，拽着她的胳膊往前跑：“糖醋小排啊！快走，慢了就抢不到了！”

花夏大学的糖醋小排是S市有名的美食之一。沈于归虽然回国半个月了，但在学校里吃饭的机会并不多，所以兴致勃勃地跟着张千千往食堂里跑去。

在花夏大学待了一整天的费南城拒绝了校领导的邀请，慢吞吞地给陈子凡发了条信息：晚上一起吃饭。

陈子凡回复得很快：哇，哥，你在花夏大学？

费南城：嗯。

他又加了一句：可以带上你的朋友们。

陈子凡：好嘞，等会儿见。

五分钟后，在约好的教学楼处，看到陈子凡和他的朋友杨明、王庆国，费南城忍不住蹙起了眉头。陈子凡挠头道：“我给熊猫眼她们打电话，她们说在食堂呢，就不过来了。哥，我们吃啥？”

费南城看了他一眼，询问：“你想吃什么？”

陈子凡顶着费南城压迫性的眼神，弱弱地询问：“要不去食堂吃糖醋小排？”

费南城思考了一下，道：“好吧。”然后率先走在前面。

陈子凡几人来到餐厅，看到糖醋小排的窗口排起了长长的队伍，沈于归和张千千各自端着一个盘子站在长龙中，焦急地伸长了脖子看着前方。

陈子凡眼珠子转了转，拿起餐盘递给费南城，又把自己的饭卡塞进他手里：“哥，你去排队打糖醋小排，我们几个去打别的菜！”费南城乖乖地拿着餐盘站在了人群最后面，静静地看着站在前方的两个女孩。

与此同时，Skay和几个外宾也进入了食堂，他的视线在食堂里环顾了一圈，最后落在沈于归身上，旋即微微眯起眼睛，大步流星地来到了沈于归身边，喊了一声：“小乌。”

下午六点的食堂，人有些多，乱哄哄的。

沈于归伸着脖子往窗口看，她们来得有点晚，排骨不多了，也不知道到她们时还有没有。就在她满心都是排骨的时候，耳畔忽然传来一道声音：“小乌。”

她几乎是下意识地猛扭头，眸光冷彻，充满了警惕，然后就对上了那一双深蓝色的眼眸。

Skay今天下午回到了酒店里，越想越觉得下午看到的那个女孩子跟当年的那个华裔女孩小乌有些相似，尤其是她傲然反讽他时那副倔强的模样。所以在食堂里再次看到她时，他忍不住走过来试探地喊了一声。

他没有多想，这个行为也完全没过脑子，可当他喊了以后，女孩猛地回头，那种身体的本能反应让他眯起了眼睛，深蓝的眸子变得暗沉。是她，一定是她！可下一刻，他就见女孩的眼神里出现了几分茫然，就跟其余看过来的学生们眼神一样了。她甚至歪了歪头，露出了几分无辜的模样。Skay皱起了眉头，真不是她？

“从心，他在喊你吗？”张千千的声音很快让沈于归回过神来，她立马收回了自己的眼神，恢复了以往的懦弱。

她眨了眨眼睛，摇了摇头，道：“不是吧？我不认识他呀。”

张千千撇了撇嘴，道：“他说话时似乎在看你啊。”

沈于归笑了笑，没说话，眼底却浮现出几分冷意。他突然跑过来喊“小乌”，应该只是试探，她却中了计，刚才那个反应也不知道能不能瞒住这个人。

思考间，她的肩膀被人撞了一下，她跟张千千被挤得直接后退了两步，险些带倒身后的人。等她站稳了脚步，这才发现Skay带着几个高大的外国男生，直接插队站在了她的前面。他还回头对着她挑衅地笑了笑。

有那么一瞬间，沈于归觉得自己似乎回到了六年前在STF求学的日子，也是在食堂里，这个人插了她的队，她当时很愤怒地质问他们，他们却直接将盘子里的饭菜泼到了她身上，还用蹩脚的中文骂了她一句“猪”。

沈于归攥紧拳头，那时候的她孤立无援，打也打不过，骂也骂不通，吃了很多亏，可现在不同了。她正思考间，张千千已经用英文开口道：“你好，这位同学，请你去排队。”

听到这话，Skay 耸了耸肩，声音里夹杂着丝尖锐，像是遇到了什么可笑的事情：“排队？噢，天哪，你是在说笑吗？我听说花夏大学里都是野蛮人，谁的拳头大，谁就是硬道理！”说到这里，他伸出拳头在张千千面前挥舞了一下。

外国人普遍比较高，Skay 看着有一米九的样子，他的大拳头都抵得上张千千的一张脸了，这样一挥舞，吓得张千千后退了一步。Skay 挑了挑眉，回过头去。

张千千气得眼圈都红了，她正要说话，却见沈于归二话不说，上前一步轻轻地拍了拍 Skay 的肩膀。

Skay 下意识地回头，就在那一刻，沈于归将手中的餐盘对着他的脸就拍了过去！盘子里已经装了米饭和青菜，所以这些东西直接泼了 Skay 一脸。

盘子落在地上，发出“砰”的一声脆响。整个食堂宛如被按了暂停键，所有人都安静地看向沈于归。

沈于归后退了一步，避免米饭和菜汁沾到自己身上，这一套动作她做得行云流水、干净漂亮。她拍了拍手，声音虽然嫩，却带着冷：“对付野蛮人，我们就会采用野蛮的办法。”

沈于归这话虽然是用英文说的，但每一个发音都掷地有声。她单薄的身躯站在那儿，一米七的身高在女生中算是很高了，可在 Skay 面前依旧娇小得像是他只要伸出手就可以捏断她的脖子。

但她分毫不惧，背脊挺得笔直。夕阳西下，从窗口投进来最后的余晖，那红色的光芒照在她身上，让她宛如女王般气势逼人。

Skay 率先回过神来，低吼了一句脏话，然后伸出手将自己头上挂着的青菜拽下来，在看到满手的污渍以后，他气得脸色大变，面色狰狞地上前一步，伸出手就对着沈于归打了过去！

沈于归眯起眼睛。她不怕 Skay，甚至可以将这个人打得落花流水，但如果真的动了手，恐怕这件事不能善了。

一道黑影忽然逼近，下一刻，Skay 的胳膊被一只有力的大手紧紧地握住。沈于归微微一愣，扭头就看到费南城站到了她旁边。

男人没穿西装，一件白色衬衫衬托得他气质清雅、容貌俊秀。此刻，他就站在她面前，跟 Skay 面对面站着。他很高，足有一米八八，跟 Skay 不相上下，但 Skay 热衷于健身，身上肌肉结实，整个人显得格外魁梧，相比之下，费南城看着就瘦了太多。可他站在那儿，一副儒雅的模样，身上散发着强大的气场，压得众人都不敢小觑。

费南城回头看向沈于归，低沉的声音中带着点关切："你没事吧？"他虽然目睹了全过程，可毕竟排队时离得比较远，没听清楚 Skay 一开始说了什么，也不确定刚才盘子里的东西有没有溅在她身上。

他那副淡定地掌控全场的模样让沈于归有点心跳加速，她愣愣地回道："没事。"

费南城松了口气，这才扭头看向Skay。他只是轻轻地握着Skay的手腕，可 Skay 用力挣脱了几次，根本挣脱不开。

Skay 大怒："我可是你们学校尊贵的客人，你这样对我，就不怕承担你们领导的怒火吗？"

费南城没说话，手上却微微用力，疼得 Skay 额头上都冒出了冷汗。其余的外国人想要上前帮忙，Skay 急忙摆手。身为一个学计算机的人，如果这只手废了，那么他的人生就完了！他看着费南城，直接询问道："你到底要干什么？"

手腕上钻心的疼痛让 Skay 看明白这个人是个狠角色，现在先拯救自己的手才是最重要的。

费南城听到这话，另一只手指着沈于归，用英文缓缓地开口道："给她道歉。"

沈于归愣住了。他的声音很低沉，说话时的语气很平淡，却带着一股让人不敢拒绝的命令感。她的心情忽然间变得很复杂，这种被维护、被保护的感觉，让她觉得心口像是被什么给填满了。

Skay 却愣住了，他用英文大喊道："凭什么让我给她道歉？明明是她先把饭菜泼到了我身上，是她先动的手。"

他话没说完，费南城手中又用了力。Skay 疼得大叫起来："我疼得快要死了，你放手，我给她道歉！"

费南城没松手，一向话少的他今天却淡淡地开口解释："你刚才对她说了脏话。"

Skay 急忙喊道："对不起，是我的错。"

费南城这才松开了手。几乎在他松手的那一刻，Skay 的手得到了自由，就猛地扑了上来，然而他还没碰到费南城，便被费南城一脚踢飞了。

Skay 狠狠地摔倒在地上，撞翻了身后的餐桌。

他狼狈地站了起来，周围的外国友人们一个个围了过来，可看到费南城的样子，他们又不敢上前。

"哥！"陈子凡喊了一声，站在费南城身后。在看到他这个动作之后，更多花夏大学的学生纷纷站了过来。食堂里的男生女生将外国人围了起来，最终吓得他们落荒而逃。

Skay跑开的时候还回头狠狠地看了费南城和沈于归一眼，大喊道："这件事不会就这么结束！"

几个外国人跑开了，食堂里的学生们都看向沈于归，纷纷投来敬佩的眼神。餐椅被撞翻，可同学们自动将桌子抬起来放好，原本在那餐桌上吃饭的同学也没有因为自己的晚餐被破坏就生气。更有人感叹道："打得好！"

可还是有比较理智的人开口道："但是今天这件事不好收场了。"

"对，这些人是咱们学校请来的外宾，咱们动了手，学校恐怕要跟对方的学校交涉，会很麻烦，最后的办法可能是让咱们道个歉，大事化小，小事化了。按照学校以往处理事情的个性，沈从心同学，你可能要倒霉了！"

第九章
为了找到你，哪里都顺路

沈于归皱起眉头，打人的时候她就想到了这些，不过是几个学生之间的矛盾，想必 Skay 那几个人也不敢把事情闹大，所以最终的结果也不过是她打了人，嘴上道个歉，没什么大不了的。

她摆了摆手，然后走到旁边又拿起一个餐盘，正要去打排骨，一个男生红着脸端着餐盘来到她面前："学、学姐，这个是我刚才打的饭，还没吃呢，给你吧。"

男生见她不说话，将手中的托盘放到她手里，然后鼓足勇气开口道："学姐，我是今天下午帮你拎行李的那个人，我觉得你今天实在是太棒了！而且我听说你还没有男朋友，学姐，我可以做你的男朋友吗？"

他喊完这句话，周围的学生们都笑了起来，善意地起哄。

沈于归愣住了。她看着面前阳光帅气的大男孩，伸手摸了摸自己脸上的胎记。

姐姐一直生活得不顺遂，于是都怪到这个胎记上，可其实无论外表丑陋还是美丽，只要足够自信，就能活出自己的风采。

她勾起嘴角，只希望现在的一切可以帮助姐姐找到信心。然而她这么笑着发呆，让周围的人瞬间误会了。站在她旁边的费南城紧紧地皱起眉头，冷冰冰的视线落在那个小男生身上。

陈子凡更是开口道："这男生今天帮熊猫眼拎行李了？谁让他去拎的？"

费南城一时语塞……貌似是他。

沈于归终于回过神来，又看向面前告白的男生，当着这么多人的面，如果她就这么拒绝，恐怕会伤了他的面子。她接过餐盘，委婉地开了口："我喜欢年纪比我大的，不过还是谢谢你啊，学弟。"

男生果然没有被拒绝的沮丧，他笑了笑，道："好的。"然后礼貌地离开。

听沈于归说喜欢比她年纪大的，站在旁边的费南城忽然勾起了嘴角。

几个人重新打了饭菜，找了位置坐下。沈于归看着坐在她对面的费南城，边吃排骨边想：他是真的对吃不太讲究啊！费氏集团的大老板竟然纡尊降贵到他们学校食堂来吃饭。如果周围的人知道了他的身份，恐怕要大跌眼镜吧？这念头刚出，门口就传来了异动。

他们扭头就看到 Skay 带着一名三四十岁的外国男人进入了食堂。外国男人穿了一身西装，面色严肃，是 STF 大学的负责人比特。

Skay 在食堂里找了一圈，很快就看到了费南城，于是气冲冲地来到几人的餐桌旁边，指着费南城，用英文说道："就是他动手打了我。我要你们给我一个交代，让他给我下跪道歉，否则就开除他以示惩罚！"

简直是欺人太甚！沈于归眯起眼睛，握着筷子的手微微用力，她感觉全身的愤怒都在上涌，脸色难看到了极致。

费南城听着 Skay 的话，就像是听到了一个笑话。他从容地吃着饭，眼角余光却瞥见对面的女孩变了脸色。

在他还没有动作之前，她将手中的筷子"啪"的一下拍在桌子上，人也猛地站了起来。费南城夹菜的动作一顿，眸子里瞬间闪过了一抹亮光。她这么愤怒，是因为他吗？

沈于归冷冰冰地开口道："你插队辱骂在先，我们打人在后，就算要道歉，也应该是你先来吧？"沈于归铿锵有力的话让食堂里的人都沉默了一瞬。

陈子凡立马站了出来，道："熊猫眼说得对，你们先跪地道歉！"

"就是！"

"明明是你们先欺负人！"

Skay被堵得哑口无言，气急败坏地指向费南城，道：“比特，就是他打的我！”

事情发展到这里恐怕是不能善了了，花夏大学不敢惩罚费南城，但外国人可就不一定了。

沈于归心里一沉，她好像又给费南城惹麻烦了。刚想到这里，她就看见比特顺着Skay指的方向看了过去。在看到费南城以后，比特的眸子猛地一缩。沈于归有些诧异，费南城连外国人都认识？

Skay没有察觉到比特的异样，怒发冲冠，继续说道：“他还差一点就毁了我的手！比特，对于一个学计算机的人来说，我的手就是我的命，他这是要杀了我！你一定要……”

“闭嘴！”比特忽然开口冲着Skay吼了一声，然后一脸笑容地来到费南城面前，客气地用中文说道：“费先生，没想到真的是您，我还以为我认错了。”

本来以为事情会闹大的人此刻都露出了疑惑的神色，沈于归也愣住了：费南城在S市可谓是手眼通天，可没想到在国外竟然也这么厉害。

费南城淡淡地抬眸，眼神里带着点轻蔑地看了比特一眼，嗓音低沉清冽：“STF的学生可真是让人刮目相看。”他修长好看的双手交叉放在餐桌上，继续说道，“比特，你的朋友说要让我下跪道歉。”

比特听到这话，吓得脸色都白了，急忙摆手道：“费先生，这肯定是个误会！”

说完他一巴掌拍在Skay头上，生怕费南城会追究似的继续开口道：“我这就让他给您道歉，并且保证他不会再生事端，费先生，您也高抬贵手，这件事就此揭过，如何？”

Skay听不懂中文，一脸迷茫地看着比特，比特却紧张地看着费南城。

在这样的关键时刻，费南城突然看向沈于归，道：“你觉得呢？”

沈于归有点迷茫，事情怎么就到了她头上？而且费南城的语气为什么这么宠溺？见众人都看着自己，她虽然不明白费南城为什么问她的意见，但很快拿出了主意，软软地开口道：“在Skay先生的心目中，做错了事情都是要下跪道歉的。”

比特一愣，满脸为难地看向费南城。费南城语气很淡，可气势惊人，他只是用漆黑的眼眸看了比特一眼，比特就明白了他的意思。

比特叹了口气，对 Skay 用英文解释了一遍，Skay 的脸色瞬间变了，他愤怒地大喊着，可比特按住了他的肩膀，强势地要求他道歉。他被比特一脚踢在膝盖上，高大的人就跪在了地上，然后在比特的怒视下，他不情不愿地开了口："对不起，都是我的错。"

比特又对费南城说了很多话。走之前，Skay 挣脱了比特的拉扯，愤怒地开口道："你怕这群白痴，我不怕！"

Skay 的声音不大，只有距离他们很近的沈于归听到了。她皱起眉头，就看到比特惊慌地堵住了 Skay 的嘴巴，接着说道："费先生在国外是没有什么势力，但费先生和许伯爵是很好的朋友！"

许伯爵可是个恐怖的人物，他虽然在国外没什么企业，许家的公司也在国内，但他承袭了外公那边的爵位。他长得俊俏，行事狠辣，话不多，却是个狠角色！他们国家的人谁不知道许伯爵？

比特又开了口："费先生和许伯爵是从小一起长大的朋友，两个人就像是兄弟一样。你确定还要找麻烦？"

Skay 听到这里，诧异地瞪大了眼睛，这才不甘心地闭上了嘴巴。

沈于归出了一口恶气，胃口大好。吃完以后，几个人往外走，费南城静静地跟在几人身后。

刚出食堂，张千千突然拽住了沈于归，道："从心，你真的不考虑那个学弟嘛，你喜欢年纪大的？"

费南城的目光一下子落在了沈于归的背影上。

沈于归摸了摸下巴，歪着头认真地回答："也不是，我那只是一个婉拒的借口。如果合适的话，年龄不是问题的！而且年纪太大了不好，三岁一个代沟呢！"

说完这句话，她忽然感觉身后袭来一阵冷意。

沈于归回头就看到费南城脸色不好地站在那儿，长身玉立的身躯透出几分孤冷。她眨了眨眼睛，谁又惹到这位阎王爷了？本来今天费先生帮了忙，她还打算请他们吃消夜呢，现在看来她还是赶紧溜吧，免得被波及！

她拽住了张千千，笑着对费南城开口道："费先生，如果没有别的事，我们就先回宿舍啦。"

沈于归和张千千回到女生宿舍，刚进门，张千千就得意地笑了，说：“从心，你出名了！有人把今天的事传到了网络上，大家都在夸你。你现在就是咱们学校的英雄！”

看着张千千手机上满屏的赞赏，沈于归勾起了嘴角。这时手机响了起来，她低头看了一眼，是一个陌生的号码。她眯起眼睛，猛地站起来，走到阳台上接了电话。

自从知道姐姐每晚都会打电话过来，而她总是错过后，她就搞了一个呼叫转移。

这个电话是姐姐的！

电话接通，对面还没说话，沈于归先喊了一声：“姐。”

对面一顿，姐姐的声音就传了过来：“于归。”

沈于归焦急地说道：“姐，你在哪儿？我听妈妈说你要去掉胎记，姐你一定要考虑清楚，而且你不要去小医院，你做手术缺钱吗？你……”

她的话还没说完就被沈从心打断了，沈从心开口道：“于归，我看到网络上的消息才知道原来你在做我。”

沈于归顿住了。

两个人沉默了一会儿，沈从心这才又开了口：“于归，你做得很好。”

沈于归的眼眶一下子红了。

费南城蹙着眉，三岁一个代沟，六岁就是两个代沟了。难道他真的老了？在原地纠结了一会儿，他这才回过神来，抬起脚步离开了学校。

他先是去疗养院探望了一下奶奶，见她精神还好，这才放心地回了家。家里空荡荡的，偌大的房子只有他一个主人。他躺在床上，一种前所未有的寂寞席卷了他全身。

第二天是周末，范繁照旧来接费南城。平时费总周末都是加班的，可今天的费总破天荒地问了一句：“今天去哪儿？”

他沉思了一会儿，弱弱地询问：“花夏大学？”

费南城直接点了点头。

与此同时，齐旭尧也在酒店里醒来。他们家族企业在国外，齐旭尧回国没有置办房产，就在酒店开了一年的套房。

洗漱干净以后，他准备去花夏大学，下楼瞥见那辆绿色的跑车，纠结了一下。前两次都是车子出问题，搅了他和沈小姐的“约会”，所以他决定今天打车去！

他在手机上叫了一辆专车，车子到达后，他上车，司机友好地回头道：“先生您好，×× 专车为您服务。”

齐旭尧一副宛如见了鬼的表情：“怎么又是你？”原来那个司机不是别人，正是那个服务员！

服务员也惊呆了。这缘分！他今天还真不是故意的，只是因为周末不上班，为了努力奋斗赚钱，他在周末干兼职。昨天他把自己的小车给撞坏了，费总大手一挥给了他一辆豪车，否则他今天也不能变成专车。他想着住在这个酒店里的人都是钱多的，下单的概率比较大，就过来了，没想到……

齐旭尧吓得要开车门下车，可手还没碰到把手就听到“咔”的一声！服务员眼明手快地锁了门。

齐旭尧盯着服务员，就见他飞快地启动车子开了出去，嘴里还道：“齐先生，您去花夏大学是吧？没问题，我保证不能准时把你送到！啊呸，不是，我保证准时不能把你送到！咦，也不对。”

齐旭尧感觉有些不妙——半个小时后，他发现自己距离花夏大学越来越远了。

服务员开着车，哼着小曲。他刚给费总发了消息，费总下了命令，让他今天带着齐先生在 S 市好好逛一逛。唉，齐先生真是他的财神爷啊，这次拿了奖金买什么好呢？

从早上醒来，沈于归就有些恍惚。昨晚姐姐打来电话，说了一句“你做得很好”就挂了，可她的语气里有几分犹疑，应该是还没有下定决心去做掉胎记吧？沈于归叹了口气，不知道姐姐最终会怎么选择。

交流会马上开始，大家在准备会场。沈于归心不在焉地搬着东西，不小心跟前面的人撞到了。她抬头，发现被撞的女孩满脸怒容，急忙道歉：“不好意思，我没看清楚路。”

这边的事情全部落到不远处的沈芷兰眼中。沈芷兰顿时露出幸灾乐祸的表情：这女孩是她们班级里出了名的急性子，脾气来得快去得也快，跟爆竹似的容易点燃，只要稍微惹她不高兴，她那张嘴就跟刀子似的戳人。

可就在沈芷兰等着看好戏时，那女孩看清楚了撞自己的人是谁，顿时眼睛冒光："没事，不就是撞了一下吗？对了，沈从心，你昨天的表现我都听说了，你太棒了！"

女孩说完，就跟沈于归说说笑笑地一起干活去了。

沈芷兰站在原地，紧紧地攥住了拳头，眼神里闪出愤怒和不甘。她平时很沉得住气，可这几天连续受挫，让她忍不住气急败坏地走过去，对着班级里的女生们喊道："干什么呢？让你们来这里不是聊天的，该干什么干什么去！"

沈于归挑了挑眉，会场布置无非就是往座位上放一瓶矿泉水，大家边说话边干活也不影响，这个沈芷兰跑到这里来找什么存在感？

她还没开口，张千千率先发怒："沈芷兰，你哪只眼睛看到我们没干活了？是大家推举你，你才成为小组长的，真以为自己是领导啊？我们又不是你的手下！"

他们都是大四的毕业生，心早就飞出了校园，哪里还服从管教？沈芷兰这话算是惹了众怒。

大家纷纷指责她："就是，大学四年里，看她一直表现得很好，现在装不下去了吧？"

"她以为她是谁啊，训斥谁呢？"

"仗着自己英语好，昨天请她帮忙她都是一脸傲气，还要别人低三下四地求她不成？"

"英语好？这话恐怕是讽刺吧，咱们从心还没说呢！"

…………

沈芷兰气得脸色铁青，浑身发抖，一种前所未有的羞耻感袭上心头。

她眼圈通红，最后跺了跺脚跑了。对于这个小插曲，沈于归并未放在心上，沈芷兰却深深地记在了心里。

九点，交流会开始。

班级里的学生在交流会的最后一排聆听，一来是为了学习，二来方便老师随时喊他们跑腿干活。

不一会儿，学校里的研究生们就进门了。张千千兴奋地抓住沈于归的手，花痴地喊道：“从心，看到了吗？好多帅哥啊！”

坐在两人身边的陈子凡冷嗤了一声，道：“看你那没见过帅哥的模样，真丢人！”

张千千白了他一眼：“你懂什么？从心，你看他是不是很帅？”

沈于归往外看着，正要收回自己的眼神，忽然瞥见一道熟悉的身影在院领导的带领下走了进来。

费南城穿了一套黑色西装，身材颀长，暗金色的领口带着低调的奢华。他不苟言笑，一张脸永远面无表情，可那五官太令人惊艳。整个会场里虽然有上千人，但他一进来就像是吸走了全场的光。

想到昨天他挡在她面前，沈于归的目光微微一顿，就听到张千千的询问。

她急忙收回自己的目光，若有所指地开了口：“是好帅啊。”

沈于归拍了拍自己的脸，深吸了一口气：他有喜欢的人了！你可千万别再自作多情。

张千千嘚瑟地开口道：“陈子凡，看到了吧？女生和男生的眼光是不一样的！”

陈子凡冷哼一声，道：“你们这群肤浅的人，就喜欢这样的小白脸！”

费南城四处看了几眼，入目是浩浩荡荡的人群，根本就看不清楚她在哪个方向，他只能坐正了身体。

交流会开始，这次的交流会是以未来的网络发展为话题展开的。学生代表上台，洋洋洒洒地讲了一大通，话语中带着对未来的憧憬。

下午，交流会结束，费南城刚站起来，就听到陈子凡在身后打了个招呼：“哥！”

费南城回头看向陈子凡身后，薄唇微抿：“就你自己？”

“对啊，张千千有事先走了，熊猫眼自己回宿舍了。”陈子凡摸了摸头说道。

费南城思考了一下，道：“晚上一起吃饭？”

陈子凡点头道：“好啊！”

费南城又淡淡地开口道：“叫上她一起吧。”

陈子凡愣了一下，道：“哦，好。”

约好了一起吃饭，沈于归随便穿了件衣服进入食堂，就看到陈子凡在对她招手：“这边！”

他面前的餐桌上已经放了好几个盘子，显然是学校小食堂里的炒菜。只是……沈于归往前走的步伐微微一顿。

她的视线落在了那道倨傲得与嘈杂的食堂不符的身影上。他静静地坐在那儿，就像是闹市里唯一的静态画。但是费先生您连续两天吃食堂是几个意思，难道费家的厨师做的饭就那么难以下咽？

沈于归抽了抽嘴角，笑着跟大家打了个招呼：“你们这么快呀。”然后就坐在了唯一的空位置上——自然是在费南城旁边。

她说完以后，就拿起手机噼里啪啦地给陈子凡发了一堆消息。

Miss 沈：你怎么不早说你哥也会来啊！

Miss 沈：你早点说了，我就不过来了，免得他看到我嫌我碍眼。

Miss 沈：你不知道，今天我给他水的时候，他那个表情……

正要发送第四条消息，沈于归忽然听到陈子凡猛地咳嗽起来。她抬起头来，就见陈子凡一个劲地对她眨眼睛。

沈于归一愣，道：“你眼睛怎么了？”

陈子凡用眼神看了一下桌子，沈于归顺着看过去，就见陈子凡的手机放在了他和费南城中间，此刻手机上的三条信息赫然显示在屏幕上！费南城正认真地看着她的消息。

她一激动，差点把自己的手机给扔了。这个陈子凡怎么这么不靠谱？她用力瞪了陈子凡一眼。

两个人眉来眼去的，费南城的脸色更难看了。他绷紧下巴，嘴唇紧紧地抿着，一双漆黑的眼睛如古井般幽深，就这么直愣愣地盯着沈于归。

沈于归正想着说点什么，就听到了他的话：“我看到你不会觉得碍眼。”

沈于归好想说一句：费先生您今天吃错药了？

食堂里人声鼎沸，可是这个小小的餐桌尴尬得安静下来，一时间没人说话。

这时，一份小炒肉被人端了过来，放在了桌子上。

为了掩饰自己的尴尬，沈于归端起小炒肉，将肉片全部拨到了费南城的碗里，讨好地笑着：“费先生，您吃。”

陈子凡怒了，说：“熊猫眼，你怎么把肉都夹走了？”

沈于归睁着眼睛说瞎话：“吃肉容易长胖，吃青椒对身体好啊。费先生，咱们为了他们的健康，就委屈一下吃肉吧。”

原来他对她来说是“咱们”……费南城刚才看到信息的郁闷因为这个词而消散了。他低头看着碗里的肉片，拿起筷子吃了起来。

见他不再追究，沈于归松了口气，几个人终于可以安安静静地吃饭了。沈于归正快速往嘴里扒着东西，不远处忽然传来了几个外国人的大笑声。

花夏大学的食堂不错，所以这群外国友人也被学校安排在食堂里用餐。交流会来了很多国家的学生，可只有 Skay 那几个人表现得充满敌意。

此刻爆发出热烈笑声的地方正是 Skay 吃饭的地方。他拿着手机，正盯着前方食堂里的电视屏幕大笑着，边笑边拍打着桌面，似乎很兴奋。沈于归顺势看过去，发现电视上显示出一个男生的照片。

他似乎是刚洗了澡，用力地举着胳膊，对着镜子拍自己的肌肉，但他只穿了一条四角裤。这样的照片一看就是拍给自己看的。

沈于归皱起眉头，放下了筷子。

Skay 面前已经站着一个男生，仔细看去，正是照片里的人。男生满脸通红，用英文开口道：“你怎么可以这样？我跟你无冤无仇的，你竟然黑进了我的手机！请你马上删掉我的照片！”

Skay 嗤笑道：“你紧张什么？我只是善意地跟你打个招呼而已！你们花夏大学计算机厉害的人不是很多吗，让他们来帮你删掉不就好了吗？”

男生全身都在微微地颤抖。

“我来试试！”有计算机专业的人站出来拿着手机操作了一通，却无果而终。

Skay 宛如斗胜的公鸡似的仰着头，笑着开口道：“这不过是我闲来无事做的一个小防火墙，怎么，你们花夏大学没有一个人能够攻破我的手机吗？”

“太狂妄、太过分了！”陈子凡放下了筷子，也拿起手机。Skay 是 STF 的研究生，陈子凡虽然很强，但也不是他的对手。

食堂里，花夏大学的学生们愤愤不平，讨论着如何攻破 Skay 的手机，或者是讨论控制电视机的办法，可一时半会儿没有头绪。

沈于归看不下去了。她默默地拿出自己的手机，凌乱的发丝下，她的眼神变得凌厉起来。她虽然是黑客比赛第一名，但她很少主动去攻击别人。

可这次 Skay 的行为触碰了她的底线！她将会用网络这把利刃让 Skay 知道花夏大学不好惹！

餐厅里没有人注意到沈于归，她的样子看上去就是在低头玩手机，谁也不知道她的手机已经经过改装，变成了一个小电脑。

费南城静静地吃着饭菜，目光锁定在她身上。原来她用电脑时是这副模样，跟她平日里伪装出来的唯唯诺诺截然不同。她就像是一名女将军，在网络这个战场上一往无前。谁能想象这看似娇弱的身躯竟然能迸发出那么强大的力量？

陈子凡试了几次都没有攻破 Skay 的手机，面色变得极其难看，有些恼怒，又恨自己能力不足！

他站起来往电视机那边走："先拔了电视的电源！"总不能让同学的照片就这么一直放在屏幕上吧？

Skay 那边察觉到陈子凡的意图，有两个外国人站出来拦住他，用英文开口道："这是一场计算机水平的较量，你如果切掉电视的电源，那么就代表花夏大学认输！"

陈子凡站在原地，愤怒地攥紧了拳头。Skay 明显早有准备，不然也不会在这时候发难，他让大家仓促之间攻破他的手机，这场较量本身就非常不公平！

食堂里的人都气坏了！大家纷纷拿起手机，号召计算机专业的同学们赶紧过来。越来越多的人加入了破解的阵营当中，然而 Skay 始终信心十足地站在那儿。

费南城淡淡地瞥了他一眼，视线又落到女孩身上。从刚才开始，她就进入了忘我的境界，手指飞快地在手机上敲打着。距离她拿起手机，已经过去两分钟了。

Skay 更加嚣张，甚至将自己的手机举了起来："或者让我来告诉你们破解的办法？已经快过去十五分钟了，你们这么多人，就没有一个可以在十五分钟内破解我的手机吗？"

他微微摇了摇头，正要接着说话，他手机黑着的屏幕突然亮了！Skay 微微一愣，顺势看过去，然后恍然大悟："原来是个陌生电话，你们是打算趁我接电话时入侵我的手机吗？"

他当着众人的面轻轻按了挂断键！

费南城却看见——就在这一刻，沈于归的嘴角勾了起来。

搞定！别人入侵手机或许需要手机主人接听电话，因为入侵的过程要一定的时间，但她不需要！距离这么近，目标这么明确，无论 Skay 是接听还是拒绝，只要他按了手机，就会触发她刚才植入的木马病毒。沈于归微微挑起眉头，手指的速度放缓下来，轻轻地按了确定键。

Skay 按了挂断以后，手机一下子黑屏了。他没在意，戏谑地调侃道："这种办法太老套了，我读大学的时候就用烂了。"

说到这里，他的手机突然再次自动亮了起来。Skay 一愣，时刻注意着他手机的同学们也发出惊呼声！

众人齐刷刷地看向电视机屏幕，屏幕上的照片已经消失不见了，反而显示出了 Skay 的手机界面。他的屏保是一个身材魁梧、满身肌肉的男人。接着似乎有人在操作似的，Skay 的手机相册被慢慢地打开了。

Skay 惊呼："No！"他低头去按自己的手机，却发现手机已经没有了反应！他想要关机，可就连关机键都已经失去了作用！

沈于归翻看着 Skay 的相册，里面全是他的自拍照，还有一张是他在万圣节时穿着女生的裙子、化了浓妆的照片。

费南城没去看电视机，时刻盯着沈于归。他发现沈于归有很多小习惯、小动作，比如黑进 Skay 的手机时，她摸了一下鼻子；在看到手机里的内容后，她肆意地笑，那洁白的小虎牙都冒出了光，显得格外可爱。他慢慢地收回了自己的目光，这才抬起头看向电视。

整个食堂已经炸开了，刚才 Skay 是怎么取笑他们的，这会儿大家纷纷嘲讽回去："哈哈哈哈，原来 Skay 还有这种癖好！"

"哈哈哈，这一张简直太好笑了！"

…………

众人的议论声让 Skay 气急败坏。

为了防止真的有高手黑进他的手机，他已经将手机中的照片删除了啊！这些照片是从哪里来的？他突然想起来，删除了照片后，手机里有一个缓存程序会帮他保存一个月的时间。对方这是黑进他的手机又修复了他的相册。

Skay关不了机，又无法阻止对方，气得直接将手机狠狠地砸在了地上！偏偏这手机质量很好，虽然屏幕碎了，但还开着机，电视机上就同步播放着那些搞笑的照片。

“哈哈哈！”众人爆发出热烈的笑声。

Skay猛地想到什么，冲到电视机下打算伸手拔掉电源。

陈子凡拦住了他，说：“Skay，现在可是计算机水平较量的时刻，你这样拔掉电源是认输了吗？”

Skay看着屏幕上还在往后翻的照片，最后忍无可忍，大喊了一声：“我认输！”

可惜黑进他手机的人是个小心眼。之前Skay屡次得罪他们，今天沈于归怎么可能轻易放过他？哪怕他喊出了这句话，沈于归还是继续翻看照片。

照片不堪入目，Skay还偷拍了同宿舍舍友的照片，这次跟他一起过来的学生中就有一个人是他的舍友。那舍友看到照片以后，气愤地喊了一句脏话，然后冲到Skay面前，对着他的脸，狠狠地打了过去！

沈于归在旁边幸灾乐祸。Skay被打，舍友愤怒地离开，边走边骂骂咧咧。

Skay疯了似的冲到电视机那边拔掉了电源，然后捡起自己的手机狼狈逃离。

等到Skay走了，沈于归还在慢慢地欣赏Skay手机里的相册。不得不说，Skay很有喜剧天赋，拍摄的照片都挺搞笑的。忽然头顶一道阴影落下，接着男人好听的声音传来：“好看吗？”

沈于归随便摆了摆手，道：“还行吧！”然后她猛地惊醒过来，飞快地关了手机屏幕！她抬起头来，就看到费南城正用那双黝黑深邃的眸子盯着自己。

难道刚才的事情他都看到了？沈于归瞥了一眼自己的手机，又看了看费南城坐着的位置。她坐在餐厅的角落里，身后是墙，没有人，手机也是正对着前方的，按理说费南城看不到才是。

吃完饭，沈于归跟几个人告别，不知道为什么，看着费南城的眼神，她总觉得他像是知道了什么。

沈于归回到宿舍的时候，张千千已经回来了。沈于归刚休息了一下，手机就响了起来，她接听了电话。

对面响起一道声音："请问是沈从心吗？"

沈于归还没开口，对面又说了一句："这里是××医院，你快点过来，你妈妈出事了！"

妈妈出事了？沈于归脸色骤然大变，什么话都来不及说就冲出了房门。

她第一次如此慌张，坐在出租车上，她的心七上八下的，像是有一块石头悬挂在上面。她攥紧拳头盯着前方的路况，对司机说道："师傅，麻烦您再快一点！"

"姑娘，我这已经最快了！"

还不够快！沈于归恨不得变身信号，几秒钟的时间就可以传递过去。妈妈……她才刚体会到母亲的温暖。

出租车停在医院门口，沈于归扔出两百块钱，二话不说冲了出去，直奔楼上的手术室。当她终于进入病房后，就看到妈妈一身是血地躺在手术床上，正被推着进手术室。

她的眸子猛地一缩，双腿一软，整个人差点支撑不住地倒在地上。那么多血，把妈妈那套驼色的衣服染红了，反而让她看不出来妈妈到底是哪里受了伤。沈于归直接冲到了医生面前，询问道："我妈怎么样？"

医生皱眉看着她，不悦地开口道："你就是病人家属吗？你知不知道你妈妈在家中倒在血泊里，昏迷很久都没有人发现！"

沈于归感觉大脑一空，心脏紧紧地绷住，她抓住医生的胳膊，着急地询问："我妈妈到底怎么了，你们能救活她吗？"

医生忙着进去做手术，直接开口道："我先去给她做手术！"

沈于归这才松开了拉扯着医生的手，她的声音都在发颤："好，求求你一定要救活我妈妈！"

等到医生进了手术室，她站在门口靠在墙上，无力地顺着墙壁滑落下来，平时挺直的身躯此刻蜷缩成一团。

不知道等了多久，像是几分钟，又像是过了一个世纪那么漫长，手术室的门终于开了。她猛地站起来，有些害怕却又充满希望地看过去。

医生疲惫地走出来，摘了口罩，两只手套上还有血迹。

沈于归知道自己应该上前去询问妈妈的情况，却又不敢，生怕听到什么噩耗。医生倒是主动看向她，开口道："病人已经没有生命危险，只是失血过多，估计还会昏迷一段时间。"

听到妈妈没有生命危险，沈于归的腿一软，如果不是靠在身后的墙上，她可能就要摔倒在地上了。她的眼里终于有了细碎的光，人也有了力量，脑子恢复了正常思考，她定定地看向医生："请问，我妈妈伤在哪里，到底是怎么回事？"

医生叹了口气，道："病人胳膊上有刀伤，头部受到了撞击，导致陷入昏迷。据推断应该是四个小时前的事，打电话的是快递员，你妈家门没关发现的。"

他后怕地又开了口："你知道吗，幸亏被发现了，如果再耽搁，她可能就……"

沈于归紧紧地攥住手。

医生又皱起眉头左右看了看："怎么就你一个小姑娘在这里，你爸爸呢？"

沈于归冷笑了一下。

旁边的护士开口道："刚发现病人时，我就按照她手机里的号码给她丈夫打了电话，但是没人接听。"

没人接听？家里发生了这种事，她必须要问个清楚！沈于归拿起手机给沈天浩打电话，这次他倒是接了，说："从心，怎么了？"

"妈妈受伤住院了，爸爸你快点过来！"沈于归的语气还算好。

"受伤？她怎么这么不小心？你让医生给她处理一下就行了，我这里还忙着呢，先挂了。"

沈于归急忙开口道："爸爸，妈妈的伤很重。"

"很重？会死吗？"后面这三个字，他说得极其不耐烦。

沈于归握着手机的手指微微用力，关节都泛了白，她没有回答。沈天浩又开了口："我这里正忙着，挂了！"

原来对于沈天浩来说，只有妈妈死了才算是大事。

她的眸光彻底冷了下来，整个人的气场阴沉可怖，宛如地狱修罗。很好！妻子受伤住院，丈夫却不闻不问。他不来是吗？那她就让他不得不来："我们家遭了贼，坏人伤害了我妈妈，爸爸你不来，我就只好报警了。"

沈于归守在病床边，看着床上已经换了病号服的妈妈，她的脸色苍白，双眼紧闭，长长的睫毛在脸上投下一片剪影，睡着了也似乎没有褪去包袱，眉头微微蹙着，眼睛下的那颗痣显得越发忧伤。沈于归心如刀绞。

半个小时后，病房门忽然被推开，沈天浩气呼呼地冲了进来。他不顾于曼瑜还在昏迷中，大声质问道："沈从心，你怎么回事？你居然还敢威胁我？"

沈于归背对着沈天浩，眼神里一片冰凉，口气却很软："爸爸，妈妈无缘无故在家受这么严重的伤，现在还昏迷不醒，你不给妈妈做主吗？"

"医生不是说没事了吗？"沈天浩皱起眉头，气得来回走动，如果不是他在饭局上吃饭，怕接到警局电话，他才不会来。

沈天浩对这个女儿还有指望，想着也不能太过分，于是给家里保姆打了一个电话，回来时说："我问过家里保姆了，家里没有打斗痕迹，家也没有被翻过的痕迹，肯定是你妈不小心摔倒了。"

"那手臂上的刀痕呢？"沈于归反问。

"水果刀就在茶几边上，你妈可能是撞翻了椅子，刚好被水果刀划伤了胳膊，然后倒在地上时又撞到了头部。"沈天浩这么想着，点头道，"对、对，就是不小心摔了一下。"

病床上的于曼瑜突然有了动静。她嘤咛了一声，缓缓地睁开了眼睛。

沈于归急忙开口道："妈，你终于醒了。"

沈于归看向病床上的妈妈。刚好于曼瑜在醒过来的那一刻听到沈于归的声音，也看了过来。

四目相对，沈于归的眼眶一下子就红了，她又喊了一声："妈！"

于曼瑜还有些虚弱，她抚了抚沈于归的头，温婉地开口道："妈妈没事，你别怕。"

沈于归的眼眶都湿润了，想到身后的警察，她急忙询问："妈，你怎么会受伤？"

听到这个问题，于曼瑜的眼里闪过一抹怨恨，下意识地看向沈天浩。

沈天浩道："还不是因为她自己不小心？"

于曼瑜一愣，嘴唇抖了抖，没说话。这时，她手中一暖，低头就看到沈于归目光坚定地看着她，眼神里充满了鼓励和支持。

于曼瑜颤抖着嘴唇，痛苦地闭上了眼睛，缓缓地开口道：“是白竹推了我。”

沈天浩的声音瞬间高了：“怎么可能？”

沈于归旋即开口道：“那我联系白竹来对峙，爸爸不会反对吧？ ”

话音刚落下，病房门再次被推开，白竹拎着水果走了进来。她穿了一套职业套装，显得干练又稳重，那双黑少白多的眼睛落在于曼瑜身上。接着，她开口道：“姐姐，我听天浩说你出了事，就急忙赶过来了。你怎么这么不小心？偏偏家里的保姆又出了门，幸好有快递员过来，否则后果不堪设想！”

她虚情假意地说完，就将水果放在了旁边，然后看向沈天浩： “大家都在呢？”白竹看沈天浩脸色阴沉，故意做出疑惑的样子，“怎么了？”

沈于归立刻询问道：“请问今天下午两点， 你在哪儿？”

白竹：“我去沈家看姐姐了啊。”她说到这里叹了口气，愧疚地看向于曼瑜，道，“我是公司的人事经理，今天去家里看望了一下姐姐，并且跟她聊了一会儿。都怪我走得太早了，如果我在的话，姐姐也不会摔一跤！”

沈天浩听到这话，气呼呼地说道：“你在这里愧疚，人家却说你是故意推了她呢！”

白竹一愣，道：“什么？”白竹大惊失色，不可置信地看向于曼瑜，“这怎么可能？我走的时候姐姐还好好的，而且我怎么可能会推姐姐？”

沈于归又反问：“你离开的时间是下午两点三十分，而医生推测我妈就是在那个时间点摔倒的。你刚离开她就摔倒了，这么巧合，你怎么解释？”

白竹像是被沈于归的话震到了，脚步踉跄了一下，沈天浩急忙扶住了她。白竹的眼圈红了，她看向于曼瑜，一副受了天大委屈的样子，直接哭了出来：“姐姐，我知道你恨我，但你怎么能做出这种事？我刚离开你就受了伤，现在还指认说我推了你，我明白了，你是在我走后自己伤了自己，就为了污蔑我！”

她三言两语就颠倒黑白，将过错推到于曼瑜身上。沈于归眯起眼睛，怪不得沈天浩被她迷得晕头转向，怪不得妈妈和姐姐在国内这么受气，实在是白竹段位太高了，她们不是对手。

白竹说完这话，就哭着看向沈天浩：“天浩，不是我，你要相信我。”

沈天浩搂住了她的肩膀，怒气冲冲地看向于曼瑜：“你怎么能做出污蔑别人这种事？”

白竹两句话就让沈天浩彻底相信了她。沈于归冷笑，下意识地看向于曼瑜。

于曼瑜应该已经习惯了，情绪没有太大的变化，依旧平平静静的，想必这些年早就对沈天浩死了心。她叹了口气，平静地开口道：“我没有污蔑她。”

白竹哭声一顿，然后回过头来，咬牙切齿地开口道：“我发誓我没有说谎，否则就让我天打雷劈！”

沈于归觉得好笑，开口道：“这都什么年代了？我们不迷信，我们只相信法律。”

白竹看向她，说：“从心，我知道你不信我。那就去查监控，沈家客厅里是有监控的，看到监控就可以说明一切！”

沈于归暗道一声“糟糕”！

果然，下一刻沈天浩就开口了：“我刚刚就问过了，保姆说那段监控被删掉了。”

沈于归眯起眼睛，将犀利的眸子瞥向白竹，果然看到她嘴角挂着一丝若有似无的微笑。是了，从妈妈受伤昏迷到被发现，这中间的时间，白竹完全可以毁掉监控录像。

白竹垂眸，做出更受伤的表情：“什么，监控被删了？姐姐你为了污蔑我，真是方方面面都想到了。”

沈天浩认准了是于曼瑜故意的，他恶狠狠地看着她，说：“你——”

话没说完，白竹拽了拽沈天浩的胳膊，道：“姐姐这么对我都是因为你，你别怪她，是我不对。这件事就这样吧，真的闹出去也不好看。”

是怕不好看，还是不敢追究到底？沈于归伸出手摸了摸鼻子，露出了邪气的笑。

沈于归出去之后，张千千在宿舍里越想越不对劲，于是给陈子凡发了一条信息：刚才从心接到了医院的电话，说是她妈妈不好了，到现在也没有消息，你说从心家里不会出什么事了吧？

陈子凡当时正在焊接电路板，看到这个短信吓得手一抖，差一点把电路板给打穿了。他没有任何犹豫地拨通了费南城的电话：“表哥，不好了，熊猫眼的妈妈出事了！”

接到陈子凡电话时，费南城正在费氏集团处理文件，在听到陈子凡的话后，他猛地站起来，毫不犹豫地大步往外走，又拿出手机拨打电话：“查，沈家出了什么事！”

“是，先生。”

病房中，白竹趴在沈天浩的肩膀上哭泣。沈天浩轻轻拍打着她的后背，安慰道：“别哭了，这件事让你受委屈了，你一向是最识大体的。”然后又凶狠地看向于曼瑜：“我要跟你离婚！”

听到“离婚”两个字，于曼瑜终于有了反应，她激动地大喊道：“不行！”一旦离了婚，公司就跟她再也没有关系了！

沈天浩勃然大怒：“你都犯了这样的错，还不肯离婚？”

看着他这副样子，沈于归气得指尖都在发抖。她站起来走到旁边的角落里，拿起手机快速黑进了家里的网络。

硬盘被白竹来回删减了很多次，几乎难以修复，沈于归的手指飞快地在手机上敲打起来，五分钟后，她尝试着点开了修复后的视频。

白竹来到家里，似乎跟于曼瑜发生了争执，便趾高气扬地推了于曼瑜一下。于曼瑜倒下时，手臂划过茶几上的水果刀，血瞬间涌了出来，人也重重地倒在地上，头撞到了地面，挣扎了几下就晕了过去。保姆吓了一跳，打算扶她起来，却被白竹拦住。白竹对保姆说了什么，对着于曼瑜冷笑了一下，带着保姆离开了家。

看到这里，沈于归已经气得火冒三丈，感觉太阳穴在突突直跳。她就像是一只濒临暴怒的小兽，恨不得将白竹千刀万剐！她紧紧地攥着手机，将视频一点点拷出来。

她的声音冷了几分：“爸，你怎么就笃定是我妈妈的错？如果真的要判定是谁的错，那就报警让警察来调查！”

沈天浩开口道：“报什么警？商人重信，不知道的还以为咱们家发生了什么事呢！”他说着就要走。

如果他走了，事情就结束了！她大步走到沈天浩面前，开口道：“我找人帮忙恢复了视频，确定是白竹推了妈妈！”

白竹脸色一白，紧张得手都攥紧了，喃喃道：“不可能。”

沈天浩见沈于归笃定的模样，困惑地看向白竹，眼里闪过一份犹疑。白竹摇着头，红着眼睛。

沈于归看着两个人的互动，心里冷笑。到了这种时刻，白竹竟然还在装？她打开视频，将画面对准了沈天浩，开口道：“白竹推了妈妈，导致妈妈摔倒在地，事后还联合保姆对她不管不问，这就是故意害妈妈！”她说完这句话，愤恨地看向白竹。

沈天浩看了视频以后，抬起头来皱眉看向白竹。沈于归正要再说些什么，眼前突然一晃！

沈天浩狠狠地打了她一巴掌。

沈于归口腔里一片腥甜的气息，脸颊上火辣辣一片，她不可置信地看向沈天浩。

沈天浩怒吼道：“你还要闹到什么时候？浪费我时间，在这里陪你玩？”

沈于归猛地反应过来，将手机拿到自己面前，这才发现那视频打开后一片空白，根本什么都没有！

怎么会这样？她操作着手机，再次黑进家里的电脑，却发现硬盘根本进不去了。这说明就在她拷贝的时间里，硬盘被物理毁灭了！

她猛地抬头看向四周，就看到白竹暗自对她露出一个嘲讽的微笑。

刚才沈于归认真拿着手机操作时，白竹心里产生了不好的预感。她仔细回想了事情的经过，感觉唯一不可靠的就是那个监控录像。沈从心肯定没有那个本事去干什么，但或许费先生愿意为她找计算机高手呢？现在看来，幸亏她急忙给家里的保姆发了短信，让保姆毁掉了硬盘！

沈于归瞪大了眼睛，久久回不过神来。只要再给她一秒钟的时间，视频就下载下来了。她怎么就这么倒霉？是了，她一直这么倒霉。这是她回国后第一次靠技术不能解决问题，原来那个人说的都是对的，技术再厉害也比不过人力。

沈于归正在发呆，于曼瑜从病床上踉跄着下来，将单薄的身躯护在她面前。这个柔弱的女人第一次大声开口道：“不许打我女儿！”

沈天浩却绕过了她，直奔沈于归，道：“敢戏弄我们，真是胆子大了！”

沈于归正要有所动作，病房门忽然被推开。几个身穿黑色西装、身形高大的保镖走了进来，他们控制了整个房间，站在那儿齐刷刷凝视着门口，犹如恭迎杀神降临！

费南城眸光阴沉地出现在门口。

整个病房被一股低气压笼罩着，让房间里的众人都呆住了。

沈天浩也宛如被点了穴道般僵住了。他慢慢地回头，在看到费南城以后，整个人像是被一盆冰水迎头泼下！

他一时气愤，怎么就忘了如今这个女儿已经攀上了费先生？他马上换了副笑脸："费先生，您怎么来了？"

费南城的目光定格在沈于归身上，在看到她脸颊上的那个巴掌印后，他的眸子里升腾起浓烈的暴戾。她又挨打了！

沈于归也被吓蒙了。此时此刻的费南城就像是地狱修罗，周身的气息太过恐怖。他跟她一起在学校食堂用餐的样子，让她都快要忘记这个男人是多么可怕了。

她轻轻地喊了一声："费先生？"

这轻轻的声音让费南城的气势缓和了一些，他这才迈开步伐走了进来。他站在沈于归身边，幽深的眸子像是淬了冰，犀利地看向沈天浩，接着，他就用低沉的嗓音缓缓地开了口："你要做什么？"

沈天浩像是被他的眼神冻僵了，结结巴巴地说道："没、没什么。"

费南城没说话，继续看着他。沈天浩背后冷汗直流，解释道："费、费先生，是于曼瑜污蔑了白竹，从心也是被于曼瑜给蒙蔽了。"

"是吗？"淡淡的两个字落下，他没再给沈天浩说话的机会，转身坐在了病房里的沙发上。

他双腿交叠，犹如帝王般开了口："等一会儿。"

等一会儿……干什么？众人都有点疑惑，沈于归也蹙起眉头。

病房中一片安静，充满了肃杀的气息。没人敢开口说话，于曼瑜却轻轻地拍了一下沈于归的手背，然后用下巴对费南城点了点："从心，给费先生倒杯水。"

沈于归心想：费南城此刻这么可怕，她真的不敢！她拿玻璃杯倒了一杯水，走到沙发旁边递给费南城，随口说了一句："费先生，您怎么来了？"

费南城的心里蓦地升起了一股怒意。他都告诉她了，有什么需要帮忙的直接开口，可今晚如果不是陈子凡给他打电话，他都不知道医院的事！如果他没来的话……

费南城的脸色变得极其难看，他直接将水杯放在了桌子上，“咔”的一声，清脆的声音响彻病房。

房间里的气压更低了，沈于归见他心情不好，迷茫地看了他一眼，没有再自讨没趣，后退一步回到了病床边。

见她不说话反而离开，费南城的脸色更差了，半晌才憋出了两个字：“顺路。”

沈于归不解：顺路就顺路吧，为什么要说得这么杀气十足？

半个小时后，门口传来了脚步声。房门再次被打开，沈家的保姆被请了进来。保姆低着头，身躯瑟瑟发抖，显然是有些心虚。进了病房后，都不用别人开口问，保姆就吓得膝盖一软，直接瘫坐在地上，道：“费先生，求求您饶了我吧！都是白竹指使我的，是她推了夫人，还删掉了监控录像！”

这话一出，白竹脸色苍白如纸，大喊道：“你胡说什么？是不是他们逼你或者给了你钱，让你在这里污蔑我？”

喊完以后，她又楚楚可怜地看向沈于归，道：“从心，你们不能这样强迫别人诬陷我啊！”没有证据，只有人证，只要她咬定了不松口，谁不能定她的罪！

沈天浩攥紧了拳头，来到白竹身边，皱起眉头看着费南城，满脸的不服。他搂住白竹的肩膀，将她护在身后，道：“费先生，这个保姆是沈家的保姆，一直跟于曼瑜在一起，当然会偏向于曼瑜，就算是帮于曼瑜做伪证也不足为奇！”

他的态度很明显，是站在白竹那一边的。白竹很感动，抽泣着开了口：“天浩，我就知道你不会放弃我。”

费南城像是看白痴一样瞥了沈天浩一眼，没说话，只是目光看向保姆。那个保姆为了减轻罪责，立马大叫起来：“我有证据！我有证据！”

保姆拿出了手机：“白竹让我干坏事的时候，我怕她不认，所以录了音！”于曼瑜倒在地上流了那么多血，保姆生怕惹上官司，所以留了一手。

白竹听到这话，脸色白了，双腿一软！她后退一步，不可置信地看向保姆。

怎么会……她算计了一辈子，这次也考虑齐全了，可没想到竟然真的栽了！

保姆打开自己的手机，点击了播放，里面的对话就传了出来。

“你别管，就让她这么躺着！”是白竹的声音。

保姆战战兢兢地说：“她流了这么多血，不会出事吧？”

白竹冷笑道：“祸害遗千年，你替她操什么心？就算是死了，也是她不小心摔倒的，而你只是出去买菜了，没在家，跟你有什么关系？”

保姆道：“真的不管吗？”

“废话怎么这么多，走！”

病房里一片诡异的安静。沈于归听到这话，更是气得攥紧了拳头。她猛地站了起来，看向沈天浩：“爸爸，现在你相信妈妈的话了吗？”

证据摆在面前，由不得他不信。沈天浩不可置信地扭头，看向这个自己一直信任、一直袒护的女人。

白竹的脸色苍白如纸，她在沈天浩的眼神里看到了失望和诧异。这么多年，她对他说的都是她爱他，只想跟他在一起，可现在这个伪装似乎要被揭开了。

白竹绷紧身躯，感受到沈天浩扶着她肩膀的手在慢慢地松开，那挡在她身前的身躯也被撼动了。她慌了，惊呼道：“天浩，我错了，你救救我！”

沈天浩面上呈现出几分纠结和犹豫，这女人毕竟是他爱了一辈子的人。他看向沈于归，皱起了眉头，道：“你妈不是没死吗？白竹就是不小心撞了她一下，道个歉就行了，怎么还跟杀人扯上关系了？你这孩子怎么这么不懂事，非要把事情闹大？”

这偏袒得简直没边了！沈于归眸光犀利起来，整个身体在发抖。

这时，一道低沉的声音缓缓地传来：“有罪无罪，是法律要决定的事。”费南城的语气无波无澜，却掌控着全场。沈天浩顿时吓得不敢说话了。

沙发上，费南城将交叠的腿放下，身体略微前倾，带着浓郁的侵略性。他周身的气息压迫得沈天浩瑟瑟发抖。白竹眼见这个情况，更是吓坏了，猛地倒在地上，抱住沈天浩的腿：“天浩，你救救我，请你看在南窗的分上救救我吧。”

"南窗"两个字一出，沈天浩就皱起了眉头。沈南窗是白竹和沈天浩的私生子，比沈芷兰大了两岁的哥哥。

哪怕在国外时，沈于归也听说过这个人。他几乎是完美的化身，从小就温文尔雅、成绩优异，现在在国外发展公司的海外业务。如果说沈于归是个"孽子"，那么沈南窗就是沈天浩的骄傲。

果然，沈天浩态度坚决起来，他不允许自己这么完美的儿子有一个坐牢的母亲！这件事本来就可大可小，就看他能不能安抚住沈于归和于曼瑜，让费先生满意！

沈天浩攥紧了拳头，像是下定了决心似的开口道："公司里的股份我给你百分之二做嫁妆，从心，行吗？"

听到这话，沈于归都要被气笑了。就算把整个公司还给她，没了妈妈，又有何用？她站直了身体，不假思索地回绝道："不行！"

她的世界里，黑是黑，白是白，没有妥协，她要的只是"公道"二字！

沈天浩气急败坏，正要再说些什么，病床上突然传来一道声音："好。"

沈于归愣住了，而于曼瑜继续道："现在就白纸黑字写清楚，约定好，这件事我就不追究了。"

沈于归惊呼："妈！"她想说些什么，却见于曼瑜对她摇了摇头。

于曼瑜的面色很难看，可是眼神中透着倔强："女儿，这件事你必须听我的。"她要收回公司，将那些股份一点一点地抢回来！

沈于归看她的模样，哪怕心里不服，可只要一想到她连玉石俱焚的事都做得出来，如果自己不理解她……沈于归最终垂下了头，表示同意。

沈天浩则兴奋起来，道："曼瑜，我就知道你最识大体了！我这就叫律师备好合约，马上过来。"

说完他就要转身去打电话，可还未迈开脚步，就听到一道声音传来："慢着。"

沈天浩脚步一顿，就见费南城站了起来。他很高，让沈天浩只能仰视着他，然后就听到他话语里带着命令感："百分之五。"

沈天浩差点一头栽倒在地。忍着痛签订合同之后，沈天浩带着白竹离开了。直到走，他都没关心过于曼瑜一句。

他们刚走，费南城就站起来，带着他的保镖们离开了病房。

沈于归扶着于曼瑜躺下，面上还带着几分不甘。于曼瑜温柔地拍了拍她的手，声音很虚弱："这些年，公司早就被你爸爸掌控在手中，所以他才有恃无恐地要跟我离婚。你回来半个多月了，一直在学校里打转，我知道你想要找机会去公司，可你应该发现了，我们根本没有插入公司的机会，整个于氏企业现在都已经是沈氏企业。有了这些，我们才算有个契机。你不要去上学了，去公司实习，看看能不能找到机会。"

这些话沈于归都懂，但是……她红了眼圈："妈，我就是心疼你。"

于曼瑜摇了摇头，道："只要能夺回公司，这点伤算什么？于归，成人的世界不仅仅是黑和白。"

沈于归固执地低下了头，依旧不赞同她今天的做法。

于曼瑜知道女儿还未长大，也不勉强，她看向病房外，开了口："费先生亲自过来给你撑腰，你快去送送他吧。"

沈于归脸上莫名一红。她解释道："他是顺路。"

于曼瑜温婉的脸上露出了笑意，那颗泪痣也多了几分灵动："哦？是去哪里呀，顺路到这里，还刚好顺路帮你抓了保姆，解决了问题？"

沈于归站了起来，道："我不跟你说了，我去送他。"

看着女儿有些羞恼地出了门，于曼瑜脸上的神色这才落寞下来。临时把沈于归喊回国顶替从心，让沈于归受委屈了，幸亏费先生对她还可以。

只要解决了公司的问题，她就会亲自告诉费先生真相，让女儿以沈于归的身份出现在他面前！

转身的那一瞬，沈于归脸颊上的害羞就去了一半。如果被妈妈知道费先生根本不喜欢她，妈妈肯定会愧疚的，所以暂时还是别说了。

但妈妈说得对，费先生这路顺得也太奇怪了。她快走两步，打算追着费南城去道个谢，没想到打开门就看到费南城竟站在门外，似乎在等她。

第十章

城城，我想听你唱歌

沈于归的心微微一暖：所以他刚才带着保镖出来，其实不是走了，而是将空间留给她和妈妈说些体己话？这个男人对别人冷酷无情，对朋友却总有意想不到的温柔。

沈于归面上挂着温柔的笑意，殷切地开了口："费先生，久等了，我送您。"

那笑容假得让人嫌弃，她怎么就不能像对张千千一样，对他多几分真诚？或者哪怕是像对陈子凡似的，略有不爽就损他几句也行。费南城这么一想，面色冷了几分，转身往外走，凉飕飕地回答："谁说我在等你？"

沈于归搞不懂费先生喜怒不定的心思，急忙跟在他身后："对对，您不是等我，你是知道我一心想要送你，所以为了满足我的心思就走得慢了一点，对吧？"

她一心想要送他？费南城的怒意淡了一些，脚步慢了几分，让这个一路小跑的女人终于跟在了他的身边。

女人好奇地侧着头询问他："费先生，您怎么知道那个保姆手中会有录音啊？"今晚指证白竹，靠的就是那个录音。

费南城见她一副求知的模样，不吝啬地指点："越是小人物就越有自己的活法，她帮那个第三者办了那么多坏事，手中总要留着保命的东西。"

他难得说了这么多话，扭头却见蠢女人看着他发起了呆。费南城蹙眉询问：“在想什么？”

沈于归下意识地回答：“在想你的声音好好听。”

沈于归猛地意识到自己说了什么，正想补救，肩膀就被一只有力的大手抓住了，而后被推在旁边的墙壁上，旋即面前一暗，男人的身躯压了过来。

沈于归错愕地瞪大了眼睛，就看到男人两只胳膊撑在她身侧的墙壁上，那张无懈可击的完美脸庞距离她越来越近。

沈于归心跳如擂鼓，只觉得体内像是猛地窜起一股难以言喻的紧张感，肺部的空气也像是被抽走，让她觉得呼吸不畅。她咽了下口水，不受控制地闭上了眼睛。

良久，那预想中的吻并未落下，反倒是一道声音传了过来：“让一让，让一让。”

她睁开眼睛，就看到护士推着推车走过来，原来他那么按住她只是为了给护士让路。他开口提醒一声不就好了，又是壁咚，又这么暧昧，用得着吗？

男人放大的脸庞近在咫尺，他深邃的眸子里带着点点笑意。她的脸颊瞬间红了，他的眼神像是在调戏她，让她不敢继续跟他对视。沈于归急忙扭头，可两个人的距离本来就近，她这么一扭头，好巧不巧地，嘴唇就轻轻划过了他的唇。

她如石化般僵住。

沈于归低头，笨拙地从费南城的双臂下离开，跟他拉开了一定的距离。然后她就四处乱瞟，最后快速地往前走去，道：“费、费先生，我送你去停车场。”

费南城站在原地，刚才她口无遮拦地调戏他声音好听，看到护士过来时，他其实只是想要趁机教训下这个女人，让她知道有些话不可以随便乱说。可怎么就发展成这样了？他愣愣地伸手摸了摸自己的嘴唇，那上面似乎还残留着女孩的温度。

费南城站直了身体，却对上了保镖们打量的眼神。他脸色一冷，视线扫过他们。几个保镖顿时收回了目光，一副“我什么都没看到”的表情。费南城这才满意了，他忽略了耳根上似乎要烧起来的感觉，将两只手放在口袋里，跟在了女孩身后。

保镖们远远地跟在后面，两个人就一前一后地往前走。

为了缓解尴尬，沈于归咳嗽了一下，没话找话地开了口："费先生，今天谢谢你。"她又不是个傻子，怎么会不明白他是专门跑来给她撑腰的？

这话落下，她就见男人灼热的目光看着她的唇，低沉的声音缓缓地传来："你要怎么谢我？"

沈于归咽了下口水，然后深吸了一口气，道："我知道怎么感谢你了。你、你先闭上眼睛。"

她要做什么？难道是……费南城看她一副豁出去的模样，又想到了刚才碰触到的那一下。他咳嗽了一下，喉结处动了动，闭上了眼睛。他能听到她慢慢靠近的脚步声，然后她在他面前站定，似乎踮起脚尖慢慢地靠近了他。再然后，他的领带被正了正。

绷紧了身体的费南城睁开了眼睛，就看到女孩已站在不远处。她对着他鞠了一躬，道："费先生，今天谢谢您。以后你但凡有用得着我的地方，请直接说话！"

察觉到女孩子眼神里的狡黠，他这才明白，她这是在报他刚才的调戏之仇！可他不生气，反而勾起了嘴角。在他面前，她终于露出本性了吗？

沈于归做完了这些，内心有些忐忑。人都是感官动物，在察觉到费南城对她的包容以后，她就忍不住去试探他的底线。本来她以为费先生会生气的，可没想到他竟低低地笑了起来。

他很少笑，在这昏暗的停车场中，他的笑容宛如最璀璨的花朵，层层绽放，炫目又摄人心魂。

沈于归急忙移开了目光，这男人怎么能一个不经意的动作就这么撩人？

撩人不成反被撩的小乌龟再也淡定不了了，她开口道："那个，你快走吧，我要上去陪我妈妈了。"然后就逃也似的跑开了。

到了拐角处，她停下脚步偷偷回头。费南城宛如帝王般，在保镖们的拥护下上了车，几辆车子慢慢地启动。

等到车子离开，沈于归往回走，回到病房后，发现两个护工在房间里忙来忙去，她略显疑惑地看向于曼瑜。

于曼瑜开口道：“是费先生请了两个专业护工来照顾我。刚才我给你爸爸打了电话，他已经同意你明天去公司实习了，你今晚回家休息吧，我记得你明天是没课的，可以直接去公司那边报到。”

“好。”

第二天，沈于归去了公司。沈家公司位于S市一栋八层高的写字楼，大楼上挂着公司的新名字：南窗科技。

她站在门口嗤笑了一下。沈天浩的意图太明显了，他这是摆明了是打算将外公的公司交给沈南窗！压下心头的不满，她进入公司报了自己的名字。前台开口道：“白竹经理已经安排好了你的职务，我带你去市场部那边吧。”

市场部就是销售部，接触不到公司的核心技术。白竹这是打算将她边缘化吗？沈于归冷笑了一下，跟着前台往市场部走去。南窗科技虽然比不上费氏集团，但麻雀虽小，五脏俱全，一应人才与配置皆有。

公司主打软件开发，技术部是重中之重，在八楼。市场部在五楼，经理是个油腻的中年男人，挺着啤酒肚，穿着西装。看到沈于归后，他笑着上前一步，说：“我叫刘继义。沈从心是吧？你的工位在那边。”

沈于归走到自己的工位上，坐下以后，刘继义就找了个借口离开了。周围的工作人员似乎得到了什么命令，没有一个人跟她说话。沈于归百无聊赖，只能对着电脑发呆。

回到经理办公室，刘继义给白竹拨打了一个电话，谄媚地笑着说：“白经理，你说的那个人来了。”

白竹听到这话，语气阴沉地开口道：“那就好好招待咱们的沈家大小姐，让她知道公司的艰难！”

“我都懂，白总放心吧！”

沈于归坐在工位上闲着无聊，干脆跟张千千聊起了微信。旁边突然有人走过来，将一沓文件交给她，说：“实习生是吧？帮我把这个复印一下。”

这就像开了个头，有人找她做了事，就有第二个、第三个……不一会儿，她面前的桌子上就堆满了文件。她站了起来，刚好看到刘继义走了过来，她眼睛一眯，当下想到了一个好办法。想要欺负她，那就看看他们有没有这个本事！

刘继义看着她笑了笑，道：“从心，怎么样，还习惯吗？白竹总经理特意给我打招呼，要让你好好学习。”

沈于归低头做出一副羞涩的模样：“这些文件……”

刘继义打断了她的话：“这些文件你都要去复印吧？那就好好干！”

“可是……”

刘继义又笑呵呵地堵住她的话：“你哥哥南窗刚进公司时也是从底层干起的，从心你可要学会吃苦耐劳。你刚才想说什么，不会是想说这些文件的复印工作你不想做吧？”

话音落下，办公室里的人齐刷刷地看了过来。刘继义也眯起了眼睛，话都被他堵住了，这女孩就算是跪着也要干完！他保证，她上一天班，第二天就绝对会哭着喊着说不来了！稚嫩的小姑娘不在家里待着，跑到公司来争什么权？

刘继义这么想着，就见女孩眨了一下大眼睛，软软地开了口：“刘叔叔，我是想问，还有要复印的文件吗？”

这些就够她忙上一天了，她怎么还要？他正疑惑，就见她一脸感激地说道：“您的良苦用心我都明白！这些应该是咱们公司里的项目书吧？刘叔叔您对我真好，复印这些时，我就能大致知道公司里的情况了，您这是在帮我熟悉公司业务呀！”

刘继义一时语塞，他答应白竹将沈小姐赶走，别让她在公司里待着，现在怎么就成了在帮她熟悉公司业务？要是这话传到白竹那里，那就成了天大的误会了。要知道现在公司里还有当年忠于于老爷子的得力骨干，他也是于老的学生之一，时不时会被误会还对于老念念不忘……

沈于归说完这些，拿起一份文件边翻看着边往打印机那边走。她走了两步就被人拦下，刘继义板正了脸色训斥办公室里的人：“你们这群人别总是偷懒，谁的东西谁拿回去！”

大家纷纷将自己的文件拿走。

沈于归还在诧异：“怎么拿走了？刘叔叔，你让我干吧！”

“别，这种粗活怎么可以让你这个女孩子来做？”

沈于归美滋滋地坐下来，逃避了苦力劳动。黑客技术在手，她想看这些项目书随时都可以在电脑上看，哪里还需要去干活？

一天很快过去，到了下班时间，她拎起包打算走人，刘继义走出来拍了拍手道：“咱们部门来了新人，老规矩，今晚聚餐吧！”

聚餐打的是“来了新人”的旗号，沈于归想要拒绝都不成。无奈之下，一群人来到了“春归”高档餐厅，找了个包间一一坐下。

饭菜还没上来，就有人端起酒杯开了口：“沈从心，以后我们就是一个部门的了，多多关照！”然后仰头将杯中的酒喝了下去。

望着其余人跃跃欲试的模样，沈于归明白了，这群人是想要灌醉她呀。

从一进门，沈于归就摆出“我一杯就倒”的架势，他们放松了警惕，一杯接着一杯地喝。不知过了多久，包间里安静下来。沈于归抬起眸子，那双眼睛中闪烁着光芒。

她可是出了名的千杯不醉，这六七个人还真不是她的对手，摸了摸鼓起来的小腹，她准备上个厕所。

她出了门，忽然听到前方传来的声音：“哇，这小妞真好看，来陪我们玩一下！”

回应的是一个如江南女子般婉约的声音：“你们别这样，让我过去。”

沈于归皱起眉头往那边走了两步，就看到几个醉汉拦住了一个女人。那女人二十五岁左右的样子，长相跟她的声音一样特别娇柔，不盈一握的小腰让人产生强烈的保护欲。

“陪哥哥们玩一玩吧。”有男人靠近，伸出手要去摸她一把。

沈于归眸光一沉，迅速抓住男人的手，旋即一个利落的扭动，“咔”的一声，男人的胳膊脱臼了。两分钟后，地上倒了一排人。

沈于归拍了拍手，看向女人：“没事吧？”

女人看着她，似乎抽了抽嘴角，然后勉强笑道：“没事。”声音如黄鹂鸟般好听。

沈于归没多想，她急着去厕所，就点了点头，然后绕过女人直奔卫生间。等她走远了，女人在原地叹了口气。

有保镖走过来恭敬地喊道：“柳代玉小姐，您没事吧？”

女人连埋怨的话都说得像是撒娇：“好不容易才让你答应别过来，可为什么总是有人英雄救美？导致我从小学的跆拳道都没有用武之地，唉！”

沈于归狂奔到厕所后，没有察觉到任何不妥，冲进了隔间。她没看到费南城带着范繁刚好从不远处经过，瞥见她以后，他的脚步顿住了。

沈于归解决了生理问题，哼着歌从隔间里走出来，就对上了费南城幽深的眼神。

他蹙着眉心，满头黑线地询问："你怎么在这儿？"

上厕所不在这儿在哪儿？她因为喝了酒，迟钝的大脑反应了五秒钟，然后她僵硬着脖子看了看卫生间里的小便池。她竟然习惯性地闯进了男厕所！

怎么办？她眼珠子转了转，猛地扶住了头，做出一副喝醉的模样："怎么有两个费先生呀？"

她摇摇晃晃地往外走，喝醉了才不小心闯进了男厕所，这就说得过去了吧？还没走到门口，她的胳膊就被男人一把拽住了！

她还没反应过来，就听到费南城对范繁交代道："晚上的饭局取消，备车，我送她回家。"

沈于归立马开口道："我家里没人，我没醉，我还要喝……"

费南城沉默了一下，道："那回我家。"

沈于归觉得自己可能幻听了。他刚说什么，回他家？那岂不是意味着她要装一晚上？

范繁也震惊了，可看着费先生那担忧的神色，他瞬间明白过来。

沈家保姆已经被辞退，沈小姐的母亲又在住院，家里的确没人，沈小姐一个人醉醺醺地在家有危险呀！费先生这是在担心她半夜没人照顾吧？

费南城扶着沈于归往外走。走了两步，沈于归猛地回过神来：重点不是装醉的问题，而是去他家要做什么？她挣扎起来，想要摆脱费南城的拉扯："你放开。我没醉，真的。"

范繁在旁边认真地看着，说道："越是喝醉的人越说自己没醉，我看沈小姐真是醉得不轻！她这样子恐怕走不了路吧？"

沈于归还想再说什么，忽然感觉一阵天翻地覆——她被费南城拦腰抱了起来！

他高大的身躯如一座大山般，禁锢着她不能逃脱。沈于归长这么大，还是第一次被人公主抱，顿时目瞪口呆！

等她回过神来时，发现费南城正抱着她往外走。沈于归急忙挣扎起来，可刚刚一动，男人的胳膊就顿时收紧。他用托着她背部的那只手轻轻拍了拍，笨拙地哄道："乖，别闹。"

直到上了车，她都没想明白今天的费南城吃错了什么药。他温柔地把她放在宾利轿车的后座上，她无奈地摸了摸自己的额头。

这个动作引起了费南城的关注，他问道："头很疼吗？"见她不说话，他以为她没听清楚，伸出手摸了摸她的头。

车内的光线有点暗，投在费南城精致的脸庞上，晕出一片淡淡的光圈。看着这样子的他，一股莫名其妙的悲伤宛如潮水般淹没了她，沈于归发现她突然迷恋上了他此刻的温柔。

车子稳稳地行驶在道路上。费南城看着女孩，她蜷缩在座位上，小小的一团，那双大大的眼睛直直地盯着他。不知怎的，她眼眶里忽然间就氤氲出几分水气。费南城有片刻的慌乱："你是哪里不舒服吗？"

但女孩睡得很熟，闭着眼睛，凌乱的头发也遮挡不住属于她的那个胎记。

管家的眼睛瞪大了，天哪！他看到了什么？这可是大进展呀！他要赶紧去把这个好消息告诉老夫人！要不要再给整个庄园的人多发一个月工资？

费南城并不知道管家的想法，他抱着女孩上了楼，在去主卧还是客房之间犹豫了一秒钟，就去了主卧。他将她轻轻放在床上，看着她闭着眼睛，长长的睫毛在脸上投下一片剪影，凌乱的发丝挡在脸上。

费南城看着看着，忽然站了起来，走到卫生间里洗了把脸。冰凉的水浇在他脸上，让他清楚自己现在在做什么。

从知道小乌去世以后，他每个晚上都会产生一种浓郁的孤单感。可今天，女孩躺在床上，哪怕只是这么静静地看着她，他都觉得生命像是被填满了。

他眯了眯眼睛，没有再多想，然后洗了一块新毛巾，这才回到她身边，打算轻轻地给她擦擦脸。

他蹲下了身体，视线首先落在了那块胎记上。

他没敢开大灯，只开了一盏昏黄的床头灯。

那块胎记在黯淡的灯光下不太明显，这让她跟小乌越发相像。他盯着那张脸看了很久，最后拿起毛巾打算帮她擦一擦。

温热的触感让沈于归猛地惊醒了，她先是迷茫了一瞬，很快就回过神来。

这是……沈于归眼角眯起，终于意识到是费南城在给她擦脸！脸上的胎记虽然是用特殊颜料画的，普通的水很难清洗干净，但会掉色！沈于归一着急，直接伸手搂住了费南城的脖子，紧紧地抱住了他，说："要抱抱。"

这么肉麻的话，平时她绝对说不出来，但此刻反正她醉了，说什么、做什么都情有可原。

费南城的身体僵住了，他稍微一动，女孩的手臂就更用力一些："不要走，要抱抱。"

费南城闻着女孩身上浓烈的酒精气息，蹙起了眉头，她这是喝了多少？他虽有些不适，但她抱得那么紧，如果他用力把她推开的话，指不定会弄疼她。费南城干脆将毛巾随手扔在了地毯上，一动也不动了。

半晌后，女孩的呼吸均匀了。他动了动酸涩的身体，想要抽身离开，却听到了女孩睡梦中的呢喃声："妈妈。"

费南城动作一顿，轻轻地叹了口气，干脆找了个稍微舒服的姿势半坐在地毯上，靠在那里。

天光微亮，当第一缕阳光照进房间里时，沈于归闭着的眼睛滚动了几下。她迷迷糊糊的，想要伸手拦住阳光，可这么一动，她就感觉自己的手臂似乎被什么压着，酸涩得厉害。

沈于归一愣，猛地想到了什么，忽然睁开了眼睛。熟悉又陌生的卧室中，她躺在那张大床上，紧紧地抱着男人，整个身体都缠在他身上。

沈于归的脸颊瞬间染上了一抹红润，昨晚的事涌上心头。完蛋了！念头一出，沈于归就悄悄下了床，踮着脚偷偷摸摸地溜出了房间。

等到房门关上，床上的男人这才睁开了那双清明的眸子。费南城的视线凉飕飕地落在了那扇已经关上的门上，脸色极其难看。

他照顾了她一晚上，这个小没良心的竟然一大早就偷偷跑开？也不给他道个谢，哪怕说句早安也好啊！

楼下的用人们已经在忙碌，沈于归从这群人中穿过，终于跑出了大门，然后叫了车，快速往家里溜。

她没看到就在她身后跟做贼似的管家。管家拿着手机，满脸兴奋地汇报："沈小姐很害羞，脸都红了！身上的衣服也皱皱的，昨晚肯定成了！

老夫人，这下您可就放心吧！”

沈于归先是回家洗澡换了身衣服，这才来到公司。到南窗科技时，已是十点。她本来以为自己迟到了，可市场部办公室里空空荡荡的，根本没人来。对哦，昨天市场部的人都被她喝趴下了，怎么可能准时上班？

到了中午，市场部的人员才陆续到来。刘继义进门后，扶着自己宿醉后疼得厉害的头询问沈于归：“你不是说你不能喝吗？”

女孩一副纯真的模样，软软地说道：“对呀，我肚子装不下哎！”

刘继义抽了抽嘴角，这才明白他着了这个小丫头片子的道了！可他并没有发火，反而压下怒意，面色带笑地拿出了一份计划书递给沈于归，道：“从心呀，你昨天说得对，看在于老的面子上，我也应该对你多加照顾。这样，我把市场部最重要的项目交给你，你就负责这个吧！你外公可是个计算机天才，我相信他的外孙女也不会差！从心，这个项目你肯定能谈下来的，对吧？”

说完这些，他摇摇晃晃地进了办公室。

沈于归却皱起眉头，她发现那是公司研发的一个手机相机软件，在如今美颜APP盛行的时代，这个软件毫无特色！

再看合作商柳耀企业，柳耀是如今最大的手机生产厂商，产品走的是偏高档路线，价格贵，但科技特色很吸引人。想要让柳耀把这么一个普通的相机软件装在手机里，南窗科技也太不自量力了！

旁边有人过来扫了一眼：“又是那个相机的项目？我看你还是辞职算了，这个项目不可能成功的。”

沈于归挑了挑眉。

对方又开了口：“这个相机的合作现在由柳耀集团出国归来的大小姐负责。据说这位大小姐外号‘柳莫愁’，要求极为严格，我们曾经去谈合作的人直接被她赶了出来，她还说我们的东西是狗屎。”

不错，这软件在她看来就是狗屎不如。沈于归问道：“那位大小姐叫什么？”

“柳代玉。据说是林黛玉的气质、糙汉子的灵魂。”

算了，想要谈合作，首先要让相机变得有意思起来。沈于归脑海中闪过几个构思，打开电脑，飞快地修改起了相机功能。

办公室里，刘继义透过玻璃窗看向外面，嗤笑着给白竹打电话："放心吧，柳耀企业现在看到我们的人都是直接赶出来的，她连柳耀的大门都进不去！到时候我在董事会上提一提，肯定让她颜面扫地！还给于老头丢了人，也让大家看看于老的传人有多差劲，这样他在公司里的余威就更没用了！"

沈于归认真地盯着电脑，那份企划书惨不忍睹，怪不得柳耀企业将他们的人赶出来。

中午，周围的人全部去食堂吃饭了，办公室里只剩下沈于归一人。沈于归没做过计划书，软件用起来还有几分生涩。她正在打字时，身后突然传来了一个严肃的声音："别在这里做无用功了！"

沈于归手指微顿，停下工作，回头就看到一个男人不知何时站在了她身后。男人看起来四五十岁的样子，长了一张国字脸，眉头上有了几道纹路，看着格外刻板严谨。

他盯着她的眼神带着点失望："这个项目是刘继义跟柳耀企业的高层搞好了关系才拿下来的。项目做得很敷衍，技术不过关。不巧的是签合约时，柳代玉从国外回来发现了这事，她雷厉风行地开除了那个高层，将我们公司的人赶了出来，并扬言以后再不跟我们合作。刘继义摆明了在难为你！"

沈于归听到这些恍然大悟，原来还有这样的内情。她拧起眉头看向面前的人，他的工牌上写着"赵怀生"三个字。竟是他？

她听姐姐说过这个人，赵怀生是外公的学生，对外公忠心耿耿，曾经屡次劝说于曼瑜让她或姐姐来公司上班，但都被拒绝了，他维护公司的满怀热情尽数化作失望。

来上班前，于曼瑜还在说赵怀生恐怕不会帮她们了，但她刚遇到麻烦，他就赶来了。沈于归感激地站起来，恭敬地喊了一声"赵叔叔"。

赵怀生看她这副模样，眉宇间舒展了几分，但态度还是很严肃："这个项目你别做了，做不好还要给自己惹上一身腥。刘继义那边，我豁出老脸去说！"

他去说也只是告诉众人她无能，只能依靠长辈，让众人觉得外公的外孙女不过如此！沈于归开了口："赵叔叔，让我先试试，如果我不行，您再出马。"

赵怀生又紧紧地皱起眉头，眼神里带上了浓郁的失望：“你去试？你试什么，这不是年轻人的游戏。你知不知道公司里有多少人盯着你，等着看你的笑话？”

沈于归笑着，声音里带上了几分清冽，笃定地说：“如果我说我能拿下这个项目，那是不是就打了一个漂亮的翻身仗？”

赵怀生望着面前盲目自信的女孩，恨铁不成钢地开口：“你爱怎么样就怎么样吧，我不管了！”说完转身离开。

沈于归想要再说些什么，可想了想，算了。他之前有多少希望，于曼瑜和姐姐就给了他多少失望，等她拿下了这个项目，赵怀生自然就明白了她的实力。

沈于归坐下继续忙碌起来，没发现走到门口的赵怀生放慢了脚步，似乎在等她服软，可一回头看她没理会自己，顿时气得吹胡子瞪眼，一挥袖子，走开了。真是不撞南墙不回头！

赵怀生回到办公室后，胸口还在隐隐作痛。当年他是于老最器重的学生，负责整个技术部。可于老走了以后，沈天浩把持了公司，千方百计地打压他。

如果不是于老给了他百分之五的股份，他恐怕早就被沈天浩辞退了。即便如此，他也被边缘化，沈天浩搞了一个副总的职位给他，却没有任何实权。

他深受于老恩惠，奢望着能帮于曼瑜抢回公司。可他等到了什么？小小姐终于肯进入公司了，却是这么莽撞没有头脑！难道他这些年的委曲求全都错了吗？

沈于归修改完方案，已经是下午三点。她将方案打印出来，打算去柳耀企业，但刚出市场部大门就看到赵怀生若无其事地站在那儿。这已经是他三个小时内第五次溜达到门口，每次都是欲言又止，却又闭上了嘴巴。

沈于归眨了眨眼睛，跟他打招呼：“赵叔叔！”

赵怀生“哼”了一声，忍不住又提醒道：“你非要把脸伸过去给人打，我就等着看你笑话！”

明明一脸担忧，偏偏做出这么一副模样，这个傲娇的老头有点可爱呢。沈于归突然说：“谢谢您的关心。”

赵怀生的额头瞬间拧成“川”字，一双眼睛看向别处：“谁关心你了？我是怕你丢了于老的人！”

沈于归没再说话，拎着项目书走出了南窗科技，只留下一脸担忧的赵怀生。

半个小时后，沈于归来到了柳耀企业。

“请问您找谁，有预约吗？”前台小姐面带笑意，并没有因为她的胎记而对她有所轻视，这样的底蕴也只有传承几代的大企业才做得到。

沈于归笑道：“我是南窗科技……”

她话没说完，前台小姐就变了脸色，直接打断她：“不好意思，请你离开。”

刘继义是做得有多过分，才会引得柳耀企业反应这么大？沈于归转了转眼珠，开始装可怜：“小姐姐，我是南窗科技的实习生，被派过来送一份计划书，你就让我进去吧。”

前台小姐叹了口气，道：“不是我要为难你，而是……”

她压低了声音，道：“我们柳总下了命令，原话是‘谁要是再敢跟南窗科技的人来往，就直接滚蛋’。我要是放你进去了，我这工作就要丢了。”

沈于归抽了抽嘴角，一句话就让人怕成这样，这个柳总难道是个刻板严谨、极其严肃的人？她也不为难前台，只是忽然捂住了肚子：“不好意思，借用一下卫生间，我肚子疼。”

前台看她一副老实的模样，也没多想，指着不远处说：“那你快去，那边右拐就是。”

沈于归冲过去，然后拐弯绕到了楼梯处，灵活的身躯一闪就冲了进去。

她一口气爬了二十八层楼，来到企业大楼顶层，然后绕到了楼梯口。她看着左右没人，这才冲出来，可刚走出来就听到一个娇柔的声音：“是谁？”

一个长相绝美的女孩子站在不远处，穿了一件蓝色棉质的长裙，踩着一双白色高跟鞋，柔柔弱弱的模样像是风一吹就倒。

“是你？”

“是你？”

两人同时开口。

沈于归感叹缘分太奇妙，面前竟是她昨天吃饭时救下来的那个女孩！

“你怎么在这儿呀？”她声若黄鹂，婉转动人，只听这声音，沈于归都要被迷倒了。

沈于归正要回答，拐角处突然传来了脚步声，她急忙拽着女孩冲进了旁边的卫生间，关上了门。

“嘘！”沈于归对女孩伸出一根手指。

女孩看似“乖巧”地点了点头。等外面的脚步声远了，沈于归拍了拍胸口：“差点就被发现了！对了，你在这里上班呀？”

女孩眼神闪烁了一下，点头道：“你呢？”

沈于归也不瞒着她，说：“我是来找你们柳莫愁的！”

柳代玉一愣，道：“柳莫愁？”

“就是你们柳代玉柳总呀，听说她特别恐怖，大家给她起了个外号叫‘柳莫愁’。”

柳代玉道：“那你找她干什么？”

沈于归叹了口气，道:“我是南窗科技的员工，是来这里送企划书的。”

柳代玉闻言，眼里闪过几分冷意，原来是南窗科技的，那么昨晚的英雄救美是巧合还是预谋?

她正板着脸思考时，脸颊却被人捏了一下。柳代玉一愣，就见面前的女孩眨着那双黑白分明的大眼睛，低低地笑道：“你这么严肃的样子好可爱哦。”

她冷着脸时，手下都胆战心惊的，哪里来的可爱？这女孩傻乎乎的样子倒不像是个坏人。她没说话，就听女孩又开了口：“你放心，我不会为难你的，你装作没看到我就好啦！我自己去找你们柳教导主任。”

教导主任？这又是什么外号？

沈于归正要闪身出去，忽然听到女孩娇滴滴地开了口：“等一下。”

沈于归站定脚步。

女孩笑道：“你把企划书交给我吧！我帮你夹在文件中一起交给柳总。”

沈于归蹙眉道：“不行，这样会连累到你的。”

女孩自信地开口道："放心吧，柳总办公室里那么多文件，她怎么知道是我放的？"

听她这么说，沈于归纠结了一下。柳耀企业的安保肯定很严格，自己冲过去实在不理智。她相信只要文件到了柳代玉手里，只要柳代玉看上一眼就会被吸引，就算发现是女孩送的文件也不会为难女孩的。

沈于归点了点头，将文件交给女孩，郑重地开口道："谢谢你。"

柳代玉又拿出手机："加个微信吧？方便联系！"好久没遇到这么好玩的人了。

"好。"

等沈于归离开，柳代玉回到办公室里。她走路时腰肢扭动，行动间弱柳扶风，可手下员工看到她以后，个个面露敬畏之色。

柳代玉坐下，还没打开企划书，手机就响了一下。

Miss 沈：小姐姐，你一定要小心你们柳总！我想了想，她很有问题！

柳代玉拿起手机正要回复，对方的消息又发了过来，而且是连续三条。

Miss 沈：她性格那么强势又吓人，还是个糙汉子，名字却偏偏叫"代玉"，我怎么想都觉得很违和。

Miss 沈：小姐姐你这么美，别说男人，就算女人看到了都要心动。

Miss 沈：那个柳代玉天天对着你，可别被你给迷住了喜欢上你。你要远离她！

"老娘才不喜欢女人呢！"柳代玉看向桌上的镜子，"这世界上哪里有比我更漂亮的女人让我喜欢？"

她嘴里这么说着，眼睛里却闪过笑意，拿起手机回复了消息：我觉得你说得太对了，我一定会注意的！然后才看向那份南窗科技的企划案。

南窗科技的企划案她早就看过了，那敷衍的态度完全是在嘲讽他们，她肯定不会给南窗科技机会的，而她之所以帮女孩留下文件，也不过是怕女孩被南窗科技为难，留下后她是没打算再看一眼的，浪费时间。但或许是刚才那几条信息取悦了她，柳代玉下意识地打开了企划案。

本来只是淡淡一瞥，可没想到她看了以后一下子挺直身板，脸色都变得严肃起来。

沈于归离开时到底还是被柳耀企业的保安发现了，他们客气又冷漠地将她“请”出了大门。

时间还早，沈于归想回公司加个班。企划案只是一个构思，具体的软件设计还需要思考。

回公司的路上，沈于归想到今天的那个漂亮女孩。小姐姐看着柔弱，就连微信头像和微信昵称都是一只猫，这么可爱的女孩却在柳代玉那个大魔头手下上班，一定要提醒她！所以沈于归才给她发了消息，等小姐姐回复了以后才放下了手机。

她并不知道南窗科技市场部已经有人在幸灾乐祸。刘继义听完跟踪沈于归的人汇报后，迫不及待地拿公司内部员工座机给白竹打电话：“她是被保安赶出来的。”

他大笑起来，道：“柳代玉是什么人，能见她？她还自不量力地修改了方案，一个大学都没毕业的丫头能干什么？”

白竹若有所指地开口道：“唉，我早就跟她爸爸说了，一个女孩子等着嫁人就好了，进公司干活这种事辛苦又不好干，你看看，这不就丢了公司的脸？”

刘继义瞬间体会到这话的意思，道：“您说得对，等她回来我就给沈总打电话，沈家的大小姐还是回去乖乖读书吧！”

白竹笑了，说：“我这都是为她好。”

刘继义正要说什么，桌上的手机突然响了起来。他认识那串号码，是柳耀的电话。刘继义给座机开了免提：“肯定是柳耀企业打电话来质问了，也给您听听。”说着他接听了手机。

手机对面传来了一道女声：“我是柳代玉。”

柳代玉竟然亲自打电话来兴师问罪？刘继义有些惶恐，第一反应是赔罪：“柳总，真是不好意思！我也没想到会这样，是公司里的员工不懂事……”

柳代玉直接开口道：“我同意项目合作。”

刘继义道：“我知道你们是不可能合作的，她太莽撞了，我一定会严惩……不是，你说什么？”

他应该是听错了？柳代玉显得有些不耐烦，声音虽然好听，但语气瘆人：“现在派人来谈细节。”

刘继义瞪大了眼睛，不可置信地又问了一遍：“你是说同意跟我们合作？”

柳代玉冷笑道：“怎么，你不同意？”

“同意，当然同意了！”刘继义回应道，内心既高兴又苦涩。当初于老在的时候，别人都是求着他们公司合作的，这些年公司日渐落魄，这时候如果能跟柳耀合作，对他们公司来说绝对是大好的事情！

“那等会儿见。”柳代玉一点也不拖泥带水，她不喜欢跟人说客套话，直截了当地挂了电话。

刘继义许久没有回过神来。座机里，水杯倒了的声音传来，白竹被烫到了，可她还是惊讶地尖叫道：“怎么会？”

刘继义愣愣地说：“对呀，怎么会……当初柳代玉可都被气疯了，直接裁掉了好几个高层，怎么现在就……是不是费先生打了招呼？”

听到这话，白竹气得脸色铁青，肯定是那个臭丫头找了费先生帮忙！她咬牙切齿地说道：“什么费先生？你别多想，这都是你的功劳！”

一句话让刘继义回过神来，道：“你说得对！她一个小丫头片子能搞出什么花样来，还不是公司的努力？”

沈于归回到公司市场部时，毫不意外又碰到了赵怀生。他似乎住在了五楼的茶水间，一直伸长了脖子往外看，在看到她以后，他激动地站了起来，却又觉得自己的动作太明显，于是咳嗽了一声又坐了下去。

看到他这副样子，沈于归觉得好笑，主动上前跟他打招呼：“赵叔叔！”

赵怀生扫了她一眼，然后站直了身体缓缓地开口道：“碰钉子了吧？柳耀企业哪里是你想进就进的？”

他以长辈的姿态训斥道：“你还年轻，未来要学习的东西还有很多！来到公司里就不应该事事拔尖，要学会隐忍，多看、多学、多思、多想，而不是靠着一股拼劲往前冲！”

他走到沈于归前面：“这次的事，我去找刘继义说，你放心，如果他借此事闹到你父亲那边，也有我给你挡着，他不能为难你的！不过以后你可一定要听话。”

听到这里，市场部总经理的办公室门被打开，刘继义兴冲冲地从里面走出来。赵怀生皱起眉头道：“我有事要给你说，柳耀企业那个案子，你不能交给小小姐。”

赵怀生和刘继义都是于老的学生，当年就存在竞争，两人关系很差。赵怀生以为刘继义肯定要说难听的话，可没想到他竟然顺着说道："当然，柳耀企业可是个大案子，怎么能交给一个什么都不懂的实习生？"

赵怀生还没反应过来，刘继义拍了拍他的肩膀，笑呵呵地说道："柳耀企业刚才打来电话，项目谈成了！这对咱们公司可是一件大好的事，我要去谈细节了！"

赵怀生直接愣住了，转瞬他就反应了过来，道："你是说小小姐成功了？"

怎么会？她不过是刚刚入职的新人。他跟刘继义、白竹一个想法，第一时间想到的是费先生。但现在不是想这些的时候，他一把拽住了刘继义的胳膊，愤怒地喊道："你去谈什么？这个项目是小小姐的！"

刘继义得了便宜，笑得很开怀："你刚才不是说了吗，她是实习生，她懂什么？"

赵怀生脸色涨红，气得跳脚："刘继义你脸皮怎么这么厚，跟这么年轻的小姑娘抢功劳你也好意思？"

刘继义一把扯开赵怀生，大步往外走："我没时间跟你在这里废话，得趁着他们下班前将合约签了，否则生出变故就不好了！"

他急匆匆地赶到电梯处下楼，经过沈于归身边时，他连一个眼神都没给她，似乎整个项目跟她没有任何关系。

沈于归嗤笑了一下。赵怀生来到她身后，胸口起伏得厉害，愤怒地说道："刘继义真是越来越无耻了！真是阴险狡诈、卑鄙无耻！"

沈于归挑了挑眉，轻描淡写地开口道："赵叔叔，你别着急。"

"我能不急吗？费先生能帮你一次，但能次次帮你吗？这么大的功劳被抢走了，你的努力不就白费了？"

这事跟费先生有什么关系？不过她懒得解释，认真地开口："赵叔叔，你以为我为什么要拿下这个项目？"

赵怀生一愣，看着面前的女孩，对她的轻视不知不觉中少了几分："不是为了争一口气，让刘继义和公司的其他人对你刮目相看？"

沈于归面色一正，语气带着难得的凝重："您没来找我时，我是想要跟他一争高低。但你告诉了我其中的缘由后，我就更要拿下这个项目！"

她的声音低下来，神色都变得有些恍惚："有人曾经告诉我，商人重信。我们公司做出那种事，在商界落下了不好的名声。我拿下这个项目，一来打消柳耀企业对我们的偏见，二来也是为了告诉所有人——我们公司很讲信用！”

她的话掷地有声，让赵怀生神色一凛，挺直了背脊。他看着这样子的小小姐，不知道为什么，他竟像是看到了当年的于老。他忍不住说了一句：“你就甘心把这个功劳让给刘继义？”

沈于归勾起了嘴角，眼里闪过一抹自信的光芒：“那就看他有没有这个本事抢走了！”

半个小时后，柳耀企业办公室。

刘继义带着人坐在那儿，门忽然被推开，柳代玉在一群人的簇拥下走进来。

刘继义急忙站起来，没有因为她长相娇美柔弱而轻视半分，十分恭敬地喊了一声：“柳总。”

柳代玉在他对面坐下，视线在他身边的人身上转了转。本来她还打算给沈小姐一个“惊喜”呢，她竟然没来？

她挑眉，没多想，只是打开了手中的企划书，直接开口道：“柳耀的手机比较看重科技，对于你们这次的新方案，我有几个问题要问你。”

刘继义一愣，新方案？他还没来得及说话，就见柳代玉对旁边的人点了点头。

那人应该是技术部的人员，拿着自己的小本子直接询问：“我想问，关于第三项，你们要用什么技术手段来支持？”

刘继义更疑惑了，说：“啊？”

“第五项是你们区别于其余品牌相机的技术，还要麻烦你给我们讲一下原理。”

“还有……”

随着对方一个接一个问题地砸过来，刘继义额头上冒出了冷汗。身为市场部经理，肯定得对自家产品非常了解，何况他是技术人员出身。这还是他第一次被问到目瞪口呆，回答不上来！

对方七八个人盯着他，他咽了下口水，道：“这、这个……”

柳代玉看着他，察觉到了异样。她眯起眼睛，突然站起来将手中的方案扔在桌子上，直接开口道："既然你不能回答，那就让能回答的人来谈！我的时间不是给你浪费的！"说到这里，她直接离开。

刘继义宛如被狠狠地打了一巴掌。等柳代玉离开，他这才从桌子上拿起那份新的企划书。在看到上面的内容以后，他的眸子猛地一缩，这是那个沈从心的创意？

沈于归不急不缓地坐在自己的位置上，正在玩纸牌游戏。下午五点半，门口传来了急促的脚步声。刘继义直接来到沈于归面前，将手中的企划案砸到她的桌子上，气急败坏地开口道："这企划书是你改的？"

沈于归慢悠悠地出了一张牌，这才抬头看向他。她歪着头，软软地询问："怎么了？修改之前的企划案被柳耀赶出来，修改后他们却同意合作了，是我哪里改得不好吗？"

沈于归话都说到这里了，他还能说不好？刘继义总算看清楚了这个软绵绵的小姑娘，她绝不是看上去那么单纯。他气呼呼地指着她，说："好，你好得很，现在你去谈！"

说到这里，他直接进入办公室，"砰"的一下关上了门，连联系方式都不给她。沈于归勾起嘴角，打完了这一局纸牌游戏，这才拿起手机给猫小姐发微信。

Miss 沈：小姐姐，你们柳总在哪里？我去找她谈合作！

对方回复得很快：企划书是你写的？

Miss 沈：对呀。你知道刚才他们谈合作具体是什么情况吗，柳大魔头生气了没？

柳大魔头……看着这第三个外号，柳代玉抽了抽嘴角。她靠坐在办公椅上，漂亮的眸子里闪过笑意，没想到那企划书竟然是这么一个小姑娘写的。

柳代玉拿起手机继续回复：很生气，狠狠地骂了你们刘总一顿！

Miss 沈：哈哈，她终于做了一件人干的事！

柳代玉抽了抽嘴角，又拿起手机：你什么时候过来？

Miss 沈：大约要一个小时之后，这个点堵车。你能不能帮我询问一下大魔头，是今天等我过去，还是明天再聊？

柳代玉看了下时间，思考了一下，回复道：柳总让我通知你，今晚约在佰草楼，可以边吃边聊。

她有点迫不及待地想看看小丫头看到自己就是柳代玉时的表情，一定很有趣！

Mss 沈：佰草楼那么贵！大魔头这是打算坑我一顿饭吗？

她缺这一顿饭钱吗？柳代玉抽了抽嘴角，对方又发来了消息。

Miss 沈：小姐姐你去吗？

柳代玉笑道：去。她要是不去，还怎么谈？

Miss 沈：那还好，请你吃多少我也不心疼。

她这是被撩了吗？小丫头真皮！柳代玉又思考了一下，回复：晚上我还带一个朋友，你会不会介意？

Miss 沈：没问题！

沈于归放下手机收拾了一下，然后带着企划案往外走。等到她走远了，一直在办公室偷偷看她的刘继义这才给白竹打了电话，将事情经过说了一遍，疑惑地询问："不是说这个沈小姐在学校里专业课倒数第一吗，怎么还能写出企划案来？"

白竹冷笑道："费先生都帮她搞定柳耀了，一个企划案还不是信手拈来？"

刘继义皱起了眉头，道："她有费先生撑腰，这样下去可不行啊！沈副总什么时候回来？总要想个办法。"沈副总指的是在国外的沈南窗。

白竹叹了口气，道："指望他可不行，我这个儿子你还了解吗？淡泊名利！"

刘继义急忙劝慰："沈副总是有真本事的人，不然沈总也不会对他寄予厚望。"

白竹最近心情很差，也只有想到自己的儿子才能缓和一下，她勾起了嘴角："我来想办法吧！"

沈于归打车去了佰草楼。路上果然堵车，她到佰草楼的时候已经快要七点。

她找到了猫小姐给的包间号，叩响房门，接着推门而入。装修低调的小包间里只坐了小姐姐一个人。

沈于归走进去左右看了看，忍不住询问："小姐姐，大魔头呢？"

柳代玉正要说话，包间门再次被打开。沈于归下意识地回头，就看到一道高大的身影走了进来，竟是费南城！她心中一紧，费先生就是猫小姐说的另一个朋友？那他们是什么关系？

费南城今天一整天都心不在焉，心情烦闷。被柳代玉喊来吃饭时，他没有多想，柳代玉说有个小朋友会过来，他也没在意。可没想到，这个小朋友竟然是她！一时间，两人四目相对，各怀心思。

柳代玉站起身来到两个人面前，先对费南城介绍道："这位是我的好朋友，沈小姐。"又对沈于归道："这位是费先生，费氏企业的CEO，你以后有什么事可以找他。"

这熟稔的语气……沈于归心底泛起一股淡淡的酸涩。费南城说他有喜欢的人了，那个人就是这个漂亮的小姐姐？

她看了看费南城，又看了看猫小姐，男的英俊，女的娇美，倒是郎才女貌。

思考间，沈于归见费南城正要说话，生怕他说出什么引起小姐姐误会的话，她急忙说道："费先生，很高兴认识你！"

费南城的面色蓦地阴沉下来。她摆出这么一副疏离得像是第一次见面的样子，搞什么鬼，这是打算装作不认识他？

柳代玉察觉到两个人之间异样的气场，大眼睛里划过一抹狡黠，她拉住沈于归的手，道："别站在这里了，快坐下吧！"

沈于归像是什么都没发生似的，跟着柳代玉坐下。她到底还是没忍住，拿起手机发消息。

费南城时刻关注着她，在她拿起手机的那一刻，他的神色终于缓和了几分。

她肯定是着急给自己发微信，解释原因了。

他随手拿起旁边的一杯水，注视着她。她的手指很修长，打字的速度很快，几秒钟的时间就编辑好了一条消息，应该是按了发送键，然后将手机放下。

哒！手机响了一声。费南城低下头，却发现自己的手机屏幕依旧是黑乎乎的。刚才那声音……他疑惑地蹙眉，就看到柳代玉拿起手机打开了微信，气得他差点将手中的水杯砸过去。

柳代玉没有察觉到他的愤怒，拿起手机看消息。

Miss 沈：小姐姐，你跟费先生是什么关系呀？

柳代玉眨了一下那双秋水般的眼睛，视线在费南城和沈于归身上看了看，旋即回复了一句：你猜？

猜个鬼哦！不管他们是什么关系，都跟她没关系呀！反正她跟费先生只是合作关系。压下心口的不适，她这才想起来这里的目的。

沈于归放下手机，再抬头时才发现包间里只有三把椅子。她疑惑地皱起眉头，三个人坐下后，哪里还有柳代玉那个大魔头的位置呀？

她又看向柳代玉，问道："小姐姐，柳代玉那个大魔头呢，她不来了吗？"

费南城抬起眼帘，视线淡淡地落在沈于归身上。这家伙是不是傻？

下一刻，柳代玉笑着开了口："小丫头，一直忘了给你做个自我介绍。你好，我是柳代玉。"

沈于归脑子有点蒙。她突然想到同事似乎跟她说过，柳代玉是林黛玉的气质、糙汉子的灵魂。她怎么把这个给忘记了？所以她一直对着柳代玉本人骂柳代玉？她急忙拿出手机翻看聊天记录。在看到上面的内容以后，她想找个地洞钻进去，再也不出来了，太丢人了！

她低着头，然后又抬起头来装出一脸茫然的样子，说："我微信被盗了，小姐姐，刚才那些都不是我发的。"

柳代玉被噎住了。两个人就这么对视了一会儿，忽然间"咯咯咯"笑了起来。

沈于归看着面前笑起来美得让人心动的女人，忍不住感叹，有这么漂亮的人在前，怪不得费南城看别人都入不了眼。

这个念头让她心里有些堵得慌。她喝了一口水，旋即正色开口道："柳总。"

柳代玉叹了口气，语气里全是无奈："我的小丫头不可爱了，称呼都变了。"

这娇滴滴的语气让沈于归根本无法拒绝！她笑着说道："谈工作还是要叫柳总，私下里就是小姐姐嘛。"一个"嘛"字，不知不觉间带上了几分婉转。

没办法，柳代玉气质温柔婉约，跟她说话时，沈于归连声音都会不自觉温柔起来。

拿着菜单的费南城瞥向沈于归，她这种语气和在他面前假装的温柔简直不能比。他蹙起眉心，淡淡地开口道：“先点菜吧。”然后将菜单往沈于归那边推了推。

沈于归却直接将菜单递给了柳代玉：“小姐姐，你想吃什么？今天我请客！”

被忽视到连一个眼神都没得到的费南城凉飕飕地看向柳代玉，莫名不爽起来。

柳代玉无视了他的眼神，挪动了一下椅子，靠在沈于归身边，打开菜单开口道：“来，我们商量一下，这个你喜欢吗？”

“喜欢，还有这个……”两个人亲亲热热地点完了菜，就直接叫服务员下了单，自始至终没询问也没理会过费南城。

费南城额头青筋直跳，但还是保持着良好的教养询问：“要喝点……”

“一扎西瓜汁，谢谢。”沈于归打断了他的话，说完又看向柳代玉，“趁着菜还没上来，柳总，我给你讲讲我们公司的企划案。我们的美颜相机区别于其余相机的地方是它增加了一个功能——只要有两个人的头像，就可以在我们的相机里组合成他们未来孩子的照片。我觉得这对情侣来说吸引力很大。就算是单身女生，也可以跟自己的偶像组合，甚至跟自己暗恋的对象组合，想象一下。”

这个功能让柳代玉眼睛一亮，她冷静地询问：“你们的技术能支持得了吗，确定可以做出来？”

沈于归笑道：“其实这本来就是天马行空想象出来的，不能保证百分百的准确性。”她咳嗽了一下，继续说，“至于技术支持，你是担心我们做不出来吧？我上大学的时候就写了这么一个代码，直接加入我们相机中就可以了。”其实是她在国外闲着没事干，写出来随便玩的，没想到回国后竟然派上了用场。

柳代玉听到这话顿时兴奋起来，道：“已经写出来了？你手机里有吗，给我玩一玩！”说是玩，其实是验收成果。

沈于归来的时候就将那个小小的软件装到了姐姐的手机里，她直接拿出手机，凑到柳代玉面前：“那我做个试验给你看看。”她举起手机给自己拍了一张照片。

柳代玉忽然疑惑地开口道：“可是只有一个女生，还要一个男生呢。”

一直听着两个人说话的费南城此刻挺直了背脊，咳嗽了一下。

柳代玉疑惑地扭头，道：“你嗓子不舒服？”她看着费南城，忽然间明白了，“我想到了！”

费南城的脸色缓和了几分。这人终于想到用他了？哧，刚才她们还忽视他，他怎么可能配合她们？不过，算了，这里也没有别的男人，而且只是想象，又不会成真，他就勉为其难帮个忙吧。费南城紧了紧领带，整理了一下西装，忍不住想他和蠢女人如果有个孩子会长什么样子。

就在这时，沈于归低低地笑了一下，道：“对！小姐姐，你跟我想到一起去了！来，我们两个一起试试！哈哈，如果我们两个女人可以生孩子的话，那么我们未来的孩子会长什么样子呢？”

费南城的脸色蓦地沉下来，他不甘心地开口道：“两个女人怎么生孩子？”

沈于归看向他，反驳道：“不过是假设。两个女人怎么了？”她又看向柳代玉：“小姐姐，你把我当成男人就可以了！”

柳代玉挥手道：“好的，快来，小丫头，我迫不及待想看看了！”

沈于归点了点头，笑呵呵地拿起手机又对着柳代玉拍了一张照片。

柳代玉紧张地问：“照片好看吗？”

沈于归看了下手机：“你的头发挡到了眼睛，我给你整理一下。”

她伸出手帮柳代玉顺了一下头发。

面前的画面为什么这么刺眼呢？费南城有一种将蠢女人的手指剁了喂狗的冲动！

“好了！生成中……”

沈于归的话语让他再也看不下去了，直接将手中的水杯“啪”的一下子放在了桌子上，引得两个女人齐刷刷地扭头看过来。

“成了！”沈于归又叫了一声，旋即两个女人就凑在一起叽叽喳喳。

“看，眼睛像你。”

“对，但是嘴巴像你。”

“哇，我们的孩子好漂亮！”

费南城强忍着怒意，终于等两个人谈完了，服务员端上了饭菜。

一顿饭就在两个女人你侬我侬的氛围中吃完，最后柳代玉说道：“明天你带着合约去公司，直接签约。”

沈于归点头，她并不觉得自己走的是裙带关系，如果没有她的软件设计和创意，相信柳代玉也不会看在她的面子上同意签约。

三个人都站起来，柳代玉看了看时间，道：“呀，已经十点了，这么晚了，让费先生送你一下吧？”

沈于归微微愣了愣，看向费南城。今天晚上她刻意没跟费南城说一句话，跟他认识这么久，她从没见过费南城跟一个女人相处时会这么放松。她能感觉到他对柳代玉格外容忍，所以他们真的是一对吧？

她垂下眼帘，挡住眼中翻飞的情绪，笑着开口道：“不用，我打车回去就可以了！”说完她看向柳代玉：“小姐姐，明天见！”然后转身就跑，似乎生怕有什么怪兽追过去似的。

等她消失在门口，柳代玉这才扭头疑惑地询问：“你对人家小丫头做了什么？看她躲你的那副样子。”

费南城更加气闷，他怎么知道？不对……费南城拎起自己的外套，准备往外走：“这句话应该是我问你，你对她说了什么？”

柳代玉歪了歪头，“哦”了一声，恍然大悟道：“她在微信上问我跟你是什么关系。”

费南城道：“你怎么回答的？”

柳代玉咬住了手指，一副楚楚可怜的模样：“我说我们两个在相亲！”

“柳、代、玉！”他几乎是咬牙切齿、一字一顿地喊出她的名字。

费南城急匆匆冲到大堂，就看到那道单薄的身影正站在门口等出租车。他蹙起眉头，快走两步，打算赶过去拦住她。

可他刚走到门口，一辆出租车停了下来，沈于归直接上了车，车子飞快启动。

蠢女人明明看到了他，却还是上了车，比起刚认识他时的胆战心惊，她现在胆子也太大了吧？可不知道为什么，闹脾气的她反而让他心里有一种说不出来的畅快。在他面前，她终于不绷着了吗？

夜色朦胧，他站在酒店外，抬头看了看雾蒙蒙的天空，将两只手插进裤子口袋里，莫名勾起了嘴角。这让开车来接他的范繁吓得一个哆嗦，差点撞到了旁边的柱子上。

范繁踩了急刹车，稳住了车身，这才顺着费南城的视线往天空看过去。

黑乎乎的一片，连颗星星都没有，费总这是在看什么？他下车给费南城打开了后车门，忍不住问了一句：“费总，您在看什么呀？”

回应他的是费南城冷冰冰的眼神。

很快，车子到达了费家。费南城进门后上了楼，进入卧室之前，管家开了口：“先生，您的房间需要整理一下吗？”

费南城的主卧必须要得到他的同意才能进入打扫，那是他最私密的地方。

今天早上他心情不好，气压低得家里的保姆们都不敢说话，就没询问，所以现在管家才会问这么一句。

费南城听到这话，点了点头。他率先进入卧室，看着床上凌乱的一片，想到昨晚的情况，他垂下眸子，眼神有些闪烁。

他打算去卫生间洗漱一下，可刚走过去就看到地毯上放着一条毛巾。

那是昨天给她擦脸用的，可惜只擦了一下就把她惊醒了，后来她紧紧地抱着他的胳膊。

想到这里，他垂下了眼帘，惫懒地走过去，伸出修长的胳膊，将毛巾捡了起来。

家里的备用毛巾都是纯白色的，可这条小毛巾上面有一层淡淡的青色，颜色很淡，不细看还看不出来。他皱起眉头，视线又落在了地毯上。

这时保姆叩响了房门：“先生，我可以进来吗？”

费南城淡淡地回了一句“进”，然后随手将那条沈于归用过的毛巾放在了洗漱台上，对保姆交代了一句：“清理一下地毯。”都把毛巾弄脏了，地毯得有多脏？

“是。”保姆的动作很利落，卧室里很快焕然一新。

费南城洗了澡出来时，保姆已经从房间里出去了。他穿着浴袍，擦着头发，心里却在想着要不要对蠢女人解释一下他跟柳代玉不是那种关系。

第十一章 她与他记忆中的女孩越来越像

沈于归回到家里，洗漱完躺在床上，就在这时，手机闪烁了两下。她微微一愣，拿起来发现是柳代玉的微信。

猫头：小丫头，睡了吗？

沈于归急忙回复：没呢，怎么啦，小姐姐？

猫头：今天忘了告诉你，我妈是费南城的姑姑，下午我把他叫来是让他来买单的，没给你带来什么困扰吧？

Miss 沈：没……

才怪呢！

沈于归将头埋进被子里，忽然发现自己误会了他！吃饭时，她那种对费南城刻意的冷淡，还有刚才打电话讽刺他，更可怕的是，今天早上她还在他家醒过来……想到这里，接下来几天她都不想遇到费先生了！

第二天，沈于归直接去柳耀企业跟柳代玉签订了合约。刘继义得到签约顺利的消息时正跟白竹在一起，他面色难看地看向白竹："昨晚我找人盯着她，发现她跟柳代玉在佰草楼吃了饭，费先生竟然也去了，所以肯定是费先生给她牵的线！"

白竹深吸了一口气，只觉得胸口堵得厉害。她没有继续伪装，咬牙切齿地开了口："现在怎么办，就让她这么顺利地拿下项目？"

刘继义眸光闪烁，冷笑道：“怎么可能？手机的那个项目，技术部早就做好了，现在要修改，技术部哪里忙得过来？况且她那个企划书太天马行空，技术部根本就没有能力支持，到了给柳耀企业交成果的时候，她根本不可能拿出来！这场合作注定是要失败的。”

白竹听到这话眼睛一亮，点了点头道：“那我去跟技术部那边打个招呼。”她绝对要切断沈于归所有的路！

刘继义笑呵呵地点了点头。等白竹走后，刘继义就悠闲地坐在自己的办公椅上，透过办公室的玻璃门盯着沈于归，等着她来求他。

沈于归是上午十点从柳耀回来的，将合约放在抽屉里后，她就打开电脑认真地看着屏幕。下午四点，沈于归站了起来，径直往刘继义的办公室走去。

刘继义急忙坐正了身体，心想：小年轻做事不靠谱，快下班了才来找他，看他怎么为难她！

办公室门被叩响，刘继义开口道：“进来！”

他有些迫不及待地要刁难沈于归了。她进门以后站在他面前，面色带着几分犹疑：“刘总，有件事……不知道公司里有没有这种先例。”

拿出去的合作企划案被改得面目全非，还不经过技术部查看就直接拿给客户，的确是没有这个先例！刘继义冷哼了一声，道：“你现在才知道着急了？”

刘继义说完这话，本来以为面前的女孩会痛哭流涕地求他，可没想到女孩挑了挑眉，疑惑地询问：“现在也不晚吧？”

刘继义道：“什么？”合约的事还要拖到明天吗？这人也太不靠谱了！

沈于归笑道：“明天上午我有一节专业课，上完课再过来吧。”

我在这里等你半天，你就是为了说这个？刘继义摆了摆手，道：“可以的。”然后静静地看着她，等她接着说。

半晌，她才开口道：“刘总，你还有什么要说的吗？”

刘继义觉得喉咙就像是被什么东西堵住了似的，最终咬牙切齿地开了口：“跟柳耀企业的合约……”

“签好了呀！”沈于归笑道，“资金应该很快就能打到咱们公司的账户上。”

刘继义愣了愣，道：“那你跟柳耀说的是什么时候交软件？”

沈于归甜甜地笑着："哦，那个呀，已经交过去了。"

刘继义震惊了："什么，做好了？什么时候做的，谁做的？"

沈于归眨了一下眼睛，特别真诚地回答："我做的。"

当他是个傻子吗，专业课倒数第一的大四学生能写出什么代码来？没想到费先生不仅帮她牵线搭桥，竟然还找了人帮她写了软件！

沈于归美滋滋地从刘继义的办公室里走出来，想到他刚才的脸色，她就觉得心里一阵畅快。收拾了东西，她要下楼的时候，手机忽然响了起来，是费管家打来的电话。

难道是费老夫人不好？她急忙接听，费管家的声音就传了过来："沈小姐，我在您公司楼下，您下班了吗？"

听他这平和的语气，应该不是老夫人出了什么事，但他来她公司楼下干什么？总不会是昨天她冷落了费南城，这家伙要抓她回去拷问吧？她思考间，就听到费管家开了口："今天是十五。"

时间过得这么快吗？她弱弱地开口道："可以不去吗？"昨天才闹了一个乌龙，今天见面有点尴尬呀！

费管家道："老夫人盯着呢。"

沈于归刚才还宛如斗胜的公鸡，这会儿就像淋了雨，被淋成了落汤鸡。她耷拉着脑袋，认命地下楼，上了公司楼下的黑色轿车。

车子到达费家时，才刚到六点。沈于归进入房间，管家就为她端上了一些糕点，还道："沈小姐，您先吃点东西垫垫肚子，先生还要等一会儿才来。"

这句话让沈于归误会了费南城还没下班。也是，现在才下午六点，他那种工作狂不到晚上十点是不回家的吧？她随手拿起一个糕点咬了一口。

里面的奶油溅了她一身。沈于归呆呆地看过去，才发现她吃的竟然是泡芙。

管家道："沈小姐，要不您先去楼上洗个澡？"

沈于归纠结了一下：洗澡有风险呀！尤其是连头发上都沾了奶油，洗头的话会接触到洗发水，那胎记怎么办？可不洗的话，她无法忍受一头的奶油。犹豫了一会儿，她站了起来，道："好。"只要她速战速决，没问题的！

沈于归拎着自己的包上了楼。包里面有个化妆盒，里面装着的不是粉底液，而是青色的颜料，以备不时之需。

她上楼后左右看了看，见的确没有人，于是进入主卧反锁了门。她走进卫生间，对着镜子将身上的奶油轻轻擦掉，然后才脱了衣服去洗澡。

费南城听到外面的声音，从书房里走出来。他穿了一套休闲装，灰色的棉质衣服让他多了几分儒雅，少了平日里的三分冷冽。

管家恭敬地站在他身边汇报："先生，沈小姐已经到了。"

费南城的脚步微微顿了顿。早上醒过来时，他就知道今天是十五，所以晚上让管家去她公司那边接了她。

管家一颗心向着祖母，肯定会把这里发生的事情告诉祖母的，他必须把沈于归接过来。而且昨晚沈于归误会了他和柳代玉之间的关系，他也需要解释一下。

他垂下眸子，遮掩着里面复杂的情绪，淡淡地开口道："嗯。"然后走到了主卧门口，叩响了房门。

房间里没有人应声，他皱了皱眉，下意识地去拧门把手，发现门被反锁了。

费南城低垂着眸子，在门口犹豫了几秒钟就回到书房里，拿出备用钥匙打开了门。

他迈步走了进去，才发现房间里没人，倒是浴室传来了"哗啦啦"的流水声。

原来她在洗澡。费南城没有打扰，在卧室里的沙发上坐下。

"哗啦啦"的水声中，沈于归边洗澡边唱歌：

噜啦啦噜啦啦噜啦噜啦咧

啦啦噜啦噜啦咧

我爱洗澡

我爱洗澡乌龟跌倒

幺幺幺幺

小心跳蚤好多泡泡

幺幺幺幺

…………

伴随着轻快的音乐，费南城隔着玻璃门就能看到她投在上面的影子在一扭一扭的。

沈于归边唱边洗，洗好了以后才裹着浴袍打开了玻璃门，脚尖轻轻点着，像是跳芭蕾舞似的从浴室里飘出来，来到了卫生间的洗漱台前。

她看向镜子里的女孩，胎记的颜色果然淡了一些。这颜料虽然防水，但并不防卸妆水和洗面奶。此刻镜子的光打在脸上，让她的皮肤显得更加细腻，唇红齿白。

在国外时，沈于归都是短发，现在接的头发披散在肩膀上，让她多了属于女人的妩媚。如果可以做回女孩子，其实她也很美，偏偏又要搞个胎记遮掩这等绝世美貌，可惜了！

她对着镜子叹了口气，拍了拍自己的脸："唉，我怎么这么好看？"

感叹完之后，她打算去沙发上拿包中的颜料补个色，一扭头就对上了费南城幽深的目光。那一瞬间，她大脑一片空白。这家伙不是还没回家吗，什么时候来到了卧室里？还有，她不是反锁了门吗？沈于归咽了下口水。她刚才没说什么吧？似乎是对着镜子感叹了一句。

啊啊啊！他听到了肯定会觉得她是个自恋狂。有一瞬间，沈于归仿佛听到"咔嚓"一声，那是她石化的身体裂开的声音。

她僵硬地举起胳膊，尴尬地打招呼："嗨！"

费南城没动，眼神定格在她脸上的胎记上。此刻外面天色已经黑透了，房间里开着一盏床头灯，显得女孩的青色胎记淡了几分，这副模样似乎与记忆中的少女重合。他猛地站了起来，目光愣愣地看着她。

他目光如炬，让沈于归感觉自己快要被生吞活剥了。

她咽了下口水，这才意识到他在看她的胎记。沈于归眸子猛地一缩，终于想明白了不对劲的地方。她急忙侧头，将没有胎记的那半边脸对上费南城，然后说："那个，我今天打了点粉，还没卸干净。"

说到这里，她冲了过来，拎起自己的包返回卫生间，关上了卫生间的门。

完蛋了，不会被发现了吧？这可怎么办？她盯着镜子里的女孩，那青色胎记虽然比平时淡了一些，可还是有的。

他应该没察觉到什么异样吧？这么想着，她努力劝慰自己，肯定没有发现的。她急忙拿出青色颜料给自己的胎记补了点色，等到胎记恢复正常颜色后，她才重新打开卫生间的门走了出来。

主卧里已经没有了人。她换上管家为她准备的新衣服，探头探脑地从卧室里走出来。

一出门就看到管家站在外面，沈于归顿时蹙起了眉头，质问道：“李叔，你不是说费先生不在家吗？”

管家一脸无辜的模样：“我什么时候说过这话？”

她正要说什么，忽然意识到管家的原话是“先生还要等一会儿才来”，的确不是“先生不在家”。

所以是她自己误会了吗？她又往楼下看，道：“费先生人呢？”

管家说道：“在书房。沈小姐要找先生吗？”

沈于归顿时摆手，道：“不用，不用。”

她撇了撇嘴，没有再说话。

吃饭时，管家上楼去喊人。面对着一桌子的美味，沈于归搓了搓手。

费先生家的厨子绝对是米其林级别的，做出来的点心和饭菜都特别正宗、好吃。

她咽了下口水，就看到管家下了楼。管家来到餐厅，开口道：“费先生让您先吃，他还要忙工作。”

没了费南城在桌上，她一个人吃得更好呢！沈于归拿起筷子吃了起来。

可不知道为什么，平时味道很好的饭菜，今天竟然有点不是滋味。

她大快朵颐，吃得小肚子都鼓了起来，这才停下了筷子。她觉得自己快要瘫在椅子上了，于是站起来活动了一下。

她下意识地往楼上看了看，书房还是关着门。管家又说道：“先生今晚有点忙，让您先睡，不用等他。”

她也没打算等他，管家是不是误会了什么？她抽了抽嘴角，到底没有多说什么，对管家点了点头，然后就上了楼。

进入卧室之前，沈于归又看向书房门口。大门紧闭着，只能看到一些灯光从门缝中透出来。他这是为了避嫌吧？两个人本来就是合作关系，不在一个房间里相处的确会更好一些。

沈于归进了主卧，心里却有点烦躁。她拿着手机玩了一会儿，不知不觉间眼皮渐渐地合上了。迷迷糊糊中，房门忽然被推开，一道高大的身影走了进来，旋即她躺着的床另外一侧微微一沉。

沈于归猛地睁开了眼睛，就看到费南城不知道什么时候回来了，躺在了她旁边。沈于归吓得猛地坐起来，揉了揉眼睛，躺在她旁边的人的确是费南城。他直挺挺地躺在那儿，掀起眼帘，眸光中透着深邃，道：“我有话要跟你说。”

有什么话不能站着说吗？为什么要躺着说？不对，他要说什么？难道是胎记？沈于归绷直了身体，一双眼睛盯着他看，脑子里飞快地想着怎样才能遮掩过去。她深吸了一口气，然后开了口：“你说。”

费南城瞥了她一眼，女孩的紧张和心虚都入了他的眼底。

他垂下眼帘，淡淡地开了口：“柳代玉是我表妹。”

提心吊胆的沈于归愣了愣，突然明白了什么。他是在向她解释他和柳代玉的关系？

她低下了头，道：“哦。”

两个人没有再说话，房间里陷入一片诡异的沉默。

不知道是床头灯太昏暗了还是费南城离她太近了，沈于归觉得这样的气氛过于暧昧，男人身上的热度似乎都传了过来，让她觉得快要入冬的夜晚还有些热。

她用手掌当扇子，对着脸颊扇了几下，然后看向了别处。

费南城低低的磁性嗓音响了起来：“今晚如果我们不在一个房间，明天奶奶会以为我们又吵架了。”

听到这话，沈于归总算松了口气！原来他躺下来是因为这个。他不说，她还以为……沈于归让自己停下幻想，然后干脆大大咧咧地躺在了他旁边。

这张大床三米宽，她躺在最左边，跟费南城中间还可以再睡两个人。这样的距离没必要唧唧歪歪，她又不是普通女生，不过……她眨了一下眼睛，忽然开了口：“那个，会有人偷听吗？”

谁敢听他的墙角？但他垂下眼帘，道：“或许吧。”

沈于归紧张起来，道：“那我们要不要发出什么声音？”

费南城喉结动了动，身体都绷紧了，声音里带着不可察觉的紧张：“什么声音？”

沈于归又爬到床边，然后在那边蹦蹦跳跳起来，大床瞬间发出了“吱吱”的声音。沈于归边跳边对费南城挤眉弄眼：“怎么样，我聪明吧？”

费南城气闷地翻了个身，背对着她闭上了眼睛。

沈于归自导自演了一会儿，觉得自己简直太敬业了，直到半个小时后才重新躺下来。还好他没有发现胎记的异样，她松了口气，闭上眼睛直接睡了过去。

夜已深，卧室里一片静谧。身边的人呼吸均匀，明显睡熟了。男人忽然睁开了眼睛，悄无声息地从床上下来，来到卫生间，拿出了昨晚放在那里的毛巾，悄悄出了房门。

他来到书房，拿起手机发了一条信息。过了一会儿，一名黑衣保镖出现在门口，进入了房间。

费南城将那块带着青色的毛巾递给保镖，语气低沉地命令道："查清这上面的青色痕迹是什么东西。"

"是。"

沈于归醒过来时，费南城已经不在房间里了。她伸了个懒腰，去卫生间洗漱了一下才打开房门，下楼时刚好看到费南城晨跑回来。

他是个生活很自律的人，每天早上六点准时起床跑步，七点回来，洗澡、吃饭后去上班。此刻，他的短发被汗水打湿，他边往房间里走边擦着头，看到沈于归以后，他脚步一顿，懒懒地掀开了半边眼皮，露出了那双漆黑的眼眸。

沈于归下意识地躲开了他的视线，不知道为什么，她总感觉今天费南城的眼神里多了几分打量和探究。

"早啊。"沈于归主动开口打招呼，往餐厅那边走去，随手抓起一个包子，边吃边往外跑，"我今天上午八点有课，就先去学校啦！"

她刚跑到门口就听到费南城开口道："等一下。"低沉的三个字像是魔咒般让她的脚在原地生了根。

沈于归回头，就对上了费南城深沉的视线。

半晌后，他才对管家道："送她。"

管家点头道："是。"

沈于归不明白他的想法，也没有多理会，出门上了车，车子直奔学校。

下车后，沈于归低下头，又变成了那个唯唯诺诺的丑八怪。她还没进入校门，就明显感觉到不对劲。学校里似乎来了什么大人物，门卫那边看管得比较严。

她出示学生证进入了校门，来到教室后发现张千千已经在了。

沈于归坐在张千千旁边，从书包中拿出课本。她还没说话，就看到前面坐着的两个女生兴奋地讨论："太帅了，太帅了，我们一会儿一定要去看看！"

沈于归的好奇心被勾了起来，张千千则兴奋地说道："从心，你来了。咱们学校里发生大事了！"

沈于归挑眉。

张千千手舞足蹈地开口道："有个剧组今天来咱们学校取景拍摄，等会儿下了课我们去看看呀！"

拍戏这种事的确比较少见，怪不得大学生们一个个这么躁动。沈于归虽然觉得没什么意思，但看张千千心情好，于是点头道："好。"

两节课很快就过去了。下了课，两个人说说笑笑地来到了学校的小花园。花园入口被封了，剧组的场务人员正在大学生中招聘群众演员。

张千千兴奋地拽住沈于归的手，道："从心，我好想去试试啊！你不知道，这部剧的男主角是我的偶像彭瀚，如果我能被选中做群众演员，就可以近距离接触我的偶像啦！"

沈于归鼓励她："那就去试试呀！"

张千千瞪大了眼睛，有点害怕地说："可是我行吗？"

沈于归笑了，正要说话，肩膀却被人拍了一下："姚姚姐，您怎么在这儿啊？"

沈于归微微一愣，回过头去。她的身后站着一个陌生的年轻女人，脖子上挂着工作牌，看样子是剧组里的工作人员。在看到沈于归的脸以后，对方意识到认错了人，急忙开口道："不好意思呀，你的背影跟我们女主角姚姚太像了。"

女人不好意思地摆了摆手，然后走到旁边，拿起手机再次拨打电话，看样子很着急。

旁边有人询问："到了吗？"

女人摇头道："还没有！"

"导演发脾气了！这个姚姚怎么回事？女主角不来，还怎么拍？"

女人沉默了一下，道："别急，我再联系一下。"

沈于归和张千千并没有在意这个插曲，往群演报名处那边走去。这个剧在学校里取景要拍的是校园部分，所以需要大量群众演员，学生们很感兴趣，报名的人很多。

沈于归陪着张千千排队，张千千拽着她的手，道："从心，你陪我一起吧，据说拍戏很好玩的！"

沈于归抬眸往前看了看，正要说话，身后突然传来了一声冷嗤："她也想当群演，去演什么，小丑吗？"

她回头，就看到沈芷兰带着刘玲站在她们后面，此刻说话的是刘玲。

张千千瞬间皱起了眉头，宛如护孩子的母鸡般充满了战斗力："刘玲，不会说人话就闭嘴！"

刘玲的声音一下子拔高了："我说的是事实！她那个样子，还有这么大的胎记，剧组怎么会要她？"

张千千气得上前一步，激动得就要动手了："有本事你再说一遍！"可她刚往前一步，手腕忽然被拽住。

张千千回头就看到沈于归对她摇了摇头："打了架，可就不能进剧组了，得不偿失。"

张千千听到这话，压下了心中的气愤。

沈于归叹了口气，软软地劝慰道："千千，你也真是的，狗咬了你一口，你还能咬回去啊？"

听到这话，张千千"扑哧"一声笑了出来。

跟在两人身后的刘玲听到这话，气得脸色通红，嚷嚷道："沈从心，长相那是父母给的，也没办法，可是长成这样还出来吓人就是你的错了！"

她不回应，这家伙还没完没了？沈于归歪了歪头，反击道："刘玲，你知道我为什么不化妆吗？"

刘玲冷笑道："为什么？"

沈于归叹了口气，道："我怕化了妆太美，你们就黯然失色了。"

"哈哈哈！"周围排队的学生们听到这话，再也忍不住大笑起来。

刘玲更是捂住了自己的肚子：“这是我今年听到的最大的笑话！”

“哈哈，怎么有人这么自恋？”

“你看她那胎记，那么大一片，好吓人呀！”

“就是……”

周围的人也跟着嘲讽起来。张千千见过沈于归化妆的样子，急忙开口道：“从心长得很漂亮的！”

“哈哈……好，漂亮、漂亮……”大家明显都不相信张千千这句话。

张千千默默地看了沈于归一眼，莫名有一种“众人皆醉我独醒”的感觉，为什么她说的话就没人信呢？

而沈芷兰的眼神里露出了一抹着急的神色。这个刘玲蠢死了，提什么化妆？她到现在还记得当初的生日宴上，沈从心遮住了胎记、将头发扎在脑后时的惊艳。

沈芷兰记得自己十四五岁时，沈从心化过妆，那张脸精致得不像话。她看到了以后非常愤怒，找人恐吓沈从心以后再也不许化妆。

沈从心这些年都没有化过妆，差不多让沈芷兰忘了沈从心的五官不错了！不过这又如何？她还不是每天唯唯诺诺，连抬头都不敢吗？

这么想着，终于轮到了她们几个。筛选群众演员其实并不严格，大学里的女生个个朝气蓬勃，不用化妆那张脸就充满了胶原蛋白，所以来排队的人都过了，到现在还没淘汰一个。

轮到张千千，场务直接摆手道：“进去吧！”

张千千兴奋地进了花园，回头等着。轮到沈于归，场务看了她几眼，咳嗽了一下，道：“你这个……不行。”

这五个字一出，身后又是一阵嘲讽的笑声。刘玲毫不犹豫地开口讽刺：“场务叔叔，你再看看，指不定化了妆，她能沉鱼落雁、闭月羞花呢！”

场务听着这话，和善地笑了笑，道：“群众演员不化妆，所以……”他有些为难，不想打击小姑娘的积极性，可是小姑娘那块胎记太明显了，做群演的确不合适。

沈于归很自觉地走到旁边。刘玲和沈芷兰都被选上了，进入花园时，刘玲隔着老远还在讽刺她：“哈，幸亏有些人没被选上，否则我们岂不是都要黯然失色了？”

众人哈哈大笑。

剧组中，导演大发雷霆。刚才认错沈于归的女人硬着头皮解释道："我打了好久的电话才联系上姚姚的经纪人，对方说姚姚临时生病，紧急送去了医院，今天来不了了！"

导演大怒："这个场地是租借的！花夏大学给我们的时间本来就不多，她不来的话，还怎么拍？"

女人继续道："我看了看，这场戏姚姚其实出场并不多，而且大部分是背影戏和侧脸戏，不然今天就找个替身？"

导演更怒了，说："姚姚那么高，去哪儿临时找个替身？"

这话一出，女人忽然想到了刚才的女孩。女孩背影单薄，背挺腰细，身材很不错，虽然脸上那块胎记很扎眼，但完全可以靠化妆技术给遮住呀！她眼睛一亮，道："导演，我能找到人，您等着！"说完她就径直往入口处跑去！

与此同时，费南城并未如往常般去上班，而是在家里静静地等着。他一个人坐在书房中，淡漠冷峻的脸庞上此刻多了几分疑惑不解。

十点整，有黑衣保镖走了进来，恭敬地对费南城开口道："费先生，查到了，那青色是一种颜料，跟普通颜料不同的是它防水。"

颜料……胎记淡了……这些东西加在一起，让费南城猛地站了起来，道："备车，去花夏大学！"

公园入口处，已经被选中的张千千听着身后刘玲和沈芷兰的嘲讽，气得攥紧了拳头，她看着远处静静地站在那里的女孩，莫名觉得心疼。

她猛地转身往外走去，道："从心，那我也不演了！"

沈于归挑了挑眉。张千千已经来到了她身边，扶住了她的胳膊："我之前就是好奇而已，其实想想拍戏也挺没意思的，我们走吧。"

沈于归心里闪过一抹暖意，她拍了拍张千千的手，道："你去吧，我刚好要去上班了，不用你陪我。"

"可你……"

"快去吧！"能够近距离观察偶像是很难得的机会，看着面前犹豫的女孩，沈于归直接把她推了进去。

看到张千千进去以后，沈于归正打算离开，剧组里突然急匆匆地跑出来一个女人。

女人四处看了看，焦急的目光在外面转了一圈，最后落在沈于归身上。她急忙冲过来，激动地喊道：“同学！”

沈于归茫然地看向面前的人，就听到女人开口道：“你可以配合我们演一天戏吗？我们的女主角生了急病住院了，现在来不了。同学，你的背影跟她的很像，能不能帮我们做个替身？就演她今天的戏份。”

沈于归看向场务，自己刚才要去做群众演员都被嫌弃了，这会儿竟然要去做主角？

女人生怕她不同意，乞求道：“拜托了，救人一命胜造七级浮屠！我今天要是找不到替身，导演就会要了我的命，求你了！”

沈于归抽了抽嘴角。她对演戏不感兴趣，但是张千千一个人在里面，沈芷兰也在，她有点不放心，干脆地开了口：“好吧。”

沈于归被带进剧组见了导演。导演特意围着她转了几圈，然后开了口：“背影的确很像。行，你带她换衣服、化妆！”

女人急匆匆地带着沈于归去了化妆间。

这部剧的名字叫《你是我的恋恋不忘》，是由一本网络小说改编的，现在拍的是校园部分，女主角的戏份不多，就是几个背影戏和侧影戏。

坐在化妆间，女人还给沈于归打气：“不要怕，对演技没什么要求的，只要美美的就可以！”

美美的……沈于归透过镜子发现化妆师的视线落在了她脸上的胎记上。

女人交代化妆师：“帮她多打一些粉，把那个胎记遮住。”

化妆师有些不情愿，小声抱怨着：“找不到别人了吗？”

女人急忙推了一下化妆师，然后紧张地看向沈于归，生怕她生气，而后又严肃地看向化妆师：“好好化妆，管好自己的嘴。”

女人心里其实也没谱，这个学生看着唯唯诺诺的，很不起眼，不知道能不能驾驭女主角的气场。

思考间，化妆师动手了。她先是将沈于归乱糟糟的头发打湿，梳理顺畅了后，将她那厚重的遮挡了大半张脸颊的刘海扎在了脑后，露出了那张小巧的脸。化妆师站在沈于归身后，看着镜子里的那张脸，然后拿起粉底液厚厚地涂抹上去。

化妆师原本有些敷衍，可是涂着涂着，她的动作慢了下来，眼神也渐渐亮了。

邋遢、丑陋的女孩在胎记一点一点被遮住以后，终于露出了精致的五官，就像是脱胎换骨，换了一个人。化妆师不知不觉中认真起来。

靠在旁边等沈于归的女人也慢慢地直起了身体，最后她盯着沈于归咽了下口水，道："天哪！"

群众演员们拿到剧组统一发的校服，穿在衣服外面。等他们穿好了衣服，剧组人员让他们在原地等着。

半个小时后，众人有些不耐烦了，有人询问："什么时候开始啊？"

剧组人员叹了口气，道："再等一会儿，女一号今天发生了意外，所以临时找了个你们学校的女生做替身，正在化妆。"

听到临时找了学校的人，大家充满了好奇："找了谁啊？"

众人纷纷议论起来。

"能做女主角的替身，肯定特别漂亮吧！"

"对，前段时间不是流行替身演员转到幕前吗？有些替身比演员本身还漂亮呢！"

"哇，我们学校有比姚姚更好看的学生吗？"

众人议论间，忽然有人开了口："咦，我刚才进来的时候，似乎看到有人特意带了一个人去了后面的化妆间，难道是她？"这话说完，他又急忙摆手，"不是吧……"

"谁呀？"大家纷纷问道。

那人开了口："说起来这个人你们肯定认识，就是计算机系的那个沈从心呀！"

"噗！"

"哈哈哈！"

"你在开玩笑吗？"

"怎么会是沈从心？"

虽然大家最近对沈于归的态度有所改变，甚至因为她救场的事情而喜欢上她，但这种给女主做替身的事，剧组怎么会找一个最不合适的？

人群中，刘玲笑得最夸张，她的语气刻薄又轻浮："刚才招群演时，场务都不让她进来，你说让她来演主角，怎么可能？我看过这部剧的原著，书里面的女主角可是个绝色大美人！"

"哈哈哈！"众人再次大笑起来。

张千千听到这话，顿时跟打了鸡血似的："刘玲，你怎么说话呢，从心怎么就不能演替身了？"

刘玲喊道："就凭她也配？她化了妆肯定也没法入眼。如果剧组真的让她做替身，我把头摘下来给你当球踢！"

刚喊完这句话，她就听到一道软软的声音传了过来："那你现在可以摘了，需要我帮忙吗？"

众人纷纷扭头，下一刻大家齐刷刷地愣在原地，惊艳地看向慢慢走近的那道身影！

远远走过来的女孩子穿了一件白色的连衣裙，漆黑的头发全部扎在脑后，露出了精致的五官和饱满的额头。她娇美的芳颜晕红如火，风情万种的凤眸微微上挑，又黑又长的睫毛衬托得那双眼睛更大，鼻梁十分小巧，配上粉红的樱唇，简直是美的化身。她很美，美得张扬！伴随着她脚步轻移，一种说不出的气场从她身上散发出来。

众人看呆了。

女孩巧笑倩兮地来到了刘玲面前，歪了歪头，红唇轻启："不过你的头也不能当足球踢，没什么用呢。"

"从心，真的是你呀！"张千千兴奋的大叫声让众人回过神来。

刘玲更是不可置信，瞪大了眼睛：怎么会是她？

这么美的女孩子怎么可能会是那个总是低着头，用厚重的刘海遮掩着长相的丑八怪？她从进大学那天起就一直唯唯诺诺，如果化了妆这么好看的话，她为什么不早点遮住胎记？

"我的天，真的是沈从心！"

"好漂亮啊，我快要拜倒在她的盛世美颜中了！"

"有她在，我们果然黯然失色了，幸亏她之前几年没化妆，给我们留了活路……"

众人的议论声就像是巴掌似的，狠狠地打在刘玲和沈芷兰脸上。

这时，场务过来了，道："好了！大家各就各位，我们开始拍摄了！"

群众演员本来就是道具背景，大家分散在花园各处，拿着书本读书。男主角走在路上，突然抬起头来，看到前方小桥上站着一个穿着白色裙子的女孩，侧脸宛如女神般圣洁。他的神色一下子恍惚起来，他的小乔是不是也长得这么美？

"过！"伴随着导演的声音，这一条过了。

因为下一条很快就要拍，所以群众演员不可以离开自己的位置，就待在原地三三两两地聊天。

"以后沈从心就是我女神了，太美了，她简直比女主角姚姚更漂亮！"

"我偷偷拍了她的照片发到校内网上去了，现在论坛里都炸了！"

"啊，好美！"

这些话接连不断地传到沈芷兰和刘玲耳中。

沈芷兰紧紧地攥住了拳头，气得身体都在发抖。又是这样，只要沈从心化了妆，无论走在哪里都是人群中的焦点！

偏偏刘玲还在大惊小怪地惊呼道："怎么会？芷兰，她怎么会这么好看？她是不是整容了？不对，整容不会这么快。"

"闭嘴！"沈芷兰再也忍不住了，她狠狠地咬住嘴唇，开口道，"你别忘了，她脸上可是有一个大胎记，哪里美了？"

听到这里，她突然眼睛一亮！对，现在大家被沈从心惊艳都是因为沈从心化了妆，如果卸了妆……这个念头让沈芷兰兴奋得眼睛都亮了。她知道这很不现实，可周围的夸赞声让她失去了理智，只想要冲过去将那个人的伪装狠狠地扒下来，让大家看清楚那个人的真面目。她努力让自己平复下来，这才扭头看向因为她的训斥而吓坏了的刘玲。

她突然勾起嘴角叹了口气，道："刘玲，对不起，我不是故意的。只是我也太震惊了，我在家里也见过姐姐化妆的样子。只能说剧组的化妆师太厉害了，竟然有化腐朽为神奇的力量，跟短视频里那种变了个人的特效似的。"

刘玲听到这话，顿时明白了，恨恨地开口道："对！我刚才近距离看到了，她脸上的妆很浓，就是为了遮掩胎记，才打了厚厚的粉底。"

她远远地看着沈于归，语气酸酸的："她眼睛大也是因为化了妆，我敢打赌，她眼睛里戴着美瞳！嘴巴肯定也做了处理。我一定要让她露出真面目，让大家看看她到底是个什么样的人！”

刘玲性格冲动，早已顾不上这是剧组，只想让沈从心恢复原状，让大家看看她之所以这么美完全是因为化了妆！

十分钟后，第二场戏开始。沈于归要饰演的女主角需要在桥上站着，跟男主角擦肩而过。

为了逼真，桥上肯定要有群演经过。桥下面是一条很浅的小溪流，桥面很宽，所以没有设置桥栏。

沈于归被场务安排着在桥边驻足而立，凝视着远方，等男主经过。她站在那儿的样子，远远看去美如画，身上的白色纱裙被鼓风机吹起来，就像是要飞升成仙。

沈于归听到场务交代道：“群众演员走上去。”

她不能回头，只能站在那儿。

忽然有人喊了她一声：“沈从心！”

沈于归微微一愣，扭头就看到刘玲站在她身后，在她回头的那一刻，一瓶水劈头盖脸地冲着她泼过来！

这味道……是卸妆水！沈于归眯起眼睛，还没来得及思考，背后就被狠狠地推了一把……

沈于归的身体不受控制地掉进了小溪里！溪水将她全身打湿，脸上的妆容也慢慢地在水中散开……

与此同时，费南城的车子停在了学校。他给陈子凡打了电话后才知道沈于归去了剧组。他没有停留，直接往剧组走。小溪旁边的场地太大，没有剧组人员拦截。

桥上，刘玲盯着水中的那道身影，眼神里闪烁着疯狂的光芒。丑八怪永远只能是丑八怪，怎么可以变漂亮？

沈芷兰说得对，她现在的样子不过是因为化了妆。所以刘玲刚才趁着化妆室里没人，进去拿了卸妆水，藏在了校服口袋里。出来后，看到沈芷兰被选上了走上桥的群众演员，刘玲便费尽口舌跟沈芷兰交换，让自己上了桥。

沈芷兰嘴角勾着一抹得逞的微笑，她搓了搓手，几乎无法压抑自己的情绪，兴奋地叫道："天哪，快点救救姐姐！"

说完她就佯装关心地冲到了小溪边。她要让沈从心赶紧将脸洗干净，露出真面目！

此刻剧组里的人员已经冲到桥上拦住了刘玲，吼道："你干什么？"

刘玲盯着水里的人，大喊道："你抬起头来，给大家看看化妆术是多么神奇，哈哈哈。"

工作人员制止了她，然后齐刷刷地看向小溪中的沈于归。小溪里的水并不深，所以没有人下去救她，但是为什么女孩还不起来？

哗啦！

张千千急了，跳进了水里，艰难地往沈于归那边走："从心，你怎么样？"

她的动作让剧组里的人终于意识到女孩待在水里的时间太长了，他们顿时也着急了，有几个人跳下了水往沈于归那边赶去。

"从心，从心！"张千千的声音里都带了哭腔，距离她越来越近。

沈于归忽然攥住了拳头，嘴角勾起一抹冷笑，蓦地抬起头来，用手抹了一把自己的脸！脸上的各种化妆品夹杂着青色的胎记，尽数褪去！

她们不是要看她的笑话吗？那就让她们好好看看。反正姐姐那天打电话说决定把胎记去掉了，她就当姐姐提前做好了手术。如果手术失败，到时候再说呗！

沈家的事情总要有个了结，她不可能假装姐姐一辈子。

沈于归身形挺得笔直，抬起头来的那一刻，下巴微微扬起。她的头发并不长，在空中甩过一个优美的弧度，发丝间甩出的水珠反射着光芒，她干净白皙的脸庞强势地刺进每个人的眼中！

这一刻，就像是有人按了静音键，嘈杂声全部消失了，生怕惊扰了这位不小心误入凡尘的仙子。

小溪中，少女直挺挺地站在那儿，平日里蓬乱的头发此刻湿漉漉地贴在脑后，像刚出浴一般。她的肌肤雪白细腻，晶莹剔透，闪烁着象牙般的光晕，又黑又长的睫毛下，那一双眼睛黑白分明。

她拉扯了一下身上的白裙，视线轻飘飘地扫过刘玲。

刘玲脸上的笑意僵住了，使劲看着沈于归脸上胎记的地方，不可置信地张大了嘴巴。刚才化了妆的她美则美矣，但妆容太重，显得有些俗气，而此时她就像是蜕去了那一层干巴巴的皮，露出了水灵的真面目！

刘玲正在错愕中，就看到沈于归淡淡地扫了她一眼，不知道为什么，她只觉得一股冷意袭来，不禁打了个寒战！

那个眼神……幸好沈于归只是扫了一眼就移开了。刘玲这才松了口气，发现自己的腿已经软了。

沈于归的视线定格在假惺惺的沈芷兰身上。沈芷兰此刻也瞪大了眼睛，脸上写满了不可置信。

沈于归一步一步朝着沈芷兰走过去，众目睽睽之下，她对沈芷兰伸出了手，道："好妹妹，拉我一把？"

面前的这个人眼神里带着丝丝邪恶，莫名地让沈芷兰觉得恐惧。她下意识地想要后退，手腕却一下子被沈于归拽住。

下一刻，沈芷兰被拉下了水！

十月的天气已经转凉，小溪里的水寒冷刺骨，刺激着沈芷兰的神经，她整个人像是吓怕了似的，四肢用力地在水中扑腾着，好不容易才踩到了地面站了起来。

"呀，不好意思，失手了。"

她绝对是故意的！沈芷兰猛地回头，却在看到沈于归的脸时，控诉的话语乍然失声！

距离近了，她看得更清楚了，面前这个女孩脸上根本就没有胎记！她眯起眼睛，想要问什么，喉间却像是哽住了，根本说不出话来。

这时，张千千问出了在场所有人心中的问题："从心，你的胎记为什么不见了？"

费南城赶到的时候，看到的就是这样的场景：女孩站在溪流中，脸颊上光滑如丝，那丑陋的胎记早已不复存在！他的脚步像生了根似的定在原地，视线死死地缠绕在女孩身上，那张脸……

听到张千千的问题，沈于归歪了歪头，漂亮的眸子里闪烁着碎光："因为我没有胎记。"

"不可能！"沈芷兰像是终于找回了声音，说得又急又慌，"十岁的时候，班级里有同学拿了卸妆水给你洗脸，你怎么可能没有胎记？"

一句话让沈于归攥紧了拳头，她的眸子黯了黯，其中闪烁出犀利又愤怒的光。现在不是时候，她掩下心中的愤怒，垂下眼帘遮挡着其中翻腾的情绪，淡淡地开了口："我做了手术。"

"什么时候，在哪里？"沈芷兰依旧不相信。

沈于归嗤笑了一下，道："两年前，在国外。"

两年前，她力邀姐姐去找她，姐姐跟她在国外待了两个月。也只有这段时间姐姐不在白竹的监视下，所以做手术只可能是这个时间！

沈芷兰蒙了，定定地看着沈于归，再也说不出话来。

张千千也错愕极了，她看着那张漂亮到不像话的脸，忍不住问道："那你为什么给自己脸上画个胎记？还、还扮丑？"

沈于归眉心微蹙，思考了一下，迟疑地回答："因为我不想用我的盛世美颜征服你们，我想靠内在。"

沈于归没再在水里待着，她走到张千千面前伸出了手。张千千一愣，低头看着那只手，忽而一笑。无论好友长相如何，她们都是好朋友，不是吗？

两个人上了岸，只留下沈芷兰还处于震惊错愕中。早有剧组的工作人员拿着毯子守在岸边，在她们上岸的第一时间就裹在了两个人身上。

不远处，导演指着刘玲大骂："这是从哪里冒出来的人？把人带出去！"

沈于归正要跟张千千离开，却蓦地感受到什么，扭头往远处看去，就看到费南城静静地站在那儿。

隔着这么远，沈于归都能感受到他身上释放出来的气势和压力，咽了下口水。

她先是对费南城挥了挥手，算是打了招呼，然后才跟着张千千往休息室走去。

剧组里一直跟沈于归对接的那个女人冲了过来，道："小沈，你没事吧？不好意思啊，我想问问你还能继续拍吗？"

当然可以！沈于归既然答应了对方，这个忙就肯定要帮。她跟着女人进入化妆间，刚才出去溜达了一圈并不知道发生了什么的化妆师已经回来了，看到披着毛毯的沈于归，她顿时眼睛一亮："又从哪里找来了替身？这个根本不用化妆啊，比刚才那个好多了！刚才那个人的胎记，费了我好多粉底！”

沈于归心想：剧组很穷吗？一点粉底都这么斤斤计较？

换了件衣服，又简单地化了个淡妆，沈于归这才走出去。

张千千已经换了清爽的衣服，兴奋地跑了过来，道：“从心，刘玲被记大过了！”

记大过算是很严重的惩罚了。花夏大学的记大过处分是会记入档案的，伴随着学生一辈子，就连以后找工作都会受到影响，所以学校一般不会给学生这样的处罚。

刘玲今天虽然犯了错，可充其量也就是同学间的不合，一向喜欢和稀泥的辅导员怎么给了这么严重的惩罚？

她没来得及多想就被叫过去拍摄，拍摄任务很简单，就是当个摆设，戏份少之又少，沈于归一个小时就全部搞定了。只是远处的费先生为什么一直站在那里，就那么沉沉地盯着她，一句话也不说？

中午，换回了衣服的她终于从化妆室里走出来。往前方看了看，费先生终于不见了，沈于归这才松了口气。

费先生今天来得莫名其妙，走得也挺莫名其妙的。她摇了摇头，跟张千千告别后往校门口走去，下午还要去公司报到呢！

只是她刚出校门，一辆低调奢华的黑色宾利轿车就缓缓地停在她的面前。沈于归抬头就见车门打开，费南城正沉沉地盯着她那张脸。

沈于归莫名心虚：“那个，你听我解释。”

“上车。”他语气很淡，却不容拒绝，且那双漆黑的眸子一直盯在她身上。

沈于归觉得他此时心情不太好，可也不敢违抗，乖乖地上了车。车门关上，车子启动，缓缓地行驶在路上。

车内的气压有点低，沈于归眨了一下眼睛，看向费南城。

费南城盯着女孩那张洁白细腻的脸，绷紧了下巴。在确定女孩的胎记是假的以后，他就立刻来了学校。他想当面问个清楚，问问她为什么没有胎记，问问六年前她是不是在国外，可没想到每次来学校都能碰到她有事。

她在他面前就不能坦荡地做回自己吗？半晌，他才开了口：“解释什么？”她是要告诉他她所有的秘密？

沈于归见他终于开了口，顿时松了口气。她摸了摸自己的脸颊，咳嗽了一下，这才说道：“两年前，我去国外找我弟弟，那时候做了个手术把胎记给去掉了。”

两年前？费南城的眸子更加深邃，直勾勾地看着她。见她没有再开口的意思，他用那好听低沉的嗓音询问道：“还有呢？”

还有什么？沈于归弱弱地开了口：“要么……我把胎记画回来？”

沈于归发现男人在听了自己的话之后脸色更难看了，他绷紧了下巴，扭头看向窗外，似乎连一个眼神都不想给她了。

车子继续行驶着。费南城虽然看着车窗，但一直透过玻璃在看她。距离近了，他感觉那张脸跟记忆中的小乌越发像了。可也不像——毕竟过了六年，他印象里的小乌比她胖一些，脸上带着婴儿肥，性格也更嚣张一些。他抿紧了嘴唇。

不知道过了多久，女孩又开了口：“那个……”

费南城蓦地回头，她就撞进了那双温柔深邃的眸子中。沈于归愣了愣，还是开了口：“我还要去公司，能不能停一下车？我打车过去。”

不知道为什么，她总觉得今天的费南城很奇怪。她提出了这个要求，他眼神里竟然闪过一抹失望的神色。他在失望什么？

思考间，就见他又看向了窗外。片刻后，他伸出修长的手指松了松领带，眼皮微微一垂，对着司机交代：“送她去公司。”莫名，这句话里竟然带着淡淡的失落。

他是在失望她的胎记掉了吗？有谁会不喜欢一个美女？

到了南窗科技，沈于归下车时回头看了一眼，犹豫着说道：“真的不需要我把胎记画回来吗？”

费南城看了她一眼。她顿时后退了两步，说：“呵呵，当我没说。”然后飞快地冲进了南窗科技。

等她的身影彻底消失不见了，费南城这才交代司机：“去公司。”

“是，先生。”

车子再次启动。费南城坐在后面，闭上了眼睛。他努力去想六年前的小乌，可不知道为什么，印象中小乌的样子越来越淡了，他竟快要记不起小乌的样子了。

他揉了揉鬓角，拿起手机给范繁打了电话。

电话很快被接通：“费总。”

费南城交代：“查一查两年前沈小姐在国外的手术记录。”

“啊？”

费南城又开口道：“将她从小到大的事情全部查清楚，包括病历和出生档案。”

“是。”

沈于归并不知道她的胎记引起了又一轮调查，她站在门口，回头看到宾利轿车启动，这才进入公司。

她刚进门就听见两个前台小姐的窃窃私语：“好漂亮啊！是什么明星吗？”

“啊，她进来了……”

沈于归正要上楼，忽然被前台拦住了。前台说：“请问您找谁，有预约吗？”

沈于归勾起嘴角，笑着说：“我来上班。”接着就拿出了工作卡，打卡以后进入了公司。

前台很疑惑，公司什么时候来了这么漂亮的女孩子？

一路上，沈于归成了众人的焦点，回头率百分之百。之前她进公司的时候也是焦点，但那是因为胎记，现在……

到了五楼，她从电梯里走出来。走廊里没人，她正要往办公室里走，忽然听到旁边楼梯口处传来了说话声。

那声音听着像是白竹，沈于归干脆放缓脚步走了过去。楼梯间的门上有个小小的玻璃窗，沈于归往里面看了看，就发现白竹、刘继义和赵怀生三个人在里面。

刘继义正在苦口婆心地说着：“老赵，俗话说‘一朝天子一朝臣’，现在公司已经不姓于了，它姓沈！就算你把公司争取过去给了沈于归那个小子，他也姓沈！更何况沈于归在国外招猫逗狗，一点也不学好，就是个纨绔子弟！你愿意跟着他？我也是看你这么多年还在边缘，这才给你一个机会加入我们，咱们一起将沈从心赶出公司。”

赵怀生冷笑了一下，道：“说这么多，还不是你们现在对一个丫头片子产生了恐惧？”

这话一出，刘继义就反驳道：“话可不能这么说，那丫头就是仗着费先生的势力呗！”

“无论她仗着什么，她给你们带来了困扰是事实，我很乐见其成！”赵怀生一副看好戏的样子。

白竹在旁边冷嗤了一声，道：“老赵，看你也是个聪明人，怎么就看不透呢？费先生对她只是玩一玩！她脸上的胎记，你看不见？”

听见这话，赵怀生哑口无言。

白竹冷笑道：“费氏企业的夫人要面对的绝不是家长里短，她是要撑起整个公司颜面的人，费先生很明白这一点。所以从一开始，我就看得很清楚，只要她脸上有那个胎记，就永远成不了费夫人！”

赵怀生沉沉地开口道：“可以整容。”

“你以为于曼瑜这些年眼睁睁地看自己女儿顶着那个胎记却什么都不做是为了什么？因为早在沈从心出生的时候，她就请医生鉴定过了，那个胎记的面积太大，如果整容的话会伤及眼睛！啧，如果她能整容，也不会等到现在了！”

赵怀生不为所动，嗤笑了一下，道：“既然这样，那你又何必着急？我的时间很宝贵，没空跟你们在这里浪费时间，告辞！”说完他就要走。

白竹看他的样子，气得冷冷地说道：“你根本就不用对她抱什么希望，那个胎记就注定了她这辈子会失败！你既然冥顽不灵，那我就让你亲眼看着你守护的东西是怎么被我毁灭的！”

赵怀生脚步一顿，半晌后还是推开了门。他正要往外走，一抬头就见沈于归笑眯眯地看着他，赵怀生的脚步顿住了。

楼梯间里的两个人都察觉到了什么，走了出来。三个人齐刷刷地看着沈于归，眼神里带着惊艳之色。

刘继义疑惑地开口道：“小姑娘，你是谁啊，怎么能随便在我们公司里晃悠？”

听到了自己说的话，刘继义自己也吓了一跳，可面对漂亮的女孩子，训斥的话实在说不出来，他的声音也不自觉软了几分。

赵怀生拧起了眉头，看着面前的女孩，觉得非常眼熟，怎么有点像是年轻时的于曼瑜？

思考间，白竹也皱起了眉头，道："保安是怎么回事？让一个陌生人来这里。你是来找人的吗？"

沈于归笑了笑，正准备说话，白竹忽然扭头看向了赵怀生，然后指着沈于归开口道："看到了吗？这世界上不缺漂亮的女孩子。所以，你真的以为沈从心指望着费先生能够成功？嗬！"

沈于归勾起了嘴角，甜甜地说道："谢谢你啊！竟然夸我漂亮。"

白竹点了点头，正要继续对赵怀生说什么，却猛地回头，不可置信地看向沈于归。这声音……她诧异地瞪大了眼睛，不可置信地说："你、你是……"

女孩眨了一下那双漂亮到不像话的眼睛，甜甜地说："怎么，连我都不认识了吗？赵叔叔，刘总，白总。"

白竹颤抖着双手指着她，说："你、你……"

"我怎么了？"她摸了摸自己的脸，感叹道，"不好意思呀，今天没化妆，吓到你了！"

她又嘴欠地继续说："我觉得您说得对！如果我有个胎记，费先生可能就不会喜欢我了，所以我两年前就做手术把胎记去掉了，并且手术很成功。你们继续聊，我先去办公室了！"说完这句话，沈于归就迈开脚步，一晃一晃地进入了办公室。

背对着白竹，她勾起了嘴角。白竹十分谨慎，沈于归进公司这段时间从来没有抓住过白竹的把柄。

沈于归早就有些不耐烦了，反正都已经暴露了真容，那她就用这张脸刺激白竹一下。只有让白竹意识到危机感，她才会在情急之下出损招，到时候……

沈于归眸光一沉，嘴角溢出一抹冷笑。进入办公室，迎接她的又是一阵惊呼，原本跟着刘继义欺负她的那些市场部同事此刻一个个震惊地看着她，就连说话都带上了几分小心翼翼。

只是没了一个胎记，她却好像变了一个人，周围的人对她态度的变化让她眼里闪过一抹苦涩。其实姐姐跟她的五官一模一样，两个人是同卵双胞胎，只因为多了一个胎记，待遇却天差地别。

这时她的手机振动了一下，是微信上一个许久没人聊天的同学群里，有人提醒了全体成员。

班长：国庆假期了，今年是毕业十周年纪念日，组织一下聚会！大家都参加吧？@全体成员

沈于归瞥了一眼群备注：精英小学群。姐姐小学没有换过学校和班级，所以一直是这个班级。看到这个群，她忽然想到今天沈芷兰说的话——他们曾经拿着卸妆水，试图将姐姐的胎记去掉。

她眸子里闪过一抹冷意，随即就看到群里有人回应了。精英小学是S市的贵族小学，一起长大的孩子大部分是富二代，这样的同学群也算是维持人际关系，群里大部分人会去。

最后，有人特意点出了她和沈芷兰。

班长：沈家姐妹花，你们呢？

沈于归眯了眯眼睛，打了一个字：去。

不去怎么帮姐姐教训那群人？回复了这条消息后，她就将手机放在旁边。

很快到了下班时间，沈于归的手机忽然振动了一下，她看了一眼，发现是好几天没联系的齐旭尧。

齐旭尧：沈小姐，告诉你一个不幸的消息——费先生移情别恋了！

这句话发完，他又发过来一张图。图上是沈于归在学校外正要上那辆宾利轿车的场景。

沈于归皱着眉头还没回复，齐旭尧的消息又发了过来：早就说了他不喜欢你，只有我口味清奇，对你一见钟情。

沈于归缓缓地打出一个问号。

齐旭尧连续好几天没联系她，沈于归还以为他放弃了。手机持续在响，他一个劲地给她发消息：你在干什么，怎么不回复我消息？难道一个人躲起来偷偷哭了？

沈于归抽了抽嘴角。

齐旭尧：沈小姐，你别难过，没了他，还有我……

齐旭尧：费南城有什么好的？冷冰冰的，不带一点人气，跟这样的人生活会很闷的。跟我在一起，我保证让你以后每天的生活都很精彩！

齐旭尧：听说你去公司上班了，我到楼下了，现在上楼去找你，你在吗？

沈于归盯着手机，忽然勾起了嘴角，回复道：你不嫌弃我的胎记吗？

齐旭尧回复得很快：女人怎么会分美和丑？你的胎记在我眼里特别可爱。

沈于归正要继续打字，就听到了门口传来的脚步声。现在快到下班时间了，市场部的人往往都在外跑业务，所以办公室里没几个人。伴随着脚步声，她的手机又响了一下：你在哪儿？我到了。

沈于归还没回复，对方似乎已经等不及了，拨了电话过来。看不出来，齐旭尧竟然还是个急性子。

她慢悠悠地接听了电话，看向门口，就见男人穿了一套白色的西装，懒洋洋地站在那儿，一只手插在裤子口袋里，一只手拿着手机放在耳边。阳光斜斜地透过窗户洒在他的身上，给他身上打上了一层淡淡的柔光。

在她接听电话时，他勾起一个惑人心魄的微笑，桃花眼眯起，魅惑地开口道："我在你办公室门口，怎么没看到你？"

他的声音里夹杂着淡淡的磁性，几天没见，齐旭尧更光彩夺目了！

沈于归撇了撇嘴，软软地开了口："所以你的意思是你很喜欢我的胎记？"

对方低笑了一声，道："对。"

听到这话，她从座位上站了起来。门口的人见她站起，视线若有似无地飘过来，在看到她以后眼神一定。

办公室里，女孩刚才坐在一堆文件后，他没有注意到，可当她站起来时，就像是吸走了整个房间里的光。她很美，美得很嚣张，就像是太阳，无论身处何地，永远是最夺目的那一个。

齐旭尧觉得这个人有些眼熟，可还没想明白，就见她勾起了嘴角，声音很软地开了口："那恐怕要让你失望了。"

第十二章
他的女孩又被人惦记了

齐旭尧诧异地挑眉，桃花眼里尽是不可置信。面前的女孩渐渐地与她生日宴会上那个化了妆的女孩重叠起来。他挂了电话，迈着优雅的步伐走进门，来到沈于归面前，视线肆无忌惮地在她脸上划过，旋即身体略微前倾，带着点侵略性地开了口："咦，今天化了妆吗？"

他伸出手去捏她的脸蛋："很可爱哦。"

沈于归后退一步，躲开了那只手。距离近了，齐旭尧这才看到女孩的皮肤很细腻，能近距离看到她脸颊上的绒毛，带着些可爱。这个样子不像是化妆了啊，再想到刚才她那句话，齐旭尧像是明白了什么似的，震惊又错愕地看向她的右脸！

沈于归没理会他，看了看时间，收拾东西准备下班。她往外走了两步，他就跟了上来，疑惑地询问："胎记没了，什么时候的事，这是怎么回事？"

沈于归眼睛斜挑着瞥了他一眼，因为眼睛形状独特，这个动作她做起来有一种睥睨一切的狂妄感。她压低了声音："很失望？"

齐旭尧很快回过神来，笑着说："怎么会，我是那么肤浅的人吗？"

沈于归脚步一顿，看向他，说："齐先生，刚才你说你就喜欢我的胎记，现在胎记没有了，你是不是可以不缠着我了？"

齐旭尧一副老神在在的样子，一点也没有被戳破的尴尬："我看中的是女孩子的内在，不是外在！怎么会因为你变美了就不喜欢你了？”

她已经来到了电梯口，还没动作，齐旭尧就迅速为她按了电梯。

她询问：“你来干什么？”

齐旭尧继续笑道：“算着你下班时间到了，就来接你下班，顺便看到了大八卦，肯定要来关心你一下。”听到这里，他扭头看了看沈于归的右脸，“原来照片上的女孩是你啊！”

电梯到了，沈于归说：“不用你送我下班，谢谢。”

她进入了电梯，正要按关门键，齐旭尧跟了进来。他就站在她旁边，没有因为她的拒绝而生气，甚至继续撩拨着她：“怎么，这几天没来找你，生气了？那就让我送你回家，算是赔罪吧！”

她看着哪里像是生气的样子？沈于归干脆没开口。

齐旭尧喋喋不休地说道：“沈小姐，其实如果你没有了胎记，费南城就开始喜欢你的话，那你可就要小心了，这说明那个男人太肤浅！还是我好，会照顾人，无论你变成什么样子，我都始终喜欢你。所以你要不要考虑一下嫁给我？”

沈于归对他的情话已经免疫了，就像是没听到似的一声不吭。

电梯很快到了一楼，“叮”的一声，电梯门打开。沈于归正要走出来，齐旭尧却快速往前一步，伸出修长的胳膊拦在了电梯门口。

他低下头凑到了她的耳畔，道：“还有，费南城能给你的，我也能给你。”

沈于归见他一副认真的模样，眯起了眼睛，半晌后才开口道：“回答我一个问题，或许我会考虑一下。”

齐旭尧挑眉道：“你说。”

“为什么娶我？”

听到这个问题，齐旭尧多情的眸子中微微闪过一抹光，半晌后，他低笑了一下，道：“好，我告诉你。”

沈于归皱起了眉头，屏气凝神，然后就见面前的男人收起了笑，一本正经地开了口：“因为我喜欢你。”

沈于归“呵呵”笑了两声，明显不信。

齐旭尧一副很受伤的样子，说：“沈小姐，我不允许你看不起自己！为什么我说我对你一见钟情，你就死活不信呢？”

沈于归气得伸出手推开了齐旭尧，直接往外走，这家伙嘴里就没一句真话！

齐旭尧继续跟上来，道：“我说实话你又不信，这可让我怎么办？”

沈于归站在公司门口的马路上准备打车。齐旭尧开着一辆蓝色跑车来到她面前，下车给她开门：“上车吧！”

沈于归瞥了他一眼，没理会。

齐旭尧挑眉道：“现在是下班高峰期，你在这里打车没有半个小时是打不到的，快上车吧！”

沈于归没说话，四处看了看，周围的确没有空车。

在她犹豫的时候，齐旭尧又叹了口气，话语里充满了宠溺：“算了，我保证不再提结婚的事，可以了吧？快上车！”

继续等下去的确是浪费时间，而且南窗科技的工作人员已经开始下班，他这么拦着，她也会引起注意，干脆就上了车。

这时她的手机响了起来，屏幕上闪烁着一只猫的头像，名字也是一只猫。沈于归急忙接听微信语音，声音都不自觉地放软了：“小姐姐好！”

柳代玉的声音是一如既往的温婉动人：“小丫头，下班了吧，今晚我陪你吃饭？”

这话怎么听着有点别扭……不过沈于归今晚没有什么行程，而且她很喜欢这个新认识的小姐姐，便马上点头道：“好呀，在哪里？我现在过去。”

“微信给你定位。”

挂了语音，沈于归的手机上果然收到了柳代玉发过来的微信定位，她看了看，将地址告诉了齐旭尧。

齐旭尧顿时开了口：“啧啧，下班不回家，竟然去约会？”

沈于归没理他。他一个人说话也没意思，就闭上了嘴巴。

车子很快到了一家私人会所门口。下车后，沈于归正要往里面走，就听到齐旭尧笑着开口道：“沈小姐，晚饭一起吃呀，也让我认识一下你的朋友。”

与此同时，费南城的宾利轿车也停在了门口。

费南城下车时眼神一瞥，刚好看到了前方的女人。他脚步微微一顿，等在了门口。旋即就看到齐旭尧从跑车里跳下来将钥匙扔给了旁边的服务员，紧跟在沈于归身后：“沈小姐，不需要我做司机了，就这么过河拆桥吗？”他眯起眼睛往前看去，忽然看到了一个熟人。

齐旭尧跟在沈于归身后，正要往里面走，胳膊忽然被一把拉住。他扭头宛如见了鬼似的，这人怎么还阴魂不散了？

小服务员早就从帝王宴离职了，费南城在费氏企业的另外一个酒店里给他安排了经理的位置。

此刻小服务员正美滋滋地视察酒店，就看到了费先生！再扭头……呀，升职加薪发奖金的机会又来了！

小服务员像见到了摇钱树似的看着齐旭尧，道：“齐先生，果然是你呀！上次的事我真不是故意的，咦，你的车呢？”

齐旭尧被小服务员拽住的时候，沈于归已经进了电梯，还对他摆了摆手，道：“拜拜。”

他气急败坏地看向小服务员：“怎么又是你？”

小服务员眨了一下眼睛：“真的好巧哦！”

沈于归上了楼，来到包间门口，就看到一身黑色西装的费南城站在那儿看着她，她微微一愣。

这时手机响了起来，她低头，发现手机上是柳代玉发过来的微信消息：小丫头，你和费南城的事我都知道了，他竟然敢背着你在外面找女人，今晚我就帮你报仇！

沈于归还没来得及回复，包间门就被推开了，费南城率先走了进去，沈于归只能跟着他一起进入了包间。

柳代玉早就到了，上次吃饭时她不清楚费南城和沈于归之间的关系，饭后察觉到不对劲才明白了怎么回事。她心里还挺高兴的，觉得她这个沉默的表哥终于要脱单了。可今天忽然就有他跟别的女人的照片在豪门贵族群里传播，还说什么费先生终于玩腻了那个丑女人？简直过分！

听到开门声，她抬起头来，看到费南城时眼神就凶巴巴的，再看到站在他身后的沈于归，她顿时更愤怒了。她站起来道：“费南城你这也太过分了！我早说了今晚有小丫头来，你竟然还带着这个狐狸精过来，你是存心要气死小丫头吗？你把人家欺负了就要负责！怎么能做出这种脚踏两条船的事？”

沈于归觉得好笑，莫名想到她当初对着柳代玉骂柳大魔王的场景，她没说话，就这么抱着胳膊看了柳代玉一眼，还忍不住挤了挤眼睛，飞了一个媚眼过去。

这狐狸精恐怕脑子有问题吧？柳代玉停顿了一下，然后收回视线："你别看我，你讨好我也没用！虽然你长得不错，但我不可能背叛我的小丫头的！"

她说完又看向费南城，道："我说你怎么这么肤浅？外表就是一层皮囊，内在才是最重要的！小丫头虽然有胎记，但她有个有趣的灵魂！"

沈于归抽了抽嘴角，忍不住说道："小姐姐！"

柳代玉瞪大了眼睛看向沈于归，犹豫着道："狐狸精的声音怎么跟小丫头那么像？"

她就这么难认出来吗？沈于归绕过费南城，来到了柳代玉面前，指了指自己身上的衣服："这衣服你不认识了？"是那天她跟柳代玉吃饭时穿的衣服。

柳代玉终于回过神来，她错愕地盯着沈于归那张惊艳绝伦的脸："啊，你、你是小丫头？"

怎么可能？原来没了胎记的小丫头这么漂亮。柳代玉拽住她，将她从头发丝到脚底都认真地看了一遍，最后感叹道："终于有个站在我身边却不会被我的美貌比下去的人了！"

沈于归觉得好笑，所以柳代玉这是在夸她，顺便还夸了自己吗？

柳代玉也没有问她胎记怎么没了，只是感叹道："以后你就这么打扮，可千万别把自己搞得那么难看了！"然后拽着她的手往餐桌那边走，"我看到照片时吓了一跳，今晚是打算安慰你，顺便让费南城解释一下的……我就说嘛，我这个表哥虽然沉闷又没意思，但不至于花心。"

三个人在餐桌旁坐下。随着菜品上来，柳代玉忍不住好奇地询问："小丫头，你为什么要扮丑啊？"

沈于归一愣，摸了摸自己的脸，叹了口气，道："唉，我扮那么丑都被送到费先生家里去讨好他了，如果太漂亮了，恐怕早就被吃得连骨头都不剩了。"她脑子一抽就说出了这句话。

费南城耷拉着眼皮，看似漫不经心，却一直听着两个人说话，他正在切牛排，听到这句话后手指微微一顿。原来她当初真的不是费尽心机来攀附他，而是被她家里人强迫的，后来她做出的那些喜欢他的样子也都是假的吧？

他抬头看向面前没心没肺的女孩，心口莫名有点堵，就连面前的牛排似乎都没了滋味，他将刀叉随意地扔在了桌子上。

听到刀叉声音的沈于归看了他一眼，见他面色不虞，像是赌气似的。她低头看了一眼自己的牛排，拿着小刀，边跟柳代玉聊天边将牛排切成了小块，等全部切好了才递给费南城，道：“费先生，吃这个！”

然后她将费南城的牛排拿过来，将切好的放在他面前。这个动作她做得很自然，就像讨好他已经成了一种习惯。

费南城的视线落在面前的牛排上，半晌后，他才拿起叉子一块一块地吃了起来，似乎这份牛排的火候掌握得非常好，口感很美味。

三个人很快吃完了饭，临走时，柳代玉开口道：“小丫头，我跟你家的方向相反，让表哥送你吧！”然后她又对着费南城挤眉弄眼：“表哥，记得把人安全送回家哦。”

费南城慢悠悠地将两手插进裤子口袋里，率先走在了前面，在沈于归说话之前开了口：“跟我来。”

沈于归纠结了一下，觉得没必要这么矫情，不就搭个便车吗？她跟着他走了两步才发现餐厅里竟然还有个VIP通道，直接到地下停车场。虽然不明白他为什么从这儿走，但她还是跟着他上了车。

司机在前面开车。费南城拿起手机瞥了一眼上面的微信内容，是几分钟前帝王宴小服务员发过来的：齐先生还没走，在楼下等着呢！

费南城眼角余光瞥了沈于归一眼，回复道：哦，那就让他等着吧。

他心情畅快地将手机放进了口袋，然后注意到坐在他身侧的女孩也拿起了手机。她似乎在跟人聊天，对方发了一条语音，她放在耳边听，虽然没开扬声器，但他还是听清楚了里面的内容，是个男音：“同学聚会的时间定在了后天中午十二点，地址在帝王宴！从心，你可一定要来啊！对了，王卓也来！你追了他那么多年，如今他好不容易回来了，还答应来参加同学聚会，这可是你的机会！”

沈于归放下手机，皱起了眉头，王卓这个人她倒真有几分印象。

姐姐提过这个人，他们是小学同学，后来又上了同一所初中和同一所高中。她十六岁那年，有一段时间跟姐姐视频时，姐姐提起这个名字的频率很高，只是突然有一天姐姐没有跟她视频，之后就再也没提起这个人了。虽然不清楚姐姐和王卓真正的关系，但沈于归还是打字回复了一句：好。

莫名感到一股寒意传来，沈于归放下手机扭头看了看，发现费南城又看向了车窗外，留给她一个后脑勺。这人每天都心情不好，估计是管理偌大的公司太忙了吧，真是可怜！

很快，车子到了沈家。沈于归下车时又看了费南城一眼，见他面色不太好看，到底还是忍不住说道："费先生，笑一笑，十年少，每天愁眉苦脸会老得快哦！"

她这是嫌弃他老了？费南城的面色又沉下来！等到亲眼看着沈于归进了家门，他这才叫司机启动了车子往疗养院开去，每天晚上他必定要去看望费老夫人。

路上，费南城接到了范繁的电话："费总，您后天中午有个饭局，李行长约您吃饭，我帮您订好餐厅……"

听到这里，费南城蓦地打断了他，说："去帝王宴吧。"

"好的。"

订餐这种事都是范繁一手操办的，毕竟一些餐厅需要提前预约，而费总也从未主动要求过吃什么，所以现在费南城提出这个要求，他还诧异了一下。帝王宴的预定需要提前很多天，不过大老板要去吃饭，没有包间也要挤出位置来！

车子很快来到了疗养院，费南城进入房间时刚好听到老夫人正笑呵呵地跟人说话。他微微一顿，进去以后才发现老夫人正拿着手机打视频电话："好，拜拜！小沈今晚一定要早点睡，不要熬夜哦！"

"好的，奶奶您也要乖乖的！"

对面传来了熟悉的声音，费南城眉头一挑看过去。管家小声解释道："最近一段时间，老夫人跟沈小姐每天晚上都要聊上两句的。"

她竟然每晚都会跟奶奶视频聊天……念头刚出，老夫人看到他，顿时急了，说："城城，你看到了没？沈妹妹变漂亮了！原来她的胎记早就做手术去掉了，之前是扮丑的！"

费南城沉默了一下，道："所以，您怀疑她……"的真心？

后面三个字他还没说出来，老夫人就感叹了一句："幸亏她扮丑了，否则怎么会轮到我这个傻孙子？”

费南城一时语塞。

“唉，我本来想着你除了有钱，还能被她看上的也就这张脸了！可她现在变好看了，根本不在乎你的脸了啊！”

费南城腹诽：所以他其实不是亲孙子，是孙女婿吧？他抽了抽嘴角，算是彻底明白了，无论蠢女人怎么样，奶奶都会无条件站在她那边。

回到费宅，费南城一个人躺在床上看手机，这才忽然意识到她每天都在跟奶奶视频通话，可从未主动在没事时给他发过消息！再想到今天听到的她微信上的消息……他盯着自己的手机，心口莫名堵上了一口气。

沈于归下了车往家里走时，手机就响了起来。她拿起来看了一眼，发现竟然是沈天浩，她微微挑眉，这才接听了电话。

沈天浩的声音很冷、很重：“你在哪儿？”

沈于归看了看家门口：“家。”

“我就在别墅这边，怎么没看到你？”

沈于归嗤笑了一下，道：“我在门口。”

“那你赶紧给我进来！”沈天浩说完这句话就直接挂断了电话。

她挑了挑眉看向手机，从费先生上次在医院里帮她镇场子以后，沈天浩就没有用这种语气跟她说过话了。

今天他忽然这样……她突然想到流传在豪门贵族群中的那张照片。原来是这样，她冷嗤了一声，推开房门走了进去。

还未走进客厅，她就听到沈天浩的怒吼声传了出来：“人呢？怎么还不滚进来？”

于曼瑜开了口：“沈天浩，你这是干什么？”

“干什么？让她回来在合约上签字，把公司百分之五的股份还给我！”

于曼瑜连声音都在颤抖，很明显在生气，道：“这件事你问过费先生了吗？”

“嗬，费先生恐怕早跟别人双宿双飞了！他今天跟一个长得特别漂亮的女孩在一起，把沈从心抛诸脑后了！”

沈天浩还没跟白竹碰面，今晚有个饭局，他在饭局上听到这个消息后又怒又喜。

怒的是众人奚落了他，喜的是没了费先生撑腰，他就可以把公司的股份要回来了！

于曼瑜诧异地道：“什么？”

沈天浩冷嘲热讽地道：“本来还指望着她攀上费先生，往家里拿点好处，可她呢，只会伸手问我要股份！我养这么一个女儿有什么用？”

伴随着这句话，沈于归推开了房门。

“连一个男人都笼络不住，当初就应该掐死她，活在这世上净给我丢人！”沈天浩的话语听得沈于归面色越来越冷。

于曼瑜尖声喊道：“你说的是什么话？”

沈天浩冷哼了一声，道：“怎么，现在女儿不听话，你也要造反了吗？这日子如果你不想过了，那就离婚！”

于曼瑜不善跟人争吵，气得全身发抖，眼眶发红，手指着沈天浩，一时间说不出话来。

就在这时，一道低低的声音传了过来：“这是怎么了？”

沈天浩和于曼瑜齐刷刷一愣，扭头看向门口，然后就看到了那张惊艳绝伦的脸庞！天已经黑了，吊灯发出来的光似乎全部投在了女孩一个人身上。

沈天浩猛地眯起眼角，下意识地问了一句：“你是谁？”

反倒是于曼瑜微微愣了愣，旋即震惊地喊道：“于……”

沈于归急忙上前一步来到了两个人面前，打断了于曼瑜的话：“妈！”

她心里有些暖，去了胎记以后，第一个直接认出她的人是妈妈。于曼瑜被她叫得回过神来，这才后怕地反应过来，刚才震惊之下她差点喊错了名字，她急忙纠正：“从心？”

沈于归点头道：“是我。”她说完这话扭头看向沈天浩，脸上挂着凉薄的笑，道：“你们刚才在说什么？”

沈天浩震惊坏了！看着面前的女儿，他怎么可能不知道发生了什么，他震惊地看着她的脸：“你、你的胎记……”

“两年前，我去国外找于归时做掉了。”她故作疑惑，“你看上去很不高兴，那我明天重新把胎记画回来？”

沈天浩抽了抽嘴角，急忙说道：“怎么会不高兴？原来今天跟费先生在一起的人是你！你看这误会……”

“是误会吗？”沈于归实在太愤怒，她咄咄逼人地询问，“你还没说你要掐死谁呢！”

沈天浩被问得脸色发黑，想要发火，可不知道为什么，盯着面前的女孩，看着女孩那一双黑白分明的眼睛，他却不敢。

他冷了脸，开口道：“没什么，我就是一时口误。天色这么晚了，我先走了！”说完，他近乎狼狈地往外走去。明明她以前是那么听话乖巧的女儿，现在竟让他有些不敢直视。

等沈天浩离开了房间，沈于归这才收起了怒意。于曼瑜疑惑地看着她，说：“怎么就把胎记去掉了？”

沈于归将今天在学校里的事情讲了一遍，最后感叹道：“姐姐不是要去做手术吗？我就当姐姐提前做了吧！”

事到如今也只能这样，于曼瑜盯着她上下看着，眼眶一下子红了，道：“好看，我女儿真好看。”

这时她的手机响了起来，在看到手机上闪烁的号码时，沈于归就直起了身体。

家里的保姆已经辞退了，沈于归也对周围进行了排查，确定不存在摄像头之类的监视器，所以她直接开了免提，跟于曼瑜一起接听了电话。

电话接通，对面传来了沈从心的声音：“妈，于归。”她的声音还是很软，却比之前多了几分明朗，似乎在外面过得不错。

于曼瑜的眼圈又红了，说：“从心，回家吧。”

沈从心叹了口气，道：“妈，离开了家，我过得很开心。”

于曼瑜还想说什么，沈于归直接说了重点：“姐，你的手术做得怎么样了？”

沈从心一顿，继续说：“已经做完了，但具体效果要看半个月后的恢复情况。”

沈于归听到这话，心里感叹了一句“姐姐到底还是去做了手术”。

“你要照顾好自己。”

“好的，我先挂了。”

沈从心知道沈于归是个黑客，通话超过十五秒就可以定位到她的位置，所以她每次打电话过来都不会超过这个时间。

挂了电话后，沈于归上楼，照例跟费老夫人视频通话了一会儿。只是今天跟老夫人视频时，属于她自己的那个手机忽然响了起来。

她找借口挂了老夫人的电话，这才拿起手机。对面见她一直不接电话，就自己挂断了，屏幕上很快就出现了几行信息：亲爱的小龟，好久不见，有个重要消息告诉你，我们这边发现有人在调查你当初在 STF 求学的情况！我们要怎么办？在线等回复，急！

急什么啊？她拿起手机，眸中闪烁着暗光，修长的手指在屏幕上敲敲打打，很快就发了一段霸气的话过去：这么点小事还要你龟爷爷教你？给我顶住！

发完消息，她就把手机扔在了旁边。

两天后，帝王宴。

同学聚会是临时决定的，没有包间，只是在大堂的一个角落里放了好几张沙发围了两桌，能够坐下三四十个人。

中午十二点，大家陆续到来。王卓准时到达，进门第一眼，他就看到了坐在角落里的一个漂亮女孩。女孩很安静地躲在那里，可即便如此，也瞬间吸引了他的眼球。今天的同学聚会可以带家属，这是谁的女朋友吗？他可不记得班级里有哪个女同学长这么漂亮。

正在思考时，门口有人喊了一声："王卓！"他回头就看到班长走了过来。班长笑呵呵地拍了拍王卓的肩膀，两个人就坐在旁边热切地说着话。

原来这就是王卓啊！沈于归两只手托着下巴，仔细打量着他。他一副被宠坏的富二代的样子，眉角眼梢都带着傲气。她见惯了费南城和齐旭尧那样的帅哥，这样的人在她眼中只能算尚可。姐姐喜欢的是这个类型？她略微拧起了眉头。

人越来越多了，大家见面后互相寒暄。

"咦，那个谁来不来？"人群中忽然响起一道大嗓门，引得众人安静下来。

沈于归看向说话的人，那人化着浓妆，眼线在眼尾处刷得很长，显得眼睛很大。

这话一出，班长咳嗽了一下，道：“来的。”

江玥看向王卓，意味深长地开口道：“她来啊！哈哈，是为了王卓来的吧？”

听到江玥这句话后，王卓厌烦地皱起眉头，道：“谁让她来的？我不是说过了吗，有我在的地方就不许她出现！”

听见这话，沈于归挑起了眉头。姐姐性格温和乖巧，更不会对人死缠滥打，王卓这副生怕被黏上的样子简直可笑！

班长顿时和稀泥：“十周年同学聚会，来就来了！沈芷兰这次没来倒是奇怪。”

江玥挽住身边男朋友的胳膊，神秘兮兮地说道：“我听芷兰说，沈从心整容把胎记去掉了。你们就不好奇她现在是什么样子吗，万一去掉胎记变漂亮了呢？”

“哈哈哈！”江玥说完就先笑了起来。

“你们还记得她脸上那个恐怖的胎记吧？上小学的时候，我还好心地拿卸妆水想要给她去掉，她哭得跟什么似的。那么大一块想要整容去掉，恐怕现在她已经不能见人了吧？”

众人你一言我一语地说着当初的事，沈于归渐渐皱起了眉头。她以为当年的事情只是他们年少无知，可看他们如今提起来引以为傲的样子……她垂下了眸子，今天她一定要让这群人付出代价！

“够了！”王卓怒吼道，“聚会时能不能别总是提起那个人？”然后他对服务员喊道：“上菜！”

“对、对，别说了。”班长站了起来，“我们先来敬王卓一杯，今天我们能在帝王宴吃饭，都是他为大家准备的！你们也知道这里的位置很难订到，要不是王卓有个亲戚在这里上班，这位置咱们也拿不到！来，敬王卓一杯！”

大家象征性地拿起杯子喝了一口酒，然后就都围绕在王卓身边聊起天来。

过了一会儿，江玥直接开了口：“班长，沈从心到底还来不来？她怎么那么大的脸，让我们这么多人等她一个？还是她根本不敢来了？”

班长闻言，急忙开口道：“我给她打个电话问问！”说完他就拨打了电话。

一道突兀的铃声在众人间响了起来。大家下意识地看向铃声传来的地方。

那是一个漂亮到发光的女孩，大家其实早就注意到了她，可因为想不起来她是谁，便不敢跟她说话。现在班长那边刚拨打出去，这边她的手机就响了起来，是个巧合吧？众人这么想着。

江玥皱起的眉头松了开来，这么漂亮的女孩子肯定不是沈从心。班长也微微一愣，手机一接通，他急忙说道："沈从心，你怎么还没到？"

"我已经在了。"

伴随着女孩子这句话，班长开了免提的手机里也传出了同样的声音："我已经在了。"

两道声音重合在一起，就宛如按了静音键，整个世界忽然安静下来。众人不可置信地看向接电话的女孩。

女孩缓缓地勾起了嘴角，一双黑白分明的眼睛中闪烁着光，她先是挂了电话，旋即淡淡地开口打破了这种安静："我是沈从心。"

现场依旧是诡异的安静。江玥错愕地看着她，不可置信地拧起了眉头！

当初在学校的时候，她跟沈芷兰沆瀣一气，带着班级里的同学一起欺负沈从心，如今最希望看到沈从心落魄的人就是她！沈从心应该是懦弱、丑陋得抬不起头来的，怎么会是这个漂亮到比明星都不差的女人？她攥紧了手指，突然间明白沈芷兰为什么不来参加同学聚会了！

王卓也盯着女孩看，是了，他早就知道如果没有了那个胎记，她其实不丑的。读初中时，他跟她同桌过，有一次上课发呆，他不小心对着沈从心，等回过神来就发现他看她看了那么久。因为他那么一点善意，沈从心对他就格外不同。

后来不知道怎么的，同学们就开始传他喜欢沈从心。面对同学们的嘲笑，他勃然大怒，当众说出是沈从心在纠缠着他。后来大家每次见他都要提起沈从心，说得多了似乎就变成了事实。沈从心从来不会辩解，就那么默默地忍受着。

王卓毕业后不愿意见她，一半是真的讨厌她，另一半却是因为心虚。他怎么也没有想到，没有了胎记的她竟然会这么美！

不知道过了多久，服务员端来饭菜放在了桌面上。班长回过神来，率先打破了尴尬："好了，吃饭，今天是为了庆祝我们毕业十周年，大家好好吃饭！”

众人纷纷回过神来，开始低头吃饭。

就在这时，江玥终于找回了自己的理智，冷笑着开了口：“沈从心，你这是在哪儿整的容啊？”

一句话又惹得刚热闹起来的饭桌再次安静下来。

江玥很生气，因为她扭头就发现自己的男朋友竟然看沈从心看直了眼！这让她觉得受到了侮辱。她假装非常好奇的样子，笑着开了口：“你这五官整得不错嘛。整容可真是重生啊，啧啧，怪不得那么多人去整容了。不过整容肯定很疼吧？沈从心，你这脸是不是就跟瓷娃娃似的碰不得啊？”

有人惊讶地道：“天哪，这样会不会影响生活啊？”

“万一睡觉是趴着睡的，第二天醒过来，鼻子会不会就歪了？”

“我的天，那我宁可丑也不整容……”

众人你一言我一语，话语里已经明确透出针对的意思。

看着江玥那张得意的脸，沈于归挑了挑眉，垂下眸子缓缓地说道：“我没整容，我只是将胎记去掉了，别的没整。”

江玥脸色一冷，将手中的筷子“啪”的一下子放在桌子上：“你当我们还是小学生吗？你前后变化这么大，说没整容，你觉得谁会信？”

沈于归也不生气，依旧眼角带笑地看着她，说：“前后变化大就是整容？喃，那你岂不是整得更明显？”

江玥一愣，旁边的男朋友则是震惊地看向了她。江玥反应过来后怒吼道：“你胡说什么？我没整过，我就是化了个妆！”

沈于归做出恍然大悟的样子，说：“原来是这样。我就说嘛，你之前眼睛那么小……呀，我是不是说话太直接了？”

江玥气得全身发抖，她突然想到了什么，直接开口道：“那你敢不敢把胎记画回来，让大家看看你是不是整了容？”她摸了摸自己的鼻子，斜飞的眼角散发着自信的光。

沈从心缓缓地开了口：“也不是不可以。”

江玥脸色一喜，随即就听到了沈从心接下来的话：“我去把胎记画回来，那你就当场卸妆证明你没整容吧！”

江玥愤怒地喊道：“我为什么要卸妆？”从上了大学开始，她就没有素颜见过人，男朋友还在身边呢，如果看到她卸妆后的本来面目……江玥不敢想象。

沈于归却不打算饶过她，笑眯眯地说道：“怎么，你不敢卸妆？”

江玥被这句话激怒了，说：“怎么会？”可这话说完，她就后悔了。

“那就开始吧。”

说完，沈于归就从自己的包里掏出一个眼影，里面有青色的粉底。她用手指蘸了蘸就往脸上涂，然后看向江玥：“开始呀。”

江玥打退堂鼓：“我……我没带卸妆油。”

“我带了，给你。”沈于归笑眯眯地从包中掏出一瓶卸妆膏递过去，还体贴地给了她化妆棉。

见江玥还在迟疑，沈于归停下动作：“你要是承认我没整容，那就不比了。”

江玥本来还在犹豫，听到这话顿时鼓足了勇气。她深吸了一口气，一咬牙，将卸妆膏往自己脸上擦去。

沈于归熟练地在原本有胎记的地方涂上了一层淡淡的青色，又把分到两边去的刘海放下来遮挡了眉眼，然后低下头，与以往没有区别。直到这时，众人才注意到她的五官……

江玥也卸完妆了，她着急地看着沈于归，却发现她画上胎记后真的恢复到之前的模样。这么说，她真的没整容？可江玥还是大笑着嘲讽道：“你们看她多丑！哈哈哈……”

她笑着笑着，忽然发现了不对劲，因为整个餐桌上的人看她的眼神都有些奇怪。

她身旁的男朋友突然站了起来，不可置信地盯着她，说：“你、你怎么长这样？”

江玥这才反应过来，她的男朋友是在大学里找的，并没有见过她的真容！她下意识地拿出镜子看向了里面的人，大眼睛变成了眯眯眼，眉毛没了，睫毛掉了，口红也掉了，常年化妆让她的皮肤变得坑坑洼洼，惨不忍睹，跟刚才判若两人！

她再次看向男朋友，他眼神里那赤裸裸的嫌弃刺伤了她。

“呀！”沈于归的声音传了过来。她抬起头，眼睛在现场扫过，旋即缓缓地开口，“我觉得人的外貌是父母给的，我们不能左右，真正的美丑看的是内心，毕竟‘人不可貌相’，不是吗？江玥男朋友，我相信你喜欢江玥也绝对不是因为她的外表，对吗？”一句话狠狠地打在江玥和众人的脸上。

江玥的男朋友也不知道该说些什么，只能点了点头，坐了下来。江玥气得红了眼眶，拎起自己的包狼狈地往卫生间那边走：“我、我去补个妆。”

十分钟后，江玥恢复了光鲜亮丽。可她刚才那副样子早已深入人心，她男朋友更是低着头，一副受伤的表情。

沈于归已经拿化妆棉轻轻擦去了胎记。坐在沈于归身边的同学想到了当初年纪小不懂事时被众人鼓动做的那些事，羞愧地低着头。

有人直接承认了错误：“沈从心同学，以前的事情……对不起了！”然后一口将酒喝下去。

有了第一个人，就有第二个、第三个……沈于归看着他们，有些感慨。她知道这群同学并不全是坏人，十岁时他们懂什么？大多数是被蛊惑了。道歉虽然不能弥补伤害，却是迟到的安慰，沈于归真想让姐姐来到这里。

旁边有人想要活跃气氛，转移了话题：“哈哈，从心，你现在还喜欢王卓吗？”

这话一出，王卓就眼睛发亮地看向沈于归。

沈于归垂下眸子，淡笑道：“不喜欢了。”姐姐或许喜欢过他，但那时他不懂珍惜，今日她就让他高攀不起！王卓气得脸色通红。

江玥冷嗤了一声，道：“有些人最好认清楚自己的身份！王卓是什么样的人？这个帝王宴，没有一点身份地位的人根本就订不到！你知道这里一晚上的消费是多少吗？我们这么多人能在这里吃饭，全是沾了王卓的光！”

众人没有看到帝王宴门口，费南城在众人的簇拥下走了进来。

他进门就看到江玥的手都快要戳到沈于归脸上了，还听见江玥说：“你知道这里一瓶酒多少钱吗？你喝一口的价格就够买你身上这套衣服了！还不喜欢了……你喜欢得起吗？”

听到这话，费南城眯起了眼睛，黝黑的眸子里闪过厉光。喜欢不起？

费南城顿了一下脚步，身后的人顿时绕到了他旁边紧张地询问：“费先生，怎么了？”费南城又往那边看了一眼，旋即垂下眼帘对服务员招了招手，低声交代了什么。

沈于归回国后才知道沈从心上学的时候穿着很低调，再加上沈芷兰的刻意贬低，大家都觉得她不受沈天浩待见，很穷。

喜欢不起？沈于归视线划过坐在江玥旁边一直发呆的男朋友身上，似笑非笑地开了口：“那你男朋友是你喜欢得起的？”

江玥在大学里找的这个男朋友家境一般，跟江玥这种小豪门不能比，这句话一下子戳到了他的痛点上，他脸色直接变了。

江玥没想到矛头又到了自己身上，顿时摆手道：“不是，我……”

“你说够了没？”王卓猛地开口打断了她的话，旋即铁青着脸，“吃饭都堵不上你的嘴！”

江玥像被打了一巴掌，脸色涨得通红，半晌后才一拍桌子，狠狠地夹了一筷子菜。

王卓这才松了口气，就在他拿起桌上的酒杯正要喝一口的时候，服务员忽然走过来笑着开口道：“各位，你们升级的包间已经准备好了，请大家跟我一起去六楼吧。”

听见这话，王卓愣住了。同学们瞬间一个个眼睛发光地看向王卓，班长更是忍不住开了口：“王卓，行呀你！能在大堂里找个位置就不错了，你竟然还搞到了包间，真的是太厉害了！”

王卓也蒙了，他能订到位置还是托了在帝王宴上班的亲戚的关系，怎么会升级到了包间？众人都在恭维他有手段，这种时刻王卓虽然疑惑，但到底没有说什么。

众人在服务员的带领下上了六楼，进入了包间。大包间里的环境非常好，不仅有两张大桌子可以吃饭，旁边还有沙发和 KTV，吃完以后还可以在这里唱歌。

进包间的时候，王卓心里就“咯噔”了一下。他本来以为是普通包间，没想到竟然是 VIP？在这样的包间吃一顿饭，可是要付百分之二十的服务费的！他瞬间感觉心都在滴血，今晚这顿饭看来要吃不少钱！

沈于归也找了个位置坐下，这次刻意避开了王卓那一桌。

包间门被叩响，服务员端了几瓶红酒进来，笑呵呵地说道：“这是专门为你们准备的红酒，九二年的拉菲。”

听见这话，众人都安静下来。班长震惊了，说：“我去！这酒得十几万一瓶了吧？王卓，你这个手笔也太大了！不行，这酒不能要。”

只是普通的同学聚会，虽然王卓说了今晚他请客，但是拿这样好的酒出来不是暴殄天物吗？

王卓更是错愕地站了起来，道：“你是不是送错了？”他家里虽然条件不错，但是一顿饭吃个上百万就过分了！况且他哪里喝得起这么贵的酒。

服务员看了一下单号，顿时摇了摇头，道：“没错，就是你们包间的。你们这里没有一位叫沈从心的小姐吗？”

众人齐刷刷地看向沈于归。沈于归将嘴里的蟹肉咽了下去，这才眨了眨眼睛看向服务员。

服务员笑着说道：“酒水钱已经结过了，是沈小姐的男朋友付的钱。”说完他就笑呵呵地走进门，将红酒放在了沈于归面前。

她哪里来的男朋友？就在沈于归自己也错愕的时候，旁边有人反应过来询问道：“那包间也是她男朋友给升的？”

服务员笑着点头道：“对，这个包间是我们最尊贵的包间，平时是不对外开放的，如果不是看在那位贵客的面上……”

男朋友……帝王宴……总不会是费南城吧？她看向桌子上的七瓶红酒，想到这就是一百万块钱，她的心都痛了！

众人齐刷刷地看向沈于归，一个个露出不可置信的表情。刚才嘲讽她喜欢不起王卓的江玥脸上更像是开了染色坊，一会儿青，一会儿红。

大家纷纷安静下来，盯着那七瓶红酒。最后有人开了口：“沈、沈从心，这酒能喝吗？”

当然不能！沈于归看向服务员，问道：“这酒我们不要，能退回去吗？”

服务员摇头道：“不好意思，这酒已经付过钱了，不退不换的。”

沈于归道：“那我能带走吗？”

服务员微笑着说：“不能。”

话都说到这分上了，她还能怎么办？沈于归忍痛说道：“那就都开了吧！”说完她就撸起了袖子。

众人围在她旁边，一个个跟她说着话，态度比刚才多了几分敬畏。江玥嫉妒得心态都失衡了，她语气阴森地开了口：“沈从心，你男朋友是干什么的啊？为什么不带过来给我们看看，还是你男朋友不能见人啊？”说到这里，她又捂住了嘴巴，“你该不会是被人包养了吧？”

江玥脑补一通后下了定论，皱起眉头冷笑了一下，道：“沈从心，没想到你竟然堕落了！”

沈于归放下筷子，拿着纸巾擦了擦嘴角：“有句话叫‘狗嘴里吐不出象牙’，江玥，你要是不会说话就闭嘴！”

江玥直接站起来，气势汹汹地开口道：“怎么，你这是恼羞成怒了？没想到你竟然堕落到这种地步！怪不得你看不上王卓了，王卓那点钱对你来说算什么呀？”

王卓听到这话，死死地绷着下巴，视线冷冷地看向沈于归，开了口：“你为什么就不能走正道？”

这是认准了她被人包养了？沈于归“砰”的一下将手中的酒杯放在桌子上：“你们可真是奇怪，空口无凭就在这里败坏我的名声。”

江玥继续火上浇油：“你男朋友又是升包间又是送酒的，肯定也在这里，如果你不想让我们怀疑你，那就让你男朋友过来跟大家打个招呼啊！”

说完，她又看向周围的人：“还是说，我们这群同学不值得你男朋友大驾光临？”

沈于归真想说“还真不值得”，但如果说了就把全班同学得罪了，偏偏她又不能真的喊费南城来见人，只能含糊其词地说道：“他在忙，没空过来。”

“什么事这么忙，连打个招呼的时间也没有？还是说，你根本就不敢让他来？再或者你男朋友见不得人？”江玥继续逼问。

沈于归抽了抽嘴角。

最后还是班长看不过去了，转移了话题：“好了，江玥，那是人家的私事，你能不能别这样？大家快点坐好吃饭！”

房间里的气氛终于不那么剑拔弩张了，服务员左右看了看，给他们开了红酒，这才悄悄地走了出去。

出了门他就拐到了楼上 808 包间。包间里，李行长正在卖力地给费南城介绍，费南城却低垂着眼帘，一副不怎么在意的模样。

“他们家的房地产做得还可以，公司虽然小，但发展势头很猛啊，江总一直想要认识您……”

听到这里，费南城忽然抬起眼皮，伸手打断了他的话，旋即扭头看向进门的服务员。刘行长和那个江总顿时不敢说话了，竖起耳朵想要听一听是什么事。

服务员走到费南城身边，开口道：“费先生，已经安排好了，给他们同学聚会安排了包间，酒也送进去了。沈小姐很高兴，还说要把酒喝光。”

江总好不容易跟费南城吃上一顿饭，一直在想办法攀附他，听到这话立马开口：“是说楼下的同学聚会吗？真是很巧，我女儿也在，她叫江玥！这位沈小姐不知道是哪一位，跟我女儿是同班同学吧？”

他刚说完，服务员就恍然大悟地开口道：“原来那位叫江玥的女士是您女儿啊！”

江总顿时笑道：“对，对！”

服务员看了看费南城，咳嗽了一下，开口道：“是这样的，有一个叫江玥的女孩非说沈小姐的男朋友肯定长得丑，见不得人，才不去跟他们打招呼的。还说沈小姐是给别人做第三者，男朋友是个又老又胖的老头。”

包间里的人皆是一愣。

费南城嗤笑了一下，猛地站了起来，那凉飕飕的眼神看得江总冷汗直流！然后他就听到费南城低沉的嗓音中夹杂着嘲讽：“我看这顿饭不用吃了，毕竟我得去跟我女朋友的同学打个招呼。”说完他径直往外走去。

李行长急忙跟在他身后，喊道：“费总，这是个误会，这其中肯定有误会！”

江总已经被费南城刚才的眼神吓得震惊在原地，双腿一软跌倒在椅子上。完了！但他还是很快就跌跌撞撞地跟了上去。

包间内，沈于归一口接一口地喝着红酒，喝了几杯酒以后，她脸颊红扑扑的，一双眼睛更是冒着水光。

包间的门突然被推开了，旋即一道高大的身影走了进来。费南城那张脸宛如神工雕刻，五官精致漂亮到过分，再加上强烈的气场，还有那一身与生俱来的贵气，惹得众人都看过去。

班长疑惑地询问：“请问您找谁？”

费南城的视线精准地落在沈于归身上，淡淡地开了口：“不是说让我来打个招呼？”

从他进门的那一刻起，沈于归就惊呆了，此刻听到这话，她反应了好一会儿才明白是江玥刚才说的让她男朋友来打个招呼的事情。

他是怎么知道的，不对，他怎么来了？沈于归还没回过神来，旁边就有人反应过来，道：“原来您就是沈从心的男朋友啊！快坐，快坐……”

坐在沈于归身边的女生利索地站起来让了位置。费南城却没有动，而是看向沈于归。

为什么有一种他在询问她意见的感觉？一定是她的错觉！沈于归干脆站了起来，当着这么多人的面，她肯定不会让自己下不来台，虽然不明白费南城为什么这么好心来帮她解围，但是……

她笑得格外明媚，声音腻得让人发麻：“亲爱的，你忙完了吗？如果忙完了，那我们就走吧！”她怎么可能真让费先生留在这里陪她演戏？

费南城听到那一句“亲爱的”，眸光略微一沉，喉结动了动。

从费南城出现在包间起，江玥的心就跟坐过山车似的，猛地一下子冲到了最低谷。面前这么完美的男人一看就出身不凡，可他怎么会是沈从心的男朋友？

眼看两人就要走出包间，江玥大喊道：“沈从心看上的是你的钱，她根本不喜欢你，她喜欢的人是王卓！”

一句话让沈于归和费南城都站定了脚步。

沈于归微微一愣，还没回过神来，肩膀突然被一只有力的大手搂住了，旋即一股大力带着她冲进了男人的怀抱，属于他的阳刚气息瞬间萦绕在她鼻翼，她甚至可以听到男人的心跳声。他像是宣誓主权似的，目光森然地在众人身上划过，旋即冷冷地开了口：“只要她在我身边就好。”

他这句话怎么说的好像对沈从心情深不悔似的？

沈于归也呆住了，这家伙戏演过了吧？但是看江玥那变幻莫测的脸色，真够爽的！刚才还觉得戏演过了的人这会儿戏精附体，用两只手搂住费南城的腰，眼尾一挑，露出几分得意：“江玥，我看你是脑子进水了吧？我男朋友比王卓帅，比王卓有钱，比王卓身材好，我怕是眼睛瞎了才会不喜欢他！”她没发现这话一出，费南城刚才的怒意就慢慢地平息了。

沈于归的视线又落在江玥的男朋友身上：“哦，可能有些人就是眼瞎心盲，或者是审美与众不同，放着那么多好看又善良的女孩子不喜欢，怎么就跟你在一起了？”

一句话让江玥男朋友猛地站起来，距离江玥远了一些。这个动作让江玥很受伤，她的怒意在这一刻上涨到极致，想也不想就直接冲到沈于归面前，伸出手就要打她，说：“你这个小贱人！你胡说什么？”

可她还没来得及有什么动作，沈于归就直接从费南城怀中冲出来，一脚踢在了江玥的肚子上！她的动作又快又狠，旋即伸出了拳头，帅气地对着江玥的脸打过去！

拳头划过江玥的脸颊，落在了她身后的墙上。伴随着这个动作，沈于归近在咫尺的脸蓦地逼近，她声音又低又冷地说道：“江玥，你如果再口无遮拦，别怪我对你不客气！” 那眼神犀利到极致。

江玥吓坏了，她感觉面前的女孩子此刻就像是地狱修罗！这时，包间门再次被推开，江总跌跌撞撞地追进来。

看到他，江玥宛如见到了救星：“爸，他们竟然欺负我，你帮我教训她！”她冲向了中年男人，眼泪滚落下来。

沈于归嗤笑了一下，脸上满是不屑：“江玥，打不过了就叫家长，你还是小学生吗？”

沈于归这鄙视的话让周围的同学都忍不住笑了起来。刚才的情况，大家看得一清二楚，分明是江玥先动的手，人家沈从心不过是防备，也没怎么着，就吓唬了她两句，江玥此刻这么一副受害人的样子，简直不能看！

江玥红肿的眼睛里尽是暴戾，她只想让沈从心受到惩罚！她抬起下巴，倨傲地说道：“你别在这里说什么酸话，我有爸爸帮我，你呢？嗬，别以为我不知道你爸爸根本就不把你放在眼里，你就是个有爹生没爹养的野种！”

沈于归眯起眼睛，眼里闪过一抹厉色，脸色沉下来，直接往前一步，说：“江玥，有本事你把话再说一遍？”

江玥下意识地躲在江总身后。沈于归冲到她面前，绕过江总就要去抓她。

江总刚进门，还不知道发生了什么，更不明白她们怎么就打了起来。他下意识地拦在了江玥面前，盯着沈于归厉声说道：“这位小姐你要干什么？打人是犯法的！”

他说着就伸出了手，打算去推沈于归，可那只手还没碰到沈于归，手腕处忽然被一股大力抓住！江总一愣，就看到一道高大的身影忽然上前一步拦在了沈于归面前。

费南城直勾勾地看向江总，眸光暗沉，一向面无表情的脸庞上此刻多了几分愠怒，他的声音不高，却让人如置冰窖："江总，你要干什么？"

江总愣住了！

"爸，这男的是那女人的男朋友，他们是一伙的，刚才就是他们两个人联起手来欺负我。爸你快点把你的人叫进来，帮我教训他们啊！"江玥说到这里，整个人都兴奋起来。她没看到她这话一出口，江总的脸色都变了。

江玥在等着看笑话，站在她身前的父亲却蓦地转过身来举起了手。

"啪"！响亮的巴掌声响彻包间。

江玥脸颊火辣辣地疼，她愣住了，迷惑地看着江总："爸，你做什么？"

这话一出，江总又是狠狠的一巴掌向她另一边脸打去！伴随着"啪"的声音，江总的怒吼声也传了过来："打的就是你！你怎么跟同学相处的，什么话都敢乱说？你知不知道错？"

江总打了两巴掌后讨好地看向费南城，脸上挂着笑，道："费先生，您看，都是小孩子之间的玩闹，您别往心里去。"

沈于归这才恍然大悟，敢情江总和费南城认识啊！

她又看向江玥，见江玥的脸颊已经高高地肿了起来，嘴角流了血，看着很惨。可是还不够！但商场上总要讲几分情面，多个朋友总比多个敌人强，江总已经放低了姿态，费南城应该会收手了吧？况且她跟费南城的关系本来也没有多么亲近。

这些念头一出，她正打算说些什么，却听到男人低沉的嗓音："她刚才说我女朋友有爹生没爹养。"

江总听到这话，愤怒地回头，一把抓住了江玥的头发给了她两巴掌！然后回头试探性地看向费南城，却见他依旧抿着嘴唇不说话。

江总咽了下口水，说道："养不教，父之过。是我把她从小惯坏了！从今天开始，我把她赶出家门，停了她的卡，让她尝一尝没有家人庇护的滋味！"

江玥听着都惊呆了，说："爸！"

"你别喊我'爸'，我没有你这么愚蠢的女儿！"江总真是被气坏了，他虽然疼爱女儿，但是只要费先生动动手指，他们江家就完了！孰轻孰重，他分得清。

费南城这才满意了，他“哦”了一声，看向沈于归，眼神里传达出一个意思：现在江玥没爹了。

沈于归觉得自己肯定是看错了他的意思！

事情到了这一步，同学聚会也没办法继续了。沈于归率先离开，挽着费南城的胳膊从包间里出来，心里还在想着费南城刚才那个宠溺的眼神。站在她旁边的男人忽然回过头，看到包间门口有一个长相还算俊俏的男生站在那儿，正目光复杂地盯着女孩的背影看着。

想到刚才江玥说女孩追求那个男生追了很多年，费南城忽然间莫名不爽起来，他一个冲动，甚至都没有过脑子，就一把扣住了女孩的肩膀，将她按在了走廊的墙壁上。

沈于归吓了一跳：“你……嗯！”后面的话被一个突如其来的吻堵住了！

她瞪大了眼睛，难以置信地望着那张近在咫尺的脸。他吻上来的架势又凶又狠，她的唇齿都被撞得有点疼了。她想要说什么，可是嘴巴微微张开，就有一股浓郁的荷尔蒙气息强势地侵入进来，那凶猛的劲就像是野兽看到了猎物，似乎下一刻就要将她拆骨入腹。

沈于归的身躯僵住了，胸腔里的空气似乎全部被抽光，让她忘记了呼吸。一只温热的大手用力按压着她的后脑勺，让她无法逃脱。

“从心！”蓦地，一道声音响起。

沈于归猛地反应过来，两只手用力一推，男人顺势后退了一步，两个人终于分开。